COLEÇÃO AUTORES CÉLEBRES
DA
LITERATURA ESTRANGEIRA

DIMITRI MEREJKOVSKY

1. O NASCIMENTO DOS DEUSES - Romance de Tutankhâmon
2. A MORTE DOS DEUSES - Romance de Juliano, o Apóstata
3. O RENASCIMENTO DOS DEUSES - Romance de Leonardo da Vinci
4. NAPOLEÃO - O Homem e sua Vida
5. JESUS DESCONHECIDO - O Evangelho Desconhecido e a Vida de Jesus Desconhecido

JESUS DESCONHECIDO

COLEÇÃO AUTORES CÉLEBRES
DA
LITERATURA ESTRANGEIRA

VOL. 5

Tradução de
Gustavo Barroso

EDITORA GARNIER
BELO HORIZONTE
Rua São Geraldo, 53 - Floresta, Cep. 30150-070
Tel.: (31)3212-4600 - Fax: (31)3224-5151
e-mail: vilaricaeditora@uol.com.br / Home page: www.villarica.com.br

DIMITRI MEREJKOVSKY

JESUS DESCONHECIDO

EDITORA GARNIER
Belo Horizonte

2006

Direitos de Propriedade Literária adquiridos pela
EDITORA GARNIER
Belo Horizonte

Impresso no Brasil
Printed in Brazil

ÍNDICE

PRIMEIRA PARTE

O EVANGELHO DESCONHECIDO

I — Jesus terá existido?
II — O Evangelho desconhecido 32
III — Marcos, Mateus e Lucas 46
IV — João 59
V — Além do Evangelho 75

SEGUNDA PARTE

A VIDA DE JESUS DESCONHECIDO

I — Como ele nasceu 97
II — A vida oculta 110
III — Os dias de Nazaré 131
IV — Minha hora chegou 149
V — João Batista 165
VI — O peixe — A pomba 188
VII — Jesus e o diabo 210
VIII — A Tentação 223
IX — Seu semblante (na História) 240
X — Seu Semblante (no Evangelho) 257

PRIMEIRA PARTE

O EVANGELHO DESCONHECIDO

> E o mundo não o conheceu.
> *Kai ó kósmos aúton oúk egno.*
> (Jo. I, 10)

I

JESUS TERÁ EXISTIDO?

I

Estranho livro. Nunca foi completamente lido. Pode-se lê-lo continuamente e parecerá sempre que se não chegou ao fim, que alguma coisa foi omitida ou incompreendida. Torna-se a ler e tem-se a mesma impressão todas as vezes. É como o céu noturno: quanto mais se contempla mais estrelas se descobrem.

Nesse ponto, todos os que leram esse livro ou o viveram, porque não se pode lê-lo sem vivê-lo, — tolos ou inteligentes, sábios ou ignorantes, crentes ou ateus — todos estarão de acordo, pelo menos no fundo de suas consciências. E todos logo compreenderão e me refiro não a um livro humano, nem mesmo ao Livro Divino, mas simplesmente ao Evangelho.

II

"Ó milagre dos milagres, deslumbramento e motivo de assombro, nada se pode dizer nem pensar que ultrapasse o Evangelho; nada existe que se lhe possa comparar![1]". Assim se exprime Marcion, o grande gnóstico do século II, e eis o que diz um simples católico, um jesuíta do século XX: "Os Evangelhos não devem ser postos ao lado ou acima dos outros livros escritos pela mão do homem, porque estão fora de comparação e não há medidas para eles[2]". Sim, são de outra natureza; distinguem-se de todos os outros livros mais do que o rádio difere dos outros metais ou o raio de qualquer outro fogo. Não são mesmo um livro, porém qualquer coisa que não podemos denominar.

---

1. E. de Faye, GNOSTIQUE ET GNOSTICISME, Paris, 1925, p. 531.
2. L. De Grandmaison, JESUS CHRIST, SA PERSONNE, SON MESSAGE, SES PREUVES, 1928, I, p. 39.

III

O NOVO TESTAMENTO DE
NOSSO SENHOR JESUS CRISTO

Tradução para o russo.
A. Petersburgo, 1890

É um pequeno volume in-32, encadernado em couro preto, impresso em 662 páginas de duas colunas de tipo miúdo. De acordo com a data manuscrita do frontispício, 1902, agora, em 1932, faz trinta anos que me acompanha. Leio-o todos os dias e o lerei enquanto meus olhos puderem ver à luz do sol ou à luz do meu coração, tanto nos dias mais refulgentes como nas noites mais escuras, na felicidade ou na desgraça, com saúde ou enfermo, crente ou incrédulo, sensível ou insensível. E parece-me sempre encontrar nele qualquer coisa nova ou ignorada. Nunca o lerei bastante. Jamais o conhecerei até o fim. Se o vejo com a menina dos olhos e se o sinto com o âmago do coração. Que seria se o pudesse conhecer inteiramente?

Sobre a capa, o título — NOVO TESTAMENTO — está tão apagado que mal se pode ler. Os dourados desmaiaram. O papel amareleceu. O couro da encadernação está ruço. O dorso descolou. As folhas descoseram-se, gastaram-se nas margens ou têm os cantos enrolados. É necessário encaderná-lo de novo, mas não tenho coragem de fazer isso com medo de me separar, mesmo por alguns dias, do pequenino livro.

IV

Como eu, homem, que o gastei de tanto lê-lo, a humanidade também dirá como eu digo: "Que levarei comigo para o túmulo? Ele. — Com que me levantarei do túmulo? Com ele. — Que fiz na terra? Li-o".

É muito para o homem e talvez para toda a humanidade, mas para o livro é terrivelmente pouco.

"Por que me chamais: Senhor, Senhor... e não fazeis o que eu digo?" (Lc. 6, 46)

E um *agraphon*, uma palavra desconhecida de Jesus Desconhecido, que não figura no Evangelho, é ainda mais forte, mais terrível:

Se fazeis um comigo
e vos deitais sobre meu seio,

*mas não cumpris a minha lei,
eu vos afastarei de mim.*[3]

Isto quer dizer que se não pode ler o Evangelho sem cumprir o que ele manda. Mas quem de nós o cumpre? Eis porque é o menos lido e o mais desconhecido dos Livros.

V

O mundo, tal como é, e esse Livro não podem coexistir. Ou um ou o outro. O mundo tem de deixar de ser como é ou esse Livro deverá desaparecer do mundo.

O mundo absorveu-o como um homem sadio toma um veneno ou como um doente toma um remédio, lutando contra ele para assimilá-lo ou vomitá-lo de vez. Esse combate dura há vinte séculos e, durante os últimos, a luta se tornou tão áspera que até um cego vê que o mundo e esse Livro não podem coexistir: é o fim de um ou do outro.

VI

Os homens lêem o Evangelho como cegos, porque estão habituados a ele. Quando muito dizem: "É um idílio galileu, um segundo paraíso perdido, o sonho divinamente belo da terra que aspira ao céu, porém, se se realizasse, tudo se acabaria". Pensamento espantoso? Não, habitual.

Há dois mil anos os homens dormem com uma faca sob o travesseiro — o hábito. Mas "o Senhor chama-se Verdade e não hábito[4]".

A névoa que cobre nossos olhos quando lemos o Evangelho é a falta de espanto, o hábito. "Os homens não se afastam bastante do Evangelho, não o deixam agir sobre eles, *como se o lessem pela primeira vez*; procuram respostas novas a velhas perguntas; engasgam-se com um mosquito e engolem um camelo[5]".

Ler a milésima vez como se fosse a primeira limpar dos olhos a névoa do hábito, ver de repente e ficar mudo de assombro — isso é o que é necessário para ler o Evangelho como deve ser lido.

VII

"Ficava-se *impressionado* com seu ensinamento". Isto que é dito ao começo se repete no fim: "Toda a multidão ficava *impressionada* com seu ensinamento". (Mc. I, 22; 2, 18).

---

3. Pseudo-Clem. Rom., II EP. COR., IV, 5. — W. Bauer, DAS LEBEN JES. IM. ZEITALTER DER NEUTEST. APOKRYPH., 1909, p. 384.
4. Tertull., ap. O. Pfleiderer, DIE ENTSHUNG DES CHRISTENTUMS, 1907, p. 247.
5. J. Welhausen, DAS EVANGELIUM JOHANNIS, 1908, p. 3.

"O cristianismo é *estranho*", declara Pascal[6] "Estranho", extraordinário, espantoso. É pelo espanto que se aborda a ele e, quanto mais nele se penetra, maior é o espanto.

São Mateus vê no espanto o primeiro grau do conhecimento superior (gnose)... como também ensina Platão: o espanto é o começo de todo conhecimento, diz Clemente de Alexandria, lembrando-se talvez dum *agraphon*, sem dúvida tirado do original aramaico de São Mateus, hoje perdido:

*Aquele que busca não deve repousar
enquanto não tiver achado;
e, tendo achado, ficará espantado,
espantado, reinará;
reinando, repousará.*[7]

VIII

O publicano Zaqueu "queria ver Jesus, mas não podia por ser pequenino. Correu, pois, diante dele e trepou numa figueira". (Lc., 19, 3, 6.)

Nós também somos "pequeninos" e subimos numa figueira — a história — para ver Jesus, mas não o veremos, enquanto não o ouvirmos dizer: "Zaqueu desce depressa, porque é preciso que hoje eu fique em tua casa". (Lc., 19, 5.) Somente quando o tivermos visto hoje, em nossa casa, é que poderemos vê-lo na história há dois mil anos.

"A vida de Jesus" é o que procuramos sem o achar no Evangelho, porque ele tem outro fim — não sua vida, porém a nossa, a nossa salvação, "pois não existe sob o céu outro nome que tenha sido dado aos homens, pelo qual possamos ser salvos". (Atos, 4, 12.)

"Estas coisas foram escritas para que acrediteis que Jesus é o Cristo, o Filho de Deus, e, acreditando, tenhais a vida". (Jo., 20, 31.) Só depois de haver achado nossa vida no Evangelho nele também encontraremos a "vida de Jesus". Para saber como ele viveu, é preciso que ele viva naquele que deseja conhecê-lo. "Não sou eu mais quem vive, é Jesus quem vive em mim". (Gal., 2, 20.)

Para vê-lo, tem-se de ouvi-lo como o ouviu Pascal: "Eu pensava em ti na minha agonia e derramava minhas gotas de sangue por ti"[8]. E como o ouviu São Paulo: "O Filho de Deus me amou e ele próprio se sacrificou por mim". (Gal., 2, 20.) Eis o que há de mais desconhecido nele, o Desconhecido: a atitude pessoal do Homem Jesus para com a personalidade, — antes de minha atitude para com ele, a dele para comigo; esse é o milagre dos milagres por onde dentre todos os livros humanos, lumes terrestres, se distingue esse clarão celestial — o Evangelho.

---

6. Pascal, PENSÈES, 537.
7. Clem. Alex., STROMB., II, 9, 45; V. 14, 57. — A. Resch, AGRAPHA, 1906, p. 70. — E. Besson, LES LOGIA AGRAPHA, 1923, p. 74.
8. Pascal, PENSÈES 552.

IX

Para ler no Evangelho a "vida de Jesus", não basta a História; é preciso ver também o que está acima dela, antes e depois dela, o começo e o fim do mundo; é preciso decidir qual dos dois domina o outro, a História ou Jesus, qual dos dois deve julgar o outro, ela ou ele. No primeiro caso, não se pode vê-lo na História; só é possível vê-lo no outro caso. Antes de vê-lo na História, precisa-se vê-lo em si mesmo. "Ficai comigo e eu ficarei convosco". (Jo., 15, 4.) A essa palavra reconhecida corresponde uma palavra não reconhecida, um *agraphon*:

*Assim me vereis em vós
como alguém que se contempla
na água ou num espelho.*[9]

Só levantando os olhos desse espelho interior, a eternidade, é que nós o veremos também no tempo, a História.

X

"Jesus existiu?" A essa pergunta só poderá responder, não aquele para quem somente ele existiu, mas aquele para quem ele existiu, existe e existirá sempre.

Que existiu, as crianças sabem e os sábios ignoram. "Quem és tu? — Até quando terás nosso espírito suspenso?" (Jo., 8, 25; Io, 24.)

Quem é ele, mito ou história, sombra ou corpo? É preciso ser cego para confundir o corpo com a sombra, mas ao próprio cego basta estender a mão, tatear, para sentir que o corpo não é a sombra. Ninguém teria pensado em perguntar se Jesus existiu, se, antes da pergunta, já o espírito não tivesse sido obumbrado pelo desejo de que ele não houvesse existido. É tão desconhecido, tão enigmático em 1932 como no ano 32, continuando "o sinal que provocará a contradição". (Lc., 2, 35.) Sua milagrosa aparição na história universal é uma perpétua névoa nos olhos dos homens, que preferem negar a história a acreditar no milagre.

O ladrão precisa de trevas; o mundo precisa que Cristo não tenha existido.

XI

"Li, compreendi e condenei", disse do Evangelho Juliano o Apóstata[10]. Nossa Europa "cristã" e apóstata ainda não o diz, mas já o faz.

---

9. Pseudo-Ciprian., DE DUOBUS MONTIBUS, c., 13: *ita me in vobis videte, quomodo quis vestrum se videt in aquam aut in speculum.*
10. L. de Grandmaison, I., C., I. p. 141.

Os homens são rotineiros em tudo e especialmente em matéria de religião. É possível que não somente a horrenda "massa de perdição", *massa perditionis*, "a multidão nascida sem razão", *multitudo quae sine causa nata est*[11], o "joio" do Evangelho, como também o trigo do Senhor que o joio abafa, continuem a crescer juntos, tal qual há meio século, sob dois signos — as duas Vidas de Jesus de Renan e de Strauss.

Poderia, falando do livro de Renan, dizer como o Anjo do Apocalipse: "Tomai-o e devorai-o! Será amargo para tuas entranhas, mas doce aos teus lábios como mel". (Apoc. 10,9.) Misturar mel e veneno, esconder alfinetes em bolinhas de pão foi a arte em que Renan se tornou inigualável.

"Jesus não será ultrapassado... Todos os séculos proclamarão que entre os filhos dos homens nunca houve um maior do que Jesus". — "Repousa agora na tua glória, nobre iniciador. Tua obra está finda e tua divindade fundada. Não receies mais ver desabar por um erro o edifício dos teus esforços; tornar-te-ás de tal modo a pedra angular da humanidade que arrancar teu nome deste mundo seria abalar-lhe os fundamentos".[12]

Eis o mel e agora o veneno ou o alfinete na bolinha de pão: o límpido profeta das Beatitudes torna-se pouco e pouco o "gigante sombrio" das Paixões. A caminho de Jerusalém, começa a compreender que toda a sua vida foi um erro fatal; compreendeu-o definitivamente na cruz e "talvez se arrependeu de haver sofrido por uma raça vil".[13] Pior ainda: Lázaro, de conivência com Marta e Maria, deitou-se vivo no túmulo para enganar as gentes pelo milagre da ressurreição e "glorificar seu Mestre". Este sabia? *Talvez* — palavra querida de Renan — "talvez" soubesse. É a alusão mais sutil, o mel mais envenenado, o espinho mais agudo[14].

Seja como for, o "grande encantador" — outra expressão preferida de Renan — "tombou vítima duma santa loucura". Perdeu-se a si próprio sem salvar o mundo; enganou-se e enganou o mundo como jamais alguém o enganou[15].

Mas, então, que quer dizer: "Entre os filhos dos homens nunca houve um maior"? O que quer dizer na boca de Pilatos: "*Ecce homo*", Renan dirá "eis o Homem" e lavará as mãos; dirá "pedra angular da humanidade" e a retirará tão devagarzinho que ninguém dará por isso; prosternar-se-á diante da Verdade, porém sempre com essa pedra no seio: "Que é a verdade?"

A *Vida de Jesus* de Renan é o *Evangelho segundo Pilatos*.

---

11. IV Esdras, IX: *multido quae sine causa nata est.*
12. E. Renan, VIE DE JESUS, 1925, pp. 477,440.
13. IBID., p. 424.
14. IBID., pp.373-375.
15. E. Stapfer, JESUS CHRIST AVANT SON MINISTÈRE, 1896, p. VIII. *Ici sont bien rendus ces "peu être".* Aqui estão bem assinalados esses "talvez" de Renan, ao mesmo tempo sedutores e pérfidos. Com as mesmas mãos brancas e macias que antes preparavam a hóstia, o padre apóstata amassa as bolinhas de miolo de pão cheias de espinhos, misturando o veneno ao mel.

XII

Talvez Bruno Bauer seja mais inocente, quando, trêmulo de furor e espanto, clama como o possesso aos pés do Senhor: "Vampiro, vampiro! Sugaste todo o nosso sangue!"[16] Talvez Strauss seja mais honesto, quando se atira como um urso contra o chuço do caçador: Que é a religião? — *Idiotisches Bewustsein*. Que é a ressurreição? — *Ein welthistorischer Humbug*[17].

E, senão o próprio Nietsche, pelo menos sua pobre alma no inferno terrestre da demência, compreendeu o que Renan não compreendeu: a crítica, o julgamento do Evangelho pode muito bem tornar-se o Julgamento Final dos juízes: *quod sum miser tum dicturus*. Talvez sua pobre alma tivesse compreendido em que ombro tocava — que a sombra do desgraçado me perdoe! — com a desenvoltura dum lacaio, quando escreveu: "Jesus morreu muito cedo; se tivesse vivido até o meu tempo, teria renunciado ele mesmo a sua doutrina". — "Era um decadente muito curioso com um encanto sedutor feito de grandeza, doença e puerilidade".[18]

XIII

"Vós nos ofereceis como Deus um personagem que acabou por uma morte miserável uma vida infame". Essas horríveis palavras são relatadas pelo grande doutor da Igreja, Orígenes, porque sem dúvida sabia que os crentes não veriam nelas nem mesmo uma blasfêmia, mas simples absurdo, embora partissem dum homem inteligente e, como dizemos hoje, culto, o neoplatônico Celso.[19] Absurdo que parece não poder ser ultrapassado. Entretanto, o foi: Celso não duvidava da existência de Jesus e nós duvidamos.

XIV

Essa tolice ou essa loucura científica que os séculos antigos não conheceram, *a mitomania* (Jesus é um mito), começou no século XVIII, continuou no XIX e acaba no XX.

---

16. Bruno Bauer, ap. A. Shweitzer, LEBEN-JESU — FORSCHUNG, 1921, p. 157: *O Cristo é o vampiro da abstração espiritual: depois de haver sugado todo o sangue da humanidade, ele próprio se apavorou com o seu "eu" vazio que tudo absorvia.* — M. Kegel, BRUNO BAUER, 1908, p.38: *"Como fenômeno histórico, o Cristo do Evangelho devia inspirar pavor à humanidade".* — O velho Hase tinha razão, quando, depois de haver citado essa opinião de Bauer: "no IVº Evangelho, as palavras de Jesus são estupidamente empoladas, KRETINARTIG AUFGEBLASEN", o tratou de "sans culotte" literário. K. V. Hase, GESCHICHTE JESU p. 133. — *É o fruto desse sanculotismo que colhemos abundantemente no Oriente sob a grosseira forma do jovem comunismo e no Ocidente sob a forma mais refinada da "mitomania".*
17. "Idiotisches Bewsstsein" — "Ein welthitorisher Humbug" ap. H. Weinel, JESUS IM XIX IAHRHNDERT, 1903, p. 45. — Fr. Barth., HAUPTPROBLEM DER JESUS FORSCH., 1918, p.218.
18. "Interessantester Dekadent", ap. H. Weinel, 1., C., 194.
19. Orígen., C. CELS., VII, 53, ap. E. Renan, MARC-AURÉLE, 1895, p. 359.

Carlos Dupuis (1742-1809), membro da Convenção, na sua *Origem de todos os cultos ou Religião universal*, obra datada do ano III da República, sustenta que Jesus, cópia de Mitra, Deus do Sol, será em breve para nós o que são Hércules, Osiris e Baco.[20] Na mesma época, Volney, *nas Ruínas ou meditações sobre as revoluções dos impérios*, assegura que a vida evangélica do Cristo não passa dum mito do curso do sol pelo zodíaco.[21]

No começo do último século, Strauss, que certos teólogos protestantes ainda consideram genial, publicou em 1836 sua *Vida de Jesus*. Sem o saber e talvez mesmo sem querer, abria com sua "mitologia evangélica" o caminho da "mitomania". Strauss semeou, Bruno Bauer colheu. A crítica do século XX deu a mão à "mística" anti-cristã do século XVIII. Bauer já está convencido de que Jesus, como personagem histórico, nunca existiu, que sua imagem evangélica é criação livre e poética do "primeiro evangelista", *Urevangelist*, imagem mítica do "rei da democracia, do Anti-César" necessária às camadas inferiores e escravizadas do povo. E — irrisório fim de tão pavoroso começo, camundongo gerado pela montanha — substitui-se Jesus por uma personalidade fantástica tirada de Séneca e de Flavio Josefo.[22]

XV

Devia-se esperar, graças à crítica científica do Evangelho, que, no fim do século XIX e princípio do século XI, destruiu até os fundamentos a "mitologia" de Strauss, que Bauer ficasse tão esquecido quanto Volney e Dupuis.[23] Mas essa esperança não se realizou. As raízes do século XVIII rebrotaram no século XX.[24]

Que é a "mitomania"? Uma forma pseudo-científica do ódio a Cristo e ao cristianismo, uma espécie de contração das entranhas humanas para rejeitar esse remédio ou esse veneno. "O mundo me odeia porque eu testemunho diante dele que suas obras são más". (Jo., 7, 7.).

---

20. Ch. Fr. Dupuis, ORIGINE DE TOUS LES CULTES OU RELIGION UNIVERSELLE, 1796.
21. C. F. Volney, LES RUINES OU MÉDITATIONS SUR LES RÉVOLUTIONS DES EMPIRES, 1791, Cap. XXII, § 13.
22. Br. Bauer, KRITIK DER EVANGELIEN UND GESCHICHTE IHRES URSPRUGNS, 1850. — CHRISTENTUM IND DIE CÄSAREN, 1877. — A. Schweitzer, 1., C., pp. 158-160. — H. Weinel, 1., C. p. 45.
23. Ad. Harnack, WESEN DES CHRISTENTUMS, 1902, p.16; *A afirmação de Straus que os Evangelhos contêm "misticismo" não é exata, mesmo admitindo a concepção falsa e indeterminada dele.* — O. Pfleiderer, DAS CHRISTUS-BILD DER URCHRISTLICHEN GLAUBENS, 1903, pp. 7-8 *Os "mitomistérios" não são para nós, como para os céticos dos séculos XVIII e XIX, "superstições "invenções de padres", porém fontes FUNDAMENTAIS (experiências) de nossas buscas históricas religiosas, FUNDAMENTALE ERKENNTINISQUELEN FÜR HISTORISCHE RELIGIONS FORSCHUNG.*
24. Art. Drews, DIE CHRISTUS-MYTHE, 1909 — W. Smith, DER VORCHRISTLICHE JESU, 1910. — J. M. Robertson, PAGAN CHRISTS, 1902. — P. Jensen, DAS GILGAMESCH EPOS IN DEN WELTLITERATUR, 1906. — A. KALTHOFF, DIE ENTSCHUNG DES CHRISTENTUMS, 1904.

Eis por que, na véspera da pior das obras do mundo — a guerra — o mundo se pôs a odiá-lo mais do que nunca. E se compreende muito bem que por toda a parte onde se queria acabar com o cristianismo, a "descoberta científica" de que Jesus é um mito tenha sido acolhida com entusiasmo, como se fosse isto o que se esperava.[25]

XVI

Para um conhecedor das origens do cristianismo, tão profundo como J. Weiss, os livros de Drews e de Robertson não passam de "imaginação desregrada", "caricatura da história". Poder-se-ia dizer o mesmo de todos os "mitólogos" modernos.[26]

O saber é lento e difícil, a ignorância é pronta e fácil. Segundo a expressão de Carlyle, ela enche o universo com "o barulho ensurdecedor da mentira", alastra pelo mundo como uma nódoa de azeite sobre papel ordinário e é também inapagável.

No decurso dos últimos vinte e cinco anos, a crítica alemã realizou um trabalho de Hércules, limpando as estrebarias de Augias da ignorância religiosa e histórica; mas, se se persistir na barbárie de após a guerra, tamanhos montões de esterco se amontoarão nas estrebarias que o próprio Hércules será sufocado pelo seu fétido.

XVII

Jesus é o deus pré-cristão de Canaan-Efraim, o deus do sol, Jeschua (Drews); é também Josué, ou o patriarca José, ou Osiris, ou Atis, ou Jasão; é ainda o deus indu Agni — Agnus Dei, ou o gigante babilônio Gilgamés, ou simplesmente um "fantasma crucificado".[27]

O caleidoscópio de todas as mitologias ou, melhor, de todas as tolices policrômicas, gira, como em delírio, no fundo negro da ignorância.[28]

Para todos os que têm olhos, ouvidos, paladar, olfato e tato histórico, é infinitamente mais natural acreditar na existência real dum fenômeno tão único como Jesus

---

25. H. v. Soden, HAT JESUS GELEBT? 1910, p.8.
26. J. Weiss, JESUS VON NAZARETH, MYTHUS ODER GESCHICHTE? 1910, p. V.
27. Ch. Guignebert, LE PROBLEME DE JESUS 1914, pp. 141, 135, 158, 139. — A. Schweitzer, 1., C., p. 485. — A. Jülicher HAT JESUS GELEBT? pp. 6-7, 35. *Jülicher qualifica muito polidamente a teoria de Jensen sobre Jesus-Gilgamés de "ingenuidade ilimitada", GREZENLOSE NAIVITAT. Aliás o próprio Jensen se horrorizou mais tarde e a repudiou covardemente.*
28. Eis alguns exemplos dessa ignorância: em lugar de 14 epístolas de São Paulo, Drews enumera somente 13, compreendendo a Ep. aos Hebreus e julga que Q (Quelle — a fonte pre-sinóptica) é comum, não somente a Lucas e Mateus, como a Marcos; por conseguinte ignora tudo sobre "a teoria das duas fontes"(zwei — Quellen — Théorie), da qual poderia ter conhecimento ao menos pelo manual de Wernl, do mesmo modo que Smith argumenta com a menção pretensa pré-cristã do "deus Jesus "num hino de Naaseus (Hipol., PHILOS., VI, 10), que realmente data do século III depois de J. C. — H. Wienel, IST DAS LIBERALE JESUS-BILD WIDER LEGT? pp. 7, 8, 93, 98. — Sabemos também que a menção do nome de Jesus no papiro mágico de Wessely não remonta além do século IV depois de J. C. Porém Smith, entendendo que não há a menor razão para supor que essa menção seja mais antiga e datando mesmo de antes do nascimento do Senhor, não hesita, algumas páginas adiante, em considerá-la como provinda da "mais alta Antiguidade", a fim de poder construir

do que supô-lo inventado, criado pelos homens do nada, do que pensar que impostores ignotos ou imbecis enganados tenham transformado o mundo espiritual imaginando algo tão real, embora incomensuravelmente mais novo, do que o sistema de Copérnico.[29]

XVIII

Quem, portanto, salvo o próprio Jesus, poderia "inventar", criar Jesus? A comunidade da "gente do povo sem instrução alguma"? (At., 4,13). É pouco provável que a mais viva das figuras humanas tenha podido ser composta com a ajuda de vários elementos mitológicos na sábia retorta dos filósofos do tempo. Para que a pessoa histórica de Jesus pudesse ser criação de um poeta ou de uma comunidade de poetas, seria necessário que esse poeta ou essa comunidade se tivessem representado nele; então, Jesus seria ao mesmo tempo o poeta e o poema, o criador e a criação.

---

sobre essa base inconsistente o castelo de cartas de sua teoria do "Jesus pré-cristão". Bastou um sopro da crítica científica sobre esse edifício para fazê-lo desabar. — W. Smith, 1., C. — A. Jülicher, 1., C., p. 3. O próprio Smith, confundindo nas palavras hebraicas de NAZARA, "Nazaré", e de NOSRIM, NASER, vigiar, guardar o Z mole com o S duro, fundou sobre essa confusão toda a sua teoria, segundo a qual a cidade de Nazaré nunca teria existido e esse nome teria sido tomado ao do deus místico NAZOROI, o "vigia", o "guarda". — W. Smith, 1., C., pp. 46-47. — H. Weinel, 1., C., p. 96 — Dá prova de igual ignorância quando se refere ao testemunho de Epifânio (Adv. Haeras., XXIX), segundo o qual os Bazarenos seriam uma seita pré-cristã... — H. Weinel, 1., C., p. 101. — Kalthoff afirma que a lenda evangélica não se pode formar na Palestina, porque nela se fala em "dinheiros" com a imagem e o nome de César, o que era contrário ao uso judaico. Ignora que só se cunhava na Palestina a moeda muída de cobre, enquanto que a de ouro e prata (dinheiros) vinha de Roma e trazia conseqüente a efígie e o nome de César.

Penso que bastarão estas gotas para dar a conhecer o sabor da água desse oceano de ignorância. Mas há algo ainda pior: Smith toma "Jaques irmão do Senhor", de quem fala Paulo (GAL., I, 19), pelo "irmão de Jesus segundo a fé". — Fr. Loois, WER WAR JESUS CRISTUS? p. 26, cita, a propósito, a opinião de um médico para quem "isso era o começo de uma demência". É fácil adivinhar como os mitólogos atingiram a esse ponto, porque a única menção de um "irmão do Senhor" basta para demolir toda a sua "mitologia".

29. H. v. Soden, 1, G., pp. 5, 24. — *A questão da existência de Jesus se põe nas mesmas condições que a da existência de Sócrates ou Alexandre; nem Jesus, nem Sócrates deixaram um monumento escrito. Por que Sócrates dos Diálogos não seria a personificação da sabedoria grega? O nome de "Sócrates" significa "o que possui a salvação, do mesmo modo que o nome de "Jesus" significa "Salvador". As contradições manifestas entre Platão e Xenofonte no seu modo de representar Sócrates e de reproduzir suas palavras não provam que são dois mitos sobre o mesmo "deus de uma religião salvadora"? Daí uma dedução "científica" muito fácil: Sócrates é o Jesus grego e Jesus é o Sócrates judeu. Pode-se dizer a mesma coisa de Alexandre Magno, cujo nome significa "o vencedor dos homens" (Männerabwender). Não estão misturados nele os traços míticos de Apolo, Aquiles e Dionísio? Jesus existiu?" Esta pergunta não tem mais sentido científico nos nossos dias do que os jogos pueris da mitologia comparada.*

"*O Cristo existiu?" perguntou um dia Napoleão a Wieland, durante um baile da corte em Weimar, por ocasião do Congresso de Erfurt, em 1808.* — "Senhor, é tão absurdo perguntar isso como perguntar se Julio César ou Vossa Majestade existiram". — *Muito bem!" disse Napoleão e se afastou, sorrindo.* — A. Schwitezer. 1., C.. p. 445. — K. v. Hase, 1., C., p.9

Ou, noutros termos, se Jesus não fosse tão grande ou antes maior do que o pintam os Evangelistas, sua própria grandeza seria o mais inexplicável milagre da história. Assim, seu mistério só faria tornar-se mais remoto e mais indecifrável.[30]

Isto equivale a dizer que, por menos que se aprofunde, o problema da existência de Jesus implica outra questão: Jesus poderia *não ter existido*, quando uma imagem como a sua nos é oferecida num livro como o Evangelho?[31]

XIX

"Existiu": eis o que nenhuma das testemunhas não cristãs suas contemporâneas nunca afirmou com a clareza que exige a crítica científica. Este é um dos principais argumentos dos mitólogos. Mas será tão comprobatório como pensam? Para verificar isso é preciso antes responder as três seguintes perguntas:

De entrada, quando as testemunhas não cristãs começam a falar de Jesus? Antes que uma religião se torne um acontecimento histórico visível, o que só aconteceu com o cristianismo no primeiro quartel do século II, os historiadores não podem falar do fundador dessa religião. Ora, como é precisamente a essa época que remontam os primeiros testemunhos dos historiadores romanos sobre Jesus, o argumento negativo, tirado do fato de que só tardiamente se falou dele, cai por si.

Em seguida, falou-se *muito* ou *pouco* dele? Muito pouco. Os homens esclarecidos iriam prodigalizar frases por causa dum bárbaro obscuro, dum Judeu rebelde, crucificado cem anos antes numa província distante, perdido na multidão de seus semelhantes, propagador de "absurda e extravagante superstição"? Porque foi exatamente com essas palavras que os historiadores romanos caracterizaram Jesus.

Afinal, como se falar dele? Como as pessoas que passam bem falam duma epidemia desconhecida, pior do que a lepra e a peste, que as ameaça. E foi mesmo assim que se falou de Jesus.

XX

O primeiro testemunho não cristão é a carta que Plínio o Moço, procônsul da Bitínia, dirigiu no ano 112 ao imperador Trajano. Plínio pergunta-lhe o que deve fazer com os cristãos. Em toda a região, não só nas grandes cidades como nas mais remotas aldeias, são muito numerosos, de ambos os sexos, de todas as idades e condições; e esse contágio cada vez mais se espalha; os templos estão desertos e já se não

---

30. J. Weiss, DIE SCHRIFTEN DES N. T., p. 70. — E. B. Allo, LE SCANDALE DE JESUS, p. 127.
31. A. Jülicher, l., C., p. 31. *Orígenes diz admiravelmente (DE PRINCIP., IV, 5.): "O simples fato de, em tão curto período — um ano e alguns meses —, o mundo se encher com o seu ensinamento e a fé em Cristo já é um sinal de sua divindade". Com efeito, o que foi feito nesses poucos meses dura ainda e durará provavelmente até a consumação dos séculos.*

sacrifica mais aos deuses. Ele, Plínio, julga os culpados e os interroga; uns, repudiando a "superstição", fazem libações, queimam incenso ante a estatua de César e "amaldiçoam o Cristo" — *male dicerent Cristo*; outros se obstinam. Porém tudo o que ele consegue saber se reduz a isto: "em dia marcado, antes do pôr-do-sol, eles se reúnem e cantam um hino ao Cristo como a um Deus; juram não mentir, não roubar e não fornicar, etc... Reunem-se também para repastos em comum, aliás inteiramente inocentes" (trata-se sem dúvida da Eucaristia). O procônsul fez submeter à tortura duas servas (diaconesas), mas elas nada revelaram, além de uma superstição absurda e extravagante" — *superstitionem parvam et immodicam*.[32]

Esse testemunho já é importante, porque confirma a exatidão e a autenticidade históricas de tudo o que as Epístolas e os Atos dos Apóstolos nos contam sobre as primeiras comunidades cristãs. Porém mais importantes ainda, são as palavras: "cantam um hino ao Cristo como a um deus". Se Plínio tivesse sabido pelos cristãos que o Cristo era para eles simplesmente um deus, teria escrito: "cantam um hino a seu deus, o Cristo". Portanto, se escreveu: "ao Cristo como a um deus" — *Christo quasi Deo*, foi evidentemente porque sabia que, para os cristãos, o Cristo era, não somente um deus, mas também um homem. Por conseguinte, desde os anos 70 (em 112, certos cristãos da Bitínia eram cristãos havia mais de vinte anos), quarenta anos, pois, após a morte de Jesus, aqueles que nele criam sabiam e se lembravam. E a testemunha não cristã admitia que o homem Jesus tinha existido.[33]

XXI

O segundo testemunho, o de Tácito, é quase contemporâneo do de Plínio (mais ou menos em 115). Depois de haver assinalado os rumores que imputavam a Nero o incêndio de Roma, em 64, Tácito continua: "Para pôr um paradeiro a esses rumores, ele procurou os culpados e infligiu as mais cruéis torturas a infelizes repudiados pelas suas infâmias que eram vulgarmente chamados cristãos. O Cristo, do qual lhes vinha o nome, fora condenado a morte no tempo de Tibério pelo procurador Poncio Pilatos. Reprimida naquele momento a execrável superstição — *exitiabilis superstitio*, não tardou a de novo se alastrar não só na Judéia, onde nascera, como até mesmo em Roma, para onde afluem e onde engrossam todos os desregramentos e todos os crimes. Começou-se por prender todos os que se confessavam cristãos e, depois, em conseqüência de seus depoimentos, uma imensa multidão acusada tanto de haver incendiado Roma como de odiar o gênero humano — *odium humani generis*".[34]

---

32. Plin. Secund., EPIST., I, X, 95.
33. *Pode-se avaliar que golpe terrível é o testemunho de Plínio contra os "mitólogos" pelos simples fato de Bruno Bauer declarar, sem o menor fundamento, que essa carta é "falsa".* — H Weinel, 1., C., p. 51.
34. Tácit., ANNAL., XV, 41.

XXII

Tácito é um dos historiadores mais escrupulosos. Quando se limita a registrar rumores, não deixa de assinalar isso. Entretanto, não declara que o suplício de Jesus fosse um vago rumor, porém o dá como uma informação, tal como outras que refere, proveniente de testemunhas incontestáveis no seu modo de ver, os historiadores que o antecederam ou as fontes oficiais. É igualmente fora de dúvida que nenhuma mão cristã alterou esse testemunho, senão não teria deixado subsistir as últimas palavras, que são talvez as mais fortes, mais serenas e mais cruéis jamais pronunciadas contra o cristianismo.[35] Palavras breves e pesadas, sonoras como bolas de cobre caindo numa urna de ferro. Tácito fala tranqüilamente, mas em cada uma de suas frases espuma o ódio, idêntico àquela resina com que se untavam as "tochas vivas de Nero", as quais serão seguidas de muitas outras!

Verdadeiro romano, encarnação perfeita do Direito sobre a terra, julgando os cristãos, Tácito é justo a seu modo. Logo após as terríveis palavras que pronuncia a seu respeito, acrescenta: "Assim, embora culpados e dignos do último suplício, todos se compadeceram dessas vítimas que pareciam imoladas mais ao passatempo dum bárbaro do que ao bem público".

Será porque os não conhece que esse homem tão justo julga dessa forma os cristãos? Talvez que, pelo contrário, os conheça tão bem como nós. "Filhos, amai-vos uns aos outros". O misterioso ancião de Efeso, o presbítero João, que morreu, murmurando essas palavras, é quase contemporâneo de Tácito. Este teria podido conhecer também os que haviam visto os mártires do ano 64 e, entre eles, Pedro e Paulo; teria podido ver brilhar nos seus olhos o reflexo do Amor Celeste que baixara sobre a terra. Ora, eis o seu julgamento: "Odeiam o gênero humano".

Que é isso senão o choque até então ignorado de dois mundos, infinitamente mais opostos do que o cristianismo e o paganismo, o mundo e o outro mundo? Tácito não sabe ainda, mas pressente é que Roma — o mundo, — e o Cristo não poderão coexistir. Ou o mundo ou ele. E Tácito tem razão, mais razão talvez do que todos os historiadores, mesmo cristãos, desde dois mil anos.

O que Tácito diz do Cristo nos mostra admiravelmente que seus Anais são, como os da própria Roma, mais duradouros do que o bronze, — *aere perennius*. E eis que a resposta à pergunta: Jesus existiu? ficou gravada nesse bronze.

---

35. *Tácito só relataria "boatos provenientes dos próprios cristãos"; os céticos exagerados agarram-se a este argumento como um náufrago a uma palha. — Loois, I., C., pp. 20-21. E um tal P. Hochart (De L'AUTHENTICITÉ DES ANNALES ET DES HISTOIRES DE TACITE, 1890), para destruir as parcas dez linhas de Tácito sobre o Cristo, tenta provar que seus Anais e suas Histórias não passam de hábil imitação dos humanistas italianos do século XV, devendo ser seu autor provável Lorenzo Valla. Todavia, o próprio Drews não ousou recorrer a esse meio. Não mais um "começo de demência", porém demência pura. — A. Schweitzer, 1., C., p. 552.*

XXIII

A terceira testemunha, um pouco posterior a Tácito, mais ou menos em 120, é Suetônio.

"Nero causou muito mal, mas causou muito bem. Os cristãos, homens duma superstição nova e maléfica, — *superstitionis novae et maleficae*, foram condenados à morte". Isto se encontra na *Vida de Nero*. Na *Vida de Cláudio*, Suetônio diz: "Ele expulsou de Roma os Judeus, que se revoltavam continuamente, excitados por um tal *Chrestus*.[36] O nome do Cristo foi deformado em *Chrestus*. Os "mitólogos" agarraram-se a essa palha, pretendendo que se tratava dum desconhecido chamado *Chrestus*, talvez um escravo fugido. (*Chrestus* – "Útil" era, sem dúvida, um nome muito comum entre os escravos).[37] Mas nós sabemos perfeitamente que, no reinado de Cláudio, não houve nenhum rebelde judeu com esse nome. Sabemos igualmente por São Justino, Atanágoras e Tertuliano que, então, se chamavam aos cristãos — *chrestiani*. O Chrestus de Suetônio não pode ser outro senão o Cristo.[38]

XXIV

O quarto testemunho, o mais antigo de todos, remontando a 93-94, se encontra nas *Antigüidades Judaicas* de Flávio Josefo.

Quando se sabe quem era Josefo — renegado da fé judaica, trânsfuga que passara para os romanos na guerra de 70, analista oficial dos Flávios, louvaminheiro dos seus amos tanto quanto os historiadores latinos, vê-se logo que, embora com outros motivos, quer sobre o cristianismo em geral e sobre o Cristo — Messias, Rei de Israel em particular, afastar dele e de seu povo qualquer suspeita de rebelião, apesar de ter sido ele mesmo revoltoso.[39]

Ser-lhe-á, porém difícil fazer absoluto silêncio sobre o cristianismo, pois os cristãos eram demasiadamente conhecidos em Roma depois da guerra da Judéia e das perseguições de Domiciano.

---

36. Suetôn., DE VITA CAESAR., Nero, XVI, 2; Claudius, XXV, 3.
37. L. DE Grandmaison, 1., C., I, p. 12.
38. A. Hauck, Jesus, p.9. — *Um historiador eclesiástico de decadência, Orósio, fixa a data da expulsão dos judeus de Roma no ano 9 do reinado de Cláudio (o ano 49 depois de J.C.). Se essa data é exata, ela prova que dezenove anos após a morte de Jesus existia em Roma já uma comunidade cristã e é possível que as palavras de Suetônio se refiram à luta dessa comunidade contra a sinagoga judaica, na própria Roma, o que é tanto mais plausível quanto, nessa época, os romanos ainda não diferençavam os judeus dos judeus-cristãos.*
39. O. Schmiedel, DIE HAUPT-PROBLEME DER LEBEN JESU-FORSCHUNG, p. 12. — J Weiss, JESUS VON NAZA RETH, MYTHUS ODER GESCHICHTE? p. 90. — *As "Antigüidades Judaicas" têm como principal objetivo representar os judeus como súditos fiéis de César, pacíficos "filosófos" no gênero dos neo-pitagóricos (Essênios) e estóicos.*

A julgar pelos manuscritos que até nós chegaram, Josefo fala de Jesus em dois lugares. A primeira passagem é uma interpolação cristã que, por ter sido feita muito cedo (talvez no século II), é por isso mais evidente e muito grosseira. Mas, como sua posição no seguimento do relato é muito natural,[40] como a segunda menção feita mais longe de Jesus ("o irmão de Jesus denominado o Cristo") supõe que já tivesse falado dele, como, afinal Orígenes a ela alude[41] é muito verossímil que havia ali um trecho real mais tarde deformado pela interpolação cristã. Se se afastar tudo quanto é impossível atribuir a Josefo e se se modificarem ligeiramente alguns pormenores, para os tornar mais aceitáveis, eis o que restará:

> "Ora, nesse tempo, apareceu Jesus denominado o Cristo, hábil taumaturgo, que pregava aos homens ávidos de novidades, seduzindo a muitos judeus e helenos. E, mesmo depois que Poncio Pilatos, pela denúncia de alguns dos nossos principais, o puniu de morte na cruz, os que primeiro o haviam amado (ou que primeiro ele havia enganado) não cessaram de amá-lo até o fim. Existe ainda em nossos dias uma comunidade que dele recebeu o nome de cristãos".[42]

A autenticidade da primeira passagem é admitida pela maioria dos críticos, mesmo os da esquerda. Após haver mencionado a usurpação do grão-sacerdote Anaz o Moço (parente do que julgou Jesus), que ocorreu depois da partida do procurador Festus e antes da chegada de Albinus (no começo de 64), Josefo continua:

> "Anaz... julgando asada a ocasião... reuniu o sinédrio para julgar o irmão de *Jesus denominado o Cristo*... cujo nome era Jaques e, tendo-o acusado com outros de haver transgredido a lei de Moisés, o fez lapidar".[43]

Assim, o testemunho judaico confirma o testemunho romano: Jesus existiu.

---

40. Joseph., ANT., I. XVIII, e. III, 1-3. — *Logo após a revolta de Jerusalém, em 30, por causa do tesouro do Templo empregado por Pilatos na construção de um aqueduto.* — G. Volkmar, JESUS NAZARENUS UND DIE ESSTE CHRISTLICHE ZEIT, 1882, p. 370.

41. Orígen., C. CELS., I, 47.

42. É assim que Th. Reinach provapõe reconstruir o texto primitivo. — L. de Grandmaison, 1., C., p. 193. — Orígenes (C. CELS., I, 47). diz de Josefo: "Ele também não acreditava que Jesus fosse o Cristo".
Se se não tratasse de Jesus nessa passagem de Josefo, se este houvesse guardado sobre Jesus um silêncio completo, Orígenes não teria motivo algum para aludir à incredulidade de Josefo; havia muita gente que também não acreditava! — G. Volkmar, 1., C., p. 387.
Em São Jerônimo, em lugar do nosso texto "Era o Cristo" se encontra outra versão: "Acreditavam-no o Cristo, CREDEBATUR ESSE CHRESTUM", o que dá a tudo o que Josefo disse ou tenha podido dizer de Jesus um sentido inteiramente diverso, mais verossímil na boca de Josefo. — G. Volkmar, 1., C., p. 335.
Eis o texto completo de Josefo, tal qual chegou até nós (Ant., I, XVIII, c. III, 3):

"Foi também nesse tempo que apareceu Jesus, homem sábio, se é que o devemos chamar homem. Porque foi autor de obras espantosas, mestre dos que recebem com alegria a verdade. E atraiu muitos judeus e helenos. Era o Cristo e, mesmo depois que Pilatos, devido à denúncia dos principais de nossa nação, o condenou à cruz, os que o haviam amado antes não o abandonaram por isso, pois lhes apareceu vivo, no terceiro dia, conforme tinham dito, com outras maravilhas, os profetas divinos. E até hoje subsiste o grupo que de seu nome tomou o de cristãos."

É mais do que evidente que Josefo não podia falar assim de Jesus.

43. Joseph., ANT., I. XX, c. IX, I.

XXV

O quinto testemunho se acha no Talmud.

Suas partes mais antigas — as "narrações", *agada*, os "ensinamentos", *halaka* e as "parábolas", *meschalim*, dos grandes rabinos, remontam incontestavelmente ao meio do século II e provavelmente ao início do século I, portanto aos primeiros dias de Jesus: o rabino Hilel e o rabino Schamai são quase contemporâneos do Senhor.[44]

Desde a primeira metade do século II, os doutores do Talmud transformaram o *Evangélion* em *Avengilion*, a "Má Nova", ou em *Avongilaon*, o "Poder do Pecado, da Iniquidade".[45] O versículo 12 da mais santa das orações de Israel, Scemone Esre, em que os apóstatas, *os minim*, e os "Nazarenos" (ambos nomes dados aos cristãos) são lançados à maldição — "que pereçam subitamente e que seu nome seja mesmo riscado do Livro da Vida!" — data, como temos certeza, o mais tardar, do fim do século I. Desde esse momento, pois, Israel compreendera que seus eternos destinos se decidiriam por "Aquele que pende da Cruz", pelo Cristo.[46]

XXVI

O Talmud não põe em dúvida que Jesus tenha feito milagres e curas. Foi, para isso, que, segundo uma lenda, ele roubara ao templo de Jerusalém o "Nome Inefável" (Iahv,) e, segundo outra, mais antiga, datando de mais ou menos o ano 100, "trouxera do Egito a magia nas incisões de seu corpo" — as tatuagens.[47] Bem ao fim do século I, o rabino "apóstata" Jacob de Kefara continuará a fazer milagres com o nome de Jesus.[48]

No dia do julgamento (véspera do sábado de Páscoa) foi justificado Jesus o Hannozeri (Jesus o Nazareno) e, antes, um arauto caminhou diante dele durante quarenta dias, anunciando: "Eis aqui Jesus o Nazareno que vai ser lapidado por ter praticado a magia, iludido e seduzido Israel. Aquele que saiba como justificá-lo venha dar seu testemunho". Mas não houve quem o justificasse e foi justiçado (crucificado).

É o que está escrito na parte mais antiga do Talmud de Babilônia[49].

Resulta de tudo isso que as testemunhas judaicas sabem melhor ainda do que as romanas que o Cristo existiu; sabem também o que ignoram as outras, como viveu e por que morreu.

Em verdade, são simples pontos de referência isolados no tempo e no espaço, mas desde que se unam por uma linha mostrarão a figura geométrica, facilmente reconhecível do corpo histórico do Cristo que vemos no Evangelho.

---

44. A. Jülicher, l., C., p. 20.
45. A. Hauck, l., C., p. 20.
46. H. v. Soden., DIE ENTSTEHUNG DES CHRISTENTUMS, p. 53.
47. BABYL. SCHABATH. 104 b. — PALEST. SCHABATH, 13 a.
48. BABYL. ABODA ZARA, 27 b.
49. BABYL. SANHED., 43 a.

XXVII

E eis o que há talvez de mais mortal para os "mitólogos". Todas essas testemunhas dedicam a Jesus o mais violento ódio que os homens podem ter a um homem. Entretanto, ao espírito de nenhuma delas acode a idéia de dizer: "Jesus não existiu", o que, todavia, bastaria para aniquilar o Inimigo.

XXVIII

São Justino Mártir, um heleno que se converteu ao cristianismo em 130, nasceu na Palestina, na antiga cidade de Sichem, Flavia Neapolis, segundo toda verossimilhança, no fim do século I. Poderia ele ignorar o que diziam de Jesus os judeus da Palestina?

"Jesus o galileu é o fundador duma heresia ímpia e iníqua. Crucificamo-lo e seus discípulos roubaram seu corpo, a fim de enganar o povo, dizendo que ressuscitara e subira ao céu", afirma o interlocutor de Justino, Trifão o Judeu. Não há razão alguma para que essa testemunha não exprima o que era para os judeus palestinos, no fim do século I, a verdade histórica. Filhos e netos dos que haviam gritado: Crucificai-o! — sabiam disso e disso se gabavam, que seus pais e avós realmente o haviam feito crucificar. E de novo nenhum deles se lembra de pensar que Jesus não existiu.[50] Entretanto, sabiam certamente melhor do que nós se existira ou não, não somente por estarem mais perto dele dois mil anos, como porque seus olhos viam de outra maneira do que vêem os nossos: viam menos as pequenas coisas e mais as grandes, pois sobre eles não pesava, como sobre os nossos, a "fascinação da futilidade", *fascinatio nugacitatis*.[51] Eis por que não podia acontecer aos piores inimigos do Cristo o que acontece a nós, cristãos: na casa da humanidade, na história universal, o Cristo desapareceu como agulha em palheiro.

XXIX

A primeira testemunha cristã anterior aos Evangelistas é Paulo. A autenticidade de seu testemunho está consideravelmente reforçada por se tratar de um antigo inimigo de Jesus, Saulo, o perseguidor dos cristãos.

A força do testemunho de Paulo é tão grande que, antes de dizer "Jesus não existiu", ter-se-ia de dizer "Paulo não existiu" e, para isso, rejeitar não somente todas as suas Epístolas como todo o Novo Testamento, todas as obras dos Apóstolos (do ano 90 ao ano 150), as quais são os mais seguros testemunhos de Paulo, e ainda todos os apologetas do século II; em outros termos, seria preciso destruir toda a literatura histórica das origens do cristianismo.[52]

---

50. Justin., DIAL. C. TRYPH., ap. A. Hauck, p. 7.
51. Pascal, PENSÉES, 203.
52. *Os críticos da escola holandesa (Loeman, Pierson Naber, Van Mannen) e o suíço Steck vão até negar autenticidade mesmo às quatro epístolas mais incontestáveis: Gal.; I e II Cor; Rom. — "Nos meios científicos, se tomou isso por uma brincadeiras de mau gosto, tanto que se passou à ordem do dia, sem quase haver objeções". — O. Schmeidel, 1., C., p. 10.*

XXX

Que significam, pois, as palavras de Paulo: "E, se tivéssemos conhecido o próprio Cristo, segundo a carne, não o conheceríamos dessa maneira?" (Cor.II, 5, 16.)

Não poderemos decifrar esse enigma e não decifraremos senão à medida que formos conhecendo o Cristo Desconhecido. Mas basta abordá-lo para ver que essas palavras não podem significar, como o pretendem os críticos "livres", que Paulo somente conhece o Cristo celeste e não conhece nem quer conhecer o Cristo terrestre.

> "Ó Gálatas insensatos! quem vos enfeitiçou de tal jeito que vos fez renegar a verdade, vós a cujos olhos foi tão vivamente pintado Jesus crucificado entre vós?" (Gal., 3,.I.).

Pintado, *proegraphin*, significa "pintado na tela com o pincel de um artista". Como Paulo poderia pintá-lo, se o não tivesse visto nem conhecido, "segundo a carne"[53]? "Não o vi, Jesus Nosso Senhor?" (I Cor., 9, I.). Será simplesmente à visão do caminho de Damasco que se referem essas palavras? — "Quem és tu?", pergunta Paulo ao Cristo na sua visão, porque não sabe ainda que aquele e o segundo a carne fazem um só; e somente quando ambos lhe respondem: "Sou Jesus", o reconhece pela voz e pelo semblante (Atos, 9, 5.). É sobre a identidade do que conheceu na realidade e do que viu na visão que repousa toda a fé de Paulo.

XXXI

A conversão de Paulo ao cristianismo data provavelmente do outono de 31, isto é, ano e meio após a morte de Jesus.[54]

> "Ao fim de três anos, subi a Jerusalém para conhecer Cephas e fiquei com ele cerca de quinze dias" (Gal., I, 18).

Durante esses quinze dias, não se teria informado com Pedro sobre a vida de Jesus, procurando conhecê-lo "segundo a carne"?

Pelas suas Epístolas, vemos até que ponto o conheceu. "Poder-se-ia fazer uma pequena Vida de Jesus só com as Epístolas". Renan já compreendera isso[55].

---

53. *Ignoramos se Paulo viu Jesus com seus próprios olhos. Mas não temos nenhuma razão para supor que, indo todos os anos a Jerusalém, para as festas da páscoa, segundo o costume de todos os judeus piedosos, deixaria de fazê-lo logo no momento das festas a que Jesus assistiu e especialmente nessa última páscoa em que morreu. Se Paulo estava, então, em Jerusalém, deve ter visto Jesus.*

54. A, Harnack, SITZUNGSBERICHT D. BERL. AKAD. PHILOLOG. HISTOR. KLASSE, 1912. pp. 673 e segs.

55. E. Renan, HISTOIRE DU PEUPLE D´ISRAEL, 1893, V, P. 416, nota 1.

Paulo sabe que Jesus "nasceu de uma mulher", que era "da raça de David", que foi "submetido à lei (circuncisão)"; sabe que tem um irmão, Jaques; que o Senhor pregou em companhia de doze discípulos; que fundou uma comunidade distinta do judaísmo, que se reconheceu como Messias, Filho Único de Deus, mas que, na sua vida terrena, "se fez pobre", "se aniquilou", tomando a "forma de um servo"; que marchou voluntariamente para a morte na cruz, que instituiu a Ceia na noite em que foi traído por um dos discípulos e que, vítima dos Anciãos de Judá, foi crucificado e ressuscitou[56].

A força dos testemunhos de Paulo é tal que, à falta de outros, por eles saberíamos com maior certeza do que temos da existência de outros personagens históricos, não só que o Cristo existiu, mas ainda como viveu, o que disse, o que fez e por que morreu.

XXXII

Plínio, Tácito, Suetônio, Josefo, o Talmud e Paulo — seis testemunhos independentes uns dos outros, que, vindo dos lados mais opostos, dizem a mesma coisa com vozes diferentes. É verdade que, embora nos afirmem que um homem existiu, nós podemos duvidar disso; porém como não crer, quando vemos e ouvimos esse homem mesmo? Ora, é bem assim que o vemos e ouvimos no Evangelho.

"O que nós ouvimos, o que vimos com os próprios olhos... e que nossas mãos tocaram... nós vos anunciamos", diz, senão o próprio São João, "o discípulo amado de Jesus" (Jo., 19, 26.), pelo menos aquele que ouviu essas palavras a João (I Jo., 1, 3.) — "Não foi seguindo fábulas (mitos) habilmente arranjadas que vos fizemos conhecer o poder... de Nosso Senhor Jesus Cristo; foi por ter visto sua majestade com os nossos próprios olhos", declara Pedro, como se já pressentisse nossa "mitologia" (II, Po., I, 16.).

Se, para conhecer, é preciso amar, e, se jamais pessoa foi mais amada do que Jesus pelos seus discípulos, então nunca ninguém foi melhor conhecido do que ele por eles e nunca ninguém teve mais do que eles o direito de dizer: "nós o ouvimos com os nossos próprios ouvidos e nós o vimos com os nossos próprios olhos".

XXXIII

"Somos forçados a reconhecer aos testemunhos cristãos das primeiras gerações que se seguiram aos anos de 30 sobre os principais acontecimentos da vida de Jesus a maior autenticidade que se pode achar na história", afirma um crítico muito livre e, além disso, sem a menor eiva de apologética eclesiástica.[57] E, segundo outro, "nossas

---

56. GAL., 4, 4; ROM., I 3; GAL., 4,4, I, 19; I COR., 15, 16; II COR., 8, 9; PHIL., 2, 6-8; II COR., II, 23-26.
57. A. Jülicher I., C., p. 21: *"Das höchste Mass von Sicherheit das die eschi chte erreicht"*. Em 1864, Strauss dizia: *"Há poucos personagens históricos sobre quem nossas informações sejam tão parcas quanto sobre Jesus"*(DAS LEBEN JESU FÜR DAS DEUTSCHE VOLK, II, p. 73); *e, após meio século de pesquisas, a crítica chegou à conclusão diametralmente oposta: "Há poucas personagens da Antigüidade sobre quem possuamos testemunhos históricos tão irrecusáveis quanto os sobre Jesus".* — A. Schweitzer, I., C., p. 6.

informações sobre Sócrates são menos seguras do que sobre Jesus, porque Sócrates foi pintado por escritores e Jesus por homens de poucas letras, quase ignorantes".[58]

Pode-se dizer que o Evangelho é o livro menos inventado, mais espontâneo, mais inesperado, mais involuntário e, portanto, o mais verídico de todos os livros passados, presentes e provavelmente futuros.

XXXIV

Que significam, então, as "contradições" que se encontram nos Evangelhos? Jesus é ou não filho de José? Nasceu em Belém ou em Nazaré? Pregou somente na Galiléia ou também em Jerusalém? Instituiu ou não a Ceia? Foi crucificado a 14 ou a 15 de Nizan, etc.? Uma criança inteligente da fé dessas contradições e não sabe como resolvê-las.

"A harmonia secreta vale mais do que a harmonia manifesta" — "Os contrários são concordantes", ensina Heráclito, como também ensinam os Evangelhos. As contradições aparentes, as antinomias reais de que é feita a música da "harmonia secreta" existem por toda a parte no mundo e mais ainda na religião. Além disso, sabemos bem por nossa experiência quotidiana que, quando duas ou mais testemunhas de boa fé relatam o mesmo fato, não estão de acordo senão quanto ao essencial, contradizendo-se no resto, porque cada qual vê a seu modo. Essas "contradições" são precisamente o melhor índice da veracidade: as falsas testemunhas se concertariam para se não contradizerem.

Três das testemunhas — Marcos, Mateus e Lucas — são diferentes, "contraditórias" e, por conseguinte, independentes uma da outra; entretanto, estão de acordo sobre o essencial; enfim, a quarta, João, embora contradiga as outras três, está igualmente de acordo com elas sobre o mesmo essencial. Assim, com cada novo Evangelho, a autenticidade do testemunho cresce em progressão geométrica.

"Se uma lógica como a de Marcion tivesse prevalecido, não teríamos mais do que um Evangelho, e a melhor marca da sinceridade da consciência cristã está em não suprimirem as necessidades da apologética a contradição dos textos, reduzindo-os a um só".[59]

"O grande número de divergências na transmissão das palavras de Jesus e nos relatos de sua vida prova que os testemunhos evangélicos são livremente tirados de fontes que brotam independentes umas das outras". Se a primeira comunidade houvesse inventado o "mito do deus Jesus", ela certamente se teria preocupado com a unidade da invenção e teria apagado as contradições.[60] É precisamente onde a imagem de Jesus contradiz aparentemente a fé da comunidade religiosa que "nós podemos tocar sob ela o granito inabalável da tradição"[61]. É também aí que se manifesta melhor toda a impossibilidade histórica da "mitologia".

---

58. M. Dibelius, GESCHICHTE DER URCHRISTLICHEN LITTERATUR, I p. 37.
59. E. Renan, LES EVANGILES, 1923, P. VII.
60. A. Jülicher, 1., C., p. 28.
61. W. Bousset, WAS WISSER VON JESUS? pp. 44, 57.

Se o essencial para os cristãos primitivos era a identidade do Homem-Jesus com o Messias-Cristo do Velho Testamento, com que fim teriam introduzido no "mito" de Jesus tantos traços históricos de nenhum modo preditos naquele Testamento ou em flagrante contradição com suas predições, como se quisessem construir o "mito" com uma das mãos para destruí-lo com a outra?[62]

XXXV

Basta abrir o Evangelho para sentir o odor daquela terra em que, em verdade, viveu Jesus e dos próprios dias em que nela viveu. "Aqui, na Palestina, tudo é histórico", é a conclusão a que chega um dos melhores conhecedores desse país, depois de trinta anos de peregrinação pelos rastos do Senhor. Não duvidará da existência de Jesus o que pela Terra Santa caminhar sobre a marca dos pés de Jesus.

As reiteradas e minuciosas indicações que se encontram nos quatro Evangelhos em pontos bem determinados do tempo e do espaço, isto é da realidade, ou, em outros termos, as indicações que mostram que os acontecimentos evangélicos não são "mito", mas história, são demasiado significativas. Não, não foi um "deus Jesus" irreal que a primitiva Igreja foi buscar à Palestina, porém, ao contrário, ela se apresentou à face do universo com o testemunho claro e irrecusável de que o Homem-Jesus foi um personagem histórico.[63]

XXXVI

Então, como é que, depois de tudo isso, os homens podem duvidar da existência do Cristo? A "mitologia" vem somente da malevolência ligada à tolice e ignorância? Infelizmente não vem só disso. Há uma causa mais profunda e mais terrível oculta no

---

62. H. v. Soden Hat Jesus gelebt? p. 26.
63. G. Dalman, ORTE UN WEGE JESU, 1924, P. 16: *Hier ist alles historisch.* — R. Fürrer, DAS LEBEN JESU, 1905, p. 7.: *"Quando eu percorria a pé a terra de Jesus... via com grande nitidez muitos quadros evangélicos e muitas vezes me admirava da exatidão com que tinham sido colocados na moldura daquela natureza. Então, compreendi definitivamente que a lenda evangélica não se tinha podido formar em Roma ou Alexandria, como alguns pretendem, porém somente ali, na terra de Jesus".* — Por sua vez, Renan (*VIE DE JESUS*, p. XCIX) chama a Terra Santa o *"quinto Evangelho"*.

Os pontos cronológicos no tempo não são menos históricos nos Evangelhos do que os pontos geográficos no espaço. O reinado de Tibério começou, segundo Josefo, no ano 764 de Roma (ab urbe condita), i. no ano 14 depois de J. C.; João Batista apareceu no "décimo quinto ano do reinado de Tibério César" (Lc., 3, I): 14 + 15 = 29. A construção do segundo Templo de Jerusalém durou quarenta e seis anos (Jo, 2, 20); Herodes começou a construção, sempre segundo Josefo (Ant., XV, II, I..) no décimo oitavo ano de seu reinado, i. e. em 735 a. u. c.: 735 + 46 = 15º ano de Tibério, 29º depois de J. C.

Como, segundo toda verossimilhança, Jesus nasceu quatro anos antes da era que tem seu nome, "no tempo do rei Herodes" (Mt., 2, I), no ano de sua morte, ocorrida em 54 a. u. c., tinha trinta e três anos: "Jesus tinha mais ou menos trinta e três anos, quando começou seu ministério"(Lc., 3, 23).

Assim, os quatro testemunhos — um em Josefo, um em João e dois em Lucas — convergem para o mesmo ponto cronológico. Entretanto, as três testemunhas se ignoram (admitindo mesmo que Lucas tenha conhecido Josefo, não o utiliza na sua cronologia). É possível que coincidências de precisão tão matemática sejam fortuitas num mito sobre um personagem histórico inexistente? — G. Volkmar, 1., c., pp. 385-386.

próprio cristianismo: a eterna fraqueza do espírito e da vontade humana que a primitiva Igreja denomina "docetismo" da palavra grega *dokein*, "parecer". Os docetas são aqueles que não querem reconhecer o Cristo "segundo a carne" e para quem ele somente possui uma carne "aparente".

"O corpo visível de Jesus não passa duma sombra, de um fantasma, *umbra, phantasma, corpulência putativa*", ensina Marcion, o primeiro doceta, no fim do século II.[64] "Jesus não nasceu, mas desceu diretamente do céu em Cafarnaum, cidade da Galiléia, no 15º ano do reinado de Tibério Cesar". Assim começa o Evangelho de Lucas, "corrigido" por Marcion.[65] Jesus não morreu: "Simão o Cireneu foi crucificado em seu lugar". — "Não sofreu senão por sua sombra, *passum fuisse quasi per umbram*", ensina o gnóstico Marcius.

E, por sua vez, Atanásio o Grande, um dos pilares da ortodoxia, diria mais tarde: "foi somente para enganar e vencer Satã que o Senhor exclamou sobre a cruz: *Lama sabactani*!"[66] E outra coluna da Igreja, São João Crisóstomo, diria que o Senhor, procurando frutos numa figueira estéril, somente "simulava fome".[67] Segundo Clemente de Alexandria, "Jesus não tinha necessidade de alimento": um fantasma não come nem bebe.[68] O grito de Jesus sobre a cruz: "tenho sede" significa: "tenho sede de salvar a humanidade", dirá Ludolfo de Saxe, que escreveu no século XIV uma das primeiras Vidas de Jesus. "Jesus não passa de um fantasma crucificado", afirmarão também os docetas de nosso tempo, os "mitólogos".[69] Desse modo, de Marcion aos nossos dias, passando por João Crisóstomo e Atanásio o Grande, todo o cristianismo está impregnado de docetismo.

XXXVII

Eis por que os homens mais incrédulos de nosso tempo acreditaram facilmente no mais absurdo dos mitos — o mitos de Jesus.

Afinal de contas, que é o docetismo? Uma tentativa para roubar ao Salvador o mundo salvo por ele, para crucificar segunda vez o Cristo, de modo ainda pior do que o do Gólgota: lá só seu corpo foi morto, aqui se matam alma e corpo; lá somente Jesus foi morto, aqui se matam Jesus e o Cristo. "Enfim (sobre a cruz), o Cristo se desprendeu de Jesus", ensinam os docetas[70] e nela só ficou sua aparência humana, a "forma", o "esquema" (*homoiôma, schêma*, são as palavras terríveis de Paulo, Rom., 8, 3; Phil., 2,7), a figura geométrica do homem, o casulo transparente, esvaziado pela borboleta que voou.

---

64. W. Bauer, l., c., p. 35.
65. Tertull., C. MARCION., IV, 7.
66. K. V. Hase, l., c., p. 580.
67. Mc., II, 12 — M. J. Lagrange, EVANGILE SELON SAINT MARC, p. 293.
68. E. Hennecke, HANDBUCH ZU DEN NEUTET, APOKRYPEN, I. p. 76.
69. *"Only a crucified phantom" (somente um fantasma crucificado)*. J. M. Robertson, ap. Ch, Guignebert, l., c., p. 59.
70. Revolans *in fine Christus de Jesu*. Iren. ADV. HAERES., I. 26 — Hippol. PHILOS., VII, 7, 33, 10, 21.

Se essa tentativa tivesse triunfado, todo o cristianismo e a própria Igreja, Corpo do Cristo, teriam sido pulverizados como um pano roído pelas traças. Eis a razão por que o último e o maior doceta será o "Pseudo Cristo", o Anticristo. Nosso docetismo é o caminho que leva em linha reta para ele.

XXXVIII

Tudo isso, evidentemente, não passa de mesquinha empresa, porque, no fundo, o docetismo — a aparência substituída à realidade, o engodo, o nevoeiro, o escamotear —, simples tentativa para fazer com que o que foi não tenha sido. Apesar de tudo, os homens e o Doceta, o eterno Escamoteador, mais ainda do que os homens, sabem que o Cristo existiu.

Com o sopro de sua boca, o Senhor matará o Inimigo com estas simples palavras: "Eu fui".

XXXIX

Perguntar hoje: "o Cristo existiu?" é o mesmo que perguntar: "o cristianismo existirá?" Por isso é que se deve ler o Evangelho como convém, afim de nele ver não só o Cristo celeste, mas também o Cristo terreno, conhecendo-o, afinal, "segundo a carne", o que equivale a salvar o cristianismo, o mundo.

XL

Ele erra no mundo como uma sombra, enquanto que seu corpo está aprisionado pela Igreja nas vestes douradas das imagens. É preciso achar seu corpo no mundo e livrar o Prisioneiro da Igreja.

XLI

A Igreja — as portas do Inferno não prevalecerão sobre ela — será talvez salva da terrível enfermidade do docetismo, mas isso não basta: é preciso salvar o mundo. A Igreja conhece o Cristo "segundo a carne porém o mundo não o conhece mais ou não o quer conhecer. O eterno caminho da Igreja vai do Jesus terreno ao Cristo Celestial; o mundo, a fim de ser salvo, deve seguir caminho inverso, não contra a Igreja, mas para a Igreja, indo do Cristo a Jesus.

O caminho da Igreja leva ao Cristo conhecido; o do mundo leva ao Cristo desconhecido.

II

O EVANGELHO DESCONHECIDO

I

Não deixarei de notar nas minhas Explicações (das palavras do Senhor) tudo o que anteriormente aprendi e guardei dos Antigos, os Presbíteros, tendo absoluta certeza do que afirmam. Porque, ao contrário do que é vulgar, não procurei os grandes palradores, porém os que ensinam a verdade, nem os que lembram os mandamentos profanos, mas sim os preceitos impostos à nossa fé, pelo Senhor e emanados da própria Verdade. Se alguém restava dos que haviam seguido os Antigos, eu me informava dos seus relatos, do que diziam André, ou Pedro, Filipe ou Tomás, Jaques ou João, Mateus ou qualquer outro dos discípulos do Senhor, do que diziam Aristion ou João o Antigo (discípulos do Senhor). Porque julgava que teria mais proveito com o que vem de vozes vivas e inesgotáveis do que dos livros[1].

Foi nesses termos que, no ano de 150, Papias, bispo de Hierópolis, na Síria, a mais próxima testemunha dos discípulos do Senhor, se exprime no prefácio dos cinco livros de suas "Explicações das palavras do Senhor", tesouro que os ortodoxos destruíram e que continha talvez muitas palavras desconhecidas de nós e não menos autênticas que as dos Evangelhos. Esse testemunho, o mais antigo que possuímos, é dos mais preciosos, pois é quase único, sobre o meio de onde saíram os Evangelhos.

II

Um testemunho um pouco posterior, datando mais ou menos de 185, de Irineu, bispo de Lião, é igualmente precioso, porque confirma o que diz Papias. Irineu nos conta o que ouviu e viu na sua juventude e cuja lembrança conservou viva. "Lembro-me melhor o que então se passou do que dos fatos recentes, porque o que aprendemos em criança adere à nossa alma". Nessas reminiscências sobre São Policarpo mártir bispo de Esmirna, um velho centenário dirá: "ele nos relatava suas conversas com João e com os outros que haviam conhecido o Senhor, e, como guardava de memória o que deles escutara, tudo era conforme às Escrituras... Gravei isso, não sobre o papiro, mas no meu coração, exatamente e para sempre".[2]

---

1. Papias, ap. Euseb., HIST, ECCL, III, 39.
2. Iren., ADV. HAERES, II, 22, 5; V, 30, I; 33, 3. — Euseb. H. E., V, 20, 4.

III

O sentido dos dois testemunhos é muito claro, por mais estranho que nos pareça. Na Igreja, desde os dias da vida terrena do Senhor até, o fim do século II e mais longe, até os séculos III e IV, até o historiador eclesiástico Eusébio, a cadeia viva da tradição se desenrola como uma espécie de apelo transmitido de século a século, de geração a geração: "Vistes?" — "Vimos!" — "Ouvistes?" — "Ouvimos!" Assim retumba no coração dos fiéis a "voz viva e inesgotável". Existe além do Evangelho alguma coisa que lhe é igual, senão superior, porque mais autêntica, mais perto do Cristo vivo; o que é dito vale mais do que o que está escrito; os que viram e ouviram o Senhor sabem e lembram-se do que o Evangelho não sabe e não se lembra mais.

IV

Esse mesmo sentido estranho e quase espantoso vamos encontrar em uma lenda dos gnósticos, muito antiga, segundo parece: "O Senhor, depois de sua ascensão, voltou novamente à terra e passou onze anos com seus discípulos, ensinando-lhes muitos mistérios". Essa é verossimilmente a parte mais antiga da lenda e eis a mais recente: *"E lhes ordenou que escrevessem tudo o que haviam visto e ouvido dele"*[3]. Esta parte é posterior, porque, durante os dias, meses e anos que se seguiram imediatamente à desaparição do Senhor, seus discípulos não tinham tempo de escrever: a Vinda que esperavam era muito iminente: para que rolos de livros quando o próprio céu estava para se enrolar como um livro? Os homens mal teriam tempo de começar a ler o que sobre ele se escrevesse e ele se apresentaria. "É preciso que se não esqueça", pensa o que escreve. Mas quem poderia esquecer? As crianças? Porém haverá ainda meninos, haverá ainda tempo para criá-los?

Longo tempo ficou ele presente aos seus olhos; sua voz viva ressoava a seus ouvidos: "Bem-aventurados vossos olhos, porque viram, e vossos ouvidos, porque ouviram" (Mt., 13, 16.)

Entretanto, desde que a primeira palavra foi anotada essa felicidade se acabou; foi como uma segunda preparação mais amarga. Escrever era reconhecer que ele não estava mais com eles e que não estava prestes a voltar.

A amante que espera no dia seguinte a volta do amado não escreve; mas, se ele não volta, nem no seguinte, nem nos outros dias, a primeira carta marca a primeira inquietação, a primeira angústia. Foi sem dúvida o que se passou com os homens da primeira época, quando se escreveu o primeiro Evangelho: uma carta depois da separação, o sinal dum encontro adiado.

---

3. A. Resch, AGRAPHA, pp. 275. 276.

V

Foi isso, indubitavelmente, aos olhos do próprio Pedro o primeiro Evangelho em que Marcos, seu discípulo e filho espiritual, anotou os ensinamentos de seu mestre. "Pedro, diz Clemente de Alexandria, relatando um testemunho provavelmente muito antigo cuja inverossimilhança garante sua autenticidade, Pedro sabendo que Marcos escrevia um Evangelho, nada fez para dissuadi-lo nem para encorajá-lo".[4] Assim, ficou indiferente, recusando conceder-lhe um olhar, ou, quando muito, passando-lhe os olhos com "angústia e inquietação"; talvez não tenha dito, mas pensou: "Ele também! Vá que sirva para os que não viram nem ouviram, mas para ele, que viu e ouviu tudo?..."

Pedro, o príncipe dos Apóstolos, nem animou nem abençoou o Evangelho: renegou-o. Isso é tão estranho, tão espantoso que não podemos crer nos nossos ouvidos. E, ao fim de alguns anos, a Igreja, recusando, como nós, a acreditar nisso, apressou-se a fazer desaparecer essa mancha que enodoava a memória de Pedro, que é a sua memória, com outras lendas mais recentes: "Pedro, tendo sabido por uma revelação do Espírito que Marcos escrevera o Evangelho, se alegrou", ele "confirma o que foi escrito", ordena mesmo que se escreva e, enfim, faz escrever o que ditar ".[5]

Para compreender tudo isso, embora só em parte, é preciso não esquecer que esses homens que "renegaram o Evangelho" tinham ouvido com os próprios ouvidos e visto com os próprios olhos o Cristo vivo, o Sol. Ele continua vivo com eles. E, perto dele, junto dele, o Evangelho é como uma vela acesa diante do sol. Mas chegou o dia em que tiveram de reconhecer que haviam compreendido mal o que o Senhor lhes dissera sobre sua vinda, embora lhes parecesse impossível que não tivessem compreendido o que lhes fora dito com terrível clareza: Alguns dos que se acham aqui presentes não morrerão sem que tenham visto o Filho do Homem vir para seu reino" (Mt., 16, 28.). Ora, todos ou quase todos morreram sem o ter visto. Havia nisso para eles tal escândalo que só ele, ainda presente e vivo entre todos, poderia aquietar. Entretanto, era necessário admitir que ele não viria logo, porém dentro de muitos anos, de muitos séculos talvez. Durante muito tempo ainda, os homens morrerão e nascerão (até então não se acreditava nisso ou não se pensava nisso) e mesmo é possível — pensamento tão terrível para eles como para nós! — que esqueçam o Cristo. Foi somente quando compreenderam que tinham de deixar o Sol, "a luz do Senhor", e descer pelo longo e escuro subterrâneo dos séculos que haveriam de separar a primeira vinda da segunda que resignaram com dor no coração a acender a lâmpada, a escrever o Evangelho.

É o que devemos compreender, embora seja difícil, mesmo quase impossível, senão não entenderemos nunca o que é o Evangelho, sobretudo não conseguiremos ver o que há além dele: a vida viva do Cristo, vida desconhecida do Desconhecido.

---

4. Clem. Alex., HYPOTYPOS., ap. Euseb., H. E., VI, 14, 7.
5. Clem. Alex., HYPOTYPOS., ap. Euseb., H. E., II, 15, I-2.

VI

A primeira versão pré-sinóptica, que, em seguida tomou lugar entre os Sinópticos (synoptikoi quer dizer as co-testemunhas, os concordantes, em oposição a João, o que não concorda), apareceu na Palestina, pátria de Jesus, em aramaico, sua língua natal provavelmente ali pelos anos de 40, isto é, antes que sua geração tivesse desaparecido[6]; mas não teve curso senão para permitir aos jovens irmãos admitidos na comunidade, os quais não haviam visto nem ouvido o Senhor, aprenderem de cor suas Palavras.[7]

No fim da guerra da Judéia, os primeiros cristãos que abandonaram Jerusalém em ruínas refugiaram-se na cidade vizinha, Pela, depois em Kokaba, na província da Batanéa submetida ao rei Agripa II, perto da fronteira do reino dos Nabateus (Arábia). Ali também se instalaram os parentes de Jesus e, entre eles os irmãos que haviam acabado por acreditar nele.[8]

Os primeiros arrulhos desses pombos brancos da Batanéa, pobrezinhos de Deus, ebionim, que, fugindo à tempestade, se haviam refugiado numa fenda do rochedo, sob a calma do sol nascente do Reino de Deus, são as primeiras "palavras do Senhor", as *logia KyriaKa* que foram anotadas.

Poderemos acreditar que o foram exatamente? Sim. Nessa ninhada de pombos, todos se arrimavam uns nos outros fortemente; nessa intimidade fraternal — (uma só alma, a Sua, em um só corpo, o Seu) — é para nós a melhor garantia de uma memória fiel: o que um tiver esquecido os outros lhe lembrarão, se um se enganar, os outros retificarão. Lembrar-se-ão, não somente de suas palavras, mas ainda do som de sua voz viva, do rosto, do olhar, do gesto que as acompanhava, e de onde foram pronunciadas. Recordarão tudo, porque o amaram.

VII

Não podemos, com a experiência de nossa memória *escrita*, onusta e enfraquecida, fazer a menor idéia da força e da maravilhosa frescura da antiga memória oral. O enorme Talmud, o Rig-Veda com seus 16 mil versos, o Corão foram durante séculos conservados de cor. A memória dum bom discípulo, dizem os doutores do Talmud, é "uma cisterna estanque que não deixa escapar uma gota de água".[9]

O poder exterior da memória era reforçado pelo poder interior das palavras do Senhor:

"Nunca um homem falou como aquele homem" (Jo., 7, 46).

---

6. A. Jülicher, NEUE LINIEN IN DER KRITIK DE EVANGELISCHEN UBERLIEFERUNG, 1906, pp. 55, 75. — J. Weiss, DIE SCHRIFTEN DES N. T., I, p. 59.

7. P. Wernle, DIE SYNOPTISCHE FRAGE, 1899, p. 211. — E, Renan, LES EVANGILLES, 1913, p. 95.

8. E. Renan, LES EVANGILES, pp. 42-43; VIE DE JESUS p. 502.

9. J. Weiss, I, p. 59; E. Renan, LES EVANGILES, pp. 5, 95-97. E, se as palavras de Jesus mudam com a transmissão, não é porque a memória dos que as repetem os traia, sim porque essas "Palavras de Vida" vivem por si mesmas e crescem como seres vivos entrados no mundo.

Se homens tão simples, tão grosseiros mesmo, como os servos dos Fariseus enviados para agarrar Jesus, o sentiram, quanto mais os discípulos dele. "Nunca um homem falou assim": é que suas palavras tinham esse caráter único e sobre-humano, incomensurável a qualquer medida humana, que elas são tão memoráveis para eles, que as ouviram, e tão autênticas para nós, que as lemos: aí o memorável e o autêntico se confundem.

"Uma espécie de brilho ao mesmo tempo suave e terrível, uma força divina, se ouso dizer, sublinha essas palavras, as faz ressaltar do texto e as torna facilmente reconhecíveis pela crítica", nota Renan.[10] E, certamente, ele, o incrédulo, tão sutil e tão complicado tem muito mais dificuldade de compreender do que os simples e rudes servos dos Fariseus.

Basta comparar o Evangelho aos outros livros do Novo Testamento, ou, melhor, o Lucas do Evangelho ao Lucas dos Atos dos Apóstolos para sentir tudo o que distingue a Palavra Verdadeira das outras, tão bruscamente como o pulmão sente a passagem do ar dos campos ao dos aposentos, ou o olhar sente a passagem da luz do sol à de uma candeia. É o mesmo que cair do céu sobre a terra.

VIII

Palavras tão simples que uma criança as entende. Pequenas parábolas, quadros ingênuos que se incrustam para sempre na memória: a trave nos nossos olhos, a palha no olho do vizinho; o cego guiando o outro cego para o buraco. É tão simples, tão compreensível que a gente se lembrará até o fim do mundo.

As crianças compreendem, mas não os sábios, porque essa primeira camada clara recobre outras, tanto mais obscuras e enigmáticas quanto mais profundas. Porém, antes mesmo que o homem dê fé, esses enigmas se imprimem no seu espírito, na sua vontade, na sua consciência e, em todo caso, na sua memória, como espinhos agudos ou dardos empeçonhados. E aquele cujo coração foi ferido uma vez ficará envenenado para sempre.

IX

Todas as palavras humanas parecem de argila friável ao lado dessas que têm a dureza e a limpidez do diamante. O mundo move-se sobre elas como sobre eixos indestrutíveis: "O céu e a terra passarão, mas minhas palavras não passarão" (Lc., 21, 32.).

Todas as palavras humanas são, ásperas como calhaus ao lado dessas criações do Logos, da Lógica Divina — desses cristais de perfeição geométrica. Assim, a memória visual neles discerne logo o menor defeito — uma ruga ou uma fenda —

---

10. E. Renan, VIE DE JESUS, p. LXXXI.

devidas, não ao cristal, mas à imperfeição da memória. Não se poderia exprimir melhor, nem de outro modo, e que aquele que duvidar procure dizer melhor ou melhor polir o diamante!

X

A música interior da linguagem se encontra indestrutível em todas as traduções, em todos os idiomas. Não existe livro mais universal do que esse: e de todas as línguas e de todos os tempos.

"Que fostes ver no deserto? Um caniço açoitado pelo vento?" ou, então: "Vinde a mim vós todos que estais fatigados e carregados". Isso ressoa e ressoará até o fim do mundo, em todos os quadrantes do mundo, indestrutivelmente[11].

A *memória auditiva* distingue imediatamente o som dessas palavras do de todas as outras palavras humanas, como distingue o tinido duma moeda de ouro verdadeira do duma peça falsa de chumbo; entre todas as vozes estranhas, ela encontra e reconhece essa voz familiar: "As ovelhas o seguem, porque conhecem sua voz" (Jo. 10, 4.); a memória auditiva reconhece no meio de todos os ruídos terrestres os sons do paraíso.

XI

A memória auditiva reconhece igualmente esse ritmo duplo, que se não pode repetir, particular às palavras do Senhor — o paralelismo dos dois membros da frase que não é simplesmente concordante, como no Antigo Testamento, porém, ao mesmo tempo, concordante e contrário: "Os primeiros serão os últimos e os últimos serão os primeiros"; "Aquele que tiver guardado sua alma a perderá e aquele que a tiver perdido a achará". Cada palavra contém tese, antítese e síntese; um "sim", um "não" e acima um "sim" que as une: o Pai, o Filho e o Espírito; essa música trinitária retumba em todo o Evangelho como numa concha o rumor das ondas marinhas.

Nas asas desse duplo ritmo, sua Palavra voa através de todos os séculos e de todos os povos, viva, imortal, como o pólen maravilhosamente sutil que o vento transporta a milhares de léguas.

XII

A *memória do paladar* distingue também imediatamente de todas as palavras humanas a sua Palavra, impregnada de um sal que faz parecer insulsas todas as outras. "É uma boa coisa o sal". — "Tende sal em vós mesmos" (Mc., 9, 50). Em quantas de suas Palavras se encontra o sal, não só o da Sabedoria Divina como ainda o da

---

11. J. Weiss, l., c., I, p. 61.

inteligência humana, e poder-se-ia dizer o "espírito", decerto não como o entendemos hoje e sim com um outro sentido para o qual não temos termo próprio! A viúva importuna em casa do juiz o servo infiel, o rico imbecil diante da morte e quantos outros! Em cada palavra, sobretudo nas parábolas há uma pitada de sal, a luz dum sorriso que não é da terra, luz que brilha dolorosa ou alegre, mas com uma suavidade sempre igual, acima de todas as coisas terrenas.

Escama-se, esvazia-se e se faz secar ao sol sobre a praia o peixe colhido no lago de Genezaré. É o humilde alimento dos pescadores galileus, dos Doze e dos Anjos que vêm a eles. Aquele que uma vez provou o peixe seco do lago de Genezaré, repasto regiamente pobre do Senhor, jamais o esquecerá e não o trocará por nenhuma ambrosia.

XIII

Mas talvez seja a memória do coração que melhor reconheça suas palavras.

"Aquele que não deixar mãe e pai..." — "Tive fome e não me destes de comer; tive sede e não me destes de beber. Era estrangeiro e não me agasalhastes. Estava nu e não me vestistes; doente e prisioneiro não me visitastes" (Mt., 25, 42-44).

O coração sente-se transpassado como por um ferro em brasa e fica tão bem marcado por essa queimadura que logo se reconhece de onde ela veio. Mesmo que o Evangelho viesse a desaparecer, essas marcas no coração da humanidade testemunhariam que o Cristo esteve na terra.

XIV

O som do original aramaico reconhece-se ainda facilmente na versão grega do Evangelho.[12]

Quem eram, então, os Arameus? O ramo setentrional da raça semita, o mais próximo dos Arianos. Dois ou três mil anos antes de Jesus Cristo, eles foram os primeiros intermediários espirituais e não políticos até no sentido das profecias judaicas antipolíticos, entre o Egito-Babilônia e a Fenícia-Canaan (a Creto-Egéa, a Atlântida européia). Foram ainda os últimos mensageiros da universalidade, da "catolicidade" antiga e os primeiros mensageiros da nova.[13] Se o mito do dilúvio, da Atlântida, do ponto de vista da religião e mesmo da pré-história, tem algum valor, então o segundo Adão, Jesus, fala à segunda humanidade a linguagem da primeira.

No século XI antes de Jesus Cristo, a língua aramaica era tão universal como seria mil anos mais tarde a língua grega popular, comum, *Koinê*, de Alexandre Magno e do próprio deus Dionísio — essa sombra do Sol, do Filho que devia vir.[14] O Evangelho

---

12. IBID., I, p. 63.
13. C. Toussaint, L'HELLÉNISME ET L'APÔTRE PAUL, 1924, p. 110.
14. A. Meyer, JESU MUTTERSPRACHE, 1896, pp. 35-39 e Passim.

traduzido do aramaico nessa língua, une as duas universalidades, as duas humanidades numa só, a primeira e a segunda em uma terceira. Encontramos nisso a tese, a antítese e a síntese: o Pai, o Filho e o Espírito a mesma música trinitária que ressoa no Evangelho como ressoa numa concha o rumor das ondas do mar.

XV

Para ouvir a "voz viva e inesgotável" de Jesus Cristo, para sentir na sua língua natal "o próprio hálito de seus lábios divinos", *suavitates quae velut ex ora Jesu Christi... afflari viventur*, é preciso abrir caminho através da tradução grega para chegar ao original aramaico.[15]

O primeiro balbucio: *Abba*, que dirige a seu Pai na língua de sua mãe terrestre, e seu derradeiro grito na cruz: *Lama sabactani*! são ambos aramaicos: Rabbi Jeschua, Jesus o Arameu, esse é que é o Jesus Desconhecido.

XVI

"O que se tocou no alaúde não tem o mesmo som na flauta".[16] Assim, *Talitha Kumi* não significa "rapariga, levanta-te", mas "menina, acorda". Como esse formidável milagre da ressurreição tem uma simplicidade infantil, compreensível, natural nessas palavras infantilmente simples! "Rapariga, levanta-te": a alma cala-se e dorme o sono da morte; "menina, acorda": a alma ressuscita, desperta.[17]

Nessa simplicidade é que reside a divindade do Evangelho: é tanto mais divino quanto mais simples. Dela é que lhe vem a transparência, a invisibilidade, a quase ausência de ar. Em certas manhãs de inverno de edênica claridade, na pátria de Jesus, ao pé das montanhas da Galiléia, o ar, o mais puro éter celeste que há sobre a terra, tem tal translucidez que os objetos mais distantes aparecem próximos: parece que um passo separa o Hermon do Tabor. O mesmo éter celeste banha o Evangelho. Os dois mil anos que dele nos separam como que não existem: ontem e hoje nele se confundem, tudo aquilo não *foi*, tudo aquilo *é*. "Antes que Abraão existisse — e depois que vós houverdes existido e que tiverem existido os últimos homem do mundo — Eu Sou". Entre Ele e nós, nada há; estamos com Ele face a face.

É tão terrível que se compreende que, às vezes, os próprios crentes se arreceiem durante anos seguidos de abrir o Evangelho; ouvem-no na igreja, mas, em casa, tapam os ouvidos para não escutar a voz terrivelmente próxima: "Preciso hoje ficar na tua casa".

---

15. Widmanstad, primeiro editor (155) da Escritura Sagrada em língua siríaca, ap. A. Mayer, 1., c., p.10.
16. Lutero sobre a tradução do Evangelho. — A Mayer, 1., c., p. 14.
17. A. Mayer, 1., c., p. 53.

XVII

Esse Evangelho tão simples e tão terrivelmente próximo é que é o Evangelho Desconhecido. São simples recordações orais de gente simples que não sabia escrever, de "analfabetos"; aliás, não há tempo: "Ele mesmo vai chegar".

"As recordações dos Apóstolos que são denominadas Evangelhos!", diz Justino Mártir, o qual, tendo vivido ali pelo ano 150, vira e ouvira os que haviam visto e ouvido o Senhor.[18] Isto significa que "Recordações" — *Apomnêmoneumata* são o primeiro, o mais antigo título do livro, e que "Evangelho" é o segundo. "Recordações", não no sentido de Memorabilia, como as de Xenofonte sobre Sócrates (há em Jesus coisas mais ou menos dignas de memória ou tudo o é?), porém antes no sentido de nossas "Memórias" pessoais e históricas. Eis o que é necessário ter sempre em vista para compreender o Evangelho.

XVIII

"Nada podemos quase conhecer sobre Jesus histórico nos Evangelhos, porque esse livro, conforme sua própria origem, não é de nenhum modo histórico e sim litúrgico: desde o ano 40 do primeiro século, era lido nos ofícios do domingo", relata ainda Justino Mártir.[19] É fácil refutar essas dúvidas correntes quanto à historicidade dos Evangelhos.

Em primeiro lugar, na época em que aparecem as "palavras do Senhor", isto é, não nos primeiros tempos, mas nos primeiros dias do cristianismo, as concepções de "Igreja" em geral e de "rito" em particular não correspondem absolutamente às nossas. As pequenas "capelas" domésticas, humildes recâmaras em que tudo era tão simples, tão pobre, tão nu e tão fraternalmente íntimo e ardente e terno, em que a imensidade e a emoção eram totalmente interiores, porque Ele acabava de estar ali em pessoa e ia talvez voltar, em que Ele estava sempre invisivelmente presente (parusia), essas pequenas capelas diferiam muito de nossas igrejas-templos, vastas, magníficas e frias. Se um desses "pobres de Deus", desses "Filhos de Deus" de súbito se visse numa dessas igrejas — em São Pedro de Roma ou em Santa Sofia — sentiria tanta surpresa e tanto pavor que teria vontade de chorar como as criancinhas. Também não reconheceria suas notas, humildes farrapos de papiro ou de pergaminho cobertos de caracteres aramaicos, sujos, gastos, mas regados de que lágrimas e iluminados de que amor! — seus "Evangelhos" — no livro enorme, pesado, quase impossível de abrir, encadernado de ouro e pedrarias que é o nosso Evangelho eclesiástico.

---

18. Justin., I APOL., LXVI, 3.
19. K. L. Schmidt, DER RAHMEN DER GESCHICHTE JESU, 1906, p. VI.

XIX

Acrescentemos a isso o que diz Orígenes: "Se os Evangelistas não fossem verídicos, mas tivessem inventado fábulas (mitos), como crê Celso, não teriam referido a negação de Pedro e o escândalo dos discípulos".[20] E não teriam deixado em silêncio muitas outras coisas? Pedro, que, na boca do Senhor, é "Satã" (Mt., 16, 23.); Judas, o traidor eleito para ser um dos Doze pelo Mestre, que sabe todavia o que Judas será para Ele e para os outros; a "possessão", a "demência" de Jesus na terrível narrativa de João (7, 20; 10, 20) e na mais terrível ainda de Marcos, a "loucura" de Jesus, admitida, não só por seus irmãos, como mesmo por sua mãe (3, 21, 31-35); a existência de outro Jesus, Bar Abba, "Filho do Pai" (segundo a lição dos mais antigos manuscritos), posto em liberdade[21] e o supremo grito do Filho a seu Pai: "Por que me abandonaste?" Mas, de que serve enumerar tudo isso? Basta abrir o Evangelho para verificar que está cheio desses "escândalos", *skandala*, dessas "palavras duras" (Jo., 6, 60.). Ele não é mais do que "um sinal que provocará a contradição", como o predisse Simeão Teóforo, carregando-o, menino, nos braços:

> "Eis que esse menino está destinado a ser...
> Um sinal que provocará a contradição,
> Semeion antilogomenon (Lc., 2, 34.)".

Que estranho, terrível livro "ritual", em que, a cada passo, estão preparadas, como de propósito, tais armadilhas-enigmas! Por mais estranho e terrível que pareça, pode-se dizer que o Evangelho é o menos "ritual" e mesmo, dando à palavra "Igreja", não o sentido que tinha nos primeiros dias do cristianismo e sim o que tem agora, o menos "eclesiástico" de todos os livros passados, presentes e provavelmente futuros.

Foi preciso fechá-lo e encourá-lo de ferro, de gemas e de diamantes, esse livro terrível, para seu espírito não explodir e não aniquilar completamente toda a Igreja. Mas a força divina da Igreja está em ter agido de tal sorte que só vive do espírito desse Evangelho eternamente oprimido e jamais esmagado, somente se movendo com as suas explosões interiores.

Para persistir afinal na dúvida da "historicidade" do Evangelho é preciso ser péssimo historiador.

XX

Sente-se quanto os que invocam suas recordações têm, às vezes, dificuldade em lembrar o discurso vivo de Jesus — essas "palavras estranhas e duras" — e quanto as acham incompreensíveis:

---

20. Orígen., C. GELS., II, 15.
21. M. J. Lagrange, EVANGILE SELON SAINT MARC, 1920, p. 415. — E. Renam, VIE DE JESUS p. 419. — H. J. Holtzman, HAND. COMMENTARZUM N. T., 1901, I, p. 294.

> "Aqueles que estão comigo não me compreenderam".
> *Qui mecum sunt non me intellexerunt.*[22]

Ficam atônitos, "escandalizados"; entretanto, relatam exatamente as palavras incompreendidas, seladas, intactas, inteiras, vivas, como que ainda tépidas do "hálito dos lábios divinos". Amontoam os pesados blocos das palavras, sem ousar tocá-los, cortá-los ou poli-los. Essas palavras penetraram profundamente em seus corações, marcaram com um sinal inapagável suas memórias para que possam, mesmo querendo, não as escrever como as ouviram:

> "Não podemos deixar de dizer
> o que vimos e ouvimos (At., 4, 20.)".

Por que não podem? Porque o amam muito. Esse infinito amor por Ele é que é a mais sólida garantia da infinita veracidade do Evangelho.[23]

XXI

Dir-se-ia que, para formar o Evangelho, meteram num cofre, ao acaso, misturadas, as folhas esparsas, as notas sobre as palavras e os acontecimentos da vida do Senhor; depois, essas folhas se animaram e soldaram como as pétalas duma flor única, tanto que é impossível separá-las sem matar a flor; suas tintas vivamente opostas, "contraditórias", fundiram-se na beleza única e viva dessa flor, a Face do Senhor. "Tu és mais belo do que os filhos dos homens" e o livro que de Ti nos fala é mais belo do que todos os livros humanos. Mas o próprio Evangelho ignora que é belo e não quer ser belo: se o soubesse, se o desejasse, todo o seu encanto se evolaria. Essa flor desconhecida do Paraíso desconhecido só floresce e só tem perfume para Deus.

XXII

O ar é necessário à flor; a liberdade, ao Evangelho. Que liberdade? Digamos singelamente: qualquer liberdade e sobretudo a "liberdade de crítica".

A crítica é o julgamento. Se o Evangelho é a verdade, poderá ser julgado? A verdade julga, não é julgada. Mas, antes de tudo, quem de nós ousaria dizer, vivendo como vivemos, que para si o Evangelho é já a verdade? Depois, a verdade combate à mentira e se defende dela. A Apologética, nascida, pode-se dizer, com o Evangelho, nada mais é do que essa defesa. Porém, se a verdadeira crítica acaba pela Apologética, é possível que a Apologética comece pela crítica.

---

22. ACTA PETRI CUM SIM., c. 10: *Qui mecum sunt, non me intellexerunt.* — A. Resch, 1. C., p. 277.
23. A. Jülischer, EINLEITUNG IN DAS N. T., 1906, p. 331. *Esse amor discerne o que há de humano, de pessoal no semblante de Jesus, e atinge sem querer a uma semelhança maior do que a dos grandes mestres da história antiga e moderna.*

XXIII

As "contradições" aparentes ou reais do Evangelho implicam já a liberdade necessária da escolha, do julgamento e da crítica. Lê-se em Marcos (10, 18.): "Por que me chamas bom?" e em Mateus (19, 17.): "Por que me interrogas sobre o que é bom?" Jesus podia falar ora de um modo, ora de outro? Entretanto, entre as duas frases há tanta diferença como entre o céu e a terra.

Queira-se ou não se queira, é preciso julgar, escolher livremente, ser juiz, ser "crítico".[24]

Essas contradições, não somente entre as palavras dos diversos Evangelhos, porém ainda entre as diferentes leituras da mesma palavra, obrigam-nos a fazer uma escolha.

Jesus *não pôde* fazer ali (em Nazaré) nenhum milagre, diz o nosso texto canônico (Mc., 6, 5), enquanto que lemos nos códices italianos mais antigos (Italocódices): "Jesus *não fez* ali nenhum milagre", *non faciebat,* no sentido, bem entendido, que teria podido, mas não quis.[25] De novo, a diferença é enorme e não se pode apagá-la senão com a mais grosseira violência, quebrando ou abolindo a agudeza divina da Palavra com a tolice humana.

E eis o que é ainda mais agudo. No nosso texto canônico de Mateus (I, 16), que data do século IV, lemos: "Jacob foi pai de José, o esposo de Maria, da qual nasceu Jesus", enquanto que no códice siro-sinático (Syrus-Sinaiticus), redigido segundo o original grego do século II, se diz:

> "José, de quem a Virgem Maria foi esposa, gerou Jesus".
> *Joseph cui desponsato virgo Maria, genuit Jesum.*[26]

Aqui a diferença atinge o dogma da Conceição virginal. Não sabendo o que fazer, esconderam o manuscrito no canto mais obscuro da biblioteca do Sinai, onde ficou dezesseis séculos até que, enfim, nos nossos dias, veio a lume, talvez para encher de má e vã alegria os críticos da esquerda e de medo não menos vão os teólogos.[27]

XXIV

"O Espírito Santo guiava a mão dos Evangelistas, quando escreviam Evangelho", ensina um teólogo protestante do século XVI.[28] O Evangelista que escreve

---

24. *Para não ver aqui uma contradição, é preciso fechar os olhos, como aliás fizeram todos os críticos teológicos não livres, assegurando que Jesus não aceita nem repele o nome de "bom", o que equivale a falar para nada dizer. Demais, se aí não há dificuldade alguma, por que, então, Mateus modificaria, aliviaria Marcos?* — L. de Grandmaison, JESUS-CHRIST, II, p. 87.

25. W. Bauer, DAS LEBEN JESU IM ZEITALTER DER NEU.TEST. APOKRYPHEN. — J. Weiss, 1., C., I, p. 65.

26. O. Schmiedel, DIE HAUPTPROBLEME DER LEBEN — JESU — FORSCHUNG, p. 50. — J. Weiss, 1., C., I, p. 230.

27. A. Resch, 1., p. 339.

28. K. v. Hase GESCHICHTE JESU, p. 113. — Ostander, HARMON. EVANG. (1537).

seria, pois, para o Espírito, o que é o teclado do órgão para o musicista. Se assim é, é evidentemente necessário pôr de acordo todas as "contradições" dos Evangelhos, embora seja necessário, no começo de semelhantes "sinfonias", afirmar, como o faz Santo Agostinho, que houve duas Marias de Magdala, e, afinal, o que ninguém faz, que Jesus nasceu duas vezes e morreu três, ou, em outros termos, que o sentido divino leva os homens ao absurdo.

Mas, se não é assim, então o sopro do Espírito, a "inspiração divina" do Evangelho e a aspiração à liberdade são uma e a mesma coisa.

XXV

Aquele que não crê livremente deve limitar-se a freqüentar a igreja e a escutar a "leitura do Evangelho", mas não o deve abrir para não perder sua antiga fé, pois não é certo que encontre uma nova.

XXVI

Há alguma coisa de divinamente tocante, e tem-se vontade de dizer de divinamente lamentável, nas "contradições evangélicas", nesses esforços do Espírito Divino, como que desesperados, convulsos e todavia ciosos da liberdade humana, para abrir caminho através da carne e do sangue, esforços vãos, semelhantes ao vacilar da chama em um ar abafado ou ao bater de asas da pomba presa no laço.

XXVII

De todos os dons que Deus fez aos homens, a liberdade é o mais terrível, mas também o mais sagrado. Sente-se isso no Evangelho melhor do que em qualquer outra parte. — Eis porque o primeiro objeto sobre que se atiram, para destruí-lo, todos os opressores do Espírito e o livro mais temível para eles, o Evangelho.

"Em lugar de subjugar a liberdade humana, tu a multiplicaste e carregaste com seus sofrimentos... o homem para sempre... Não pensaste que ele acabaria enfim rejeitando... até a tua verdade, oprimido por esse terrível fardo?" diz ao Cristo o Grande Inquisidor de Dostoievsky. "Sê um cadáver nas mãos de teu senhor, *perinde ac cadaver*", diz Loiola. Pascal queria ser esse cadáver, mas não pode, e o medo do "abismo", da liberdade evangélica, o enlouqueceu.

XXVIII

Temer a liberdade, não crer nela, é não crer no Espírito Santo, porque o Espírito é precisamente a liberdade humana em Deus. Eis aonde nos conduz a crítica evangélica e já não é pouco.

Chegamos, talvez por um preço terrível, mas enfim chegamos a compreender ou a estar prestes a compreender o que, durante dois mil anos de cristianismo, ninguém nunca compreendeu: que o nome desconhecido do Cristo é o de Libertador e que, se não aceitamos a liberdade, jamais conheceremos o Desconhecido.

III

MARCOS, MATEUS E LUCAS

I

A lente do telescópio apontada para o céu estrelado pela abertura móvel de uma cúpula de observatório pode ser tão santa quanto este salmo de David:

"Os céus proclamam a glória de Deus
E o firmamento manifesta a obra de suas mãos
(Ps., 18, I.)".

Os homens de pouca ciência não o vêem, mas Newton e Copérnico o viram. A crítica é esse telescópio apontado para o céu estrelado do Evangelho, e a tensão contínua, milenária, do olhar fito no Evangelho é o polido da lente do telescópio.

Talvez as crianças e os Santos saibam ler o Evangelho melhor do que todos os teólogos e críticos, porém não podem notar o que esses notam.[1]

II

A teoria denominada das "duas fontes", *Zweiquellentheorie*, constitui no telescópio da crítica evangélica uma lente de perfeito polimento e de força até então desconhecida. Ela é tão difícil de explicar em poucas palavras quanto a análise espectral, mas é indubitável que, às vezes, os homens passam piedosamente a vida inteira na observação astronômica ou na crítica evangélica, estudando o céu exterior, cósmico, ou o céu interior, evangélico, mais insondável ainda do que o outro. A atenção continuada de toda uma existência humana não basta — é necessária a atenção de gerações inteiras — para descobrir novos astros, novos mundos. São esses que a "teoria das duas fontes" nos revela.

---

1. *Orígenes, sustentando na sua disputa contra Celso (VI, 36), que Jesus não era carpinteiro, esquece o "Não é o carpinteiro?" de Marcos (6, 3). Eis com que olhos cegos os homens lêem o Evangelho.*

III

Marcos, o mais antigo dos Sinópticos, a mais próxima testemunha do Homem Jesus, pelo menos entre as testemunhas que atualmente conhecemos, é uma das "duas fontes" de que temos ciência. A despeito da tradição da Igreja, a ele e não a Mateus reverte o primeiro lugar na ordem histórica dos Evangelistas. Marcos, ao contrário do que outrora se pensava, nada tirou dos dois outros Sinópticos, foram eles que tiraram dele. Essa descoberta, relativamente fácil, custou, entretanto, mais de um século de busca científica, vidas humanas inteiras, às vezes com perda da fé — perdição da alma. Ora, a outra parte da teoria é ainda mais árdua.

Marcos não passa de uma das duas fontes de Lucas e Mateus. Seguindo ambos a Marcos, com grande exatidão na transmissão das palavras do Senhor, com menor na descrição dos episódios, Mateus e Lucas ignoram-se: é fácil verificar isso nas suas "contradições" demasiado manifestas, inexplicáveis se se tivessem conhecido, principalmente no relato da Natividade e das aparições do Senhor após a ressurreição. Então, como explicar a concordância impressionante de Lucas e Mateus, e a impressionante semelhança, às vezes literal, gramatical, na transmissão das palavras mais importantes e mais decisivas do Senhor, que se não encontram em Marcos? Unicamente pelo fato de haverem ambos se abeberado numa fonte invisível para nós, mais antiga talvez que Marcos, presinóptica, certamente escrita — a mesma fonte, provavelmente, mencionada por Papias, ou o presbítero João, que está atrás dele, quando fala das "palavras do Senhor", *logia Kyriaca*, que o publicano Mateus-Levi teria "colhido" ou anotado em "hebraico", isto é em aramaico, e que ele parece confundir com o nosso Mateus grego.[2]

Imaginar que essa fonte invisível nos é bem conhecida segundo os dois Sinópticos e que, por conseguinte, essa descoberta é sem importância seria grosseiro engano. É possível que as águas da fonte, no seu curso profundo, subterrâneo, tenham outra temperatura, outra cor, outro gosto do que no seu curso aparente — o qual talvez se represe em tanques artificiais — nos dois Sinópticos. Achar-se no lugar em que há uma janela ou olhar somente por essa janela não é absolutamente a mesma coisa. Essa fonte presinóptica designada por Q (*Quelle*) já está em parte reconstituída, só em parte, porque o problema não será inteiramente resolvido senão quando for igualmente resolvido o das relações entre os Sinópticos e o mais misterioso dos nossos Evangelistas, aquele que está apartado dos outros e parece até contradizê-los constituindo "um dos maiores enigmas de todo o cristianismo" — João.[3]

Mas, se nos telescópios da crítica as mais poderosas lentes ainda não penetram nessas profundezas do céu evangélico, desde já a teoria da dupla fonte nos permite

---

2. Papias, ap. Euseb., H. E., III, 39, 16: "Mateus pôs em ordem (redigiu) os oráculos (do Senhor) em língua hebraica e cada um os interpretava (traduzia) como podia.
3. A. Harnack, LEHRBUCH DER DOGMENGESCHICHTE, 4, Aufl., I, 108.

aproximar da misteriosa *Fonte Primitiva* de nossos Evangelhos, espelho profundo, límpido e contudo obscuro em que se reflete a mais próxima e mais clara imagem de Jesus Desconhecido. Assim às vezes no ar muito transparente das noites muito límpidas, pode-se discernir mesmo a olho nu a parte obscura da lua incompleta, vendo-se completar-se o círculo perfeito.

Todavia, antes de lançar um olhar ao claro-escuro desse espelho e talvez mesmo além dele, além do Evangelho, é necessário contemplar atentamente os espelhos visíveis, embora terrivelmente enodoados pela poeira bi-milenária do hábito, dos Sinópticos.

IV

Quantos são os Evangelistas? Quatro? Não, três e um. É fácil explicar isso graficamente. Basta traçar em uma folha de papel um feixe de três riscos com lápis vermelho e, um pouco afastado, um risco a lápis azul: os três primeiros são os Sinópticos, os Concordantes, o isolado é o Não-Concordante e mesmo, segundo parece, o Contraditor dos outros — João.

Que é? Quem é? A essa pergunta só se pode responder ao mesmo tempo que a pergunta da relação de João com os Sinópticos, de um com três.

V

"Marcos, intérprete de Pedro, notou com exatidão, mas não em ordem, tudo quanto se lembrou dos ditos e feitos do Cristo, porque ele próprio não ouvira o Senhor; mas, somente mais tarde, como já disse, é que foi intérprete de Pedro, que ensinava segundo a necessidade, porém que não expunha na sua plenitude todas as palavras do Senhor. Por isso, Marcos não pecou, anotando de memória com o cuidado de nada omitir e de nada dizer de inexato".[4] Isto foi dito a Papias pelo "Presbítero João". Não sabemos com certeza quem ele seja; porém, muito provavelmente, como vamos ver, é o nosso "Evangelista João" — não o Apóstolo, filho de Zebedeu, "o discípulo amado de Jesus", mas um outro — um duplo que se lhe soldou milagrosamente, seu gêmeo, a sombra projetada pelo corpo e já inseparável dele.

Não sabemos também se Papias compreendeu bem e fielmente relatou as palavras do Presbítero João, mas notamos, para nosso governo, que o historiador eclesiástico Eusébio nos deixou sobre Papias este aviso: "era homem de pouco espírito",[5] o que, evidentemente, não quer dizer que houvesse "perdido o espírito" — pois não poderia continuar como bispo, nem que fosse fraco de espírito — pois não chegaria a

---

4. Papias, ap. Euseb., H. E., III, 39, 15.
5. Euseb., H. E., III, 39, 13.

bispo, mas simplesmente que era um "trapalhão". E, mesmo que Papias tivesse compreendido bem e fielmente relatado as palavras de João sobre a "falta de ordem" dos escritos de Marcos, não se lhe deve dar muito crédito. "Não pecou", declara como para justificar Marcos, quando na realidade o acusa e sobre ele lança uma sombra, bem leve, aliás, porém sempre uma sombra. Entretanto, a opinião de Papias não nos deve surpreender.

Eis aí dois Evangelistas — dois escritores (se o nosso "João o Evangelista" e o "Presbítero" de Papias são uma só pessoa), João e Marcos; um diz do outro: "meu escrito é mais fiel, minha ordem é melhor" (fala de Jerusalém e da Judéia, em lugar de Cafarnaum e da Galiléia. Se os colocarmos, não no elevado espírito da tradição, mas do ponto de vista humano (e é desse modo que se devem ler todos os monumentos antigos, mesmo os sagrados), isso não deixa de ser muito compreensível e muito natural.[6]

Não sabemos ainda se é possível conciliar Marcos com João, mas já é incontestável que a única ordem clara dos acontecimentos, seguida por Mateus e Lucas, e, em grande parte, pelo próprio João se encontra em Marcos: a única chave da vida de Jesus Desconhecido ou está ali ou em parte alguma.[7]

VI

Marcos, o "intérprete" de Pedro. Tudo o que disse Pedro, que viu com seus olhos e ouviu com seus ouvidos o Senhor, Marcos recorda e anota fielmente, "com o cuidado de nada omitir e de nada dizer de inexato". Podemos crer inteiramente nesse testemunho de Papias-Presbítero João.[8] Mas, mesmo se não tivéssemos o testemunho de Papias e a tradição da Igreja, poderíamos concluir, segundo o Evangelho do próprio Marcos, que ele nos conservou as recordações duma testemunha ocular, de um dos Doze, e muito provavelmente as de Pedro.[9]

VII

Há em Marcos uma palavra preferida, que qualquer leitor superficial nota, e essa palavra é: "logo", *endus*. Do primeiro ao último capítulo, volta sem conta, obstinada, monótona, a propósito e sem propósito, quase como um movimento maquinal, um

---

6. Fr. Loofs, WER WAR JESUS CHRISTUS? p. 72.
7. P. Wernle, DIE SYNOPTISCHE FRAGE, p. 195.
8. *Segundo Justino Mártir (aí pelo ano 150), "o Evangelho de Marcos é o Evangelho de Pedro". E Irineu dirá mais tarde, aí por 180: "Marcos nos deixou por escrito a predição de Pedro"(Adv. Haeres., III, I, I). Mais tarde ainda (no século IV), Eusébio dirá também: "Marcos, segundo dizem, rememorava as "Memórias dos Apóstolos que se chamam Evangelhos", conforme a profunda expressão de Justino, — I Apol., c. XVI — o que ouvia nas suas conversas com Pedro"(DÉMONSTR. Ev ANG. III, 89). Nesse ponto, a tradição da Igreja persiste provavelmente do século I (o presbítero João) ao século IV (formação do Cânone), autêntica, ininterrupta e imutável.* — Th. Zahn, EINLEITUNG IN DAS N. T., 1924, II, pp. 208-209. — J. Weiss, DAS ALTEST EVANGELIUM, 1903, p. 8.
9. P. Wernle, 1., p. 50.

tique que é difícil atribuir a Pedro e a Marcos o que parece mais certo, tendo-o o discípulo apanhado do mestre. É talvez nesse "logo" resfolegante, pronunciado como numa corrida sem fôlego para Ele, para Ele só, para o Senhor, nesse impetuoso vôo de Simão-Pedro atirado ao alvo pelo arco do Senhor, que o mestre e o discípulo melhor se compreenderam e para sempre se amaram.

Pedro ouve: "segue-me" e *logo*, deixando as redes, segue-o; avista-o caminhando sobre as águas e *logo* quer também caminhar sobre elas; sente que é "bom" estar sobre a montanha da transfiguração e *logo* "levantem-se ali três tendas"; vê que a coisa degenera em tumulto e *logo* puxa da espada, cortando a orelha de Malcus; compreende que se trata da crucificação e *logo*: "não conheço esse homem"; ouve dizer que o sepulcro está vazio e *logo* corre para lá, disputando a carreira com João e passando adiante; encontra o Senhor no caminho de Roma: "onde vais?" — "a Roma para ser de novo crucificado" — e *logo* volta, dessa vez para sempre, pois não irá mais a parte alguma; o "logo" tornar-se-á eternidade; a pedra atirada tocou o alvo — parou e jamais se moverá: "Sobre essa pedra eu construirei a minha Igreja". O mais encantador, o mais próximo, o mais humano, o mais culposo e o mais santo dos Apóstolos — Pedro! Parece estar todo nesse "logo" precipitado, sem o qual não haveria Pedro nem cristianismo.

VIII

Em Marcos, Pedro tem sempre o primeiro lugar entre os discípulos. Mas de todos é o menos lisonjeado. Antes pelo contrário. Estas palavras: "tu és feliz, Simão, filho de Jonas" foram provavelmente omitidas, não por Marcos, mas pelo próprio Pedro. Entretanto se lê: "Afasta-te de mim, Satanás!" (8,33.) Quem teria podido lembrar-se, senão o próprio Pedro? E eis o que é ainda mais cruel, por ser mais doce: "Simão, dormes? Não pudeste velar uma hora?" (4,37.) Não é uma censura, é uma queixa simples e doce, mas tão dura de suportar que Mateus a atenuou e Lucas completamente a omitiu. Só Marcos a repetiu tal qual a ouvira, sem dúvida compreendendo que, assim, seria menos pesada para Pedro: compreendeu-a melhor do que os outros, porque o amava mais do que os outros.

IX

"Marcos não ouviu nem viu o Senhor", é o que se depreende do testemunho de Papias. Será realmente assim?

Marcos, segundo uma tradição eclesiástica que parece exata, escreveu seu Evangelho no ano de 64, pouco tempo antes da morte de Pedro ou logo depois, o mais tardar nos anos de 70, porque no apocalipse de Marcos o fim do mundo coincide ainda com a destruição do Templo. Conforme a mesma tradição, é verossímil que o tenha escrito em Roma, como deixam crer as numerosas palavras latinas nele intercaladas, assim como a menção de Alexandre e Rufo, filho de Simão de Cirena, os quais então habitavam em Roma e eram bem conhecidos da comunidade romana (Rom., 16, 13).

Porém é muito provável que Marcos tivesse escutado as Reminiscências de Pedro desde os anos de 40, em Jerusalém, onde se achava, como o sabemos pelos Atos dos Apóstolos (12, 12.), a "casa de João-Marcos" (nome heleno-judaico duplo). Foi nessa casa, segundo os mesmos Atos (1, 13; 2, 2.), que os discípulos se reuniam depois da ressurreição do Senhor. Fora lá — talvez na mesma "câmara-alta", *anagaion*, onde, de conformidade com a antiga tradição da Igreja, se realizara a Ceia e o Pentecostes — que João-Marcos pôde ouvir as Reminiscências de Pedro.[10]

Se em 44 Marcos tinha, como sabemos, uns trinta anos, devia ter nos anos de 30, nos dias em que Jesus vivia, mais ou menos quatorze, por conseguinte podia ter sido testemunha do que se passara nessa época em Jerusalém e na casa de sua mãe.

Há no seu relato da noite do Gethsemani uma "recordação" na aparência supérflua, que não é um ensinamento, mas uma simples descrição; "Havia um mancebo que o seguia (a Jesus), coberto somente com um pano (*sindon*, um pedaço quadrado de pano), e eles (os soldados) o agarraram. Mas ele, abandonando o manto, escapou nu às suas mãos"(14, 51-52.). Segundo uma lenda também muito antiga, esse mancebo desconhecido é simplesmente o próprio João-Marcos[11]. Ele introduziu na sua narração esse pequeno episódio, inolvidável e caro a ele tão-somente, como um pintor escreve a um canto do quadro: *ipse fecit*.

Nessa precipitação — "agir sem refletir" — com a qual um rapaz de quatorze anos — não dormindo e escutando o que se passa na casa — se lança pela noite, saindo diretamente do leito, o corpo nu envolto num pano e corre, às escondidas, atrás dos discípulos, de Jerusalém ao Gethsemani, para tudo ver e ouvir até o fim, — nessa precipitação julga-se já ouvir o futuro "logo" de Marcos-Pedro — a corrida sem fôlego de amor para Ele, para Ele só, para o Senhor.

X

São as lembranças de testemunha ocular que acordaram em Marcos uma nova e maravilhosa vivacidade quarenta anos mais tarde, em Roma, quando escuta Pedro. Que foi realmente assim confirma-o um velhíssimo testemunho que data do século II e que está no *Canon Muratori*: "Em outras coisas Marcos tomou parte e as foi anotando como se passavam, *aliquid tamen interfuit et ita possuit*".[12] Se Marcos nos transmitiu com uma vivacidade jamais ultrapassada o que Pedro viu e ouviu, foi talvez porque ele próprio viu e ouviu certas coisas.[13]

10. Th. Zahn, 1., c., II, pp. 204, 205.
11. IBID., p. 205.
12. IBID., pp. 248-249.
13. *Encontram-se a cada passo em Marcos os pequenos traços, na aparência inúteis, que somente a memória de uma testemunha ocular pode guardar, e que desapareceram em Lucas e Mateus. Eis o Senhor que, ao princípio, "Cheio de compaixão", cura um leproso, mas "logo", com um gesto enérgico, "ritual", quase brutal, o "manda embora", afasta-o da multidão dos "puros", porque, embora curado, ainda não está "puro", ao olhos da Lei. Ei-lo "passeando sobre os fariseus seus olhares indignados", embora esteja*

Julgo Marcos sem rival na miniatura literária. Que quer isso dizer? É uma arte prodigiosa, igual a de Homero e Dante, senão maior, porque súbita, vinda não se sabe de onde nem como, porque Marcos "O intérprete", que escreve mal o grego, não é mais instruído do que Simão o Pescador? Ou antes escreveria "Sob o ditado do Espírito Santo", realmente, que usou dele como do teclado dum órgão? Não, nem uma coisa nem outra. É o prodígio natural do amor: o santo testemunho do Santo recorda imperecivelmente porque ele ama infinitamente. E, se assim é, pode-se dizer que, em toda a história universal, não temos sobre ninguém um testemunho igual.

XI

Marcos, como todas as pessoas muito verídicas, não tem sorte.

Às vezes, tem-se a impressão de que a Igreja não gosta nada do primeiro Evangelista e que só o venera contra vontade e pela sua antiguidade. Na ordem pré-canônica dos Evangelhos, segundo o antiquíssimo códice *Cantabrigensis* D. Marcos e, por conseguinte, o príncipe dos Apóstolos, Pedro, que está por trás dele, são postos em último lugar: Mateus, João, Lucas e Marcos. E mais tarde, na ordem canônica, Marcos é posto, é verdade, em segundo lugar, na aparência mais honorífico, porém isso é ainda pior, pois que se dissimulou o humilde Marcos entre os dois grandes Evangelistas Mateus e Lucas; escondeu-se o muito audacioso detrás do prudente Mateus, o muito incisivo por trás do suave Lucas, a fim de que o Médico bem amado cure as feridas-mordidelas do *Leão marciano*. Foi nesse cantinho obscuro que ficou durante quinze séculos como um estudante de castigo[14] e só graças à crítica liberal retomou a primeira testemunha o primeiro lugar: ela não teve medo daquele que falou veridicamente daquele que afirmou de si próprio: "Eu sou a Verdade!"

XII

Conhecemos um pouco Marcos, vemos seu rosto; mas não vemos nem conhecemos absolutamente Mateus. Na ordem canônica, o primeiro Evangelho pertence, mal-

---

"entristecido pelo endurecimento de seu coração". Ei-lo tomando (sem dúvida sobre os joelhos) "uma criancinha e a apertando nos braços". Eis aqui o cego de Jericó, que, ao apelo de Jesus, larga rapidamente seu manto, ergue-se e vem a ele (não corre, vem, porque ainda está cego). Eis o burrico da entrada em Jerusalém "amarrado diante de uma porta, numa volta do caminho". Eis as mulheres indo ao sepulcro "pela manhã cedo" e falando medrosamente baixinho. São todas essas minúcias que compõem a perfeita imagem visual, o semblante vivo do Homem JESUS. — P. Wernle, 1., c.,, p. 59.
Às vezes, com uma única palavra como que lançada ao acaso, Marcos evoca um quadro inteiro. Assim é que, falando da lamentação fúnebre acompanhada do rumor dos címbalos, na casa do chefe da sinagoga, (5, 38) emprega a onomatopéa ALALAXONTES, em que as lágrimas humanas se confundem com o retinir do cobre; ou ainda, quando se refere de Pedro e André, lançando de cada bordo da barca a tarrafa e usa a palavra AMPHIBALLOTES (I, 16), "lançando", sem mesmo acrescentar: "rede", porque todo pescador sabe do que se trata. Nesse termo de pescaria que exala o odor morno e de pescado do lago de Genezaré, no verão julga-se ouvir a voz viva de Pedro através da de Marcos. — Th. Zahn, 1., c., II, p. 246. - G. Dalman, ORTE UND WEGE JESU, 177. — M. J. Lagrange, Év. SELON SAINT MARC, p. 18.

14. A. Resch, AGRAPHA, p. 45. — G. Volkmar, JESUS NAZARENUS UND DIE ERSTE CHRISTLICHE ZEIT, p. 202.

grado a tradição da Igreja, não ao Apóstolo Mateus, mas a um personagem desconhecido até de nome. Talvez os cristãos do primeiro século ficassem menos surpresos do que nós. Se o escritor ficou ignorado, é possível que tenha sido em parte pela sua própria vontade. Ele preparou um festim, convidou os amigos, abriu a porta da casa e, depois, afastou-se ou escondeu-se de tal modo que os convivas não o avistaram e nem jamais saberão onde está.

Essa ausência quase total do escritor no que escreve torna nisso mais perfeita ainda a transparência, a ausência de ar, comum a todos os Evangelhos e que faz com que o objeto mais distante pareça próximo, o acontecimento de há dois mil anos pareça de ontem.

XIII

Papias ou o Presbítero João, como vimos, nos ensina que as *logia*, as palavras do Senhor, foram recolhidas (anotadas) em hebraico (em aramaico) por Mateus e cada qual as interpretava (traduzia) em seguida, como entendia. Se Papias quer dizer com isso — é assim que suas palavras podem ser compreendidas e o foram — que o nosso Evangelho segundo Mateus não é um original grego, mas uma tradução do aramaico, engana-se, confundindo Q — a fonte presinóptica de Mateus — com o próprio Mateus.

Tudo quanto se pode dizer, segundo o próprio livro, se reduz ao fato do seu redator desconhecido ser um judeu-cristão, que vivia fora da Palestina e escrevia para judeus-cristãos com um fito de apologia, de defesa contra os ataques judaicos, incontestavelmente antes de João e provavelmente antes de Lucas, porém depois de Marcos, aparentemente nos anos de 80-90 do século I, isto é, após a destruição do Templo. Com efeito, no "apocalipse" de Mateus (chamemos assim, para maior brevidade), o fim do mundo não coincide mais, como em Marcos, com o fim do Templo.[15] A comunidade dos cristãos de Jerusalém ou de Batanéa, ainda firmemente ligada à lei hebraica (sacrifícios, purificação, circuncisão), está constantemente diante dos olhos de Mateus.[16] Ele é mesmo um piedoso rabino que acredita no divino Rabi, menos no novo Cristo heleno do que no antigo Jeschua-Messias judeu e mesmo arameu, rei de Israel.

Mas, para ele também, como o sol por trás duma nuvem, a Igreja universal, *Ekklesia*, nasce lentamente por trás da comunidade religiosa judaica, *qahal*.[17]

Nas parábolas de Mateus sobre o reino celeste, a Igreja é a escola terrena desse reino celeste. Nele, a própria noção de Igreja mostra-se mais nitidamente do que em

---

15. J. Weiss. DIE SCHRIFTEN DES N. T., I, pp. 226-227. — J. Weilhausen, EINLEITUNG IN DIE DREI ERSTEN EVANGELIEN, p. 79.
16. IBID., p. 62.
17. IBID., p. 61.

todos os outros Evangelistas. É o mais eclesiástico de todos. Foi isso que a Igreja logo compreendeu: imediatamente e para sempre deu sua preferência a Mateus e o pôs acima dos outros, acima do próprio Pedro-Marcos, no primeiro lugar.

O Anjo de Mateus acalma prudentemente a violenta impetuosidade leonina de Marcos. Lentamente e com prudência, como um boi de lerdo passo, ele puxa, através dos povos e dos séculos, por todas as arrieiras da terra, às vezes enlameadas ou ensangüentadas, o carro do Senhor, a Igreja, e a puxará até o Fim.

XIV

Marcos vê Jesus; Mateus ouve-o. Quantas palavras do Senhor nele! Como eles dão expressão a esta frase "com uma voz viva e inesgotável" que se não encontra em nenhum dos outros Evangelistas! Sabemos por Marcos o que Jesus fazia; por Mateus, o que dizia. É evidente que discursos tão longos como o *Sermão da Montanha* ou a *Maldição aos Fariseus* não puderam ser totalmente conservados na memória dos que os ouviram. Entretanto, Mateus os recompôs numa nova ordem, com as *lógia* esparsas, anotadas antes dele. Mas, quando se lêem, julga-se ouvi-los diretamente da boca do Senhor, com o tom e a própria ordenação em que Jesus os dizia, porque ninguém a não ser ele jamais disse nada mais belo, mais forte, mais extra-humano em uma linguagem humana.

XV

Comparada com a de Marcos, a casa de Mateus parece, à primeira vista, nova, aberta, clara e sem mistério. Porém, se se olhar com mais atenção, ver-se-á também a fonte presinóptica Q — janela sombria na casa clara, dando para a profunda e antiga noite galiléia de Jesus Desconhecido — mais velha talvez que a de Marcos.

XVI

De todos os Evangelistas, Lucas é o que melhor conhecemos. Ele não se esconde depois de haver convidado os amigos para as bodas, não vai embora da casa. Hóspede amável, recebe os convivas ao vestíbulo e os apresenta ao Esposo — e, entre eles, um novo convidado que não deve estar nem mesmo em trajes de gala, Teófilo, seu protetor excelente, o qual, a julgar pelo seu título de *clarissimus*, é um alto funcionário romano, senador ou procônsul. Lucas, o "médico bem amado" (Col., 4, 14.), provavelmente de Antióquia, como o próprio Teófilo,[18] é talvez seu médico particular, um liberto (*Lukas*, de *Lucanus*, e um diminutivo freqüente entre os escravos), que obteve os direitos de cidadão romano. É, segundo parece, um pagão recente, um

---

18. Th. Zahn, 1., C., II. 336.

heleno puro, sem gota de sangue judaico, que, a exemplo de seu mestre Paulo, abre largamente as portas do cristianismo a todos os pagãos-helenos. Escreve o grego melhor do que todos os outros Evangelistas, melhor do que Flavio Josefo; gosta da eloqüência; sua dedicatória a Teófilo é de uma composição grega perfeita, um modelo da arte literária dos antigos; imita Tucídides e Políbio, "pai da história universal".[19]

Lucas é o primeiro Evangelista universal, "católico". É o único que faz corresponderem os setenta discípulos do Senhor aos setenta povos do Gênesis — a toda a humanidade, do mesmo modo que os Doze Apóstolos correspondem às doze tribos de Israel; e que, na genealogia de Jesus, remonta, não ao primeiro judeu, Abraão, mas ao Homem completo, Adão.

Desde o começo de seu livro, por um sêxtuplo sincronismo histórico (Tibério, Pilatos, Herodes, Filipe, Lisánias, Anaz e Caifaz), Lucas introduz o Evangelho na história universal — fê-lo entrar do eterno "hoje" ao "ontem" e no "amanhã", na série dos tempos, aceitando por isso mesmo adiar o Fim. Contrariamente ao "logo" de Marcos-Pedro, nos diz: "não será já o fim"(21, 9); "um homem plantou uma vinha... depois ausentou-se do país por um tempo bem longo" (20 9). O sentimento da eternidade imóvel foi substituído pelo do movimento no tempo; um "é" muito apavorante por um "foi" e um "será" tranqüilizadores; uma vitória muito difícil sobre o tempo por uma vitória mais fácil sobre o espaço. O pequeno lago da Galiléia transborda e torna-se o Mediterrâneo. Dir-se-ia que, com Lucas-Paulo, todo o cristianismo embarcou num navio para Roma — para o mundo. O Evangelho será pregado por toda a parte e somente então será o Fim — a Eternidade.

XVII

Muitas vezes, senão sempre, passar de Marcos e Mateus a Lucas é descer dos altos cimos para a planície: o ar aquece-se bruscamente, torna-se espesso e envolve-se nas brumas dos horizontes históricos. O odor da terra é menos penetrante. Lucas já está longe dela: confunde Palestina e Judéia, crê que se pode ir de Cafarnaum a Jerusalém, "passando" entre a Samaria e a Galiléia (17, II.); ora, basta olhar o mapa para ver que isso é tão inadmissível como passar entre a Alemanha e a França para ir de Paris a Madrid. Em lugar dos tetos chatos do sul, de barro ou pedra, encontram-se nele os telhados do norte, de telhas ou de ladrilhos, sem dúvida com o escoamento para a água da chuva; esquifes para os mortos ao invés de andas descobertas; peças de prata em lugar do troco de cobre romano. A discussão muito judaica sobre a purificação relatada por Marcos e Mateus é omitida por Lucas, como inútil e desinteressante para os helenos.[20] Ele evita as palavras e os nomes próprios hebraicos

---

19. P. W. Schmidt, DIE GESCHICHTE JESU, 1904, p. 55.
20. J. Weilhasen, 1., C., p. 61.

(não faz menção nem do Gethsemani, nem mesmo do Gólgota), conseqüência talvez do gosto clássico que prefere o geral ao particular, a brancura do mármore aos coloridos fortes.[21]

Lucas é o mais clássico, o mais heleno de todos os Evangelistas. Ele diminui os movimentos demasiado vivos de Marcos para acomodá-los ao ritmo solene das antigas cerimônias sagradas. O cego de Jericó não lança mais com gesto rápido o seu manto e se atira para Jesus. O próprio Jesus, no Gethsemani, não se prosterna mais sobre a terra, porém simplesmente se ajoelha. Os soldados romanos não lhe escarram mais no rosto (que diria Teófilo?), nem o flagelam. A fuga dos discípulos é omitida (que diria a Igreja?). Lucas preferiria antes cortar a mão do que escrever do Filho de Deus o que escreveu Marcos: "Ele saiu fora de si — perdeu o senso".

Adoça o que é áspero, alisa o que é rugoso; dir-se-ia que tudo impregna do antigo óleo helênico e do novo óleo eclesiástico. No tempo de Homero, para tornar macias e maleáveis as pregas das roupagens, era costume embeber o linho no óleo antes de o fiar. Encontra-se em Lucas esse "linho luzente de óleo".

XVIII

Ele mesmo nada viu e nada ouviu; lembra-se somente do que os outros viram e ouviram; ou, então, não faz mais do que adivinhar como as coisas se passaram ou deviam ter-se passado. Há um ponto entre Marcos e Lucas em que perdemos de vista o Homem Jesus, em que dele nos separamos, senão para sempre, pelo menos por muito tempo, até a segunda Vinda, em que cessamos de conhecê-lo "segundo a carne".

Dos três Sinópticos, o terceiro Evangelho é o mais livresco, o mais escrito — aquele que não fala eternamente pela "voz viva e inesgotável".

XIX

Dizem que a imagem visual do assassino se grava, às vezes, na pupila morta de sua vítima. O poder do ódio será maior do que o do amor? A imagem visual do amado não se gravará também, às vezes, na pupila morta de quem ama?

Parece que a imagem do Homem Jesus — "como é ela?" — não cessa de brilhar viva mesmo na pupila morta de Marcos-Pedro, enquanto que se apagou na de Lucas.

XX

Isso é muitas vezes verdade, mas nem sempre. Em Lucas também há uma janela sombria na casa clara — a fonte presinóptica comum a Mateus, e, demais, uma fonte que lhe é própria (Sonderquelle). Mas, se ele a encontra na lembrança de outrem — na tradição, é evidentemente porque primeiro a sentiu no próprio coração.

---

21. A. Jülicher, EINLETUNG IN DAS N.T., p. 293.

Lucas sabe sobre Jesus alguma coisa que nenhum dos outros Evangelistas e nenhum dos outros homens sabem. Ele ouve sem ter ouvido e vê sem ter visto: "Bem-aventurados os que não viram", esta palavra aplica-se também a ele. Só ele sabe por que o Senhor não disse: "Bem-aventurados os pobres de espírito", mas simplesmente "Bem-aventurados os pobres", e por que ele "derrubará do trono os poderosos (os reis), elevará os humildes, cumulará de bens os esfaimados e repelirá os ricos com as mãos vazias" (I, 12-53.). Ele sabe — o que ninguém sabia, então, e o que ninguém hoje parece saber — por que uma única ovelha perdida é mais preciosa para o pastor do que as noventa e nove restantes, por que há mais alegria no céu por um pecador arrependido do que por noventa e nove justos, por que o pai só manda matar o vitelo gordo para o filho pródigo, por que é uma prostituta que prepara o corpo do Senhor para ser enterrado e que será a primeira a vê-lo ressuscitado; e por que, um bandido o primeiro homem que com ele entrará no paraíso.

XXI

Lucas tem um amor especial pelos "indivíduos tarados e decaídos" nota com espanto um crítico, como se Jesus não tivesse o mesmo amor singular.[22] Dante compreendeu isso melhor: para ele, Lucas, "O escriba da mansuetude do Cristo, *Scriba mansuetudinis Christi*".[23]

> "O mundo está edificado sobre a Graça"
> *Mundus per gratia aedificabitur.*[24]

Este *agraphon* maravilhosamente autêntico parece provir diretamente de Lucas — da própria boca do Senhor.

XXII

"Sobre a cruz, Jesus fala muito, segundo Lucas, enquanto se cala, segundo Marcos; não há mais verdade assim?" indaga o mesmo crítico.[25] É possível seja assim mais verdadeiro; porém, se Lucas não tivesse ouvido, senão com os ouvidos, ao menos com o coração, estas palavras: "Hoje estarás comigo no paraíso", como o nosso mundo, tão pobre e tão terrível, ainda seria mais pobre e mais terrível!

"Alegra-te, Cheia de Graça!" Foi ele também quem ouviu estas palavras; ele é o único que sabe o que significa "a Mãe de Deus". Três Evangelistas conhecem o Pai e o Filho; somente Lucas conhece a Mãe.

---

22. J. Welhausen, 1., C., p. 61.
23. L. de Grandmaison, JESUS CHRIST, I, p. 86.
24. Ephraem Syr., EVANG. CONCORD. EXPOSIT., p. 280. — Resch, 1., C., p. 192.
25. J. Weilhausen, 1., C., p. 56.

XXIII

Como, então, não dizer: sem Lucas não haveria o cristianismo? Aliás, poder-se-ia dizer o mesmo de cada um dos quatro Evangelistas. Lendo cada um deles, pensa-se: "Eis o que me é mais íntimo! "Com efeito, talvez para nós, grandes pecadores, prostitutas que ainda não choraram, bandidos que ainda não foram crucificados, Lucas é o que está mais dentro de nós todos.

IV

JOÃO

I

No tempo de Trajano, vivia em Éfeso um ancião tão idoso que não só os de sua geração, mas seus filhos e netos já tinham há muito morrido, e mesmo os bisnetos não se lembravam mais quem ele era. Chamavam-lhe simplesmente João ou o "Ancião", *Presbyteros*, e julgavam que era João, filho de Zebedeu, um dos Doze, "aquele que Jesus amava", que se encostou ao seu seio na Ceia e de quem Jesus, após a ressurreição, havia dito misteriosamente a Pedro: "Se eu quiser que ele fique até, que eu venha, que te importa? (Jo., 21, 22.)

Tudo isso era sabido, não pelo quarto Evangelho, que ainda não existia, mas pela tradição oral, à qual se dava tanto crédito, senão mais, do que aos Evangelhos escritos. Acreditava-se que seria assim, que o Presbítero João não morreria antes da segunda Vinda; e velava-se sobre aquele que era o último que havia "ouvido", "visto" e "tocado" o Verbo, como se vela pela pupila dos olhos; não se sabia por que nem como provar-lhe essa veneração: revestiam-no de hábitos preciosos, suspendia-se à sua fronte o símbolo misterioso, a estrela de ouro, *Petalon*, com o Nome Inefável, que pertencera a Melquisedec, o rei pontífice, cuja vida não tivera começo nem fim.[1] Entretanto, não se sabia com certeza se era mesmo "aquele que Jesus amava" ou outro, porém não ousavam perguntar-lhe isso francamente; e, quando o interrogavam de modo disfarçado, ele respondia de tal jeito que se tinha a impressão que ele próprio não o sabia bem, não se lembrava mais por causa de sua grande velhice.

II

Quando ficou muito fraco e incapaz de caminhar, os discípulos o carregavam nos braços para as reuniões dos fiéis, e, quando estes lhe pediam que os ensinasse ou lhes falasse do Senhor, repetia sempre a mesma coisa, com o mesmo sorriso e a mesma voz:

— Meus filhos, amai-vos uns aos outros, amai-vos uns aos outros!

---

1. Euseb., H. E., III, 31, 3.

Afinal, todos se cansaram tanto disso que um dia lhe disseram:

— Mestre, por que repetes sempre a mesma coisa?

Ele calou-se, refletiu e replicou:

— Assim me ordenou o Senhor e isso basta, se for cumprido.

Depois, repetiu:

— Meus filhos, amai-vos uns aos outros![2]

Todavia, quando morreu, houve grande luto em Éfeso e, quando o puseram no esquife, começaram a dizer que não estava morto e simplesmente dormia. Muitos o ouviram respirar dentro do caixão. Mais tarde, depois que foi enterrado, ouvia-se, colando o ouvido ao chão, que continuava a respirar regular e fracamente, como uma criança no berço. E todos firmemente se convenceram de que se cumpriria a palavra do Senhor: o Presbítero João somente morreria à segunda Vinda.

Ainda, quando, pouco tempo após sua morte apareceu em Éfeso "O Evangelho segundo João", nenhum dos irmãos da comunidade duvidou que fosse realmente escrito por um dos Doze, pelo Apóstolo João "o discípulo amado de Jesus". Mas, nas outras igrejas numerosos foram os que duvidaram. Houve discussões e escândalos. Isso só fez piorar e a calma somente voltou quando a Igreja universal, no fim do século IV, reconheceu como autêntico "O Evangelho segundo João" e o intercalou no Cânone.

A discussão findou por muitos séculos, porém nos séculos XVI e XVII, na aurora da crítica liberal, voltou à tona com nova força, tornou-se cada vez mais ardente e parece que jamais se extinguirá. O que se passa quanto ao debate sobre João é o mesmo que se passou quanto ao próprio João: podem enterrá-lo que continuará vivo no fundo do túmulo, esperando a vinda do Senhor.

III

Renan observa com justeza e profundidade que essa controvérsia é insolúvel, porque a solução não depende do assunto, mas do ponto de vista dos que discutem[3]. Ou, mais exatamente e mais profundamente ainda: a resposta depende da vontade dos que discutem.

Quem é essa derradeira testemunha do Homem Jesus, aquele que, aparentemente, contradiz todas as outras, aquele que viu o Verbo Incarnado? É o que se recostou ao seu seio e ouviu bater-lhe o coração? Uns querem que seja, outros que não; uns têm grande necessidade que seja assim, outros que não. E, por mais numerosas que sejam as provas históricas em favor duns ou de outros, a discussão não acabará os

---

2. Hieron., COMMENT. AD GALAT., 6, 10. Filioli, diligite alterutrum... Si solum fiat, sufficit. — Th. Zahn, EINLETUNG IN DAS N. T., p. 473. — E. Hennecke, HANDBUCH ZU DEN NEUTEST. APOKRY. PHEN, I, p. 108.

3. E. Renan, VIE DE JESUS, p. 477 e PASSIM.

homens não a podem mais abandonar como Sísifo não podia deixar de rolar a pedra da montanha. A discussão sobre João é "o maior enigma do cristianismo" e, talvez, o enigma do próprio Cristo[4].

IV

"O mais terno dos Evangelhos, das *zarteste Evangelium*... Eu daria por ele todos os outros com a maior parte do Novo Testamento de quebra", declarava energicamente Lutero, aliás sem nos convencer; cada cristão poderia dizer ainda com mais força: "Eu não daria nada".[5]

"Os antigos me disseram, relata Clemente de Alexandria (o termo "Antigos, Presbíteros" designa aqui, como em Papias, os anéis vivos da cadeia da tradição, os ecos da "voz viva e inesgotável"; aqueles que perguntavam e respondiam uns aos outros, de século a século, de geração a geração: "Vistes?" — "Vimos", "Ouvistes?" — "Ouvimos".), os antigos me disseram que João, o último, vendo que os outros Evangelhos haviam posto em evidência o carnal, escrevera, a pedido incessante de seus discípulos e sob a inspiração do Espírito Santo, um Evangelho espiritual"[6].

Seja qual for a nossa opinião sobre o valor histórico desse testemunho, devemos reconhecer que a questão de "três e um", dos Sinópticos e do IV.º Evangelho, não só não está resolvida como não está mesmo bem posta. Porque, para o próprio Clemente, como também talvez para os "Presbíteros", que estão por trás dele, o Cristo "carnal" dos Sinópticos não é sem alma do mesmo modo que o Cristo "espiritual" de João não é incorpóreo. Que relação existe entre eles? Há dois Cristos ou um só? Pergunta terrível e aparentemente absurda. Pois não é muito fácil responder: "o carnal não se opõe ao espiritual: o espírito e a carne são um em um Cristo único". Mas, então, por que Clemente e, a dar-lhe crédito, o próprio João opõem seu Cristo "espiritual" ao Cristo "carnal" dos Sinópticos. E como aquele que "se recostou no seio do Senhor", que ouviu bater seu coração, pôde dar sobre ele tal testemunho que fez nascer essa questão? Não quer isso dizer que o enigma de João é talvez o próprio enigma de Cristo?

"Ele mente, ele mente e é indigno de continuar na Igreja!" uivam como possessos, no fim do século II, os alógios, adversários do Verbo-Logos de João.[7] E são quase os mesmos os uivos dos "alógios" do século XX todos aqueles que desejaram aceitar os Sinópticos e rejeitar João — chegar ao Cristo sem passar por ele. "Mas, se o cristianismo se prende tão fortemente ao IV.º Evangelho, não será porque o semblante do

---

4. A. Harnack, LEHRBUCH DER DOGMENGESCHICHTE, 4 Au.fl., I. 108. — Fr. Spita, DAS JOHANNES — EVANGELIUM ALS QUELLE DER GESCHICHTE JESU, 1910, p. v.
5. Th. Keim, GESCHICHTE JESU, I, p. 103.
6. Clem., Alex.. HYPOTYPOS, ap. Euseb., H. E., VI, 14, 7 % Th. Zagn, 1., C., p. 454.
7. Epiph., HAERES, LI, 3. — Th. Zahn., 1., C., p. 454.

Cristo que nos revela está bem firmado não somente no dogma cristão como também na mais simples e mais profunda experiência cristã?" pergunta um dos críticos liberais mais avançados do século XX.[8]

Quantas vezes se tentou acabar com João e quantas vezes se quis acabar com o próprio Cristo! Parece, entretanto, que jamais se conseguirá isso nem com um nem com o outro.[9]

---

8. Fr. Spitta, 1., C., p. VIII.

9. *A discussão é complicada e difícil, repito-o, menos por si própria do que pela vontade dos antagonistas. Sem afastar definitivamente essa vontade, que, não esqueçamos, poderá e deverá sozinha, afinal de contas, tudo resolver, porém deixando-a de lado algum tempo, procuremos deslindar com calma os dois fios do novelo, o branco e o vermelho, os argumentos pró e contra João.*

O mais antigo argumento em favor é o testemunho aliás vago de Teófilo de Antioquia (aí por 160), que chama o IV°. Evangelista "João" unicamente e não o "Apóstolo" nem "um dos doze" (Theoph., AD ANTOLYC., II, 22). O testemunho um tanto posterior de Ireneu mais ou menos em 165 é mais claro; "João, o discípulo do Senhor que se deitara sobre seu seio, publicou um Evangelho, estando em Éfeso, na Ásia, no tempo de Trajano"(ano 98, 117). — Iren., ADV. HAERES., III, I, I. — É, segundo parece, o mais forte argumento em favor de João: Irineu, bispo de Lião, é o quarto anel na cadeia viva da tradição: Jesus — o presbítero João de Efeso — Policarpo de Esmirna — Irineu de Lião. — Ed. Mayer, URSPRUNG DES CHRISTENTUMS, I, 249. — Posto que aqui o Evangelista João seja chamado somente discípulo do Senhor, trata-se verossimilmente do Apóstolo João. Pelo menos assim o entenderam os exegetas posteriores. Em seguida, como vimos acima (nota 6), Clemente de Alexandria relata um testemunho muito claro dos presbíteros, afirmando ter o IV° Evangelho foi escrito pelo Apóstolo João. Os apologetas do século II, Taciano e Atenágoras, referem-se ao Evangelho "segundo João"; o bispo Apolinário aí por 170, faz o mesmo na discussão sobre a celebração das Páscoas. — Weiszacker, UNTERSUCHEGEN UBER DIE EVANG. GESCHICHTE, 1901, p. 143 — Enfim, conforme uma alusão bastante obscura do ARGUMENTUM, Papias, "homem antigo", conhecia também o IV° Evangelho. — A. Knopf, EINLEITUNG IN DAS N.T., p. 122.

Depois o delgado fio branco ou se rompe de todo ou começa a se embaralhar com o grosseiro fio vermelho: fracos argumentos pró João se misturam a fortes argumentos contra.

São Justino Mártir (em 152) cita cem vezes os Sinópticos e três somente João, demais muito inexatamente, de modo que se tem a impressão que tira suas citações, não do IV° Evangelho, mas de outra fonte comum a João. Isso parece tanto mais verdadeiro quanto não se refere uma única vez diretamente a esse Evangelho e, por conseguinte, não o conta entre essas "Memórias ou Reminiscências dos Apóstolos, chamadas Evangelhos", às quais liga a maior importância para seus testemunhos verídicos. — P. Schiedel, DIE JOHANNES SCHRISFTEN DES N. T., 1906 p. 24. — J. Weiss, DIE SCHRIFTEN DES N. T., II, I, 2. — Não é menos significativo que Policarpo, bispo de Esmirna, discípulo do mesmo Presbítero João, nos seus entendimentos com o papa Aniceto, em 160, em Roma, afirme que convém celebrar as Páscoas cristãs a 14 de Nizan (segundo os Sinópticos), evocando o uso da Ásia Menor, onde eram celebradas nesse dia, o que ele, Policarpo, sempre fez, quando vivia "com João, DISCIPULO DO SENHOR E OS OUTROS APÓSTOLOS". Mas, nessa ocasião, Policarpo não faz menção alguma do Evangelho de João como se o não conhecesse, e ignora que, segundo esse Evangelho, a derradeira ceia do Senhor (que não é a da Páscoa) se realizou a 13 de Nizan e não a 14. — Policrat., ad Victor., ap. Euseb., H. E. V, 24, 16.

É igualmente significativo que Inácio Teóforo (bispo de Antioquia, falecido em 177), na sua Epístola aos Efésios, mencionando a estada do Apóstolo Paulo em Éfeso, nada diga do Apóstolo João, o que parece inverossímil, se o Presbítero João era, na verdade, um dos Apóstolos e não somente algum "discípulo do Senhor". — A. Knopf, EINLEITUNG IND DAS N. T., p. 124.

Mais comprobatório ainda é talvez o fato que até fins do século II ou começo do III o IV° Evangelho não encontra na Igreja senão indiferença ou mesmo franca hostilidade. Só a partir desse momento é que ele brota bruscamente como uma labareda oculta pela cinza, conseguindo o reconhecimento canônico geral em todas as Igreja da Ásia Menor, da Síria, da África, de Roma e da Gália. — E. Renan. L'Église CHRETIENNE, p. 73. — H. Delft, DIE GESCHICHTE DES RABBI JESUS VON NAZARETH, p. 67.

V

O mais forte argumento contra o Apóstolo João, como autor do IV.º Evangelho, é o seu martírio demasiado precoce predito pelo Senhor em pessoa, segundo dois dos Sinópticos, Mateus e Marcos: "Bebereis da taça em que bebo e sereis batizado com o batismo com que serei batizado", disse o Senhor aos dois filhos de Zebedeu, Jaques e João (Mt., 20, 20-28; Mc., 10, 35-40). Não pode haver dúvida alguma que essa "taça" e esse "batismo" sejam o martírio dos dois irmãos. Mas, se a palavra do Senhor sobre um deles se cumpriu exatamente, como sabemos pelos Atos dos Apóstolos (12,2), inacreditável que se não tenha cumprido quanto ao outro irmão. E, afinal de contas, essa palavra tão clara não foi ab-rogada por outra mais obscura sobre a "sobrevivência" desse mesmo João até a Segunda Vinda (Jo., 21,22.), pois logo o "Evangelista João" ou a pessoa que fala em seu nome indica que essa "sobrevivência" absolutamente não significa a imortalidade física na terra: "Jesus não disse que ele não morreria" (21, 23).

Era necessário optar por uma das duas palavras, a clara e a obscura, e a Igreja, a fim de não renunciar à tradição de identidade dos dois João, o Presbítero e o Apóstolo, recusou com pesar a palavra clara e aceitou a obscura. Mas logo se vê que a discussão, cujas raízes mergulham aqui no próprio Evangelho, não está extinta por essa solução e provavelmente jamais se extinguirá.[10]

Se dos quatro Evangelhos, ele fosse o único "apostólico" (os de Mateus, Marcos e Lucas só foram atribuídos mais tarde aos "Apóstolos"), não se explica que, durante tanto tempo a Igreja tivesse recusado reconhecê-lo, admiti-lo, como se o renegasse e o considerasse "apócrifo", não porque, no meio mesmo do reconhecimento geral, se façam ainda ouvir vozes de desconfiança. O Padre romano Caius, no tempo do papa Zeferino (198-217), na sua disputa contra a heresia de Montanus, pretende serenamente que o IV°. evangelho é da autoria do gnóstico doceta Cerinto e os alógios se aproveitam disso para clamar furiosamente: "Ele mente! ele mente! É indigno de continuar na Igreja!"- L. de Grandmaison, JESUS CHRIST, I, p. 134. — P. Schiedel I., C., 25. — Epih., HAERES., LI, 51, 3-4. Th. Zahn I., C., II, p. 454.

10. O rasto dos testemunhos históricos atestando que as duas metades da palavra do Senhor sobre o martírio dos dois irmãos, João e Jaques, exatamente se cumpriram, conservou-se também na tradição da Igreja. Assim, no martirológio sírio de 411 (o original é mais antigo), na data de 27 de dezembro, se lê: "João e Jacob, apóstolos em Jerusalém", subentendido — "mortos", "martirizados", o que coincide ainda uma vez com o testemunho dos Atos dos Apóstolos sobre a morte de um deles, Jaques. — J. Weiss, I., II, 5; J. Weilhausen, DAS EVANGELIUM JOHANNES, p. 120 — se ambos foram mortos em Jerusalém, foi evidentemente antes de sua destruição em 70, provavelmente entre 50 e 70.

Filipe de Sida relata um testemunho proveniente de fontes antigas: "Papias, no livro II das "Palavras do Senhor", diz que João o Teólogo (este apelido é dado, bem entendido, por Felipe da Sida e não por Papias) e seu irmão Jaques foram mortos pelos judeus. — Philippus Sidetes, H. E., Fragm. in cod. Barocc., 142. — E. Preuschen, ANTILEGOMENA, 1901, p. 58.

O mesmo fato quase com os mesmos termos, porém com importante acréscimo, é relatado por Jorge Hamartolo na sua Crônica do ano 850: "Papias, TESTEMUNHA DESSE ACONTECIMENTO, diz... que João foi morto pelos judeus". Georgius Hamartolos, II,134, Cin Codex Coislinianus. Carlos Clemen, DIE ENTSTEHUNG JOHANNESEVANGELIUMS 1912, p. 434.

Se foi morto em Jerusalém antes de 70, não podia ter escrito o Evangelho, como afirma Ireneu e, com ele, toda a tradição eclesiástica "em Éfeso, no tempo de Trajano" — isto , é do fim do século I ao começo do II.

VI

Há, no próprio Evangelho, um argumento interno, mais forte talvez do que todos os outros, contra a identidade do Evangelista João com João, filho de Zebedeu, um dos Doze.

Em todo o IV.º Evangelho, o primeiro personagem depois de Jesus — personagem que nenhuma vez, é chamado por seu nome e que, por estar coberto com uma máscara transparente, mais fica em evidência — é o "discípulo amado de Jesus", o Apóstolo João, filho de Zebedeu. Poderia ele dizer de si próprio tão repetidamente e obstinadamente: "Eu sou o discípulo que Jesus amava"? É preciso ser incapaz de "entender" a alma humana, não ter "ouvidos" para não sentir nisso um som falso, horrivelmente discordante. Basta somente comparar a humildade constante de Pedro, que não sabe como se abaixar, se apagar, desaparecer debaixo do chão, a fim de aplacar a dor do remorso — basta comparar isso com a suficiência: "Eu sou o discípulo que Jesus amava", para verificar a que ponto é impossível. Qual dentre nós, no lugar de João, não diria: "Não posso"? Então, por que pensar que ele pôde?

Este único argumento de ordem interna parece bastar para decidir: o IV.º Evangelho foi escrito por qualquer outra pessoa menos pelo Apóstolo João.

VII

Mas, se não foi por ele, por quem foi?

A melhor chave do enigma se encontra em Papias, esse homem "trapalhão", talvez, porém que não deixa de ser para nós a mais antiga e a mais próxima testemunha do Presbítero João, senão do próprio Apóstolo João.

Quando ele fala de suas conversas com as testemunhas e ouvintes vivos do Verbo, Papias distingue dois João, dois discípulos do Senhor. Um deles é mencionado entre os outros Apóstolos, no passado: "Ele dizia, *eiten*", como se fala dum morto; o outro, o Presbítero João, entre os "discípulos" (não os Apóstolos) do Senhor, no presente, como se fala de um vivo: "dizendo, *legousin*". É evidente que são dois personagens diversos: o Presbítero João, que está vivo, e o Apóstolo João, que morreu. Assim, aliás, o entende o historiador eclesiástico Eusébio e parece que se não pôde entender de outra maneira[11].

Policrates, bispo de Éfeso (190), distingue já menos claramente os dois João, quando afirma em carta ao papa Vitor que "dois grandes astros se apagaram na Ásia... Filipe, um dos Doze Apóstolos... João, que se recostou no seio do Senhor".[12] Diniz de Alexandria, no século III, sabe ainda que "existem em Éfeso dois túmulos dos dois João", isto é, do Presbítero e do Apóstolo.[13]

---

11. Euseb., H. E., VII, 25, 2; III, 39, 4; III, 31. — Fr. Barth., DIE HAUTPROBLEME DES LEBEN JESUS, p. 31; R. Knopf, 1., C., p. 123. — E. Preuschen, 1., C., pp. 55, 145.
12. Euseb., H. E., V, 24, 2-3. — H. Delff, 1., C., p. 69.
13. J. Weiss, 1., C., IV, 2; Euseb., H. E., VII, 25, 16.

"O Ancião, Presbítero", diz simplesmente o autor da II.ª e da III.ª Epístolas de João, que a tradição da Igreja atribui ao Apóstolo: acreditava sem razão — mesmo para seu tempo — que só esse sobrenome bastava para que todos os irmãos de todas as Igrejas soubessem de quem se tratava.[14]

VIII

Dois João, dois gêmeos de semblantes muito parecidos em um aposento meio escuro — a comunidade de Éfeso no fim do século II. Se, desde o meado do século II, cessa-se de distingui-los e se toma um pelo outro, com mais forte razão isso acontece no século XX. Sabemos que um deles é o verdadeiro, o corpo, e o outro somente a sombra; mas ignoramos qual dos dois é o verdadeiro e, por mais que rolemos o rochedo de Sísifo, provavelmente nunca saberemos.

Só um testemunho interno do Evangelho vem lançar bruscamente um raio de luz no aposento semi-obscuro. Quando lemos: "o discípulo que Jesus amava", nosso "ouvido" muito naturalmente nos sugere que o que escreve não é aquele por quem se faz passar, que só se refere ao "discípulo que Jesus amava," como a uma "testemunha". *Aquele que viu* (não o que escreve, porém outro qualquer) esse fato o atesta *e seu* testemunho é verdadeiro, e *ele* sabe que é verdadeiro, a fim de que vós também acrediteis" (Jo., 19, 35.). É a égide dessa terceira pessoa, do "discípulo que Jesus amava" que se abriga o "Evangelista João", é ao seu testemunho verídico por ser de uma "testemunha ocular" que se refere, evidentemente porque *ele próprio não é testemunha ocular*. Se aquele que escreve fosse esse terceiro — suponde que se ponha na primeira plaina, dissimulando-se sob uma máscara muito transparente — ora "eu", ora "não eu" — seria ainda mais impossível, mais insuportável para o ouvido do que se fizesse isso claramente.[15]

Os dois semblantes parecidos, fracamente iluminados, poderão nos aparecer quanto quiserem por eclipses, num pestanejar espectral, claro se verá que não há um só rosto, mas dois.

IX

Então, brota do próprio espírito uma hipótese, a mais simples de todas e por isso mesmo a mais difícil de admitir, a existência de dois Evangelistas João, o Presbítero e o Apóstolo.

---

14. R. Knopf., 1., C., p. 123. — J. Weiss, 1., C., IV, p. 7.
15. *É verdade que, no último capítulo, o "Evangelista João" parece tirar a máscara: "É esse mesmo discípulo que Jesus amava que dá testemunho dessas cousas e que as escreve"(21, 24). Mas nós sabemos pertinentemente e os críticos eclesiásticos reconhecem também que esse capítulo foi acrescentado posteriormente e não pelo "Evangelista João"em pessoa.* — J. Weiss, 1., C., IV, p. 23.

Talvez a vida de Jesus, tal qual o "discípulo bem-amado" costumava contar a seus mais íntimos discípulos, não parecesse de todo com a que relatavam os "tradicionalistas de Batanéa" por quem foram anotadas as *logia* dos presinópticos; talvez soubesse certas coisas que eles ignoravam ou sabiam menos do que ele — conhecia importante parte do ministério de Jesus, a que decorreu, não na Galiléia, mas na Judéia; conhecia também seus íntimos e os pormenores de sua vida, que, repitamos, aqueles não conheciam ou não conheciam tão bem.[16]

João adivinha justamente, mais justamente talvez do que os Sinópticos, o que Jesus queria. Sabemos por Marcos o que fazia, por Lucas o que sentia, por João o que queria, e, certamente, na vontade reside o mais essencial e verdadeiro. Eis por que João nos conduz, por mais estranho que isso pareça, ao Jesus mais historicamente autêntico — aquele que se encontra em Marcos-Pedro; a última testemunha nos reconduz à primeira. João, melhor do que qualquer outro Evangelista, une o Cristo "glorificado", celeste, ao Jesus terreno, graças à experiência provinda de uma intimidade provavelmente imediata e única com esse mesmo Jesus terreno.

X

Paulo, senão ele próprio, pelo menos na sua ação futura, eclesiástica, separa o Jesus terreno do Cristo celeste. João une-os. Paulo não conhece, não quer conhecer

---

16. E. Renan, L'ÉGLISE CHRÉTIENNE, pp. 57-59. A julgar pelo fato de muitos doutores da Igreja do Século II — Justino, Inácio, o Pseudo-Clemente e outros, citarem muitas palavras de João, sem se referirem propriamente ao Evangelho e aparentemente, o ignorando, devia existir então, além dos Sinópticos e da fonte escrita pré-sinóptica, outra tradição oral, diluída, por assim dizer, no ar, — "a viva e inesgotável voz". Talvez seja uma parte dessa tradição o eco da voz que conservou o Presbítero João, um dos mais próximos do Apóstolo João.

Desde o ano 125, o gnóstico Basilídio se serve das palavras do Evangelista João. Por conseguinte o próprio Evangelho somente poderia ter sido escrito desde o fim do século I, entre 94 e 105, "no tempo de Trajano", isto é, muito perto dos Sinópticos. — Weizacker, UNTERSUCHUNGEM UBER DIE EVANG. GESCHICHTE, p. 149. — C. Clemen, 1, C., p. 182.

O lugar da redação deve ter sido uma das Comunidades da Ásia Menor, mais provavelmente a de Éfeso, teatro da eterna luta entre o Oriente e o Ocidente, entre João e Pedro, entre a igreja efésia dos "iniciados", dos "eleitos", e a igreja romana "popular", VULGATA, igreja "para todos". Foi ali que se lembraram de opor um quarto Evangelho, novo, mais perfeito, "espiritual, aos três outros, "carnais". "Numerosos eram aqueles que já tinham tentado redigir os relatos CONATI SUNT"; tinham "tentado", mas sem o conseguir, segundo a interpretação de Orígenes (HOMEL. IN LUC., I), poderia dizer o quarto Evangelista dos Sinópticos, como Lucas o dizia de seus predecessores. Primitivamente, esse quarto Evangelho era talvez somente destinado ao círculo estreito dos "iniciados", dos que "podiam compreender; porém com o seu desenvolvimento foi publicado e só então atribuído ao "Apóstolo João", o que, bem entendido, não constitui "falsificação", porque, embora não seja de João o Apóstolo, é realmente segundo João". — J. Weiss, 1, C., IV, 7.

É preciso ser muito cético ou, como se tem vontade de dizer, muito prudente para persistir em não ver nesses argumentos senão uma "hipótese" e não uma descoberta, o que, aliás, não quer dizer que a mesma seja logo aceita por toda a gente e que faça os homens deixarem de "rolar o rochedo de Sísifo".

o "Cristo segundo a carne" —, assim pelo menos que é compreendido ainda uma vez na sua ação eclesiástica; João quer. Paulo, nesse ponto, fica mais perto dos "docetas" passados e presentes do que João, que se liga com toda a sua força à carne do Cristo (esteve "recostado no seio do Senhor"). Quando João diz: "O Verbo se fez carne", o acento principal, para ele como para nós, não está no "Verbo", mas na "carne".

Há nessa mudança de acento, a mudança, a transformação de toda a "polarização" cristã; onde havia um mais há um menos e vice-versa. Aliás, isto é relativamente fácil de exprimir e compreender, porém muito difícil de realizar. É a mudança, *apokatastasis*, de ordens cósmicas inteiras de eons; é preciso, para isso, que "as forças celestes sejam abaladas", "mudadas".

"Todo espírito que não confessa Jesus Cristo encarnado não é de Deus. É o espírito do Anti-Cristo" (Jo., 1, 4, 2-3). Não se pode dizer mais energicamente: "Conheço o Cristo segundo a carne, — conhecei-lo vós também".

Para João, a lacuna dos Sinópticos consiste precisamente em não mostrarem suficientemente — por mais estranho ainda uma vez que isso pareça — Jesus no Cristo, o homem em Deus. E eis porque toda a plenitude do cristianismo, seu plerômio, só se encontra de verdade no IV.º Evangelho.

XI

Entretanto, João está mais perto dos Sinópticos do que possa parecer à primeira vista. Basta só comparar a palavra do Senhor em Mateus (II, 27.): "Todas as coisas me foram entregues por meu Pai; ninguém conhece o Filho senão o Pai e ninguém conhece o Pai senão o Filho e aquele a quem o Filho quiser revelá-lo" com a de João (14, 6): "Ninguém chega ao Pai senão por mim", para ver que há "no terreno dos Sinópticos um bólide caído do céu joanino".[17] Quem, pois, tomou emprestado: João aos Sinópticos ou estes a João? Isso parece muito pouco com eles. Em Mateus, Jesus fala com tom tão joanino que os críticos liberais decidem levianamente: "Jesus não podia falar assim; é uma interpolação posterior". Por que não o podia? Não será porque os modernos alógios estão tão convencidos como os antigos que João "mente"?[18]

---

17. A. Arnal, LA PERSONNE DU CHRIST, 1904, p. 33.

18. *"Entre Marcos e João não há diferença de QUALIDADE e sim de QUANTIDADE de verdade histórica", foi dito no meado do século XIX por BRUNO BAUER (M. Kegel, BRUNO BAUER, p. 401) e repetido no começo do século XX por W. Wrede. Isto significa: se João "mente", os Sinópticos "mentem" também; mas, então, o contrário também seria verdadeiro: se estes dizem a verdade, aquele também a diz. Não se podem aceitar uns e rejeitar o outro; só se pode aceitá-los ou rejeitá-los em conjunto.*

Toda a gente sabe o que é um acesso de "loucura aguda", mas poucos sabem o que seja um acesso de "estupidez aguda", se é possível a expressão. Entretanto, esse gênero de acesso é mais perigoso do que o outro, sobretudo em matéria religiosa.

"Façam o que quiserem e ele não compreenderá que João não é Cerinto!" pensava talvez o pobre papa Zeferino, levado ao extremo pelo alógio Caius, bom católico, mesmo santo homem e nada tolo, porém tomado subitamente de estupidez aguda, somente nesse pequeno ponto: que João "mente". É exatamente da mesma estupidez que foram tomados os alógios de nosso tempo.

"... O quarto Evangelho, escrito sem nenhum valor, se se tratar de saber como Jesus *falava*, mas superior aos Evangelhos sinópticos, quanto à ordem dos acontecimentos", opina Renan, como se se pudesse em um homem e, com maior razão, num homem como Jesus, separar o que diz do que faz[19].

XII

Não é com os olhos que vemos dois João no mesmo Evangelho, mas nós os sentimos como se sente, se vê, com a ponta dos dedos, através dum pano, os dois objetos que ele envolve.[20]

Dois homens: um, que chamamos o Apóstolo João, fala; o outro, o Presbítero João, escuta; um evoca suas reminiscências, o outro as recolhe, anotando-as talvez logo, talvez mais tarde, salvo se outros também tomam nota de suas palavras, mas, qualquer que seja posteriormente o número dos intermediários, os primeiros, os principais personagens são dois.

Duas testemunhas, uma próxima e outra mais afastada. Um, no primeiro, originário da Palestina, não podia ignorar ou esquecer que a gente de Sichem (Sychar), tão abundante em águas, precisava ir ao poço de Jacob, longe da cidade[21], ou que as palmeiras não crescem sobre o monte das Oliveiras; porém o segundo, vivendo em Éfeso, poderia preferir para a entrada em Jerusalém, do Rei, não mais de Israel e sim do universo, as clássicas "palmas da vitória" aos humildes ramos verdes e às ervas, *stibadas*, da Judéia (HB., II,18. Como estas, vivas, primaveris, de pequenas folhas visguentas e cheirosas, são mais autênticas do que as outras, mortas e sem perfume! O primeiro não podia olvidar que não foi Moisés quem "instituiu a circuncisão entre os judeus" e que o sumo sacerdote judaico não é mudado todos os anos. Só o primeiro podia lembrar-se — ver com seus olhos — diante do pretório de Pilatos, o chão calçado de mosaíco, *lithostrotosoron*, em aramaico *gabbatha* (ainda aí se sente, através da tradução grega, o original aramaico. Jo., 19, 13). Nessas minúcias se verifica que tudo o que foi dito e escrito não o foi "para provar e sim para narrar", ad *narrandum, non ad probandum*. E é só no primeiro que, nas discussões com os soferim, os

---

19. E. Renam, *L'ÉGLISE CHRÉTIENNE*, p. 58.
20. Welhausen, 1., C., pp. 190, 102, 103, 107, 110. Este autor distingue em João *"duas camadas"*. A e B, a inferior, primitiva, em que transparece ainda o plano galileu de Marcos-Pedro, primeira testemunha, e a superior, secundária, em que esse plano já se apagou. — J. Welhusen, das *EVANGELIUM JOHANNIS*, pp. 190, 102-103, 107, 110.

Fr. Spitta (1., C., p. 401) vê as mesmas duas camadas, a "trama" A (*Gründchrift*) e o "trabalho", o "bordado" B (*Bearbeitung*). "Talvez A seja o mais antigo testemunho sobre a vida de Jesus... a fonte histórica extremamente importante para nós". Se assim é, há, pois, em João, como nos Sinópticos, uma janela escura na casa iluminada, dando para uma profunda e antiga noite de Jesus Desconhecido.

Foram feitas tentativa para separar A de B; porém a própria divergência das linhas de demarcação (Spitta-Welhausen) mostra a impossibilidade de trocá-la com exatidão. Para separar o cobre do chumbo no Bronze de uma estátua, é preciso derretê-la inteiramente. Se houvesse mesmo um fogo capaz de fundir João, quem o poderia deitá-lo de novo no antigo molde? Mas, tal como é, nele se vêem e tocam com o dedo duas camadas.

21. J. Welhausen, 1., C., p. 125.

escribas hierosolimitanos, — discussões intermináveis, "talmúdicas", vãs e incompreensíveis para nós — que o próprio Jesus, do mesmo modo que em Mateus, se revela um verdadeiro Sofer judeu, o Rabbi Jeschua[22].

Também só o primeiro podia conservar a admirável narração sobre os irmãos de Jesus, que é "um pequeno tesouro histórico", como o faz notar muito justamente Renan[23]. Estes, em João, quando tentam seu Irmão com pérfida prudência e ultrajante frieza: "Pois, se praticas tais obras, manifesta-te ao mundo" (7, 1-8), são talvez piores que os de Marcos, quando querem, simplesmente e rudemente, como galileus rústicos, "apoderar-se dele", amarrar o "louco" (3, 21). Como o brilho deslumbrante do magnésio num quarto escuro ou um relâmpago na noite, esse relato ilumina com um clarão súbito os "trinta e três anos" que separam o Natal do Batismo e que são, para nós, os anos mais obscuros, mais desconhecidos de Jesus Desconhecido.

XIII

Mais precioso ainda é talvez o primeiro encontro do discípulo com o Mestre, "em Bethabara" (os mais antigos manuscritos trazem *Betânia*), onde "João batizava":

"No dia seguinte, João (o Batista) ali se achava de novo com dois de seus discípulos, e, olhando Jesus que passava, disse: eis o Cordeiro de Deus!
Os dois discípulos ouviram essas palavras e seguiram Jesus.
Jesus, tendo-se voltado e vendo que o seguiam, lhes perguntou: Que buscais? Eles lhe responderam: Rabbi — isto é, Mestre — onde habitas?
Ele lhes disse: Vinde e vede. Eles foram e viram onde habitava, e ficaram com ele nesse dia. Era mais ou menos na décima hora (Jo., I, 35-90.)".

Quem poderia saber tudo isso senão aquele que tinha visto, e quem teria necessidade de guardar essa lembrança senão aquele que a tinha vivido?

Nesse "mais ou menos na décima hora" (ele não olhou a hora num quadrante, mas ao sol, inconscientemente, por hábito, como um pescador galileu), nessas palavras singelas tudo para ele se fixa inapagavelmente, com uma nitidez "fotográfica": o sol da tarde declinando (à décima hora depois do nascer do dia corresponde a quatro horas da tarde), as águas do Jordão, rápidas e amareladas, no meio dos caniços e dos juncos verdes; as pedras redondas e brancas como os "pães da Tentação" do deserto da Judéia[24]; e talvez a pomba descendo em um raio de luz duma nuvem de tempestade como dum "céu aberto", mas sobretudo Ele, seu rosto e, nem mesmo seu rosto, seus olhos, seu olhar somente, quando, ouvindo passos atrás de si, bruscamente se voltou, parou e olhou primeiro João e André, depois João sozinho, e pela primeira vez seus olhares se cruzaram. Foi talvez nesse primeiro olhar que Jesus o amou como amou o

---

22. Weszäcker, 1., C., p. 168.
23. E. Renan, VIE DE JESUS, p. 500.
24. L. Schneller, Kennst DU DAS LAND?, p.351 — G. Dalman, ORTE UND WEGE JESU, p. 106.

outro, o "moço rico" (Mc.,10, 17-24), mas de outro modo, inteiramente de outro modo. Como não se recordar de tudo isso, não o conservar? Para quem? Para todos os homens até a consumação dos séculos? Não, para si mesmo, para si somente e talvez também para Aquele que, também, sempre se lembra?

Do mesmo modo que a imagem do Amado fica gravada viva na pupila viva de quem ama, ela se reacenderá mais tarde, viva, na pupila morta.

É nessa imagem que a primeira testemunha, Marcos-Pedro, se encontra com a última, João.

XIV

É possível que o mesmo homem fale duas linguagens tão diversas como a de Jesus em João e nos Sinópticos, que uma harpa dê o mesmo som que uma flauta? Esse é, no fundo, o principal e único argumento dos céticos contra a "historicidade" de João. A essa pergunta direta respondamos diretamente: "sim, é possível". Se cada homem pode, não somente falar a pessoas diferentes uma linguagem diferente, ainda mais pode ele próprio ser diverso, contraditório, oposto, novo, inesperado, irreconhecível, por que isso não será possível com o Homem Jesus? Ele, a plenitude, o plerômio do humano, não poderia ser o mais diverso, o mais contrariamente concordante? Poderia falar às "multidões", *ockhloi,* galiléias com a mesma língua com que conversava a sós com seus discípulos (Às vezes, na "escuridão", "ao ouvido"); poderia falar à noite com Nicodemos como de dia com os fariseus; poderia dizer a Pedro: És feliz, Simão, filho de Jonas" (Mt., 16, 17), com a mesma voz com que disse a Judas: "Tu traíste o Filho do Homem com um beijo!" (Lc., 22, 48.)

Que importa que a harpa da Judéia não tenha o som da flauta da Galiléia? Nos Sinópticos, sua palavra tem uma simplicidade humana, sempre breve (mesmo os longos discursos em Mateus são compostos de frases curtas), sempre clara, às vezes cáustica, um pouco seca, cheia de sal ("o sal é uma boa coisa"; "tende sal em vós"). No IV.º Evangelho, pelo contrário, é longa, complicada, às vezes mesmo parece obscura e brumosa, fluida como a mirra preciosa e doce com a ambrosia. Ali, é, como na Galiléia, a brisa seca das salinas junto ao mar Morto; aqui, como na Judéia, o incenso do rocio nos prados edênicos. Mas ali e aqui: "Nunca um homem falou como esse homem" (Jo., 7, 46). É esse "nunca", essa "unicidade", essa incomensurabilidade com qualquer outra palavra humana que é a marca comum das palavras do Senhor em João e nos Sinópticos — o selo de sua igual autenticidade. Se, para nós, esse selo é ou não convincente, isso só depende da agudeza ou obtusidade de nossos ouvidos.

"Tu estás possuído pelo demônio", diz João (7, 20.). "Ele perdeu o senso", diz Marcos (3, 21). Será, parece, o primeiro julgamento e o mais profundo, o mais sincero que os homens, que o mundo, tal qual é, poderão pronunciar sobre as palavras do Homem Jesus. Essa palavra é dura, *skleroi*; quem pode escutá-la? (Jo., 6, 60). Os homens não falam assim; não podem, não devem falar assim: não é possível suportá-la. É uma impressão absolutamente idêntica... que nos deixam a fluidez de mirra dos longos discursos "helênicos" do IV.º Evangelho e as breves logia aramaicas dos Sinópticos.

XV

Como muito justamente notou Welhausen, é na oração dominical — o derradeiro discurso humano do Senhor — que se atinge ao supremo grau do que é sobre-humanamente único, insuportável, impossível para um ouvido humano (não seria para ouvir alguma coisa semelhante que Beethoven ficou surdo?).

Dir-se-ia, no espaço terrivelmente vazio e claro, um monótono som de sinos em que as partes componentes de um acorde, unindo-se em uma ordem qualquer, ora avançam e se elevam como vagas da maré, ora caem para, depois, se levantarem mais alto, até o próprio céu[25].

E existem ainda nesse acorde três componentes: o primeiro é: "Tu lhe *deste*". — "Que, pelo poder que tu lhe *deste* sobre toda criatura, ele *dê* a vida eterna a todos que tu lhe *deste*". — "Eu manifestei teu nome aos homens que tu me *deste*". — "Eu lhes *dei* as palavras que tu me *deste*..." — "Eu oro... por aqueles que tu me *deste*..."

A essa primeira parte se entrelaça a segunda parte: "*Glorifica-me*..." — "*Eu te glorifiquei*..." — "E agora, tu, Pai, *glorifica-me*..."

Terceira parte: "Tu me *enviaste*". — "Como tu me *enviaste ao mundo*, também eu os *enviei* ao mundo..." — "... afim de que o mundo saiba que foste tu que me *enviaste*..." — "E aqueles que reconhecerem que foste tu que *me enviaste*..."

Afinal, as três partes se fundem em um só acorde — o vértice da pirâmide ligando o céu à terra — o mais alto cimo a que jamais atingiu a palavra humana:

"A fim de que todos sejam um como tu, Pai, estás em mim e eu em ti, a fim de que eles também estejam em nós... A fim de que o amor com que me amaste esteja neles (Jo., 17, 25, 26).

O sino calou-se; não há mais sons — todos morreram no terrível silêncio — terrível para nós — como na branca luz do sol morrem todas as cores da terra.

Mas, no próprio silêncio, as ondas crescem sempre, elevam-se cada vez mais alto, até o céu — "para essa alegria perfeita" (Jo., 15, 11.) — para essa bruma solar de raios ardentes em que as estrelas diurnas brilham mais claras do que as estrelas noturnas, como divindades:

"No éter invisível e puro".

XVI

Eis o que há no mundo de mais santo e de mais *silencioso*. — É aqui talvez que o silêncio é para nós mais insuportável, mais impossível. Comparar isto com o êxtase

---

25. J. Welhausen, 1., C., p. 110: "auf und ab wogen".

dionisíaco, tumultuoso e, às vezes, pecaminoso, não seria somente uma blasfêmia grosseira, seria simplesmente inexato. E, se se quisesse tentar tal comparação, ela não poderia ser absoluta, religiosa, mas somente muito relativa, histórica.

"Ele saiu de si", *ezesin*, dizia-se do iniciado nos mistérios dionisíacos e, falando de Jesus, em Marcos, seus irmãos empregam a mesma expressão (3, 31.). Exeste-extasis parece ser a tradução da palavra aramaica *messugge*, "o possesso", "o louco", da qual, às vezes, usava a populaça ímpia para insultar os santos profetas de Israel, os *nebiim*, porque a "possessão", a "saída de si", é o princípio de todos os "êxtases", quaisquer que sejam, santos ou culposos[26]. Sabia-se bem disso nos mistérios dionisíacos.

"Eu sou a verdadeira vinha,
E meu Pai, o vinhateiro",

diz o Senhor abençoando a copa de vinho, segundo João (15, I), de Vinho-Sangue, segundo os Sinópticos. O que isso significa, teriam compreendido também, no todo ou em parte, exatamente ou falsamente, nos mistérios.

"Depois de ter cantado o cântico, eles saíram para ir ao Monte das Oliveiras" (Mt., 26, 30.). Eles cantaram o cântico pascoal, a trovejante Aleluia, *Hallela*, cântico de alegria extática do Êxodo, do qual diz o Talmud: "A páscoa é como uma azeitona, e a Hallela quebra os telhados das casas[27]".

É esse mesmo canto alegre, mas dum Êxodo maior — o Êxodo do espírito deixando o corpo, do "Eu" saindo do "Não-Eu" — que retumbava também nos mistérios dionisíacos.

E, enfim, a principal semelhança é a monotonia extática dos movimentos nas danças dionisíacas e a repetição dos mesmos sons nos cantos, a monotonia do "toque de sinos": "Por que, Mestre, sempre repetes as mesmas coisas?".

XVII

Nos "Atos" apócrifos de João, devidos a Leucius Charinus, gnóstico da escola valentiniana, que datam do século II, isto é duma ou duas gerações após o IV.º Evangelho e que, segundo parece, pertence ao mesmo ciclo dos discípulos de João em Éfeso, onde nasceu esse Evangelho[28], Jesus diz aos Doze, durante a Ceia:

---

26. H. Gressmann, PALÄSTINAS ERDGERUCH IN DER ISRAELITISCHEN RELIGION, 1909, pp. 40-41.
27. G. Dalman, JESUS-JESCHUA, p. 120.
28. W. Bauer, DAS LEBEN JESU IM ZEITALTER DER NEUTEST. APOKRYPHEN, p. 42.

> "Antes que eu seja traído,
> Cantemos um cântico ao Pai...
> E ele nos ordenou que formássemos um círculo.
> E, depois que nos déssemos as mãos,
> Ele se colocou no meio do círculo
> E disse: respondei: Amém".

E cantou, dizendo:

> "Pai! gloria a ti,"

E nós caminhávamos em redor, respondendo:

> "Gloria a ti, Verbo! — Amém!
> Gloria a ti, Espírito! — Amém!
> Eu quero ser salvo e salvar. — Amém!
> Eu quero comer e ser comido. — Amém!
> Eu vou tocar flauta, — dançai. — Amém!
> Eu vou chorar, — soluçai. — Amém!
> A oitava única canta convosco. — Amém!
> A Dúzia dança convosco. — Amém!
> Tudo o que está no céu dança. — Amém!
> Aquele que não dança não conhece
> O que se vai cumprir. — Amém!"[29]

No sonoro bronze do latim (em Santo Agostinho, a propósito das ceias de Presciliano), o canto é ainda mais "carrilhonante", mais monocórdio:

> "Salvare volo et salvar volo,
> Solvere volo et salvi volo...
> Cantare volo, saltate cuncti[30]".

E, de novo, nos "Atos de João":

> "Que aquele que dança comigo se contemple
> Em mim, e, vendo o que faço,
> Se cale... Conhece na dança
> Que de teu sofrimento humano
> Eu quero sofrer... Quem eu sou
> Saberás quando me afastar,
> *Eu não sou aquele que pareço*[31]".

O que significa: "Eu sou o Desconhecido".

---

29. Acta Johannis, c. c. 94-95. — E. Hennecke, l., c., I, p. 186.
30. August., EPIST. 237, ad Ceretium. — E. Hennecke, l., C., II, p. 529.
31. Acta Johannis, c. 95. — E. Hennecke, l., C., I, p. 187.

XVIII

Foi alguma coisa análoga, embora bem outra (quem acreditaria que os discípulos pudessem dançar durante a Ceia?), supremamente desconhecida, terrível para nós por ser silenciosa como o bater do coração de Jesus que mal ouvia o discípulo recostado ao seu seio — mas silencioso desse silêncio que rompe não mais os telhados das casas, porém o próprio céu — foi talvez alguma coisa análoga que se passou realmente nessa noite, na "grande câmara alta", *anagaion*, guarnecida de tapetes, no andar superior da casa hierosolomitana, onde, atrás da porta, João-Marcos, o menino da casa, escutava e olhava curiosamente.

Duas testemunhas: o rapazinho de quatorze anos, que deixou o leito, "com um simples pano aos ombros", João-Marcos, e o velho centenário, o pontífice revestido de ricas roupagens, com o "petalon" de ouro falhando misteriosamente sobre a fronte, o Presbítero João. Dois testemunhos — tanto mais verídicos quanto mais contrariamente concordantes. Um deles só foi escrito pela mão duma testemunha ocular, mas nele se sente palpitar o coração daquele que viu. E, se isso ainda não nos basta, é porque talvez para nós seja o Evangelho já letra morta e não mais a "voz viva e inesgotável" e não compreendamos mais o sentido destas palavras:

"Eis que ficarei convosco todos os dias até o fim do mundo! *Amém* (Mt., 28, 20).

V

ALÉM DO EVANGELHO

I

Somente graças ao Cânone temos ainda o Evangelho. Era necessário encouraçá-lo contra os milhares de flechas inimigas — tantas falsas gnoses e monstruosas heresias; era necessário represar num tanque de pedra as águas vivas da fonte para que o rebanho humano não as sujasse, fazendo dela, o que amedronta dizer, a poça turva dos "Apócrifos" (no sentido moderno de "falsos evangelhos" que a Igreja deu a essa expressão); era necessário abrigar a mais delicada flor do mundo contra todas as tempestades terrestres atrás da rocha de Pedro, afim de que o que há no mundo de mais eterno e também de mais leve — que existe de mais leve que o Espírito? — não fosse dispersado pelo vento como pétalas arrancadas.

Foi isso o que fez o Cânone. Seu círculo está fechado: "o quinto Evangelho jamais será escrito por ninguém, enquanto que os quatro Evangelhos chegaram até nós e chegarão, sem dúvida, até a consumação dos séculos tais quais são.

Mas, se é verdade que a prescrição do Cânone seja não mexer, não mudar, ficar sempre o que é, e que o destino do Evangelho seja a mudança perpétua, o movimento para o futuro, então, com o Cânone, não temos já Evangelho. Eis um dos numerosos paradoxos, das contradições aparentes do próprio Evangelho.

A lógica do Cânone foi levada ao extremo pela Igreja da Idade-Média, quando proibiu ler a Palavra Divina a não ser na igreja e somente na língua da Igreja, o latim, de modo que, no sentido próprio da expressão, o mundo ficou sem Evangelho.

II

O desenvolvimento do espírito humano se deteve no século IV, quando o dinamismo do Espírito — o Evangelho — foi encerrado no Cânone imóvel.

O espírito crescia e a fôrma do Cânone, demasiado estreita para ele, estalava por todos os lados. O Cânone tornara-se muito pequeno para o espírito como uma roupa para a criança crescida. O vinho novo da liberdade, fermentando no próprio Evangelho, dilacerava o velho odre do Cânone.

O Cânone protegia santamente o Evangelho, contra os movimentos destruidores do mundo, porém, se a obra do Evangelho é a salvação do mundo, essa obra se realiza além da linha imutável do Cânone, lá onde começa o movimento do Evangelho para o mundo, e do mundo para o Evangelho.

"A verdade vos fará livre (Jo., 8, 32)".

Esta palavra do Senhor santifica, hoje talvez mais do que nunca, a liberdade do espírito humano na sua marcha para a Verdade — a liberdade de crítica, porque no combate, o mais furioso de todos, entre a mentira e a verdade, entre os inimigos do cristianismo e o Evangelho, a espada da Crítica — da Apologética (esses dois gumes do mesmo gládio para aqueles que crêem na veracidade do Evangelho) é mais necessária do que a couraça do Cânone.

Libertar o corpo do Evangelho da couraça do Cânone, desembaraçar a face do Senhor dos ornamentos da igreja, é uma tarefa de dificuldade tão terrível, tão sobre-humana, desde que se não esqueçam quais são esse corpo e essa face, que é impossível vencê-la com a simples força humana; mas isso já se faz pelo próprio Evangelho — pelo Espírito de liberdade que eternamente respira nele.

III

Na contradição aparente, no real acordo discordante, *concordia discors*, de Um e de Três, de João e dos Sinópticos, reside, como já vimos, todo o dinamismo, todo o perpétuo impulso do Evangelho.

A própria Igreja teve o pressentimento, pois para ela o João do IV.º Evangelho é o João do Apocalipse. Mas, para não somente ver a si mesma e sim mostrar aos outros que a primeira e a última testemunha, Marcos-Pedro e João, estão de acordo, é preciso confrontá-los de novo, reabrir o debate indeciso entre as duas testemunhas que parece se contradizerem; e nós vimos que isso é impossível se permanecermos nos limites do Cânone; mas, apenas dado um passo além desses limites, nos encontraremos face a face com o Jesus Desconhecido do Evangelho Desconhecido. Existe alguma coisa além desses limites ou somente há o vácuo, a noite cimeriana, as trevas impenetráveis? A passagem pela crítica evangélica do limite do Cânone é tão espantosa, tão maravilhosa como a passagem da Linha pelo primeiro Navegante vindo de nosso hemisfério: ele vê num céu ignorado novas estrelas e não acredita nos próprios olhos; não compreende e ficará talvez muito tempo sem compreender que são as mesmas estrelas, mas de outro céu.

Os *Agrapha*, as palavras do Senhor que não estão anotadas no Evangelho e não figuram no Cânone, são invisíveis no nosso hemisfério e surgem misteriosamente do horizonte do Evangelho como outras estrelas do mesmo céu. E de todas essas constelações, o Cruzeiro do Sul — sinal que une os dois hemisférios — é a mais misteriosa: "Jesus Cristo é o mesmo ontem, hoje, eternamente (Heb., 13, 8.)".

IV

"Tenho ainda muitas coisas a dizer-vos, mas elas por ora estão fora de vosso alcance (Jo., 16, 12)".

Os *Agrapha* são essas "muitas coisas" que não foram ditas por ele nesse momento e que mais tarde não foram anotadas no Evangelho.

"Jesus fez muitos outros milagres que não estão relatados neste livro (Jo., 20, 30.)".

Isto é dito no penúltimo capítulo de João e repetido quase com os mesmos termos no último:

"Há ainda muitas outras coisas que Jesus fez; e, se se descrevessem minuciosamente, penso que o mundo inteiro não conteria os livros em que fossem descritas (21, 28.)".

"Fez muitas coisas" — por conseguinte, também disse muitas. Trata-se, aqui, bem entendido, não do número material de livros não escritos, porém da medida espiritual de um único Livro que o mundo não pode conter, do "Evangelho não escrito" — dos *Agrapha*.

"Que o olhar espiritual se dirija para a luz interior da verdade não escrita que se revela na Escritura", diz Clemente de Alexandria, ensinando-nos, assim, a procurar o *agraphon* no próprio Evangelho[1].

"Jesus dizia às vezes a palavra divina a seus discípulos em particular (em segredo) e as mais das vezes na solidão. Parte dessas coisas não foram escritas, porque os discípulos sabiam que se não devia escrever e revelar tudo", relata Orígenes[2]. E Clemente acrescenta: "O Senhor, na sua ressurreição, transmitiu o conhecimento secreto (a gnose) a Jaques o Justo, a João e a Pedro; estes o transmitiram por sua vez aos outros Apóstolos (aos Doze) e estes aos setenta"[3].

Bastam duas ou três horas para ler todas as palavras do Senhor relatadas no Evangelho; ora, Jesus ensinou durante dezoito meses pelo menos segundo os Sinópticos, durante dois ou três anos, segundo São João; assim, quantas palavras não foram guardadas! E quantas outras se perderam, porque não acharam eco naqueles que as ouviam — elas caíram à beira do caminho num solo pedregoso. Encontraremos talvez seu vestígio nos *Agrapha*.

V

"É-nos impossível dizer tudo o que vimos e ouvimos do Senhor, — lembra nos *Actos de João* Leucius Charinus, testemunha do século II, que pertencia talvez ao

---

1. Clem. Alex., STROM. I, I, 10
2. Orígen., C. Cels., VI. — W. Wrede, DAS MESSIAS-GEHEINISS, p. 247.
3. Clem. Alex., HYPOTYP., ap. Euseb., H. E., II, I, 4. — M. J. Lagrange, EV. SELON SAINT MARC., p. 91.

círculo dos discípulos efésios do Presbítero João, — muitas grandes e maravilhosas coisas foram realizadas pelo Senhor e devem ser caladas, porque são indizíveis; não se pode falar delas nem ouvi-las". "Conheço muitas coisas ainda que não sei dizer como ele quer"[4].

"Tu nos revelaste muitos segredos; quanto a mim, tu me escolheste entre os discípulos e me disseste três palavras que me abrasaram e que não posso repetir aos outros", recorda por sua vez Tomé o incrédulo, Tomé Dídimo, o qual, segundo uma tradição, igualmente muito antiga, seria o próprio irmão, o gêmeo do Cristo, *didymos tou Christou*, e teria dele recebido "as palavras secretas"[5].

"Eu sou aquele que não vês,
do qual somente ouves a voz...
Eu não parecia o que era,
Eu não sou o que pareço",

diz o próprio Jesus, falando, parece, no mesmo círculo de discípulos efésios do Presbítero João[6].

"Aqueles que estão comigo não me compreenderam".
Qui mecum sunt non me intellexerunt[7].

Vê-se de novo no Evangelho até que ponto essas palavras são autênticas senão pelo tom, ao menos pelo sentido.

"Não ouvis e não compreendeis ainda?
Tendes sempre o coração endurecido? Tendes olhos e não vedes? Tendes ouvidos e não ouvis! (Mc., 8, 17-18.)
Mas eles não compreenderam nada disso, o sentido dessas palavras era oculto para eles e não entendiam o que Jesus lhes dizia (Lc., 18, 34.)".

VI

Não esqueçamos que, antes de tomar forma, de tornar-se a "Escritura", todo o Evangelho não foi mais do que um *Agraphon* — metal em fusão. Temos muita dificuldade em concebê-lo; entretanto, sem isso, é impossível compreender o que são os *Agrapha*, essas gotas de metal sempre fervente correndo pela borda dum cadinho; temos dificuldade em imaginar que há entre um Agraphon e um Apócrifo a mesma diferença que entre o Evangelho e o Apócrifo (esta palavra sendo tomada, bem enten-

---

4. Acta Johannis, 88, 93. — W. Bauer. DAS LEBEN JESU IMZEITALETER DER NEUTEST. APOKRYPHEN, p. 376. — E. Hennecke, HANDBUCH ZU DEN NEUTSTE, APOKRYPHEN, I, p. 185.
5. Acta Thomae, 47, 39. — W. Bauer, 1., C., p. 375.
6. Acta Johannis, 99, 96.
7. Acta Petri c. Simone, 10. — A. Resch, AGRAPHA, p. 277. E. Besson, LES LOGIA AGRAPHA, p. 97.

dido, não no sentido antigo de Evangelho "oculto", mas no moderno de Evangelho "falso"); temos dificuldade em crer que palavras do Senhor, tão autênticas quanto estas: "todo sacrifício será salgado com sal" (Mc., 9,49.) ou "vós não sabeis com que espírito estais animados" (Lc., 9, 55-56.), não são canônicas, tendo sido excluídas do texto evangélico da Vulgata adotado no século IV, mas figuram nos textos antigos do ano 140, o *Cantabrigensis* D e não entraram no nosso texto, a despeito do Cânone, senão graças aos códices itálicos.[8] É assim que no seio do próprio Evangelho o metal em ebulição dos Agrapha continua a fazer estalar a fôrma do Cânone.

O admirável relato de João sobre a mulher adúltera (9,I-II.) — um *Agraphon* igualmente excluído outrora do Cânone — falta nos manuscritos até o século IV e Santo Agostinho o considera ainda "apócrifo", sob o pretexto de que permitiria às mulheres a "impunidade do adultério", *peccandi immunitas*, e "que um pecado tão grave ali é muito facilmente perdoado".[9] A Igreja, malgrado Santo Agostinho, o Cânone e ela própria, conservou o episódio, não tendo medo da mansuetude do Senhor, no que certamente fez muito bem.

Essas pérolas que quase foram perdidas para nós nos mostram que tesouros se podem conservar nos Agrapha.

O Evangelho dos Hebreus que nos chegou em míseros fragmentos e ao qual, provavelmente, se tomou por empréstimo o relato sobre a mulher adúltera, é um segundo Mateus, diverso do nosso, ou somente uma primeira versão, ou ainda uma tradição judaica absolutamente independente? Seja como for, se, como é igualmente provável, esse Evangelho é o único que veio a lume na terra natal de Jesus, na Palestina, pelos anos de 90, isto é, quase ao mesmo tempo que o nosso Lucas e o nosso João, pôde conservar um testemunho histórico, não menos autêntico do que aqueles.[10] Desta forma um Evangelho inteiro é um Agraphon.

Pelo ano de 200, Serapião de Antioquia começou por autorizar o Evangelho segundo São Pedro, depois o interdisse, tendo-o julgado "contaminado pela heresia dos gnósticos"; não pensou, pois, imediatamente: "Há quatro evangelhos e não pode haver um quinto". Por conseguinte, no fim do século II e começo do III, o Cânone, no sentido posterior dessa palavra, ainda não fora firmado — o metal em fusão do Evangelho continuava a ferver ainda.

VII

Como vieram os Agrapha até nós?

É provável que numerosos códices antigos, semelhantes aos códices *Cantabrigensis* D e *Syrus-Sinaíticus*, salvos por milagre, foram conservados nas

---

8. A. Rech, l., c., p. 339.
9. August., DE CONJUG. ADUL., II 7. — J. Weiss, DIE SCHRIFTEN DEN N. T., II. 113. — E. Klostermann, DAS JOHANNES EVANGELIUM, p. 112.
10. J. Ropes, DIE SPRUCHE JESU, 1896, p. 92. — Holtzmann, LEBEN JESU, 1901, p. 35.

bibliotecas dos conventos até o século IV, época em que foi estabelecido o Cânone (em 382, com o papa Damasio), e foram em seguida destruídos. Foi deles que os Padres da Igreja tiraram os agrapha. Assim, Atanasio do Sinai se serviu do códice Sinaíticus e Macário o Grande, dos códices conservados nas células do deserto de Sceté. Eis por que, nos escritos dos Padres, as palavras não "canônicas" do Senhor não se distinguem das palavras canônicas.

Somente com o Cânone nasceu e cresceu o receio que não fosse relatado no Evangelho, do que não fosse "canônico", tanto que, no século XVI, o teólogo reformado Teodoro de Béze, tendo achado no mosteiro de Santo Irineu, em Lião, o códice D, um arquetipo judaico-cristão datando de 140, isto é duzentos e cinqüenta anos mais antigo que o Cânone, contendo numerosos agrapha, ficou tão assombrado que o mandou secretamente à Universidade de Cambridge, com esta nota: *Asservandum potius quam publicandum*, "é melhor esconder do que publicar", e o códice, com efeito, ficou escondido duzentos anos, como "uma candeia sob a lenha".

Nos nossos dias, essa candeia, o Agraphon, não foi inteiramente retirada de sob a lenha, talvez porque se não possa revelar aos homens o mistério divino — ele é que se revela por si mesmo.

"Mais vale deixar em paz todos os agrapha", aconselha um dos críticos mais liberais,[13] e mesmo um sábio tão grande como Harnack, que não duvida da autenticidade histórica de grande número de agrapha, desde que se toca na essência do cristianismo", cala-os, esconde-os, como o velho Béze ", melhor esconder do que publicar".

VIII

No fim do último século, nos confins do deserto da Líbia, lá onde fora a antiga cidade egípcia de Oxirrincos, descobriu-se num túmulo cristão do século II ou do III três fragmentos de papiro meio consumidos, provenientes, sem dúvida, dum escapulário que o defunto trazia sobre o peito e haviam enterrado com ele. Nesses fragmentos, se haviam conservado milagrosamente quarenta e duas linhas de texto grego com seis agrapha e o início de um sétimo.[14] Não se encontrarão ainda outros um dia nessa terra de que se disse: "Eu chamei meu Filho do Egito" (Os., 2, I.)? Para "aqueles que sabem", esses fragmentos serão mais preciosos do que todos os tesouros do mundo.

Essas palavras do Senhor que se acaba de reconhecer — que acabam de ser ditas — varrem de nossos olhos, como pelo sopro dos Lábios Divinos, a poeira do hábito milenar — essa falta de admiração que mais do que tudo nos impede de ver o Evangelho. Fica-se como um cego que, recobrando subitamente a vista, se espanta — e se amedronta. É então que se compreende o sentido destas palavras:

---

11. Euseb., H. E., VI 12. — R. Knopf, EINLEITUNG IN DAS N. T., p. 162. — L. de Grandmaison, J. — Ch., 1. p. 19.
12. A. Resch, 1., C., p. 352.
13. Jülicher, IN "THEOLO. LITERATURZEITUNG", 1905, nº 23, p. 620. — A. Resch, 1., C., p. 387.
14. Grenfell and Hunt, THE OXYRHINCHUS PAPIRI, 1897, p. 8 e p. 35. — E. Hennecke, 1., c., I, pp. 36 e 37.

"O primeiro grau do conhecimento superior (a gnose) reside no espanto. Que aquele que busca não repouse... enquanto não tiver achado; e, tendo achado, ficará espantado; estando, reinará; reinando, repousará".[15]

Em lugar de "espantado", há em outra versão: "amedrontado",[16] o que é talvez mais exato: o espanto do primeiro navegante que avista novas estrelas parece-se com o medo.

IX

SEDE CAMBISTAS* PRUDENTES

Esta palavra do Divino Pobre sobre os "homens da bolsa" e os "especuladores" de então, tão míseros quanto nós, porém mais humildes (eram "banqueiros" de rua, *trapezitai*, do termo *trapeza*, "mesa", "contador", de onde veio a "banka" italiana medieval — o futuro "Banco"), — essa palavra, esse peixinho salgado do lago de Genezaré foi avidamente absorvido pelo nosso século ganancioso. Ninguém põe em dúvida a autenticidade e, com efeito, ela é imediatamente sentida nessa "secura salgada" das lógia aramaicas que tão bem conhecemos pelo Evangelho.[17]

Eis talvez a melhor epígrafe de todos os outros Agrapha; sede cambistas prudentes para evitar os dois erros igualmente possíveis e terríveis: tomar o cobre por ouro e tomar o ouro por cobre. Parece mesmo que o segundo erro, para "cambistas" como nós, é mais fácil do que o primeiro.

X

"Eu sofria com os que sofrem,
Eu tinha fome com os que tinham fome,
Eu tinha sede com os que tinham sede".[18]

Se alguém lhe tivesse perguntado: "Senhor, terias dito isto?" talvez ele respondesse com um sorriso inteligente — sim, com um sorriso de divina sabedoria, mas ainda de inteligência, simplicidade e alegria humanas: "Mas certamente o teria dito! Dizei-o por mim". E fizeram muito bem em dizê-lo — tanto bem que não se pode mais distinguir se é ele quem fala ou se falam por ele.

---

*. Ou cambiadores, em boa linguagem antiga.
15. Clem. Alex., STROM., II, 9, 45; V, 14, 57. — A. Resch, 1., C., p. 70. — E. Besson, 1., C., p. 74.
16. Clem. Alex., STROM., V, 14, 96. — J. Ropes, 1., C., p. 128.
17. *Eis o texto completo, segundo Orígenes (IN MATTH. TRACTAT., 27): "Estate prudentes nummularii. Omnia probate, quod bonnum est tenete, ab omnia specie mali abstinete vos. Sede cambiadores prudentes. Experimentai tudo; atende-vos ao que for bom e afastai-vos de toda a espécie de mal". A segunda parte, que é um lugar comum, deve ser uma glosa posterior. A. Resch (1., C., pp.112-128) reproduz mais de 70 citações desse trecho pelos Santos Padres.*
18. Orígen, COMMENT. IN MATTH., XII, 2. — A. Resch, 1., C., p. 132 — E. Besson, 1., C., p. 127.

XI

"Aquele que não carrega sua cruz e não me segue não pode ser meu discípulo", assim, em Lucas (14,27.), o metal já esfria, enquanto que no Agraphon ainda ferve:

> "Aquele que não carrega sua cruz não é meu irmão".[19]

Como esta segunda versão é mais "espantosa" — mais "apavorante", mais abrasada, mais perto do coração do Senhor!

> "Quem está junto de mim está junto do fogo;
> Quem está longe de mim está longe do reino".[20]

Ali, é a ordem dum Superior; aqui, a súplica de um Igual. E é como um novo fogo sobre uma ferida antiga; esta também acabará por sarar, mas menos facilmente; e talvez para aquele que sabe — que se queimou bem — isso bastará para toda a vida.

Basta comparar as duas palavras, a do Evangelho sobre a cruz carregada pelo discípulo e a que não foi anotada, sobre a cruz carregada pelo irmão, para sentir por que liberdade interior na transmissão das palavras autênticas do Senhor se atinge o inacessível, para perceber, ao lado do hálito humano, o hálito do Espírito Divino, para ver amadurecer suavemente sua palavra sob seu próprio olhar — fruto edênico dourado por um sol que jamais se põe.

XII

> "Tu viste teu irmão, tu viste teu Deus".[21]

"Senhor, terias dito isso?" — "Eu nunca disse outra coisa".

> "Não vos alegreis senão quando virdes vosso irmão na caridade (na graça de Deus).[22] — Deve-se perdoar a seu irmão setenta e sete vezes... porque se aclaram palavras culposas mesmo entre os profetas ungidos pelo Espírito Santo".[23]

Segundo a regra geral da crítica evangélica, que quer que uma palavra seja tanto mais autêntica quanto mais incrível, essa frase é autêntica, porque sua segunda parte sobre o Espírito é "incrível".

---

19. Excepta ex Theod., 42. W. Bauer, l., C., p. 364.
20. Orígen., HOMEL. IN JEREM., XX, 3. — A. Resch, l., C., p. 185. — E. Besson, l., C., p. 127.
21. *Vidisti fratrem, vidisti Dominum tuum.* — Tertull., DE ORATIONE, XXVI — Clemen. Alex., STROM., O., 19, 94; II, 15, 71. — A Resch, l., C., p. 182. — E. Besson, l., C., p. 122.
22. Hieron., COMMENT. IN EPIST. AD EPHES., V, 3, 4. — A. Resch, l., C., p. 236. — E. Besson l., C., p. 87.
23. Hieron., DIAL. ADV. PELAG., III, 2. — E. Preuschen, ANTILEGOMENA, 5, 108. — E. Besson, l., C., p. 88.

"No estado em que vos surpreender vos julgarei".[24]

É difícil acreditar que essa palavra não esteja no Evangelho tanto ela é memoravelmente autêntica, talvez porque tenha sido escrita por ele mesmo no coração humano. Uma vez ouvida essa palavra terrível, nunca mais será esquecida e aquele que a esquecer durante a vida dela se lembrará no momento de morrer.

XIII

O primeiro pedido da oração dominical no Evangelho: "Santificado seja o vosso nome" está para nós tão coberto pela poeira do hábito que quase nada mais significa; quando os lábios pronunciam essas palavras, o coração quase as não ouve mais, do mesmo modo que não ouvimos na poeira o rumor de nossos passos. Mas o Agraphon varre esse pó:

"Que o Espírito Santo desça sobre nós e nos purifique".[25]

A candeia foi retirada de sob a lenha e toda a oração se ilumina com uma nova luz. Somente agora o terceiro pedido, o principal: "Venha a nós o vosso reino" recebe um novo sentido, "espantoso": não é mais o primeiro, o antigo reino do Pai, nem o segundo, o do Filho, porém o terceiro, o futuro — o do Espírito.

A poeira foi varrida do caminho da humanidade, da história universal, pelo sopro do Espírito Santo, e quem não ouvirá seu passo retumbante?

XIV

"O Espírito Santo, minha mãe...".[26]

É por essa palavra misteriosa — cochicho "na obscuridade, ao ouvido", — talvez somente ao meio dos eleitos, dos três de entre os Doze, que Jesus começa, no "Evangelho dos Hebreus", o relato da Tentação (porque quem, além dele, o poderia conhecer e relatar?).

A julgar pelo fato dessa palavra só poder ser compreendida ou pelo coração ou pelo entendimento humano, mas na língua natal de Jesus, o aramaico, pois é a única em que o termo "espírito", Rucha, é, não masculino, como em latim, nem neutro, como em grego, porém feminino, esse *Agraphon* é um dos mais antigos e mais autênticos

---

24. Justin., DIAL. C. TRYPH., 47. — E, Besson, 1., C., 119.
25. Codex Vaticanus et Codex Ev., 604. — E. Besson, 1., C., p. 25. — J. Weiss, 1., C., I, p. 450.
26. Orígen., COMMENT,. IN JOAN., II, 6; HOMEL IN JEREM., XV, 4. — Hieron., IN MIEHAEAM, VII, 6; IN ISAIAM, XL, 9; IN EZEDHIELEM, XVI, 3. — A. Resch, 1., C., p. 216. — E. Besson 1., C., p.37.

logia aramaicos. Mas não sabemos o que fazer dele, embora toque no dogma-experiência fundamental do cristianismo — a Trindade. Não sabemos; entretanto, as velhas e as criancinhas que oram singelamente à Mãe,

> "Ardente Protetora do mundo regelado",

talvez saibam.

O Filho fala sempre de seu Pai e somente aqui de sua Mãe. "A semente da mulher esmagará a cabeça da Serpente". Esse Proto-Evangelho, essa Proto-Religião da humanidade inteira — a religião da Mãe — só aqui é santificada pelo Filho; só aqui ele une o Novo Testamento ao Antigo; só aqui, fora do Cânone, fora, dir-se-ia, da Igreja (mas talvez a Igreja seja mais liberal do que ela própria supõe) se completa o dogma da Trindade: Pai, Filho e Mãe-Espírito.

E uma nova luz, mais forte ainda, ilumina o pedido principal da oração do Senhor — a do Reino: o primeiro reino, é o do Pai; o segundo, o do Filho; o terceiro, o da Mãe-Espírito.

XV

Somente quem teve fome sabe o que é fome e compreenderá por que os "pobres de Deus", os Ebionitas, não rezam inteiramente como nós. Eles não dizem: "O pão nosso de cada dia dai-nos hoje", porém: "Dai-nos hoje nosso pão de amanhã".[27] Talvez as duas formas sejam igualmente autênticas: cada um reza a seu modo. A primeira é evidentemente mais elevada, mais celeste; a segunda, mais terra a terra, mais misericordiosa.

Nessa segunda forma, a agulha da bússola cristã imperceptivelmente variou, estremeceu invisível, e todo o clima do cristianismo logo se modificou, mudando-se do pólo para o equador.

Os pobres, os esfaimados preferem rezar assim e isso só lhes podia ensinar Aquele que também foi pobre e esfaimado: "Eu tinha fome com os que tinham fome e sede com os que tinham sede".

XVI

> "Tu me escutas com um ouvido
> e fechaste o outro".[28]

---

27. Panem nostrum crastinum (id est futurum) da nobis hodie. Em Jerônimo (Hieron., IN MATTH. EVANG., VI II), segundo o Evangelho dos Ebionitas que ele parece confunfir com o Evangelho dos Hebreus. — O. Resch, l., C., p. 237. — E. Besson, l., C., p. 36. — Mahar em aramaico significa: do dia seguinte, crastinum. — J. Welhausen, DAS EVANG. MATTHAEI, 1914, p. 27. — E. Hennecke, l., C., I, 29. — E. Klostermann, DAS MATTHAUS EVANGELIUM, 1929, p. 56. — M. Goguel, LA VIE DE JESUS, p. 139.

28. Grenfell and Hunt, l., C., p. 9. — A. Resch, l., C., p. 70.

Ouvimos com o ouvido celeste e fechamos o ouvido terrestre. Por isso não entendemos:

> "Pedi as grandes coisas e as pequenas vos serão dadas de quebra, pedi as celestes e as terrestres e as celestes vos serão concedidas".[29]

Kant ignora, mas Goethe talvez sabe que, sem o Cristo, o "grande pagão" que ele é não teria existido. "Jesus não imaginava mesmo o que fosse a civilização", pensa Nietsche[30], — e o pastor protestante Frederico Naumann, fundador do "socialismo cristão", disse um dia a si mesmo pelos maus caminhos da Palestina: "Como foi possível que Jesus, andando e viajando por semelhantes caminhos, nada fizesse para melhorá-los?" e ficou decepcionado, cessando de nele ver o "benfeitor terrestre da humanidade que anda pelos caminhos terrestres".[31] Mas, se agora voamos através do Atlântico, é talvez porque outrora pedimos "as grandes coisas", "as celestes", e "as pequenas coisas", "as terrenas", nos foram dadas de quebra; e, se cessarmos de pedir aquelas, estas nos serão tomadas: de novo, rastejaremos como vermes.

XVII

O Cristo só está no céu ? Não, está também sobre a terra:

> "Levanta a pedra e aí me encontrarás;
> fende a árvore e nela estarei".[32]

Se tudo foi criado por ele, como não estar ele em tudo?

> "Quem vos arrastará para o Reino, se o Reino está no céu? Os pássaros do céu, e tudo o que está sob a terra, e todos os bichos da terra, e os peixes do mar, todos vos arrastarão para o Reino".[33]

Eis o que significa em Marcos:

> "Ele estava com os animais selvagens e os anjos o serviam (I, 13.)".

XVIII

> "Estive entre vós com as crianças e não me reconhecestes...[34]

---

29. Orígen., LIBELLUS DE ORATIONE, II. — Clem. Alex., STROM., I, 24, 2. — A. Resch, l., C., p. III — E. Besson, l., C., p. 123.
30. H. Weinel, JESUS IM XIX IAHR., p. 195.
31. IBID., p. 197.
32. Grenfell and Hunt., l., C., p. 9 — A. Resch, l., C., p. 69. — E. Hennecke, l., C., I, p. 36. — E. Besson, l., C., p. 72.
33. Grenfell and Hunt, l., C., II, p. 15. — A. Resch, l., C., p. 71. — E. Henneck, l., C., I., p. 54. — E. Besson, l., C., p. 74.
34. Pseudo — Matth. XXX, 40: *fui inter vos cum infanibus et non cognovistis me.*

> Aquele que me procura encontrar-me-á entre as crianças a partir de sete anos, porque é aí que, no décimo quarto ano, depois de ter ficado oculto, eu me manifesto".[35]

Conhecemos bem essa flor evangélica, mas ei-la limpa da poeira e de novo exalando uma frescura tão edênica que se diria outra flor, que acaba de desabrochar e que nunca víramos.

XIX

Há no Evangelho muitas palavras amargas que parecem demasiado humanas para o Cristo e que, entretanto, por isso mesmo são autênticas. Porém haverá mais amargas, mais autênticas do que estas?

> "Estive no mundo e apareci aos homens em carne, e os encontrei todos embriagados, e ninguém que tivesse sede.
> E minha alma se aflige pelos filhos dos homens".[36]

E estas, também autênticas, também amargas:

> "Abandonastes o vivo que está diante de vós e inventais fábulas sobre os mortos".[37]

Como isso se parece terrivelmente conosco!

XX

Dir-se-ia que do colar das Beatitudes evangélicas duas pérolas se desprenderam e foram apanhadas no chão pelos pobres:

> "O bem deve vir ao mundo e feliz é aquele por meio de quem o bem vem.[38]
> Felizes os que se afligem com a perdição dos que não crêem".[39]

As "crianças" deixam cair o pão sob a mesa e ele é apanhado pelos "cães" — pelos "infiéis". Eis a palavra do Senhor que se encontra no Corão:

> "Homens, ajudai a Deus, como disse o Filho de Maria: quem é aquele que é meu auxiliar em Deus? E seus discípulos responderam: nós".[40]

---

35. Hippol., PHILOS., V, 7.
36. Grenfell and Hunt, l., C., I. p. 8. — E. Hennecke, l., C., p. 36. — E. Besson, l., C., p. 72.
37. August, CONTRA ADVERS, LEGIS ET PROPH., II, 4, 14. — R. Preuschen, l., C., p. 45 e p. 139. — E. Besson, l., C., p. 133.
38. Homel. Clemente, XII, 29. — A. Resch, l., C., p. 106. — E. Besson, l., C., p. 120.
39, Didascalia, V, 15. — A. Resch, l., C., p. 137. — E. Besson, l., C., p. 27, nota I.
40. Alcorão, SURA 61, 14. — Hennecke, l., C., II, p. 196. — E. Besson, l., C., p. 167.

Que Deus ajude aos homens — os "fiéis" sabem; que os homens ajudem a Deus — os "infiéis" sabem. Eis por que "aquele que não carrega sua cruz não é meu irmão". Irmão, ajudai o Irmão. As "crianças" esqueceram e os "cães" se lembram. Como, então, poderia ele não dizer: "Em nenhum homem em Israel encontrei tão grande fé" (Mt., 8,.10.).

"Que podridão! exclamaram os discípulos, passando perto do cadáver dum cão. "Como seus dentes são brancos, disse Jesus".[41]

É uma simples lenda muçulmana e não um *agraphon*; mas aquele que a compôs sabia sobre Jesus e amava em Jesus alguma cousa que nós não sabemos mais e não amamos mais; dir-se-ia que o tinha fitado os olhos nos olhos e vira neles como Ele olhava tudo e o que Ele procurava em tudo: se achou aquilo numa carniça, o que não acharia num ente vivo?

"Que podridão!" dirão também de nossa carcaça porém ele saberá ver alguma beleza em nós, e ressuscitaremos.

XXI

"Jesus — que a paz seja com ele — disse: o mundo é esta ponte; passa por ela, mas nela não construas a tua casa".[42]

É uma inscrição árabe no frontão duma ponte desabada no meio das ruínas duma cidade que um imperador mongol construiu para sua glória, num deserto inacessível da Índia setentrional, depois abandonada. Embora essa palavra não seja autêntica, parece apanhada, senão pelo ouvido, ao menos pelo coração, ao sermão da Montanha. Esse pólen da flor galiléia por que vento teria sido levado à Índia, a não ser pelo sopro de seus lábios, pelo Espírito?

Com quantos corações amantes teve de se alongar essa cadeia ardente que vai d'Ele até essa inscrição! Não é a prova que sua "voz viva e inesgotável", de geração a geração, de século em século: "Vistes?" — "Vimos". — "Ouvistes?" — "Ouvimos", retumba não só ao cristianismo, na Igreja, porém em toda a humanidade? Isto significa que a única e invisível Igreja Universal é maior do que pensamos, maior do que ela própria pensa.

XXII

"Ali onde dois ou três estiverem reunidos em meu nome, eu estarei com eles (Mt., 18, 20.)".

---

41. E. Besson, 1., C., p. 173.
42. W. Bauer, 1., C., p. 405. — E. Besson, 1., C., p. 175.

Eis, no Evangelho, a fundação da Igreja visível; e aqui, num pedaço de papiro meio consumido, talvez um escapulário funerário, encontrado nos confins do deserto da Líbia, o fundamento da Igreja invisível:

> "Ali, onde estiverem dois... não estarão sem Deus, e onde o homem estiver sozinho eu estarei com ele".[43]

Se é verdade que atualmente estamos mais sós do que nunca, essa palavra, que parece acabada de pronunciar diretamente pela sua boca, é, entre todas, preciosa e autêntica. Cada um de nós não se deitará na tumba e dela se não levantará com esse escapulário: "Estou sozinho, mas Tu estás comigo"?

XXIII

Basta à paleontologia um pequeno osso para reconstituir um animal antediluviano, um mundo desaparecido; um raio de estrela é suficiente para a análise espectral reacender o sol apagado; talvez um *Agraphon* seja bastante para a crítica evangélica esclarecer o que há ainda de muito obscuro na vida e no semblante de Jesus Desconhecido.

Atualmente, porém, é quase o caso de dar graças a Deus que pouca gente o saiba e que se não possa revelar aos homens esse mistério divino, enquanto ele se não revelar por si mesmo. A fonte mais fresca é aquela em que ninguém ainda bebeu: essa, a frescura dos Agrapha. O primeiro beijo de amor é o mais doce. A doçura dos Agrapha é a mesma. Entretanto, faz medo: é como se ele próprio nos falasse baixinho, ao ouvido, na escuridão.

Se está conosco, "todos os dias até o fim do mundo", certamente não se cala, mas fala, essa palavra eterna é o *Agraphon*. O coração do homem é, por sua vez, também, um *agraphon* do Senhor; e talvez sem essa palavra não se soubesse ler o Evangelho.

Para a crítica evangélica, os Agrapha serão um dia o que foi a "fonte pré-sinóptica" para os Sinópticos uma janela sombria na casa iluminada, dando para a noite de Jesus Desconhecido.

A crítica evangélica, e talvez todo o cristianismo, somente abandonará esse ponto morto, quando olhar além do Evangelho, lá onde a derradeira e a primeira testemunha, João e Marcos, estão de acordo, onde, em lugar de quatro Evangelhos, só existe um, o Evangelho "segundo Jesus", e onde, entre as estrelas invisíveis que surgem do horizonte, cintila, mais misteriosa do que todas as outras, a constelação do Cruzeiro — o sinal que une os dois céus, o diurno e o noturno:

> "Jesus Cristo é o mesmo ontem, hoje, eternamente (Hebr., 13, 8)".

---

43. Grenfell and Hunt, 1., C., I, p. I, p. 9. — A. Resch, 1., C., p. 69. — E. Besson, 1., C., p. 72. — Ephrem Syrus, Evang. Concord. expos., p. 165: *ubi unis est ibi et ego sum*. — E. Hennecke, 1., C., I, p. 36. — E. Besson, 1., C., p. 130.

Sempre por toda à parte o mesmo — tanto deste lado do Evangelho como do outro.

XXIV

Nove espelhos: quatro que vemos — nossos Evangelhos — e cinco invisíveis para nós: a fonte pré-sinóptica Q, comum a Mateus e Lucas, duas fontes particulares (Sonderquelle), uma para cada um deles; a camada inferior B do IV.º Evangelho, e, enfim, o espelho mais obscuro e mais próximo de nós — os Agrapha. Os nove espelhos estão colocados frente a frente, de modo a se refletirem um no outro: o único espelho de Marcos nos quatro de Mateus e Lucas; dois visíveis e dois invisíveis, e esses cinco espelhos se refletem no espelho invisível Q; e esses seis nos dois espelhos de João — o visível B e o invisível A; afinal os oito, no nono, o mais profundo e misterioso — os Agrapha.

A cada novo reflexo, a complexidade das combinações aumenta em progressão geométrica, o que faz do mais simples dos livros, o Evangelho, o mais complexo. Refletindo-se mutuamente, mutuamente se aprofundam até o infinito; os raios das luzes mais opostas se entrecruzam, se refractam, e, no meio de todos eles, está Ele. Assim somente pode ser representado o semblante irrepresentável. Se, na história universal, nada possuímos de semelhante para nenhuma outra figura, então conhecemos ou poderemos conhecer a vida e semblante de Jesus melhor do que a vida de qualquer outro personagem histórico.

XXV

E, apesar de tudo isso: "*vita Jesu Cristi scribi nequit*, a vida de Jesus Cristo não pode ser escrita".[44] Essa antiga tese de Harnack, que remonta aos anos 70, mas que parece não ter envelhecido, foi retomada em nossos dias por Welhausen: mesmo em Marcos, não sabemos sobre Jesus senão o *extraordinário* enquanto que o *quotidiano* — de onde é, quem são seus pais, em que época, onde e como viveu — nos escapa.[45] Mas, em primeiro lugar, o conhecimento cada vez maior e mais exato do ambiente judaico religioso e social do tempo nos permite entrever o que foi a vida "quotidiana" de Jesus. Na verdade, é pouco, porém importante. Em segundo lugar, o próprio Jesus é tão *extraordinário* — o que mesmo Welhausen admite — que não é razoavelmente para deplorar que as testemunhas de sua vida nos tenham contado as cousas extraordinárias e não as quotidianas. Afinal, em terceiro lugar, de Édipo, Hamlet

---

44. Fr. Loofs WER WAR JESUS CHRISTUS?, p. 128.
45. J. Welhausen, EINLETUNG IN DIE DREI ERSTEN EVANGELIEN, p. 47. — A. Jülicher, NEUE LINIEN IN DIE EVANGELISCHEN UBERLIEFERUNG. 1906, p. 42.

e Fausto somente conhecemos o que tiveram de extraordinário; enquanto aos últimos, sobre alguns meses de sua existência; quanto ao primeiro, sobre algumas horas. Todavia, nosso conhecimento é tão profundo que, se possuíssemos o indispensável dom poético, profético, poderíamos, com esse segmento visível, reconstituir todo o círculo invisível, relatar toda a sua vida. De Jesus também, só sabemos o "extraordinário", porém durante pelo menos um ano, senão dois ou três anos. Por que, então, não poderíamos, se dispuséssemos do talento necessário, restaurar por esse trecho o círculo completo de sua existência?

Jülicher defende mais solidamente a tese de Harnack. "Não podemos saber pelos Evangelhos senão o que Jesus *parecia* ser à primeira comunidade dos fiéis, mas não *o que ele* realmente foi; nossa vista não alcança tão longe; o horizonte evangélico nos está para sempre fechado pelos altos cimos da fé das primeiras comunidades".[46] Não, não para sempre: todos os "sinais de contradição" (Lc., 2, 35.), todas as "perplexidades", todos os "escândalos" (feliz aquele que se não escandalizar de mim! Mt., 11, 6.), não somente das personagens evangélicas, mas talvez dos próprios Evangelistas, são outras fendas na muralha aparentemente inteiriça da tradição; por elas nós avistamos ou podemos avistar, não só o que Jesus parecia ser, como o que realmente era.

XXVI

Para que a tese de Harnack fosse irrefutável, bastaria agora acrescentar estas duas palavras: "por nós": por nós a vida de Jesus Cristo não pode ser escrita. A grande dificuldade de conhecer não reside absolutamente na nossa experiência histórica, exterior, porém na nossa *experiência interior*, religiosa.

"Como a terra esfriada não permite mais compreender os fenômenos da criação primitiva, porque se apagou o fogo que a penetrava, assim as explicações refletidas têm sempre algo de insuficiente, quando se trata de aplicar nossos tíbios processos de análises às revoluções das épocas que decidiram a sorte da humanidade", diz Renan do proto-cristianismo e Renan não pode ser suspeitado de excesso de apologética.[47]

Todo conhecimento é experimental. Mas, para o proto-cristianismo em geral e com maior razão para seu ponto mais ardente, a vida do Homem Jesus, não temos experiência igual e correspondente em qualidade e quantidade ao que queremos saber. Enganamo-nos e enganamos os outros, contando essa vida, como viajantes que falassem de um país onde nunca tivessem estado.

Parece que Goethe ama mais o cristianismo do que o Evangelho e o Evangelho do que o Cristo; entretanto, ele também sabe que o espírito humano, por mais que tente se elevar, jamais pode ultrapassar a vida e a pessoa do Cristo.[48]

Harnack e Bousset, dois dos mais profundos rebuscadores e críticos evangélicos mais liberais de nossos dias, falam da vida de Jesus em termos quase idênticos, sem se terem combinado: "O divino aí aparece tão puro quanto podia aparecer na terra" (Harnack).

---

46. A. Jülicher, 1., C., p. 72.
47. E. Renan, VIE DE JESUS, p. 46.
48. A. Harnack, DAS WESEN DES CHRISTENTUMS, P.3.

— "Nunca Deus, em nenhuma vida humana foi de uma realidade tão viva como aqui" (Bousset).[49]

Lembremos também o gnóstico Marcion, ao qual será talvez muito perdoado em bem destas palavras: "Ó milagre dos milagres, deslumbramento e motivo de estupefação, nada se pode dizer e nada pensar que ultrapasse o Evangelho; nada existe a que possa ser comparado".[50] Se isto é verdade quanto ao Evangelho que, apesar de tudo, não passa de pálida sombra do Cristo, quanto é mais verdade sobre ele próprio!

XXVII

Para nós, a principal dificuldade, quando se trata não de contar a vida de Jesus, mas simplesmente de vê-la, consiste precisamente em não poder ela ser comparada à coisa alguma. O conhecimento é uma comparação: para saber bem o que é uma coisa, devemos comparar o que estamos aprendendo com o que já sabemos. Mas a vida do Cristo não se parece com nenhuma coisa e nada temos com que compará-la, tão incomensurável, tão extraordinária, tão única ela é. Aí toda a nossa experiência da história universal nos trai e, se ficarmos nos seus limites, devemos reconhecer, embora em outro sentido que o de Harnack que com efeito, a vida de Jesus é incognoscível, "*indescritível*", *scibi nequit..*

E, se apesar da insuficiência da experiência, quisermos assim mesmo fazer dessa vida um objeto de conhecimento, introduzi-la na história, precisaremos, partindo, não dessa experiência certa, embora insuficiente, que a vida de Jesus é *realmente humana*, mas da experiência falsa de que é *somente humana* e levando até o fim a lógica dessa experiência falsa, dizer com alguns dos críticos da extrema esquerda que é a vida dum "louco" ("ele saiu fora de si", — "ele perdeu o senso", como pensam seus irmãos. Mc., 3, 21.), ou, o que é pior, admitir com Renan que foi um "erro fatal", que Aquele que é o maior do mundo se enganou e enganou o mundo como jamais alguém o enganara; ou ainda, o que é pior do que tudo, reconhecer com Celso que Jesus "acabou com uma morte miserável uma vida infame".

Para fugir a essas deduções absurdas e blasfemas, somos forçados a reconhecer que a vida de Jesus não é *somente uma vida humana*, porém alguma coisa mais — talvez o que dela dizem as primeiras palavras da primeira testemunha, Marcos-Pedro:

"Começo do Evangelho de Jesus Cristo, Filho de Deus".

XXVIII

Mas, embora saibamos não ter a experiência necessária para escrever uma "Vida de Jesus", sabemos ou poderemos saber que certos *a tiveram*.

---

49. A. Harnack, 1., C., p. 92. — W. Bousset, JESUS, 1822, p. 47.
50. E. de Faye, GNOSTIQUES ET GNOSTICISME, p. 552.

A palavra "mártires" significa "confessores", "testemunhas", — evidentemente do Cristo. São eles talvez os que possuem essa experiência que nos falta; são eles talvez os que sabem da vida do Cristo o que ignoramos.

Assim, São Justino Mártir, dizendo ao César romano com uma dignidade maior do que a de Brutus: "Podeis matar-nos, porém não nos podeis fazer mal".[51] Assim, Santo Inácio de Antioquia (aí pelo ano 107), o qual, dirigindo-se ao Coliseu, rezava: "Eu sou o trigo do Senhor e serei moído pelos dentes das feras para me tornar o pão de Cristo".[52] Também se os mártires de Lião, no ano 177, não tivessem crido tão firmemente que, na ressurreição dos mortos, Deus recolheria todas as parcelas das cinzas de seus corpos queimados atiradas ao Ródano, formando com elas exatamente os mesmos corpos que haviam tido em vida, mas já "glorificados"; se, para eles, o fogo que os queimava e o ferro que os torturava não tivessem sido menos reais e menos palpáveis que o corpo do Senhor ressuscitado, quem sabe se teriam podido suportar o suplício com tal constância que, ao outro dia, seus algozes convertidos ao Cristo se entregaram às mesmas torturas?[53]

Quem sabe se, para esses "videntes", essas "testemunhas", a vida do Cristo não se ilumina com clarões fulgurantes até a profundezas que nenhuma vida humana jamais conheceu? Quem sabe não é, para eles, mais real, mais memorável, mais conhecida do que a sua própria?

De tudo isso resulta que, para melhor conhecer a vida de Jesus, é preciso viver melhor. Tal seja a nossa vida, tal conheceremos a dele. "Se eu me conhecesse, te conheceria, *noverim me, noverim te*".[54] Em cada má ação, atestamos, "confessamos" que Jesus não existiu; em cada boa ação, que existiu. A fim de poder ler o Evangelho de nova maneira, é necessário viver de nova maneira.

XXIX

"Se mudas, não és a verdade", assim Bossuet afirma a imutabilidade, a imobilidade do Cánone e do Dogma.[55] Poder-se-ia replicar-lhe: "Se não mudas, não és a vida". O Evangelho muda perpetuamente, porque vive perpetuamente. Tantos séculos, tantos povos e até tantos homens — quantos Evangelhos. Cada qual o lê, o escreve, exatamente ou inexatamente, tolamente ou sabiamente, culposamente ou santamente, porém a seu modo, — de nova maneira. E, em todos esses Evangelhos, só há um e o mesmo Evangelho, como em todas gotas de orvalho o reflexo de um único e mesmo sol.

Para aquele que abrir o Evangelho, todos os outros livros se fecharão; aquele que começar a pensar nisso não pensará mais em outra coisa e nada perderá, porque todos os pensamentos vêm dele e para ele vão. Depois desse sal, tudo é insulso; depois

---

51. Justin., I APOL., II, 4.
52. Ignat. Ant., EP. AD ROMAN., IV, I.
53. P. Schmiedel, JESUS, p. 129.
54. August., SOLIT., II, I.
55. Mig. de Unamuno, L'AGONIE DU CHRISTIANISME, 1926, p. 47.

dessa "Divina Comédia", todas as tragédias humanas são fastidiosas. E, se nosso mundo, a despeito de todas as suas terríveis chatices, continua terrivelmente profundo e santo, é unicamente porque ele passou pelo mundo.

XXX

O bandido espanhol Juan Sala y Serralonga, no momento de morrer na forca, disse ao carrasco: "Morrerei recitando o *Credo*, mas não me passe a corda ao pescoço antes que tenha dito: "Creio na ressurreição da carne!"[56] Talvez esse bandido, como o que morreu na cruz, sabia sobre Jesus muita coisa que ignoram muitos daqueles, crentes ou incrédulos, que escrutam a "Vida de Jesus".

É provável que muitos dentre nós somente compreenderiam alguma coisa dessa vida com "o baraço ao pescoço". "Pensei em ti na minha agonia e derramei tantas gotas de sangue por ti". Quando se ouviu isso, pode-se sentar a uma mesa, tomar de uma pena e começar a escrever uma "Vida de Jesus"?

"Entretanto, os cães comem sob a mesa algumas migalhas das crianças (Mc., 7, 28.)".[57]

Talvez muitos de nós só se possam aproximar da vida de Jesus desse modo: as crianças deixarão cair as migalhas — os cães as comerão.

"Ele estava com as feras selvagens e os anjos o serviam (Mc., I, 13)".

Quem sabe se sua imagem se não reflete tanto na pupila das feras como na dos anjos, em ambas Ele se reconhece?

XXXI

Como olhá-lo com olhos impuros? Como falar-lhe com lábios impuros? Como amá-lo com um coração impuro?

"Um leproso veio a ele e, ajoelhando-se, dirigiu-lhe esta súplica: Se quiseres, eu ficarei limpo. Jesus, cheio de compaixão, estendeu a mão, tocou-o e disse: Eu o quero, fica limpo (Mc., I, 40-42)".

Só assim, como leproso, poderemos tocá-lo. Talvez os pecadores saibam sobre ele mais do que os santos e os que perecem mais do que os que se salvam. Se o leproso sabia, nós também talvez saibamos.

---

56. IBID., p. 122.
57. Pascal, PENSÉES, 552.

XXXII

Para atingir a esse conhecimento, temos sobre todos os séculos cristãos uma vantagem inegável, embora talvez nós mesmos a ignoremos e não lhe liguemos importância: é, num ponto que de tudo decide, a semelhança de nosso tempo com aquele em que Jesus viveu. Nunca, tanto como então e hoje, o mundo esteve tão próximo de sua perdição, sem ter consciência disso, e esperou tão ansiosamente sua salvação; nunca o mundo teve uma tal sensação de abismo em, que tudo vai sossobrar. São hoje, como então, as mesmas dores dum parto súbito, a mesma voz que ninguém queria ouvir clamando no deserto: "Preparai as vias do Senhor!" o mesmo machado ferindo a raiz das árvores, a mesma rede invisível lançada sobre o mundo; o mesmo ladrão deslizando na noite, o dia do Senhor; a mesma palavra escrita com o mesmo fogo na escuridão ameaçadora de um céu cada vez mais tempestuoso: o Fim.

Embora ninguém pense ainda no Fim, o sentimento do Fim já se infiltrou no sangue de todos como o lento veneno dum contágio. E, se o Evangelho é o livro do Fim — "Eu sou o primeiro e o último, o começo e o fim"[58] — então, nós também, homens do Fim, para nosso espanto ou nossa alegria, estamos talvez mais perto do Evangelho do que pensamos. Não o leremos nunca, seja; porém, se o tivéssemos lido, poderíamos contar a "Vida de Jesus" como jamais alguém a contou.

XXXIII

— E, entretanto, o mundo não vai aonde o chamava o Cristo e quem sabe se Ele não ficará numa terrível solidão? dizia-me o outro dia um homem inteligente e fino, empeçonhado até a medula pelo sentimento do Fim, mas que parece ignorar ainda, embora não cesse de pensar no Cristo ou de somente girar em torno dele, queimando-se como uma borboleta noturna na chama duma vela, um pouco envergonhado de falar assim, talvez com o sentimento confuso de sua vulgaridade.

Aliás, não se poderia julgá-lo severamente: agora, muita gente no mundo, senão todos, têm o mesmo pensamento, o que, evidentemente, não a torna mais sábia nem mais nobre; é possível que certos cristãos o tenham também e, se o calam, não é, provavelmente, por excesso de sabedoria ou de nobreza.

É muito difícil discutir sobre este assunto, porque seria preciso, para isso, colocar-se no terreno do adversário, o que não é possível sem se imbecilizar a si próprio.

Aceitar o julgamento da maioria sobre a Verdade, sobretudo na religião, o derradeiro e único domínio que ainda parece lhe escapar, reconhecer que a sentença da maioria pode transformar a verdade em mentira e a mentira em verdade, não é, com efeito, algo de imbecil?

---

58. Mc., 7, 28. — Epígrafe de "A essência do cristianismo"(DAS WESEN DES CHRISTENTUMS) de Harnack, obra excelente, livre e piedosa, mas que a Igreja não admite universalmente.

XXXIV

Quanta gente, na hora atual, é pelo Cristo e não sabemos quantos são contra ele, porque não existe estatística em matéria de fé; aqui é a qualidade e não a quantidade que de tudo decide: para Heráclito e Jesus "um único homem vale dez mil, se for o melhor".[59] Mas, se soubéssemos mesmo que, atualmente quase toda a gente é contra o Cristo e quase ninguém por Ele, estaria resolvido, porventura, o problema de saber se devemos ser pró ou contra o Cristo?

Quando fiz notar isso ao meu interloucutor, ele me pareceu ainda um pouco mais envergonhado. Infelizmente, porém, não é pela vergonha que se atua sobre os homens, sobretudo numa época como a nossa.

"Quando o Filho do Homem vier, encontrará a fé sobre a terra? (Lc., 18, 8.)".

Se ele próprio perguntava, certamente era porque sabia que o mundo podia ir para onde não o chamava deixando-o em "terrível solidão". Todavia:

"Eu venci o mundo (Jo, 16, 33.)".

Precisamente sua força é não ter vencido o mundo uma só vez, sobre a cruz, porém tê-lo vencido, seguidamente, muitas vezes, continuando a vencê-lo na "terrível solidão", um contra todos. E, se o cristianismo tem qualquer semelhança com o Cristo, é justamente essa: não se pode dizer que ele não tenha vencido e não continue a vencer um contra todos. Eis onde se não deve ter medo de dizer: quanto pior melhor. Somente o vento das perseguições é capaz de atiçar a chama do fogo cristão, e isto a ponto tal que, às vezes, se crê que, para o cristianismo, não ser perseguido é não existir.

A prosperidade aparente, a indiferente benevolência são o que há de mais terrível para ele. A "prosperidade" durou séculos, porém, graças a Deus! está se acabando e o cristianismo vai tornar ao seu estado natural: a guerra de "um contra todos".

XXXV

O diabo serve a Deus contra sua vontade, como uma vez confessa a Fausto Mefistófeles, um dos demônios mais inteligentes:

"... Eu sou uma parte dessa Força
Que faz eternamente o bem, querendo o mal".

*... Ein Teil von iener Kraft
Die stets des Bse will und stes das Gute schafft.*

---

59. Herácl., FRAGM., 49.

Mas não confessa o principal, é para ele um inferno ser obrigado a servir a Deus.

Os comunistas russos, esses diabos medíocres, esse mesquinhos "anti-cristos servem agora o Cristo como nunca, desde muito tempo, ele foi servido. Varrer do Evangelho a poeira dos séculos, o hábito, torná-lo novo, escrito como se fosse de ontem, "apavorante", "espantoso", como nunca foi desde os primeiros dias do cristianismo, os comunistas estão realizando essa obra, hoje mais necessária do que nunca, além do que era de esperar, fazendo os homens desaprenderem o Evangelho, escondendo-o, proibindo-o, destruindo-o.

Se, ao menos, eles soubessem o que fazem! Mas o ignorarão até o fim. Só uns diabos não mesquinhos e tolos como esses (são inteligentes e espertos em tudo, menos nisso) poderiam esperar destruir o Evangelho tão completamente que desapareça para sempre da memória dos homens. O outro, o verdadeiro, o Grande Diabo, o Anticristo, esse será muito mais inteligente: "Será em tudo parecido com o Cristo".

Não, os homens não esquecerão o Evangelho; lembrar-se-ão dele, lê-lo-ão, não podemos mesmo imaginar com que olhos, com que espanto, com que pavor, e que explosão de amor pelo Cristo brotará dessa leitura. Teria havido semelhante explosão desde o tempo em que viveu na terra?

Talvez da Rússia venha a explosão e o mundo a terminará.

XXXVI

Mas, mesmo que tudo não se passe assim, ou não venha tão depressa como acreditamos, poderá o cristianismo ser mais maltratado do que o é presentemente, não a seus olhos, bem entendido (a seus olhos "quanto pior melhor"), porém aos olhos de seus inimigos?

Ah! meu pobre amigo, borboleta noturna que se queima na chama da vela, pensai nisto unicamente: se devemos ver a tolice e vilania dos homens triunfarem mais uma vez do cristianismo, se o próprio Cristo deve cair numa solidão mais "terrível" ainda, quanto é preciso ser imbecil e celerado para abandoná-lo em tal momento e não compreender o que uma criança compreenderia: que é no instante em que todo mundo o abandona, o trai e em que está sozinho que justamente é necessário ficar com ele, que é necessário amá-lo e acreditar nele, avançar ao encontro do suave Rei de Sião, para semear de ramos o seu caminho e estender alfombras sob seus passos, gritando com as pedras, se os homens se calarem:

> "*Hosannah*! Bem-aventurado aquele que vem
> Em nome do Senhor!

Segunda Parte

A VIDA DE JESUS DESCONHECIDO

I

COMO ELE NASCEU

I

> Kaire Kekharitoménh.
> *Avé gratiosa.*
> "Alegra-te, Cheia de Graça (Lc., 1, 18.)!"

A palavra grega *Kekharitoménh* vem do termo *Kharis*, a graça, a beleza, em latim *gratia*. A mesma raiz se encontra na palavra *Charite*, deusa da beleza. "Alegra-te, Cheia de Graça" quer, portanto, dizer: "Alegra-te, Beleza das Belezas Divinas; Alegra-te, Charite das Charites!"[1]

Tudo no Evangelho — a vida de Jesus — começa e termina pela alegria. Eis porque a própria palavra Evangelho, *evangélion*, no seu sentido primitivo e profundo significa, não a "boa", mas a "alegre nova".

> "Eu vos anuncio *évangelionai*, uma grande alegria, eu vos anuncio o Evangelho",

diz o Anjo da Natividade aos pastores de Belém (Lc., 2, 10).

A estrela matutina, clara como o sol, anuncia o sol ainda invisível, o Precursor anuncia o Cristo.

> "Ele será para ti um motivo de alegria e muitos se alegrarão com o seu nascimento",

---

1. *Somente um heleno, um pagão da véspera, Lucas, podia achar essa palavra e somente um neo-heleno, um humanista, ERASMO, o poderia traduzir com perfeição: gratiosa.* — M. J. Lagrange, EVANGILE SELON SAINT MARC, pp. 28-29.

diz o anjo a Zacarias (Lc., 1, 14.). E, antes de nascer, o Precursor estremeceu de alegria no ventre de sua mãe (Lc., I, 14), como a estrela da manhã treme no firmamento. E o sol que ainda se não levantara, a outra Criança que ainda não havia nascido, lhe respondeu pela boca de sua mãe:

> "Meu espírito se alegra em Deus, que é o meu Salvador (Lc., 1, 47.)".

A estrela da manhã empalidece diante do Sol, pequenina alegria diante da grande: "É preciso que ele cresça e que eu diminua", diz o Precursor, referindo-se ao Senhor (Jo., 3,30.).

Os Magos também, que vinham do Oriente, "tiveram muito grande alegria", quando viram a estrela parar sobre o local onde estava o Menino (Mt., 2,10.). Nunca houve maior alegria à face da terra e, se ela renascer, quando Ele voltar, nova alegria nascerá primeiro".

Mesmo na véspera do Gólgota, o Senhor disse, como se falasse da alegria de Belém:

> "Quando uma mulher dá à luz, sente dores, porque sua hora chegou, mas, desde que a criança nasce, não se lembra mais do sofrimento na alegria que sente (Jo., 16, 21.)".

A sombra do Gólgota desaparece na luz da alegria:

> "Minha alegria ficará convosco e vossa alegria será perfeita (Jo., 15, 15.)".

O que é essa alegria um cego de nascença a compreenderia talvez, vendo subitamente a luz; nós também talvez a compreendêssemos, se, depois de estarmos deitados no túmulo durante a eternidade, víssemos repentinamente o sol. Mas nós não o vemos, porque nossos olhos estão cobertos pela névoa do hábito milenar, da inaptidão para o espanto e para a alegria.

II

É uma alegria que não é deste mundo, uma alegria terrível.

Zacarias, vendo o Anjo, "ficou perturbado e cheio de pavor" (Lc., 1, 12.). E a própria Virgem cheia de graça também *se perturbou*, vendo-o (I,29). Quando nasceu o Precursor, a Estrela da Manhã, "todos os vizinhos ficaram cheios de medo" (I,65.); mas, quando o Sol se levantou e a Glória do Senhor resplandeceu em torno dos pastores de Belém, "um grande temor" os tomou. Jamais haverá temor maior sobre a terra e, se renascer, quando Ele voltar, novo temor nascerá primeiro.

> "A luz brilha nas trevas (Jo., I, 5.)".

A luz está envolta em trevas e a alegria, rodeada de pavor.

O que é esse pavor talvez compreendamos, se, depois de estarmos deitados no túmulo durante a eternidade, ouvirmos de súbito a trombeta do arcanjo; mas estamos deitados e não a ouvimos, porque nossa surdez é o hábito milenar, a inaptidão ao temor e alegria.

Senhor, envia-nos o teu temor, envia-nos a tua alegria, afim de que possamos de novo ver e ouvir o que, na noite de Belém, viram e ouviram, não só os homens, como também os animais, as plantas e as pedras iluminadas pela tua glória:

> "Eis que vos anuncio uma grande alegria: é que hoje para vós nasceu um Salvador que é o Cristo, o Senhor (Lc., 2, 10-11.)".

III

Com um pouco de céu espalhado na palheta, Frei Beato Angélico fazia o azul; com um raio de sol, fazia o ouro; molhava o pincel na aurora e tinha o rubro; depois, no mar banhado de luar e tinha a prata.

Assim é que se desejariam escrever dois pequenos apócrifos, dois frontispícios do Evangelho: a *Ave Maria*, a *Anunciação*, e a *Glória in excelsis*, a Natividade.

1

> *Deus enviou o anjo Gabriel a uma cidade da Galiléia, chamada Nazaré, junto a uma virgem, noiva de um homem de nome José, da casa de David; essa virgem chamava-se Maria (Lc., I, 26-27).*

As raparigas de Nazaré eram afamadas por sua beleza, porém Maria, Miriam em galileu, quando chegou aos quatorze anos, era a mais bela de todas.[2]

> *Nossa irmã é como uma macieira florida de branco,*
> *como uma romãzeira no jardim sombrio*
> *sobre uma fonte límpida.*
>
> *Tu és a mais bela das filhas dos homens!*
> *A mirra, o aloés e a canela perfumam todas as tuas vestes.*
> *À tua direita, fica a rainha coberta com o ouro de Ofir.*
> *O rei se encheu de desejos diante de tua beleza;*
> *como ele é teu Senhor, prosterna-te diante dele.*

---

2. *Antonio Mártir, no século VI, fala de beleza das mulheres de Nazaré.* — Th. Keim, GESCHICHTE JESU, I, p. 323. — K. v. Hase, GESCHICHTE JESU, p. 219. — A idade de Maria 15 a 16 anos, no PROTEVANG. JACOBI, VIII, 2.

Assim, do Tabor ao Herman cantavam-na os pastores, tocando a flauta, ao amanhecer e ao crepúsculo.³

2

*Como um dado de jogar, a casinha de teto chato do carpinteiro José, de quem Míriam acabava de ficar noiva, erguia-se muito branca no alto da colina, acima das outras casas, parecendo construída no próprio céu, em que o dia todo voejavam as andorinhas; um cipreste redondo e pontiagudo como um fuso perfilava-se no espaço azul, junto a um muro branco, dominando também todos os outros, como um único amigo sobre esta terra. Uma viela estreita e íngreme, verdadeira escada de cento e cinqüenta degraus desiguais e escorregadios, conduzia à cidade baixa, onde se achava a única fonte, e levava à casinha de José.*⁴

*Duas vezes por dia, pela manhã e tarde, Míriam descia para buscar água e era tão robusta que, quando, subindo, chegava ao derradeiro degrau, seu seio moreno e já formado conservava uma respiração igual; tão destra que sobre a cabeça, coberta com uma manta de lã de cabra tecida em casa, o cântaro de barro, cheio de água, nem estremecia; tão destemida que, à noite, ia ao monte sozinha procurar entre as estevas uma ovelha tresmalhada, sem receio dos lobos, dos jovens pastores da Idumés, nem de Pantera, soldado romano devasso e sem escrúpulos, terror de todas as raparigas de Nazaré; entretanto, suas únicas armas eram um espeque na mão e uma oração no coração.*⁵

3

No seu rosto de oval infantil, moreno rosado como a flor da amendoeira no crepúsculo da primavera, seus olhos imensos, escuros como a noite e límpidos como as estrelas, pareciam arregalados pelo espanto como os das criancinhas. Os simples julgavam neles ver o céu; os maus, o inferno.

"Muito bem", dizia o Senhor a cada dia da criação. "E isto é melhor do que tudo", disse, quando criou Eva, a Mãe da Vida, tirando-a duma costela de Adão, e, como ainda estivesse adormecida, beijou-a primeiro na testa como um pai,

---

3. Os quatros últimos versos são tomados no Salmo 45, 9-12; os primeiros, no CÂNTICO DOS CÂNTICOS.

4. As andorinhas de Nazaré, os ciprestes, as ruas em escadaria mal calçadas, em P. Range, NAZARÉ, 1923, pp. 10-12. — Nos nossos dias ainda, as cabras e ovelhas se desalteram nessa única fonte da cidade chamada a "Fonte de Maria". — R. Furrer, DAS LEBEN JESU, p. 27. — Os brancos cubos das casas de Nazaré espalhados como dados de jogar nas encostas do monte, em K. v. Hase, 1., C., p. 219.

5. Sobre o soldado romano Pantera, vide: Orígen., C. GELS., I, 28, 32; BABLY. HAGIGA, 4 b. MISCHNA JEBAMOTH, IV, 13. — H. Strack, JESUS NACH ALTESTEN JUDISCHEN ANGABEN, p. p. 26. 34. — J. Aufhauser, ANTIKE JESUS-ZEUGNISSE, p. 44.

depois nos olhos como um irmão e, enfim, nos lábios como um marido. Desta "tola lenda" dos Minim heréticos, imbecis e ímpios, o rabino Eliezer ben Josia, um dos doutores de Jerusalém, que nunca levantava os olhos para as mulheres, muito velho e austero, lembrou-se no dia em que, por acaso, olhou Míriam. "Os tolos, às vezes, são talvez sábios", pensou. Não é de uma mulher assim que foi dito: "a semente da mulher esmagará a cabeça da serpente"? Assim pensou o rabino Eliezer ben Josia, porque era um santo varão e via o que os outros homens não viam: via ardendo ainda sobre o rosto de Maria os três beijos do Senhor, beijo solar na testa morena, beijo estrelado nos olhos, beijo flamejante e ardente sobre os lábios virginais.

4

Míriam fizera muitas invejosas. As raparigas de Nazaré, quando vinham à fonte com seus cântaros ou levavam ao bebedouro as ovelhas e cabras, somente falavam dela.

— Olhos assim, eu não queria por nada no mundo. Parecem as janelas duma casa incendiada. São terríveis como olhos duma possessa.

— Naturalmente! Levando uma vez as ovelhas para pastarem no alto do Tabor, ela trepou a noite até o cume e lá viu qualquer coisa que a fez tombar por terra como morta. Os pastores encontraram-na ao amanhecer. Foi então que o demônio entrou nela e, desde esse tempo, ela tem aqueles olhos...

Depois, falou-se dos pretendentes que Míriam tinha recusado e foi tão viva a discussão que quase acaba em barulho. Ninguém chegou a um acordo, talvez porque ninguém sabia se, na verdade, ela tinha tido pretendentes.

— Que vai ela fazer com o carpinteiro José, velho, viúvo e com filhos, é o que não consigo compreender, disse uma, quando se cansaram de falar dos pretendentes.

— Todavia é bem simples. Ele é da casa real de David e ela, da casa levítica de Arão: se tiverem um filho, será o Messias, o Rei-Pontífice da profecia asmona. Quem não desejaria ser a mãe do Messias?

— Não, não é isso.

— Então, que é?

Puseram-se a cochichar.

De súbito, calaram-se. Míriam dirigia-se para elas com o cântaro à cabeça. Aproximou-se, olhou-as silenciosamente com seus grandes olhos espantados como os das criancinhas e com um sorriso tal que todas, envergonhadas, baixaram os olhos.

5

As raparigas só tinham razão num ponto. Míriam esperava o Messias.

O jugo romano pesava sobre a nuca de Israel, que, mais do que nunca, esperava o Messias libertador; e Míriam o esperava mais do que ninguém em Israel.

Originária de Nazaré, mas, tendo perdido cedo pai e mãe, fora levada a Jerusalém, a fim de ser criada por uma de suas parentas, Isabel, mulher do sacrificador Zacarias, da classe de Abias. Ambos não tinham filhos e estavam em avançada idade, por isso tomaram a órfã em casa. Assim, tranqüilamente, ela cresceu no seu lar, à sombra do Templo, a branca pomba Míriam, alimentando-se com o pão que parecia receber da mão dos anjos. Isabel, hábil em fiar, tecer e bordar, ensinou-lhe todas as artes caseiras. Durante dias inteiros, sentada junto a uma janela, ora murmurando preces, ora cantando salmos, Míriam bordava para o Templo um véu precioso, ornado com dois serafins de púrpura em fundo de ouro.[6]

Ora, havia em Jerusalém um homem que se chamava Simeão. Esse homem era justo e piedoso; esperava a consolação de Israel e o Espírito Santo baixava sobre ele. Fora prevenido pelo Espírito Santo que não morreria sem ter visto o Messias. Havia também uma profetiza, Ana, filha de Fanuel, da tribo de Asser muito idosa. Era viúva e não deixava o Templo, servindo a Deus dia e noite com jejuns e preces.

Ana e Simeão vinham muitas vezes à casa de Isabel e Zacarias, e conversavam com eles sobre a consolação de Israel. Suavemente, o fuso zumbia, misturando os três fios azul, dourado e vermelho; suavemente, os velhos murmuravam como abelhas sonolentas sobre uma rosa de inverno, e Míriam avidamente bebia suas palavras como o mais doce mel.

— Meus olhos verão tua salvação que preparaste para vir à face de todos os povos, a luz que deve iluminar as nações e a glória de teu povo de Israel! começava Simeão (Lc., 2,31.).

— O Senhor manifestará a força de seu braço derrubará do trono os poderosos e elevará os humildes; cumulará de bens os famintos e despedirá os ricos de mãos vazias; iluminará os que estão nas trevas e nas sombras da morte! continuava Ana (Lc., 2,69,70.).

— Senhor, reina só sobre nós! repetiam todos quatro. Que venha breve, nos dias de nossa vida, o Messias![7]

— Breve, breve, breve, repetia também Míriam em voz baixa.

Assim, tranqüilamente, à sombra do Templo, branca pomba alimentada pela mão dos anjos, ela cresceu até os quinze anos, quando foi prometida a José, da casa real de David, e voltou a Nazaré.

6

Tarde, na noite que se seguiu ao dia em que as raparigas haviam falado mal dela ao pé da fonte, Míriam, de pé sobre o eirado da casinha, rezava, repetindo infindavelmente, sem cansaço, como se o coração não se fatigasse de bater sem parar.

— Breve! Breve! Breve!

---

6. PROTEVANG. JACOBI, I, VIII. — Th. Keim, 1., C., p. 335.
7. Lc., 2, 31.

Olhava o céu estrelado, sem ver a seus pés a terra sombria, e lhe parecia que voava pelo espaço, no meio das estrelas.

De repente, ouviu chamar. Míriam! Míriam! como se alguém estivesse perto dela. Estremeceu e se voltou: ninguém; mas do setentrião, onde ao fusco luzir dos astros se erguia na sua grandeza inefável a cabeça branca do Hermon nevoso, semelhante ao Ancião dos Dias, veio o frêmito dum pavor sobre-humano.

"O Eterno disse a meu senhor... tu nascerás de meu ventre antes da aurora como o orvalho (Ps., 110.)".

Ela se lembrou dessa palavra que ouvira na sua infância. "Que significa isto?" perguntava ela sempre a si própria e muitas vezes desejava interrogar os profetas de Jerusalém, mas não tinha coragem. Entretanto, não cessava de pensar nisso e seu coração batia ao peito como um pombo prisioneiro. E agora, pensando nisso, ela foi fechando os olhos e adormeceu.

De repente, ouviu de novo: "Míriam! Míriam!" Estremeceu e levantou-se bruscamente, olhando em torno: ninguém.

Era de manhã. Ficou muito surpresa. Parecia-lhe que havia adormecido na escuridão da noite e já estava tão claro! A seus pés, na terra inteira, dum a outro horizonte, se estendia, como um mar de leite, uma bruma tão densa que se não distinguia mais nada na grande planície de Jezrael, nem os montes longínquos da Galiléia, nem as colinas próximas de Nazaré, nem mesmo as pequenas casas da cidade, mais perto ainda, espalhadas lá em baixo. Não havia mais terra, porém dois céus, um em baixo, leitoso, o outro em cima, limpidamente claro, onde, resplandecendo com todas as cores do arco-íris, como um enorme diamante que girasse suspenso de um fio, cintilava, clara, tão clara como o sol, tanto que projetava sombra, a maravilhosa, a terrível estrela da Aurora.

"Tu nascerás do ventre da Terra, antes da aurora, como o rocio do nevoeiro", compreendeu ela subitamente e seu coração bateu como um pombo prisioneiro.

Contemplando a Estrela com os olhos arregalados de pavor, ela viu que se aproximava, ao princípio lentamente, depois cada vez mais depressa, enfim voando como uma flecha despedida do arco.

Míriam caiu de joelhos, escondendo o rosto nas mãos, como havia pouco, quando alguém a chamava: "Míriam Míriam!" E eis que a chamavam ainda. Abriu os olhos e olhou: um Anjo estava diante dela; seu rosto era como um clarão e suas vestes brancas

7

"*E o Anjo lhe disse: Alegra-te, Cheia de Graça! O Senhor está contigo e bendita és entre as mulheres.*

Ela ficou perturbada com essas palavras e perguntou o que significava aquela saudação. Então, o Anjo lhe disse: Não tenhas receio, Míriam, pois achaste graça

perante Deus e eis que conceberás e darás à luz um filho a quem porás o nome de Jesus. Ele será grande e será chamado o Filho do Altíssimo e o Senhor Deus lhe dará o trono de David, seu pai. Ele reinará eternamente sobre a casa de Jacob e seu reino não terá fim.
Então, Míriam disse ao Anjo: Como poderá isso ser, se não conheço homem?
O Anjo respondeu-lhe: O Espírito Santo baixará sobre ti e o poder do Altíssimo te cobrirá com sua sombra: por isso também o santo menino que vai nascer será chamado Filho de Deus."

Míriam respondeu: Eis-me aqui, eu sou a serva do Senhor (Lc. I, 26-39).
E, logo que ela disse isto, um gládio fulgurante lhe traspassou a alma e o corpo, e ela caiu como morta.

8

José ficou muito espantado, quando, ao nascer o sol, ouviu as ovelhas e as cabras balando tristemente no estábulo fechado, pedindo para serem levadas à pastagem. Por que Míriam teria esquecido de pô-las em liberdade? Chamou-a, batendo no delgado tabique de taipa do pequeno quarto onde ela dormia sozinha, pois que José, homem justo, respeitava santamente a virgindade daquela de quem ficara noivo diante do Senhor.

Míriam não respondeu e, como a porta do quarto estivesse aberta, José entrou. Vendo que não estava ali, pôs-se a chamá-la e procurá-la por toda a casa. Enfim, subindo ao eirado, foi encontrá-la desmaiada. Prosternou-se junto dela e falou. "Senhor, toma também minha alma!" porque a amava muito. Mas, reparando bem, verificou que estava viva. Seu rosto moreno estava pálido como a flor da amendoeira na montanha, quando sopra a tempestade de neve, suas pálpebras escuras haviam-se fechado e seus cílios negros estavam tão abaixados que parecia nunca mais se levantariam; somente no pálido semblante de Míriam, a nova Eva, os lábios eram rubros como brasas do beijo do Senhor, mais ardente ainda que o beijo dado à primeira Eva.

Ela ficou deitada assim durante três dias e três noites, e, quando voltou a si, no quarto dia, ergueu-se como quem se levanta dum sono tranqüilo, tão fresca como um lírio edênico após uma borrasca edênica. E seu rosto era radioso como o sol, pois já o sol vivia nela.

"E ela exclamou em alta voz: minha alma magnífica o Senhor e meu espírito se alegra em Deus que é meu Senhor, porque ele se dignou lançar os olhos sobre a humildade de sua serva. E eis que daqui por diante todas as épocas me chamarão bem-aventurada (Lc., 1, 46-48)".

9

Floriam as vinhas, quando o Anjo apareceu a Míriam; os cachos maduros pendiam das copas, quando José viu que ela estava grávida.

"Então, não querendo expô-la à vergonha, resolveu repudiá-la sem alarde. Mas, quando pensava nisso, eis que um Anjo do Senhor lhe apareceu em sonho e lhe disse: José, filho de David, não receies tomar a Míriam por mulher, por que o filho que ela concebeu vem do Espírito Santo. Ela dará à luz um filho e tu lhe porás o nome de Jesus (Mt., I, 19-20)".

Ao acordar, José foi onde estava Míriam e caiu a seus pés, dizendo:

> *"Bendito seja o Senhor, Deus de Israel, porque visitou e resgatou seu povo e nos suscitou uma poderosa fonte de salvação na casa de David, seu servo, como o proclamou pela boca de seus santos profetas, desde os mais recuados tempos (Lc., I, 68-70.)".*

E Míriam perguntou a José. Onde deve nascer o Messias? E José lhe respondeu:

> *"Em Belém, na Judéia, pois eis aqui o que foi escrito pelos profetas: E tu, Belém, Terra de Judá, tu não és certamente a menor dentre as principais cidades de Judá, porque de ti sairá o chefe que pastoreará Israel, meu povo (Mt., 2, 5-6.)".*

E Míriam disse: Quando chegar o tempo de dar à luz, iremos a Belém, a fim de que se cumpra a palavra do Senhor.

10

Três meses mais tarde, a neve cobriu as montanhas e as fogueiras da purificação iluminaram o Templo de Jerusalém; chegara o tempo de Míriam dar à luz, e ela foi a Belém.

A viagem, no inverno, por entre as serranias, foi penosa. Nos vales, a neve derretia ao sol e as poças de água obstruíam os caminhos. Míriam viajava em um burro e José caminhava a seu lado. Às vezes o burrinho, metendo o pé nas poças, respingava de lama as vestes de Míriam. Ela sentia-se muito fatigada, mas recusava repousar, apressando-se por saber que a hora do descanso ia em breve chegar.

Ao cair da noite, quando já se acendiam as luzes nas casas, chegaram a Belém, mas não encontraram cômodos no albergue, por causa do grande número de peregrinos que se dirigiam às festas de Jerusalém.

Em toda à parte onde bateram, pedindo abrigo para a noite, responderam que não havia mais lugar.

Um velho pastor, vendo-os de pé junto a porta fechada do albergue, de onde os haviam escorraçado com injúrias, teve pena deles e os levou para um campo em que instalara um estábulo para suas cabras numa gruta. Ali, Míriam deu à luz seu Filho, enrolou-o em panos e o deitou numa manjedoura.[8]

8. LC., 2, 69, 79.

Uma vaca, que havia pouco tinha tido seu bezerro, estendeu o focinho, para o Menino, fitou-o com o seu olhar doce e aqueceu-o na gruta fria com seu hálito quente. Por sua vez, um burrico, não o que trouxera Míriam, mas outro dali mesmo, aproximou-se e olhou também o Menino com seu olhar inteligente — mais inteligente que muito olhar humano! — como se sobre Ele já soubesse o que os homens ainda ignoravam. E, entre a boa Vaca e a Burrico prudente, estava José, o melhor e o mais sábio de todos os homens do mundo.

O Menino chorou na Manjedoura. O Burro levantou as longas orelhas como para ouvi-lo; a Vaca mugiu maternalmente como se respondesse a seu filho. José aproximou-se do Menino, tomou-o nos braços com o fervor de um mendigo que carrega um tesouro e o levou a sua mãe que adormecera no fundo da gruta. A mãe acordou, recebeu o Filho e lhe deu seu seio. Então voltando-se para eles, José, a Vaca e o Burro viram na gruta escura resplandecerem dois sóis.

11

"Ora, havia naquele país pastores que dormiam no campo e guardavam os rebanhos em vigílias noturnas (Lc., 2, 8)".

Dois deles estavam sentados ao pé de um braseiro, enquanto os outros dormiam. A noite estava fria e as pedras e as ervas se cobriam de geada. Mas, entre os seus dois cães, o avô e o neto, cobertos com safões de carneiro, dormiam sobre a terra nua como num leito quente.

À meia-noite, o rapaz acordou e, lançando os olhos ao céu, viu as estrelas brilhando mais fortemente e mais perto do que de costume; depois, cada vez mais luminosas e mais próximas, elas começaram a cair do firmamento sobre a terra como flocos de neve. O menino soltou um grito, sacudiu o velho e todos os pastores despertaram. Havia uma tempestade de fogo sobre suas cabeças.

"De súbito, um Anjo do Senhor se lhes apresentou; a glória do Senhor resplandeceu em volta deles, e um grande medo os tomou.
Então, o Anjo lhes disse: Nada temei! Porque eu vos anuncio uma boa nova, que será para todo o povo uma grande alegria: hoje, na cidade de David, um Salvador que é o Cristo, o Senhor, nasceu para vós. E o reconhecereis por este sinal: encontrareis um recém-nascido, envolto em panos e deitado numa manjedoura...
E logo surgiu com o Anjo uma multidão do exército celeste, louvando a Deus e dizendo:

Glória a Deus nas alturas
E paz na terra aos homens de boa vontade!

Depois que os Anjos os deixaram para voltar ao céu, os pastores disseram uns ao outros: Vamos até Belém. Vejamos o que aconteceu, o que o Senhor nos fez saber.

Apressaram-se em partir e foram encontrar Maria, José e o Menino deitado na sua manjedoura (Lc., 2, 9-16)".

E prosternaram-se, saudando os dois Sóis na gruta escura — o Filho e a Mãe.

Gloria ao filho que nasceu!
Gloria à Mãe que o concebeu!
Gloria a Deus nas Alturas!
Amém.

IV

Aqui terminam os dois apócrifos, os frontispícios de Frei Beato Angélico, e acima deles há um traço negro, limite invencível que separa o tempo da eternidade, a História do Mistério.

Isso aconteceu ou não? Para perguntá-lo, quando se ouve o lirial: "Alegra-te, Cheia de Graça", e o trovejante: "Glória a Deus nas Alturas!" é preciso ser surdo. — "Poesia e nada mais. Nichts mehr als Poésie", dirá Frederico Strauss. "Tudo o que aí está escrito — dirá o lacaio Smerdiakov — é mentira", e Ivan Karamazov será a princípio de sua opinião, porém, após seu delírio supra-terrestre, sentindo sempre passar pelos seus cabelos "o frio dos espaços interplanetários", lembrar-se-á da confissão do diabo: "Eu estava lá, quando o Verbo morto sobre a Cruz subiu ao céu levando no seu seio a alma do bandido crucificado; ouvi os gritos alegres dos querubins, cantando e clamando hosanas, e o clamor retumbante dos serafins em êxtase abalando o céu e todo o universo"... Lembrar-se-á disso e dirá: "Que é um serafim? Talvez toda uma constelação?" e quase acreditará.

Goethe-Fausto vê o que jamais verá Wagner-Strauss:

"Wie Himmelskrafte auf und nieder steigen".
Subirem e descerem as Potestades celestes.[9]

"Vereis o céu aberto e os anjos de Deus subindo e descendo sobre o Filho do Homem"(Jo., I, 51.).

V

"Eu não posso acreditar no que me dizem, só tocando com o dedo", declarou a parteira Salomé, estendendo o braço, a fim de verificar se a Mãe continuava Virgem, e logo sua mão secou.[10]

---

9. Orações messiânicas, SCHEMONEH ESREH e KADDISCH.- J. Weiss, DIE PREDIGT. JESU VOM REICHE GOTTES, 1900, p.p 14-15.
10. Ps. 110.

Que, tocando, procurando se assegurar de que isso tenha acontecido, nossas duas mãos, a da esquerda, a Crítica, e a direita, a Apologética, não se ressequem de súbito, queimadas na mesma chama! Os homens poderão falar daquilo que Querubins e Serafins calam, cobrindo o rosto com espanto?

VI

A mãe aproxima seu filho da árvore de Natal, resplandecente de lumes como a noite de Belém resplandecia de estrelas; o menino não sabe ainda falar, nem rir, mas avança avidamente para a luz, olha-a com olhos arregalados pelo alegre assombro e vê que "a Luz brilha nas trevas e as trevas não a receberam (Jo., I, 5)".

Talvez o menino se lembre ainda do que nós já esquecemos: Deus fez ao mundo dois presentes de Natal: o sol diurno, menor, e o sol noturno, maior.

Eis como deveríamos contemplar a Natividade, para vê-la e compreendê-la melhor do que os teólogos e os críticos.

VII

Verbum caro factum est, magna pulchritudo.
"O verbo se fez carne, grande beleza!"[11]

É o que canta Santo Agostinho em uma prece. Dedos de anjos, leves como sonhos, teceram com raios de estrelas essa "grande beleza", — *Ave, Maria gratiosa*: não são mais nossas imagens carnais de três dimensões, imóveis, impenetráveis, escuras, terrenas, porém vultos celestes, impalpáveis, diáfanos, luminosos, que passam invisíveis, no entanto mais reais do que tudo o que é terrestre. Tudo está dito nisso, quase sem palavras, com a mais suave das músicas, ou melhor, tudo é calado, sendo tudo dito.

O mais espantoso é que seja dito infinitamente muito em infinitamente pouco. O que há de maior é também o que há de mais pequeno — o Átomo. Se se conseguisse "decompô-lo", descarregar as forças de polarização que existem nele que aconteceria? Os físicos que procuram a "decomposição do átomo" não o sabem ainda:

Talvez o nosso velho mundo desabasse para dar lugar a um mundo novo.

"Eu não conheço homem, *andra óu gignoskó* (Lc., I 34)".

Sobre essas únicas palavras repousa todo o dogma da Conceição virginal, a força criadora e destruidora do Átomo. Por ela, o antigo mundo pré-cristão foi destruído e

---

11. Vulgat., PRAESEPE. — Justin., Dila., c. Tryph., 70: José, não tendo encontrado cômodo na cidade, voltou à noite fora de Belém. — P. Mickley, ARCULF, 1917, I, p. 10: Em hebraico, EBUS significa a "estala", o "estábulo" e não a "manjedoura".

foi criado um mundo novo. Se essas três palavras não tivessem sido pronunciadas, o lírio branco da Anunciação, mais branco do que as neves alpestres — *Maria di gratia plena* — a catedral de Milão não teria sido edificada; a sombria "Virgem dos Rochedos" de da Vinci não sorriria com o seu sorriso edênico; Dante não haveria encontrado Beatriz, nem na terra, na "Vila Nuova", nem no céu, na "Divina Comédia"; e Goethe não diria:

> "Aqui, a quem nunca foi
> É dito: Sede!
> O Eterno Feminino
> É a sua via".[12]

Se a nossa Terra Santa, a Santa Europa, foi, é, e será é unicamente porque isso aconteceu.

Na pequena cidade de Nazaré, as ovelhas e cabras continuam a ir beber na única fonte, a Fonte de Maria; e, na Cidade Humana, os séculos e os povos bebem também na Sua Fonte única que corre na vida eterna.[13]

Ave Maria, Alegra-te, Cheia de Graça, cantam ainda os sinos por toda a Terra Santa da Europa; e no dia em que se calarem será o fim de tudo.[14]

---

12. Goethe, FAUST, I, Nacht.
13. PSEUDO-MATTH., XIII. — PROTEVANG. JACOBI, XVIIXX.
14. August., ENARRAT. in PSALM., 44, 3.

II

A VIDA OCULTA

I

"Eles regressaram à Galiléia, a Nazaré, sua cidade. O menino crescia e se desenvolvia, era cheio de sabedoria (Lc., 2, 39, 40)". Se se acrescentar a esses dois versículos um curto relato sobre Jesus adolescente, é tudo o que Lucas sabe sobre os trinta anos da vida do Senhor que precederam o batismo. Mateus sabe menos ainda, porque a adoração dos Magos e a fuga para o Egito não são história e sim mistério. Os dois outros Evangelistas, Marcos e João, nada sabem ou nada querem saber. "Ora, aconteceu naquele tempo que Jesus veio de Nazaré, cidade da Galiléia, e foi batizado por João no Jordão". É assim que Marcos (I, 9). começa seu Evangelho de Jesus Cristo", devendo essa palavra ser tomada, não no sentido de "livro", mas no de "vida", como se, para Marcos, toda a vida anterior de Jesus não fosse ainda a vida do Cristo. Quando a João, somente nestas poucas palavras encerra trinta anos da existência do Homem Jesus: "O verbo fez-se carne (I, 14)". Aqui, claramente, conscientemente, não é mais o tempo e sim a eternidade, não é mais a história e sim o mistério.

Pode-se dizer que conhecemos Jesus melhor depois de sua morte do que antes de seu batismo. Um leve raio de luz — um, dois ou três anos de sua vida — e todo o resto só trevas. E que há nessa trevas? "Nós não o sabemos e vós não tendes necessidade de saber para serdes salvos", parece que respondem com vozes diferentes as quatro testemunhas. A luz que projetam sobre a vida de Jesus se apresenta de tal modo que ela se assemelha a um longo e estreito corredor, no qual se vê, perto da saída — da morte —, brilhar um ponto cheio de deslumbrante claridade — a Ressurreição. À medida que nos afastamos desse ponto, as trevas se tornam espessas e é perto da entrada — da Natividade — que são mais espessas. A luz vai aumentando do começo da vida de Jesus para o fim, ao mesmo tempo que o curso da vida se acelera: as algumas dezenas de anos que mediam do Nascimento ao Batismo são as menos iluminadas; o ano ou os dois ou três anos que vão do Batismo à Transfiguração o são ainda mais, e, quanto mais se avança, mais viva se torna a claridade que se derrama sobre os meses da Transfiguração à Entrada em Jerusalém, os dias da Entrada ao Gethsemani, as horas do Gethsemani ao Gólgota, enfim os minutos do Gólgota.

II

Qual a significação de tudo isso? Para compreendê-lo, lembremos o testemunho de Santo Inácio Teóforo: "Jesus nasceu verdadeiramente homem, TOU TELEION ÁNTHROPON GERNOMENOUN[1]"; o de São Justino Mártir: "Enquanto ele (Jesus) crescia como qualquer outro homem, usou do que convinha e deu a cada desenvolvimento aquilo que lhe era próprio[2]"; o de São Lucas: "Jesus veio a Nazaré onde fora criado, TETHRAMMONOS (14, 16.); o da Epístola aos Hebreus: "sofrendo... ele aprendia... atingia à perfeição... (5, 8-9)"; afinal, uma antiqüíssima lenda que parece remontar aos primeiros séculos do cristianismo e se conservou com São João Damasceno (século VIII): *Ele tinha o mesmo semblante que nós, filhos de Adão*".[3]

O nome de Jeschua (Deus te socorrerá) era, então, tão comum entre os judeus quanto entre nós os de João ou Pedro. Flavio Josefo conta onze Jesus: camponeses, chefes, rebeldes, sacerdotes, bandidos.[4] Por isso, Marcos, nomeando Jesus pela primeira vez, acrescenta "de Nazaré, na Galiléia" — sem o que não se compreenderia de quem se tratava.

Seu nome, seu nascimento, seu crescimento, sua vida, seu semblante, tudo era "como o de toda a gente". Se não é ainda a chave deste enigma: que fazia Jesus, como vivia trinta anos antes de se manifestar ao mundo? é talvez onde devamos procurá-la.

III

Por pouco que saibamos desses trinta anos, aí já encontramos um ponto de apoio historicamente inabalável contra todos os docetas antigos e modernos, que repetem com Marcion: "Jesus desceu diretamente do céu na cidade da Galiléia, Cafarnaum"... "Imediatamente grande, imediatamente tudo, *semel grandis, semel totus*".[5] Não, ele não "desceu do céu" e não foi "imediatamente grande": ele desenvolveu-se lentamente, "cresceu", foi "educado", "aprendeu", "encheu-se de sabedoria", "fortaleceu seu espírito", "sofreu", "atingiu a perfeição", e isso não só durante os trinta anos que precederam sua manifestação ao mundo, porém ainda durante toda a sua vida até o derradeiro suspiro.

---

1. Ignat. Ant., Ep. AD SMYRN., IV, 2.
2. Justin., DIAL. C. TRYPH., 88.
3. G. A. Müller DIE LEIBLICHE GESTALT JESU CHRISTI, 1909, p. 40.
4. A. Neumann, JESUS WER ER GESCHICHTLICH WAR, 1904, p. 28. — H. J. HOLTMANN, HAND COMMENTAR ZUM N. T., p. 27. — Ch. Guignebert, JESUS, p. 78.
5. Tertull., CONTRA MARCION., IV, 7: *Ano quintodecimo principatus Tiberiani proponit eum* (Christum) descendisse (de coelo) in civitatem Galilaea Capharnaum; IV, 21: semel grandis, semel totus. — M. Brukner, DIE GESHICHTE JESU IN GALILÄA, 1919, p. 18.

Oh! certamente só foi "como toda a gente" exteriormente; interiormente, era "como ninguém".

IV

Jesus foi o Cristo desde antes de sua manifestação ao mundo? Ou todo o cristianismo é uma impostura ou é uma verdade que "o Verbo se fez carne". Portanto, Jesus sempre foi o Cristo ou, mais exatamente, o Cristo sempre esteve em Jesus. Como um véu que cobre um rosto, uma vagem que esconde uma fava Jesus encerra o Cristo.

Teria ele podido dissimular-se ao mundo, não se trair durante trinta anos, nem por um gesto, nem por uma palavra, nem por um ato, se ele próprio não o tivesse querido, se não estivesse de todo voltado para dentro, para ele mesmo, nessa primeira metade de sua vida, com a mesma força, infinita e vitoriosa do mundo, que teve na segunda parte, para se voltar, então para fora, de todo, para o mundo?

"Meu tempo ainda não chegou"; "Minha hora ainda não chegou", quantas vezes repete isso (Jo., 7,6; 2,4). Parece que aí está a chave do silêncio de Jesus.

> "Tendo ido à sua pátria (Nazaré), ensinava na sinagoga, de modo que todos se admiravam e diziam: de onde vêm a esse homem essa sabedoria e esses milagres... E ele era para eles uma ocasião de queda (Mt., 13, 54, 57)".

Eles viveram trinta anos a seu lado, sem saber com quem viviam. Foi, portanto, porque ele nunca disse nem fez nada no meio deles que o pudesse trair — ocultava-se, calava-se. "Ele estava no deserto até o dia de sua aparição a Israel", foi dito de João Batista, mas o mesmo se não poderia dizer do Cristo: aquele no deserto exterior; este no deserto interior.

> "Há um entre vós que não conheceis (Jo., I, 26)".

dirá dele o Precursor na própria véspera de sua manifestação.

V

Naquele tempo, o judaísmo estava pronto para receber a imagem dum Messias-Cristo "oculto".

"Quando o Cristo (o Messias) vier, ninguém saberá de onde ele é", disseram a Jesus os fariseus de Jerusalém (Jr., 7,27). E Triphon o Judeu (aí por 150) dizia a mesma coisa a Justino Mártir: "O Messias já veio, mas se esconde por causa de nossas iniqüidades". — "O Cristo, se nasceu e existe em qualquer parte, é desconhecido; não se conhece a si próprio; não tem nenhum poder, enquanto Elias não vier ungi-lo e manifestá-lo a todos". — "Se o Messias já veio, não se sabe quem ele é; somente quando se manifestar na sua glória se saberá quem é".[6]

Eis o véu já preparado, que parece tecido de propósito para seu rosto, com que Jesus se cobriu.

VI

Se assim é, compreende-se o silêncio de todos os Evangelistas sobre os trinta anos de sua vida oculta: calam-se sobre ele, porque ele próprio se calou sobre si.

A vontade de seu Pai, na segunda parte de sua vida, é que ele fale, se manifeste ao mundo, enquanto que, na primeira, é que se oculte e cale. E ele cumpriu as duas vontades, falando e calando como jamais alguém o fez; o milagre de sua palavra somente é igualado pelo milagre de seu silêncio.

O mistério de sua vida oculta é o mistério da semente que cresce. "O Reino de Deus é como a semente que um homem lança à terra: quer durma ou vigie, noite ou dia, a semente germina e cresce sem que ele saiba como (Mc. 4,26-27)".

O Cristo leva trinta anos para nascer em Jesus; já nascido na eternidade, nasce de novo no tempo. Se todo nascimento terrestre é, como ensinam os órficos, a queda da alma, descendo do céu sobre a terra, os entes terrestres como nós não devem descer de grande altura; porém ele, o Celeste, quantos eons e que eternidades não teve de atravessar!

VII

Cala-se durante trinta anos, forjando a arma com que vencerá o mundo. Durante trinta anos, a flecha queda-se imóvel na corda esticada do arco: o arco é Jesus, a flecha é o Cristo.

Conduzindo uma tocha acesa, um homem segue pelo carreiro estreito de uma floresta seca; basta uma faísca para atear o incêndio; mas não se deve atear antes que o homem que leva a tocha chegue ao fim: a floresta é o mundo; o homem é Jesus; a tocha é o Cristo.

Entretanto, suas palavras que vão vencer o mundo são simples vagas à superfície dum mar de silenciosas profundezas.

Em Deus, ensinam os gnósticos, há dois Eons: o Verbo, Logos, e o Silêncio, Zigé. O Verbo se fez carne e o Silêncio também.

VIII

Quando se lê bem o Evangelho, escreve-se, independente da vontade, no coração, um apócrifo, não um "falso" Evangelho, porém um Evangelho "oculto".[7]

---

6. Justin., DIAL. C. TRYPH., 8, 110. — W. Wrede, DAS MESSIAS-GEHEIMNISS IN DEN EVANGELIEN, p. 211. — H. Monnier, LA MISSION HISTORIQUE DE JESUS, 1914, p. p. 40-41.

7. APOKRYPHOS vem de APOSRYTETIN, esconder, ocultar, selar.

Para um desses apócrifos, Nazaré, cidade da Galiléa, conservou-se milagrosamente até nossos dias como um frontispício traçado, não sobre o pergaminho, por um escriba, porém sobre a terra, por Deus.

IX

Ao norte da grande planície de Jezrael — um mar de trigais verdes na primavera e dourados no outono — sobre os primeiros contrafortes em suave declive da Baixa Galiléia, existe um vale todo rodeado de Colinas, berço de vida oculta. Antonino Mártir, peregrino do século VII, comparou-o ao Paraíso.[8]

O nome de Nazaré, "Nazara", "a Protetora", é talvez o nome da antiga deusa da Terra Mãe de Canaã.[9] Ali, com efeito, a terra é, para os homens, generosa como uma mãe: tão fértil, assegura o Talmud, que é mais fácil alimentar com azeitonas toda uma região da Galiléia do que um menino no país de Judá.[10] Talvez seja a mesma terra a que se referem os Salmos:

> "Tu coroas o ano com teus bens e sobre seu caminho teu carro semeia a abundância. As pastagens do deserto são regadas abundantemente e as colinas se adornam de alegria. Os campos vestem-se de rebanhos e os vales cobrem-se de trigais: por toda a parte cantos e gritos de contentamento! (Ps., 65, 12-14.)".

O ar das serras é fresco: nos dias mais cálidos, a frescura da brisa sopra das montanhas ou do mar próximo. Às vezes, os invernos são duros: a neve cai, cobrindo de estranha brancura os ciprestes e palmeiras por pouco tempo, porque derrete aos primeiros raios do sol.[11]

As casinholas caiadas e baixas, com seus eirados, espalhadas como dados no meio dos bosques de oliveiras e dos vinhedos, no declive das colinas e nos vales, formam estreitas vielas em escadaria que grimpam pelas ladeiras para o céu, sombreadas e cheias dum odor suave de azeite doce, de vinho verde e de estrume de cabras. Por vezes, um raio de sol, cortando as sombras, ilumina as roupas de cores variegadas secando em cordas através das ruazinhas ou sobre os cactos espinhosos, nos lugares em que as habitações são separadas pelos quintalejos.[12]

O interior das casas é pobre: uma única sala dividida ao meio; de um lado, de chão de terra batida, dois degraus mais altos, mora a família; do outro, mais baixo, fica o gado. As paredes de barro, enegrecidas pela fumaça, têm como janelas estreitas

---

8. Antonino Mártir, ITINER., V. — G. Dalman, ORTE UND WEGE JESU, p. 81.
9. M. Brückner, DAS FUNFTE EVANGELIUM, 1910, p. 30.
10. BERESCHIT RABBA, 20 (42 b). — G. Dalman, 1., C., p. 80.
11. P. Range, NAZARÉTH, p. 9. — L. Schneller, KENST DU DAS LAND?, p. 74.
12. H. v. Soden, REISEBILDER AUS PALÄSTINA, 1901, p. 44.

fendas gradeadas. De dia, para se enxergar melhor, abre-se a porta de entrada; à noite, acende-se uma lâmpada de argila posta sobre alto suporte de ferro ou sobre uma pedra saliente da parede. No chão, um fogareiro de cobre, cujo fumo sai pela porta. Ali estão também todos os moinhos de mão. Dois ou três bancos, algumas arcas de roupa, algumas medidas de frutos secos e de farinha, jarras de vinho e azeite ao longo das paredes — eis toda a mobília. Dorme-se no solo, sobre tapetes e esteiras que, de dia, se enrolam a um canto. Nas noites de verão, vai-se dormir no eirado da casa sob o azul estrelado.[13]

Foi talvez numa dessas humildes casinhas que Jesus viveu.

X

A cidade não é mais hoje o que foi ao tempo de Jesus, mas em volta dela nada mudou: nem as tendas escuras dos beduínos nômades e as cáfilas de camelos na planície de Jezrael, nem as ovelhas e cabras balindo na madrugada nevoenta perto do bebedouro, onde escorre a única fonte do vale,[14] para a qual as raparigas descem com seus cântaros; as andorinhas esvoaçam sobre as casas soltando gritos alegres; o estridular das cigarras sobe para o espaço, apenas perceptível no alto, porém ensurdecedor lá em baixo, quando, ao sol de meio-dia, o vento quente agita o dourado mar dos campos imensos.[15]

A duas horas de caminho de Nazaré, fica Séforis-Diocesaréa, capital da Baixa Galiléia, com seus teatros romanos, suas escolas, seus banhos, suas arenas, seus templos, suas dezoito sinagogas e uma multidão de escribas.[16] Mas esse rumor não chega até Nazaré, onde reina o mesmo infinito silêncio que na vida de Jesus Adolescente.

XI

"Poderá vir alguma coisa boa de Nazaré? (Jo. I,46.)" — "O Cristo (o Messias) virá da Galiléia? (Jo., 7,41.)" — "Informa-te e verás que não saem profetas da Galiléia (Jo., 7,52.) " — "Esse povo sentado nas trevas... e na sombra da morte (Mt., 4,45.)".

A "Galiléia", "Gelil-ha-Goim", significa "Círculo dos Gentios". O sangue dos próprios judeus que ali habitam é "impuro", misturado ao sangue fenício, babilônio e heleno.[17] Até o modo de falar galileu é impuro, pois confunde as vogais guturais do hebraico.[18] Não valeu a pena Pedro renegar o Senhor na noite fatal, no pátio de

---

13. H. v. Soden, 1., C., p. 165. — A. Neumann, 1., C., p. 26.
14. R. Furrer, DAS LEBEN JESU CHRISTI, p. 27.
15. G. Dalman, 1., C., p. 70
16. H. v. Soden, 1., C., p. 149. — G. Dalman, 1., C., p. p. 85-86.
17. M. J. Lagrange, V. SAINT MARC, p. 25, nota 26. — M. J. Lagrange, EVANGILES, p. 116. — H. Monnier, 1., C.,.p. XL. — A Galiléia, colônia síria recente, somente foi reunida à Judéia no tempo dos Macabeus, no fim do século II, cem anos mais ou menos antes de Jesus Cristo.
18. G. Dalman, 1., C., p. 22.

Caifaz, porque foi reconhecido pela sua pronúncia: "és também dessa gente, pois o reconhecemos pelo teu modo de falar" (Mt., 26, 73.). Foi assim talvez que o próprio Jesus se denunciou.[19]

Só nas grandes cidades e sobretudo em Jerusalém viviam os judeus de sangue puro, *chabar*, que eram piedosos "homens da lei", enquanto que os rústicos, *am-ha-arez*, que povoavam as pouco numerosas cidades da Galiléia, eram ignorantes que "não conheciam a lei". "Nenhum am-ha-arez é piedoso", declara o rabino Hillel, contemporâneo e mais velho do que Jesus.[20]

"Não se deve vender nem comprar aos amhareanos, nem entrar em suas casas, nem recebê-los nas suas, nem ensinar-lhes a lei". Somente o homem instruído é santo, o "ignorante" não teme o pecado".[21] "Essa populaça que não conhece a Lei é execrável", dirão os fariseus de Jerusalém, falando dos "homens obscuros da terra", dos amhareanos (Jo., 7,41)".

XII

Mas, como acontece muitas vezes, foram os doutos que se revelaram ignorantes por terem esquecido o essencial: não é a Judéia, porém a Galiléia dos pagãos, o "povo sentado nas trevas e na sombra da morte" que verá "resplandecer uma grande luz"; é justamente entre esses "homens obscuros" que o Messias aparecerá; é deles que foi dito: "O Senhor me ungiu para anunciar a boa nova aos pobres" (Is., 61,I.). Por essas palavras Jesus começa sua prédica em Nazaré sobre o iminente reino dos pobres — o reino de Deus (Lc., 4, 17-19.).

O próprio nome do Messias entre os profetas do Antigo Testamento é *Ani*, "Pobre".[22] Eis porque são os pastores de Belém, os "doces homens da terra", os pobres, os primeiros que, entre os homens, saudaram o Cristo Menino, o Doce entre os doces, o Pobre entre os pobres.[23]

XIII

José e Maria são gente humilde, o que se vê logo pelo fato de trazerem para a purificação, depois do parto, duas pombas, oblata dos pobres (Lev., 12,7-8.).

---

19. O. Holtzmann, LEBEN JESU, p. 158.
20. PIRKE ABOTH, 2, 5 — M. Guignebert, l., C., p. 378. — J. Klausner, JESUS DE NAZARETH p. 404.
21. O. Holtzmann, l., C., p. p. 158, 400.
22. H. Monnier, l., C., p. 62.
23. "Os homens pacíficos da terra. DIE STILLEN AUF DEM LANDE, segundo a justa e profunda interpretação dos críticos alemães. — P. W Schmidt, DIE GESCHICHTE JESU, 1904, II, p. 233.

Contando a parábola da dracma perdida, Jesus talvez se recordasse de sua mãe procurando na humilde casinhola de Nazaré uma moedinha esquecida; ela acendera a candeia, varrera o aposento e, quando a achou, ficou cheia de contentamento, como se tivesse perdido e tornado a encontrar um tesouro (Lc., 14, 8-9).

XIV

O historiador eclesiástico Hegesipo conservou um relato que lança um pouco de luz sobre toda a vida oculta de Jesus.

O imperador Domiciano (81-96), amedrontado pela profecia sobre o Messias, o grande rei, filho de David, que "derrubaria os poderosos dos tronos" (Lc., I,52), ordenou que se matassem todos os descendentes de David. E, quando lhe informaram que os dois netos de Judas, irmão do Senhor, Zoker e Jacob, ainda viviam, mandou buscá-los em Batanéa, onde se escondiam. Trazidos para Roma, perguntou-lhes o que faziam. "Trabalhamos no campo", responderam-lhe, mostrando as mãos cheias de calos. Vendo-os tão simples e humildes, Domiciano os mandou embora.[24]

Se é verdade que os netos se pareciam com os avós, antes de dizer: "Vede os lírios dos campos como crescem, e não trabalham nem fiam", Jesus também havia trabalhado.

> "Eu sofri com os desgraçados,
> Tive sede com os sequiosos,
> Tive fome com os famintos",[25]

e trabalhou com os que trabalham, sendo nisto, como em tudo, nosso Irmão.

XV

"Quem não ensina um ofício a seu filho ensina-o a roubar". O carpinteiro José, deve se ter lembrado dessa parábola dos rabinos, começando a ensinar seu ofício a seu filho.[26] Marcos chama a Jesus "carpinteiro" (6,3.) e Mateus, "filho do carpinteiro" (13,55.), ou porque Jesus cedo deixou o ofício paterno, ou porque Mateus já duvide que o Filho de Deus tenha podido ser carpinteiro.

A palavra grega *tekton*, em aramaico *naggar*, significa, ao mesmo tempo, "carpinteiro", "marceneiro" e "pedreiro", isto é, "mestre de obras", como diríamos hoje.[27] Assim, no "Proto-Evangelho de Jaques", José constrói casas.[28]

---

24. Hegesip., ap. Euseb., H. E., III, 19, 20, I, 8.
25. Orígen., IN MATTH, XIII, 2.
26. TOS. IN IDD., I. — Th, Keim, GESCHICHTE JESU, I, p. 446.
27. "Bauhandwerker". — G. Dalman., I., p. 79
28. PROTEVANG. JACOBI, IX, 2; XIII, I.

"Jesus fabricava charruas e cangas", diz Justino Mártir, relatando um testemunho verossimilmente muito antigo e provindo de fonte ignorada, mas cuja precisão e cujos pormenores nos fazem crer seja autêntico.[29]

Segundo a lenda que nos conservou o gnóstico Justino, Jesus adolescente "fazia pastar as ovelhas em Nazaré".[30]

Nessa diversidade de testemunhos, não há contradição: Jesus poderia ter sido, ao mesmo tempo, pastor, marceneiro, pedreiro e carreiro, segundo a idade e a necessidade. Todos os testemunhos estão de acordo quanto ao essencial: ele comia seu pão com o suor de seu rosto, "como todos os homens, filhos de Adão".

XVI

O trabalho é uma bênção de Deus? Não: é a sua maldição. "A terra será maldita por tua causa, disse o Senhor a Adão, e tu comerás o teu pão com o suor de teu rosto até que retornes à terra de que foste tirado (Gen., 3,17-19.)".

O tormento do trabalho maldito está ligado ao tormento da desigualdade, ao ódio recíproco do esfaimado e do farto. Esse duplo tormento foi expresso no Evangelho de modo inigualável; esses dois "problemas sociais", para empregar nossa linguagem inferiormente ímpia, foram levantados à maior altura pelo Evangelho, da terra até o céu. Nele somente é que o asfodélio dos prados subterrâneos, a Pobreza que rescende ao inferno, se metamorfoseia em um lírio de perfume edênico. Poderemos esquecer isso quanto quisermos, dia virá em que nos lembraremos. O que é infinitamente mais real e mais terrível para nós, ou mais desejável, é que o que chamamos "revolução social" nasceu com o Evangelho e somente com ele morrerá.

"Bem-aventurados os pobres, porque deles será o reino dos céus (Mt, 5, 3)!"

Somos capazes de compreender essas palavras? É disso, talvez, que, na nossa Europa, outrora cristã, depende, hoje mais do que nunca, a salvação da humanidade.

XVII

"Ninguém conhece o Filho a não ser o Pai (Mt., II, 27.)".

Eis o que se não deve esquecer, não só falando da pessoa divina, mas também da pessoa humana do Cristo. Se um véu que ninguém, salvo ele próprio, jamais pode erguer, cobre sua vida pública, outro mais espesso cobre sua vida oculta — os dias durante os quais o Cristo nasce em Jesus: somente ele pronunciou na vida pública algumas palavras que esclarecem um pouco esses dias; somente suas próprias pala-

---

29. Justin., DIAL C. TRYPH., 88.
30. Hippol., PHILOSOPH., V, 4, 26.

vras nos ensinam sobre sua vida oculta coisas inconcebíveis para nós, incríveis, portanto verdadeiras, como o quer a lei geral que se aplica a tudo o que sabemos dele: quanto mais incrível mais verdadeiro.

XVIII

"Eu e o Pai somos um só (Jo., 10, 30)".

Eis o que nele há de mais incrível e de mais verídico. Isto, nunca nenhum homem antes dele disse assim, e, depois dele, jamais alguém dirá assim: nesse amor do Filho pelo Pai, o Homem Jesus é Único.

Ele aprende a falar sentado nos joelhos de sua Mãe; porém não é com ela nem com nenhuma outra pessoa humana que aprendeu a amar o Pai. Ama-o naturalmente, como respira. "Abba, Pai, balbucia antes de ter consciência de si mesmo. Nele o sentimento do Pai é tão primordial quanto nos outros homens o do próprio "eu". Ele diz:... "Pai", como nós dizemos "Eu".

Um único homem no mundo — Jesus — amou a Deus, porque somente ele conhecia Deus.

"Pai justo! O mundo não te conheceu; mas eu, eu te conheci (Jo., 17, 25.)".

Só ele, o único, ama — conhece o Pai. Os homens chamam a Deus "Pai" porém entre seu tom e o dele há tanta diferença quanto entre a palavra e a idéia.

Ninguém cumpriu o primeiro mandamento: "amar a Deus"; jamais alguém amou a Deus, porque para amar, é necessário conhecer e ninguém conhece ou vê Deus. Ver Deus e, para todos os homens, morrer; somente para o Filho ver Deus era viver. "Aonde irei longe de teu Espírito, aonde fugirei longe de tua Face (Ps., 139, 7),?" Os homens fogem de Deus. Jesus vai para ele como um Filho para seu pai.

Antes dele, toda piedade é somente "temor de Deus". Mas o temor não é o amor. Não se pode amar temendo, como não se pode aquecer gelando.

"Não há temor no amor, mas o amor perfeito bane o temor, porque o temor é acompanhado pelo sofrimento (I Jo., 4, 18.)". Todos agora compreendem isso, porém antes de Jesus ninguém sabia. Jesus não tem temor de Deus: o Filho ama ao Pai sem temor.

"Eis aqui um lugar perto de mim; ficarás sobre este rochedo; e, quando minha glória tiver de passar, eu te meterei numa gruta do rochedo e te cobrirei com minha mão até que tenha passado. Retirarei, então, a minha mão, e tu me verás pelas costas, porque minha face não pode ser vista", disse o Eterno a Moisés (Ex 33, 21-23.). Somente um homem, Jesus, viu Deus face a face.

XIX

Os peixes das cavernas, privados de olhos, não sabem o que é a luz; também os homens não sabem o que é Deus: um único peixe teve olhos para ver a luz, o Homem Jesus.

As plantas também vêem a luz, pois se inclinam para ela, voltam as folhas para o sol e abrem as suas flores. Mas, entre as duas vistas, a animal e a vegetal há menos diferença, por ser quantitativa e não qualitativa, que entre os dois conhecimentos, o que os homens têm de Deus e o que o Filho tem do Pai.

Jesus nunca disse: "amo a Deus"; o Filho não fala de seu amor pelo Pai, porque ele é o próprio Amor.

"Senhor, mostra-nos o Pai e isso nos bastará". — "Há tanto tempo que estou convosco e ainda não me conheceste, Filipe! Aquele que me viu, viu o Pai (Jo., 14, 8-9)". Isso nenhum homem nunca disse e jamais o dirá.

Nunca chama seu Pai "Deus" e nunca diz aos homens "Nosso Pai", mas sempre "meu" ou "vosso", porque só ele é o Filho, o único.

Os homens sentem em Deus o Criador e neles próprios as criaturas: um único homem, Jesus, tem o sentimento de ser nascido e não de ter sido criado. Para ele o mundo se divide em duas partes: de um lado, toda a humanidade; do outro, ele sozinho com o Pai.

XX

O nascimento, essa terrível queda do céu à terra, parece que destrói a memória dos homens. Somente ele a conserva. O que foi antes do nascimento e o que será depois da morte, no seio do Pai, guarda no seu "conhecimento lembrança" (*a anamnésis de Platão*).

"Antes que Abraão fosse, Eu sou (Jo., 8, 58.)." Isto é para ele tão simples e natural quanto para nós a palavra "ontem". Nesse sentimento de preexistência ao mundo, ele é, como em tudo mais, único.

Vive nos dois mundos ao mesmo tempo: neste, naquele. "Eu saí do Pai e vim ao mundo; agora deixo o mundo e vou para meu Pai (Jo., 16, 28.)". Para ele, o outro mundo não é a negra noite que se nos afigura, mas um crepúsculo diáfano, quase como este. Jesus lembra-se do céu como um exilado se recorda de uma pátria, não distante, porém próxima e que deixou na véspera.

Ele sabe e se recorda de tudo o que foi e de tudo o que será mas não o pode dizer aos homens; suporta a tortura do mutismo eterno, da incomunicabilidade. "Ó raça incrédula, até quando estarei convosco? Até quando vos suportarei? (Mc., 9, 19.)". Ama aos homens como nunca ninguém os amou e é o único entre eles como nunca ninguém o foi.

XXI

Na eternidade, o Filho é consubstancial ao Pai (o Consubstancialis do símbolo de Calcedônia), enquanto que, no tempo — se é verdade, como diz Santo Inácio Teóforo, que "Jesus nasceu realmente homem", que, como diz Justino Mártir, "cresceu como o comum dos homens" e que, como relata São Lucas, "crescia e se fortificava em espírito, enchendo-se de sabedoria" — o Ente Divino, crescendo no ente humano, elevando-se das sombrias profundezas do que chamamos o "inconsciente", somente progressivamente a consciência sublime penetra na consciência do Homem Jesus; lentamente dele se apodera e o enche como a luz e o calor do sol enchem o fruto transparente que vai amadurecer. Assim, o Cristo nasce em Jesus.

De ano em ano, de dia em dia, cada vez mais claramente, ouve em todas as vozes da terra e do céu no rumor do vento, no murmúrio da água, no rolar dos trovões e no silêncio das noites estreladas, a voz do Pai: "Tu és meu filho bem amado". Por mais progressivo, porém, que seja esse nascimento — essa "lembrança-conhecimento" da eternidade no tempo — houve, sem dúvida, um minuto em que, de súbito, ele conheceu tudo e respondeu ao Pai: "Eis-me aqui".

Foi nesse minuto que o Cristo nasceu em Jesus.

XXII

Lembremos a palavra não escrita do Senhor: "Eu estive entre vós com as crianças e não me reconhecestes", e uma outra palavra, está escrita: "Se não vos converterdes e não vos tornardes como criancinhas não entrareis no reino dos céus (Mt., 18, 3.)". Lembremos essas duas palavras para compreender o Apócrifo não o Evangelho falso, mas o Evangelho oculto, conservado no livro dos gnósticos valentinianos do século III *Pistis Sophia*, que o recebeu com certeza de outro livro gnóstico mais antigo, datando do meio do século II, *Genna Marias* (a Natividade de Maria), o qual, por sua vez, provinha de fonte ainda mais antiga e de nós ignorada,[31] aquela mesma, talvez, a que recorrera Lucas, o coração da Mãe: "Maria conservava todas as suas palavras e as repassava no seu coração (Lc., 2, 19)".

Lembremos também que espírito, *Ruach*, em hebraico, e *Rucha*, em aramaico, língua natal de Jesus, é do gênero feminino.

"Minha Mãe, o Espírito Santo",

diz Jesus no "Evangelho dos Hebreus", o mais antigo dos Evangelhos não canônicos e o mais próximo dos nossos sinópticos. E, no livro da comunidade judaico-cristã dos

---

31. Th. Zahn, GESCHICHTE DES NEUTEST. KANONS, II, p. 764. — E. Hennecke, HANDBUCH ZU DEN NEUTEST. APOKRYPHEN, II, p. p. 95, 99.

Elkasaítas (elkasái), quase contemporâneo do Evangelho de João (começo do século II), o Espírito Santo é denominado "Irmã do Filho de Deus", enquanto que no Apocalipse de João, a Igreja é a "Esposa" do Cristo: "O Espírito e a Esposa dizem: Vem!" (22, 17.) Mãe, Irmã, Esposa, três em Uma.[32]

Pensemos em tudo isso, lendo o "Apócrifo" de *Pistis Sophia*.

XXIII

A Virgem Maria dizia, assim, ao Senhor, depois de sua ressurreição:

"... Quando menino, antes que o Espírito houvesse descido sobre ti, encontravas-te um dia com José, na vinha.

E o Espírito, tendo descido dos céus e tomado a tua forma, entrou na minha casa. Eu não o reconheci e pensei que eras tu.

E ele me disse: — Onde está meu irmão Jesus? Quero vê-lo.

Fiquei perturbada e julguei que um fantasma (um demônio) me tentava.

E, apoderando-me dele, amarrei-o no pé da cama, para ir procurar-te. E te encontrei na vinha, onde José, trabalhava.

E, ouvindo minhas palavras a José, as compreendeste, ficaste alegre e disseste: — Onde está ele? Quero vê-lo.

Ouvindo tais palavras, José mostrou-se surpreendido. E logo nos fomos de volta à casa, onde encontramos o Espírito amarrado ao pé do leito.

E, olhando-vos, Tu e Ele, víamos que éreis perfeitamente semelhantes.

E o Espírito preso se soltou e te abraçou e te beijou, e tu fizeste o mesmo.

E, então, vos tornastes Um".[33]

XXIV

O inábil desenho de um bárbaro ou de uma criança, cujo inocente sacrilégio deforma um original desconhecido, uma remotíssima recordação talvez, um sonho refletindo outra realidade bem diferente da nossa que se esquece ao acordar, tal é esse Apócrifo.

Sob o aspecto dessa criancinha "amarrada ao pé da cama", o Espírito e, para nós, homens "adultos", homens "esclarecidos", um sacrilégio absurdamente pueril ou bárbaro. Todavia, tomando a forma de uma pomba, o Espírito-Animal será menos absurdo? E todas as representações de Deus sob tratos humanos, todas as palavras humanas atribuídas a Deus, não são involuntariamente, inocentemente, sacrílegas? Procuremos, pois, buscar, sem nos determos em palavras ou imagens, o que por trás se esconde. Nada disso compreendemos com nosso coração adulto; mas se, por milagre, pudéssemos retomar nosso coração infantil, talvez essa flor sobrenatural, que se fanou na terra, se reanimasse nele como aos raios do sol.

---

32. Epiphan., HAERES., 53, I.
33. PISTIS SOPHIA, 651. — E. Hennecke, 1., C., I, p. p. 102-103. — DIE GRIECHISCHEN CHRISTLICHEN SCHRISFSTELLER, Ausgu. der Berl. Akad., XIII, 78.

XXV

"Os dois serão uma carne só", disse o primeiro Adão e o segundo o repetirá (Gen., 2, 24; Mt., 19, 5.). Os dois foram um na eternidade e um serão no tempo. O reino de Deus chegará.

> "quando os dois forem um...
> quando o masculino for feminino
> e quando não houver nem macho nem fêmea".

> *Dtau géêhtai tá duo én*
> *Kaí tó ärreu metá tês thedeias*
> *Oüte ärreu oüte thêlu*[34]

Lembremo-nos desse "*agraphon* do Senhor" e talvez compreendamos, então, porque Ele e Ela, o Esposo, e a Esposa, o Irmão e a Irmã "são perfeitamente parecidos" e é impossível distingui-los, quando juntos; talvez compreendamos que, no momento em que, num beijo de amor celeste, Ele se uniu a Ela, o Cristo nasceu em Jesus.

XXVI

Outro apócrifo, de uma puerilidade ou barbárie tão sacrílegas, foi conservado pelo gnóstico Justino e provavelmente vem do mesmo livro *Genna Marias*. É talvez uma lembrança-visão também terrivelmente remota, um sonho de insondável profundez, muito diferente da nossa realidade para que seja lembrado depois do despertar.

> ... No tempo do rei Herodes, Baruch foi ainda uma vez enviado a este mundo por Elohim. Tendo vindo a Nazaré, aí achou Jesus, filho de José, e Maria, rapazinho de doze anos, que pastoreava as ovelhas. Revelou-lhe, desde as origens, toda a história do Éden e de Elohim, predizendo-lhe os acontecimentos futuros e falando-lhe desta sorte: — Todos os profetas que te precederam se deixaram seduzir. Procura, portanto, Jesus, filho do Homem, não te deixares corromper, mas publica estas palavras aos homens e faze-lhes conhecer o que concerne ao Pai e ao Bom. Sobe, depois, para Ele e senta-te à direita do Pai de todos. Jesus obedeceu ao anjo, dizendo: — Senhor, eu farei tudo isso.[35]

Haverá necessidade de dizer onde estão a mentira e o sacrilégio? Ninguém, mesmo o mais luminoso dos Espíritos que se acham em presença de Deus, pode revelar a vontade do Pai: somente o Pai o pode.

Mas a verdade brilha através da mentira como através da poeira e das teias de aranha brilha o diamante roubado à coroa real e muito tempo abandonado num tugú-

---

34. Clem. Alex., STROM., III, 6, 45; 9, 64; 13, 92. — A. Resch, AGRAPHA, p. 253. — E. Besson, LES LOGIA AGRAPHA, p. 116.
35. Hippol., PHILOSOPH., V, 4, 26.

rio: a revelação essencial, decisiva, realizou-se para o Homem Jesus em determinado ano de sua vida — que é para Justino o Gnóstico, como para São Lucas, o décimo-segundo (Lc., 2, 42-50, o menino Jesus no Templo). Talvez mesmo em dia, hora e minuto certos.[36]

Lentamente, muito lentamente, a tempestade se forma no céu; mas o relâmpago se abre subitamente. Assim, no Homem Jesus, os olhos interiores do coração lentamente se abriram; mas, uma vez abertos, viram repentinamente.

XXVII

I

"Ele retirava-se para os desertos e ali orava" (Lc., 5, 16.). — "Ele ia para a montanha, a fim de orar à parte; e, a noite, ficava lá sozinho" (Mt., 14, 13.). — "No dia seguinte, ele saiu e foi para um lugar afastado; e ali orava" (Mc., I, 35.). — "Naquele tempo, Jesus foi para a montanha, a fim de orar; e lá passou a noite inteira orando a Deus" (Lc., 6, 12.).

Quantas são, nos Evangelhos, essas preces na montanha! Se, durante sua vida pública, ele ia rezar nos desertos e montes, é provável que fizesse o mesmo durante sua vida oculta — talvez já nos dias em que em Nazaré, rapazinho de doze anos, pastoreava as ovelhas.

II

E eis que, no nosso coração, se escreve, contra nossa vontade, ao lado do Evangelho manifesto, um evangelho secreto, não no sentido moderno, mas no sentido antigo, eterno.

APÓCRIFO

1

O Pequeno Pastor de Nazaré leva o rebanho de cabras escuras para os colmos das montanhas da Galiléia.

O cajado paterno, de madeira de acácia branca, já levemente escurecido pelas mãos suadas, é demasiado grande para ele. Demasiado grandes também são as velhas e gastas sandálias de folha de palmeira — sem dúvida as de seu pai — amarradas aos pés nus e trigueiros pelas poídas correias, das quais uma, quase desprendida,

---

36. Th. Keim., 1., C., I, p. 417.

arrasta pelo chão, sem que o menino pense sequer em consertá-la. Um paninho de lã, outrora azul com riscos amarelos, que de há muito desbotou ao sol, enrola-lhe o alto da cabeça, apertado por um cordel, pendendo-lhe às costas em longas pregas verticais. É a coifa que os pastores usam desde tempos imemoriais, desde a era de Abraão talvez, desde a época em que os pastores nômades vieram de Senaar a Canaã.

Tecida inteiramente por Míriam, a hábil fiandeira, uma túnica branca, de puro linho da Galiléia, curta e inconsútil, mal lhe chega aos joelhos. Na bainha, a fim de conjurar a má sorte, a febre e as mordeduras de cobra, está bordado um versículo de um Salmo de David:

> "Nenhum mal te atingirá,
> nenhum flagelo se aproximará de tua tenda,
> porque ele ordenará a seus anjos
> que te guardem em todas as tuas empresas.
> Eles te carregarão em suas mãos
> com receio que teu pé, não tope
> de encontro a uma pedra."

O rosto do pastor era como o de todos os rapazinhos de doze anos, simples, comum, semelhante a todos os rostos humanos, somente com uma doçura que se não encontra em todos, e com olhos tais que os mais inteligentes de seus camaradas da escola de Nazaré tinham sempre vontade de interrogá-lo e não ousavam. Os melhores desejariam dizer-lhe que o amavam e não tinham coragem. Os maus zombavam dele, o injuriavam, o chamavam "possesso", "lobinho", "reizinho" (pois sabiam que era da raça de David), ou, então, simplesmente "filho de Míriam", acrescentando uma palavra que ele não compreendia. Mais tarde somente foi que ele soube que era um insulto à sua mãe, porque, se pretendia que o não tivera de José. E dois dos piores lhe atiravam pedras, de modo que o mestre-escola um dia teve de puxar-lhes as orelhas, ameaçando-os, se não acabassem com aquilo, de expulsá-los. Eles cessaram de atirar pedras, mas, desde então, o olhavam maldosamente, em silêncio, como se o quisessem matar.

Ele próprio sabia da impressão que seus olhos causavam e baixava-os diante das pessoas, escondendo-os sob os cílios tão longos como os de uma rapariga.

2

Numa manhã calma e nevoenta, em que o sol pálido, quase lunar, iluminava um céu também pálido e lunar, o Pequeno Pastor, tangendo à sua frente o rebanho de cabras escuras, subiu ao platô da colina de Nazaré, onde as anêmonas brotavam a seus pés, sob a verdura sombria das moitas, vermelhas como o sangue — "sangue de quem?" perguntava ele a si próprio, como todas as vezes que via essas flores.

Ali em cima, tudo era silêncio, mas da cidade escondida pelas colinas, vinha o latir dos cães, o zurrar dos asnos, o ranger das carretas, o bater úmido da roupa nos lavadouros, rumores que interrompiam o silêncio.

Ele olhou para os quatro lados como um pássaro que escolhe a sua direção: para o norte, onde, no céu níveo, se via cintilar fracamente a prata lunar do Hermon, cuja cabeça coberta de neve lembrava, na sua intraduzível majestade, a do Ancião dos Dias; para o oriente, onde as filas de colinas de declives ondulosos como que caíam num abismo invisível — o vale do lago de Genezaré; para o sul, onde amarelava a perder de vista o dourado mar das searas de Jezrael; para o oeste, onde o mar verdadeiro, esbranquiçado e transparente, parecia outro céu emborcado sobre a terra.

3

Chamou as cabras que o seguiram docilmente, como se soubessem aonde iam, e, com passo rápido, como se fugisse à invisível perseguição dos rumores humanos, desceu a um profundo vale, do lado oposto a Nazaré; depois, tornou a subir, para descer de novo; e, assim, de colina em colina, subindo e descendo, de vale em vale, se alongou cada vez mais dos homens, separando-se deles pelas colinas, como se fossem muralhas.

As colinas iam ficando sempre mais altas e os vales sempre mais profundos; as ervas mais verdes e as flores mais odorantes; no côncavo dos vales, gorgolejavam invisíveis sob os ervanços as águas das fontes das montanhas, as brancas margaridas, as tulipas de um amarelo avermelhado e as campânulas roxas nasciam embastidas como num jardim, enquanto que as ladeiras pedrosas e ressequidas se cobriam como o linho rosado selvagem e com altas umbelíferas, do tamanho do Pequeno Pastor; e a renda transparente de suas flores alvas lançava ao tapete róseo do linho sombras azuladas como que pelo luar. Colinas inteiras desapareciam sob essas plantas e, de longe, pareciam cobertas por um véu nupcial de diáfana brancura estendido sobre a terra como sobre a face corada de pudor duma jovem desposada.

As cabras seguiam-no sempre tão docilmente como se soubessem aonde as conduzia e que era aonde queriam ir. Talvez os humildes animais, as plantas, as águas, a terra e o céu sabiam mais sobre ele do que os homens. Somente de tempo em tempo, caminhando, as cabras roíam avidamente as ervas fartas no fundo dos vales, prosseguindo sem parar. Apertando-se no carreiro estreito, entre as rochas, desenrolam sua longa fila sobre o linho róseo, ora descendo, ora subindo, como um rosário de contas pretas. Um cabritinho atrasado berrava lamentosamente. O Pequeno Pastor tomou-o nos braços e a mãe caminhou a seu lado, fitando o Pequeno Pastor, como para agradecer-lhe, com o inteligente olhar dos seus amarelos olhos transparentes.

4

 Mais longe, sempre mais longe, mais silêncio, sempre mais silêncio: sempre mais perto do Pai, sempre mais solidão no deserto de Deus. Parecia que ali jamais pousara o pé humano e que jamais uma voz humana quebrara o silêncio. Nem uma erva se movia, nem uma flor estremecia no seu caule. Uma cotovia se pôs a cantar, mas logo se calou, como se compreendesse que não devia romper aquele silêncio; uma cigarra também estridulou no capinzal e também logo se calou; uma abelha zumbiu surdamente no ar e o seu zumbido morreu ao longe, como uma corda de alaúde que se quebra: e tudo ficou ainda mais silencioso. Parecia que nunca houvera na terra tal silêncio e que jamais haveria. Só houve um, o do primeiro paraíso, e só haverá outro, o do segundo — no reino de Deus.

5

 Depois das colinas, começavam as serras, que se elevavam em declives suaves. O linho rosado e as umbelíferas desapareceram; sobre as rochas somente havia musgo cinzento e líquen amarelo. Os primeiros carvalhos pequeninos e pinheiros se amostraram, ao princípio baixos e retorcidos, cada vez mais altos, cada vez mais linheiros, até que enfim se ergueu o majestoso cedro do Líbano, em cujos ramos as águias fazem ninhos.
 Os horizontes clarearam e as brumas se dissiparam. O céu continuava ainda de um branco leitoso, mas já aqui e ali, as manchas do azul surgiram através do branco. Respirava-se com mais facilidade. Sentia-se o odor das serras — o perfume da miosótis e da neve que derretia. Em baixo, já era o estio, a jovem desposada; ali, ainda era a primavera, a rapariguinha de doze anos.
 Bruscamente, as rochas se alargaram, como se uma porta se abrisse para larga clareira coberta de erva fresca, umedecida pelas neblinas, curta, densa, macia como uma penugem, esmeraldina, toda pontilhada de malmequeres rosados como um rosto de criança que acorda e de botões cor de ouro pálido.
 Para o norte, o prado era cortado, como a faca, por um traço que separava as ervas verdes da massa contínua de granito escuro que se elevava para o outro recorte, próximo e tão nitidamente desenhado no fundo claro do céu — o bordo superior e abrupto da montanha.
 As cabras pararam por si mesmas na clareira, como se tivessem caminhado sozinhas, sabendo que iriam ter ali e que o Pequeno Pastor não as levaria mais longe. Sem dúvida, vinham sempre ali e, tanto quando ele, gostavam do lugar.
 Logo se espalharam pelo prado e se puseram a pastar, enterrando com avidez o focinho no capim primaveril das serras, mais tenro que a pastagem estival dos vales.

6

Nessa montanha, consagrada ao antigo Deus cananeu Ciniro, o Adonis grego (Adonis, Adonai quer dizer "Senhor"), se havia dado o nome de Cinor — a harpa de ouro dos reis e sacerdotes judeus, com que se acompanhavam os cantos em honra de Adonai, Senhor de Israel. Talvez essa montanha assim se chamasse, porque, durante as tempestades de verão que vêm do Líbano, respondesse ao trovejar do céu, vibrando toda como uma harpa de ouro sob as cordas de chuva douradas pelo sol.

Ali, desde tempos imemoriais, anteriores talvez a Abraão, se celebravam os mistérios do Deus Ciniro-Adonis; os pais sacrificavam-lhe na terra os filhos como no céu o pai sacrificara seu Filho; nascido homem, o Deus Ciniro-Adonis, pobre pastor galileu, sofreu pelos homens, morreu, ressuscitou e foi divinizado.

Celebravam-se, ainda esses mistérios nos campos de Meguido, que se avistavam da colina de Nazaré, no fim da planície de Jezrael. Ali cantavam sempre o canto fúnebre do Deus Ciniro-Adonis, anotado pelo profeta Zacarias. E os pastores galileus, desde os campos de Meguido até o lago de Cinireth-Genezaré (todo o país retumbava ainda do nome do Deus) cantavam o canto de Ciniro acompanhados pela harpa de caniço, porque, diziam, o deus-pastor, tendo ouvido o vento gemer nos caniço, inventara, não a harpa de ouro, mas um pobre instrumento pastoril. Um velho pastor apelidado o "Pagão", porque tinha nas veias os dois sangues, judeu e grego, como confundia no coração os dois deuses, Adonai e Adonis, contara essa antiga fábula ao pequeno Pastor, num dia em que ambos estavam sentados no alto da colina de Nazaré, mostrando-lhe as flores rubras que brotavam a seus pés sobre as ervas verde-escuras, como manchas de sangue, e dizendo-lhe. "É o sangue do Deus!"

O pequeno Pastor não deu crédito àquele conto, porque sabia que só havia um Deus — o Senhor de Israel. Levantou-se e afastou-se do pagão. "Vai-te, Satã!" disse no seu íntimo. "Não, esse sangue não é o do Deus Ciniro", pensou, então, contemplando as flores rubras — "mas de quem será? E que significa: o Pai sacrificou seu Filho?

7

Era ainda sobre isso que refletia, sentado numa pedra, perto da verde pastagem, no monte Cinor. Ali em cima, o silêncio era mais profundo do que nos vales. Dir-se-ia que, na terra como no céu, todas as criaturas paravam de respirar para escutar e esperar.

O Pequeno Pastor tirou dum saco de couro que trazia a tiracolo um cinor de caniço e se pôs a tocar a lamentação do Deus Ciniro.

> *"Eles olharão aquele que traspassaram,*
> *E soluçarão por ele como por um filho único,*
> *E se afligirão como se fosse um primogênito,*
> *Um grande lamento se levantará de Jerusalém,*
> *Como a lamentação de Adonis Ciniro*
> *Nos campos de Meguido, e toda a terra chorará".*[37]

8

Terminado o canto, fechou os olhos, baixando as pálpebras tão pesadas que parecia não poder mais levantá-las.

E de novo reinou o silêncio de um desses meio-dias sem aragem, em que o homem ouvindo de súbito chamar pelo seu nome, foge, presa de sobre-humano terror, não importa para onde, para ver ao menos um rosto humano, ouvir uma voz humana e não ficar sozinho no silêncio. Mas o Pequeno Pastor, se ouvisse esse chamado, não teria fugido; pelo contrário, teria atendido, como um filho atende ao chamado de seu pai.

Abriu lentamente as pálpebras pesadas, ergueu-se e grimpando pelo declive granítico do monte, dirigiu-se para o rebordo que se recortava em negro no céu claro.

E, caminhando, tocava no caniço o canto de David, seu pai.

> *"O Eterno é o meu pastor,*
> *E eu não sofrerei necessidade.*
> *Ele me faz repousar nas pastagens verdes*
> *E me conduz ao longo das águas mansas.*
> *Mesmo se eu caminhasse pelo vale à sombra da morte,*
> *Não recearia o menor mal!*
> *Tu estás comigo;*
> *O teu bastão e o teu cajado me consolam".*[38]

9

Aproximou-se do rebordo negro, o derradeiro, no cume da montanha — muralha de granito que se erguia a pique à beira dum abismo. Retorcendo no fundo do precipício, a fina serpente duma torrente espumava e gorgolejava, mas ali no alto não chegava o menor rumor. As serranias azuis ondulavam suavemente, umas depois das outras, cada vez mais pálidas, fugindo para as impenetráveis florestas das encostas do Líbano. E, acima delas, se perfilava na sua indizível majestade a cabeça branca do nevoso Hermon, o primogênito dos montes, semelhante ao Ancião dos Dias.

---

37. Ps, 90, 10-12.
38. *No profeta Zacarias (12, 10-11), a lamentação de Hadadrimmon, o antigo deus babilônio da tempestade e do sol, um dos numerosos duplos de Tamuz, Ciniro e Adonis o "Dionísio Crucificado" dos Órficos.* 39. Ps. 23, 1-4.

O ponto culminante do Cinor, penedo saliente, suspenso sobre o abismo, chamava-se o Trono de Ciniro. Lá havia um montão de pedras que fora outrora talvez o altar do Deus. Uma delas conservava ainda esta inscrição meio apagada.

"O pai sacrificou seu filho".

O Pequeno pastor acercou-se da borda do precipício e se ajoelhou. No céu branquicento, rasgou-se uma janela azul e um raio de sol bateu-lhe na face, enquanto que, por outra fenda, outro raio iluminava as neves do Hermon. A Face indizível rebrilhou na neve com um esplendor de diamante sem jaça e um hálito fresco que parecia vir do Além, passou pelo rosto do pequeno pastor. Lentamente, ele levantou os olhos e viu no céu a outra Face, aquela diante da qual um dia fugirão céu e terra, sem saber onde se esconderem.

E houve na terra e no céu tal silêncio que, se outro que não o pequeno pastor estivesse sobre a montanha, não o poderia suportar e fugiria cheio de sobre-humano terror, compreendendo talvez, como já o compreendiam as criaturas humildes — bichos, plantas, águas, terra e céu, — que tal silêncio vinha dele, o Mais Doce, e teria visto a cabeça do pequeno Pastor nimbada com uma auréola diante da qual a luz do sol parecia escura.

III

OS DIAS DE NAZARÉ

I

"Jesus não era cristão, mas judeu", declara um grande historiador cristão antigo.[1] "Jesus era judeu e judeu ficou até o derradeiro suspiro", afirma um pequeno historiador judeu autêntico.[2] Decerto, é um paradoxo. Se não há laço algum entre o Cristo e o cristianismo, de onde vem este e onde colocá-lo na história universal? O Filho do Homem — Filho de Israel — não une em si, como o cisne, os dois elementos, terra e água — a terra do judaísmo e a água do universalismo?

Que é um "paradoxo"? Uma verdade às vezes tão surpreendente (*paradoxos* significa: terrível, espantoso), tão inverossímil que parece mentira. Ora, somente em linguagem "paradoxal" podemos exprimir bem as coisas do Evangelho, porque o próprio Evangelho é o Paradoxo por excelência, uma verdade demasiado espantosa e inverossímil para nós.

II

Não há, com efeito, no rosto vivo de Jesus algo de autêntico, não só historicamente, como ainda religiosamente, que os cristãos "batizados" são incapazes de compreender e mesmo ver Nele, enquanto que os judeus "circuncisos" imediatamente observam, compreendendo ainda menos do que os cristãos?

"Quem é ele?" Qual a primeira resposta que, a esta pergunta, acode ao espírito, a primeira impressão visual daqueles que o viram face a face, senão: "É um judeu, um circunciso"?

O sangue da circuncisão assinala o homem com uma marca inapagável, mais inapagável do que a da água do batismo. Infelizmente, para nós, cristãos, não é um paradoxo, porém o resultado de nossa própria experiência religiosa. É mais fácil re-

---

1. "Jesus war Christ, soudern Jude". — J. Welhausen, EILEITUNG IN DIE DREI ERSTEN EVANGELIEN, p. 102.
2. J. KLAUSNER, JESUS DE NAZARETH, p. 530.

conhecer um cristão, esquecendo que foi batizado, do que um judeu, esquecendo que foi circuncidado.

Olvidamos sempre que Jesus é judeu; entretanto, não é sem razão que um heleno puro, um pagão da véspera, Lucas, no-lo lembra com tanta insistência e obstinação. "Quando chegou o oitavo dia e se devia circuncidar o menino de acordo com a lei de Moisés, eles o levaram ao templo para apresentá-lo ao Senhor, assim como está escrito na lei do Senhor" (2, 21-2).

Que significa isto? Os judeus evidentemente têm razão a seu modo, quando dizem que Jesus, não somente transgredira a Lei, mas a destruíra e abolira: Os sacrifícios, as purificações, o sábado, a circuncisão, onde estão no cristianismo esses pilares da Lei? "O antigo está prestes a ser abolido", diz São Paulo e faz o que diz, abolindo o Antigo Testamento com o Novo.

III

Entretanto, eis aqui: "Eu vim para cumprir a Lei". Cumpri-la, destruindo-a, é ainda um "paradoxo, não mais do Evangelho, porém do próprio Jesus. Para "cumprir a Lei", destruindo-a, precisava agir, não de fora, violentamente, mas de dentro, naturalmente, como uma semente que, crescendo, destrói o invólucro, afim de dar muitos frutos e realizar, assim, a lei interior da vida. Ora, para isso, era preciso aceitar a Lei exterior e nela penetrar inteiramente, ser pelo seu nascimento, não só um homem, porém ainda um verdadeiro filho de Israel, "o Judeu dos Judeus", "o Circunciso dos Circuncisos", cumprindo em si mesmo os mistérios do Pai antes dos mistérios do Filho.

É com demasiada facilidade e demasiada frieza que cortamos o fio que une o homem Jesus a Israel, esquecendo o quanto ele tocava seu coração e quanto sua ruptura — a cruz talvez de toda a sua vida oculta — lhe foi mortalmente dolorosa.

Neste sentido, o paradoxo: o Cristo não é um cristão é uma verdade inverossímil.

IV

"Ele amava demais a Israel, UMERMGATEEN", segundo a palavra maravilhosamente profunda da epístola de Barnabé.[3] Nós o compreenderíamos, se fôssemos capazes de compreender que também nunca houve nem jamais haverá homem semelhante a ele em Israel; como ele, seu povo é único. Jesus só podia nascer em Israel; é verdade também que só em Israel podia ter sido morto; talvez outros povos o não tivessem matado, porém não o teriam reconhecido, enquanto que Israel logo o reconheceu, embora como se reconhece um possesso: "Que há entre nós e tu, Jesus de Nazaré? Vieste para nos perder? (Mc., I, 24.)."

---

3. Epistol. Barnab., V. 8.

Israel da "cerviz dura" poderá renegar Deus; está todo em Deus, como o peixe na água. O primeiro dos povos a orar ensinou os outros povos a orar. Nunca houve, não há e nem haverá orações mais belas do que os Salmos.

Foi essa atmosfera de oração que Jesus respirou do primeiro ao derradeiro suspiro, desde o "Abba" do berço até o "sabachtani" da cruz.

V

Aos seis anos, principiou, sem dúvida, a freqüentar, como todos os meninos, a escola, *beth-hasepher*, pertencente à sinagoga de Nazaré.[4] Sentados no chão, em volta do rolo da Lei — que se lia dos quatro lados —, os meninos repetiam em coro com suas vozes finas, acompanhando o mestre, *hasan*, o mesmo versículo das Escrituras, até o aprenderem de cor.[5] O pequeno Jeschua juntava a esse coro sua vozinha infantil.

Desde os doze anos, ia com as pessoas grandes à sinagoga, a "casa comum", *Keneseth*, a fim de orar e de ouvir a prédica ou a leitura das Escrituras, o *targum*, ambas em aramaico.

O interior da sinagoga era muito simples: uma grande sala de paredes lisas e caiadas, com dupla ordem de colunas, bancos de madeira para os fiéis e um alto estrado de pedra, *arona*, *tabuta*, orientado para o Templo de Jerusalém, isto é, em Nazaré, diretamente para o sul. A porta, por trás da tabuta, também estava voltada para o sul e ficava aberta, a fim de deixar entrar a luz. Sobre a tabuta, um pequeno armário baixo de dois batentes, humilde imagem da Arca da Aliança, onde se conservavam os pergaminhos da Lei, enrolados em dois paus roliços. Diante do armário, pequena mesa sobre pés altos, com uma estante para a leitura. O leitor cobria a cabeça com uma longa faixa de lã riscada, cobertura dos nômades, para lembrar que Israel, caminhando pelo deserto do mundo para o reino do Messias, é um eterno nômade.[6]

Sentado em um banco, em face da tabuta, o pequeno Jeschua podia ver, pela porta aberta, atravessar pelo mar dourado dos campos de Jezrael, seu futuro caminho, que levava a Jerusalém, ao Gólgota.

VI

É provável que estudasse também em casa os rolos da Lei, que se encontravam, às vezes, nas mais humildes moradas. Não parece que tenha freqüentado as escolas dos rabinos. Ele mesmo nunca foi um "rabino de Israel", no sentido que se dava a essa palavra nas escolas. "Como esse homem conhece as Escrituras sem nunca as haver

---

4. Sabemos pelo EVANGELHO SEGUNDO SÃO LUCAS (4, 16) que havia uma sinagoga em Nazaré.
5. G. Dalman, JESUS-JESCHUA, p.p. 32-33. — Fr Barth., DIE HAUPTPROPLEME DES LEBENS JESU, 1918, p. 71.
6. G. Dalman, 1., C., p. p. 39, 49.

estudado?" perguntam com espanto os escribas de Jerusalém (Jo., 7, 15), sem dúvida porque não tem a aparência de um sábio rabino e sim de um simples aldeão, am-haarez, pastor ou pedreiro, "mestre de obras", *naggar*.[7] No campo, na rabiça do arado, na oficina, curvados para o banco de carpinteiro, em casa, durante a ceia, como em viagem, sob a tenda, por toda a parte e sempre, os homens estudam a Lei oram como respiram, agradecendo a Deus cada naco de pão e cada gole de vinho. E o pequeno Jeschua provavelmente repetia três vezes por dia: "Escuta, Israel, *schema Iesreel*, como todos os judeus haviam repetido antes dele durante dois mil anos e repetiriam ainda dois mil anos depois dele.

Recitava também a oração dos dezoito versículos, *Schemone Esre*, santa entre todas, que anunciava o próximo reinado do Messias.[8]

VII

O doce clarão dos fogos sabáticos; o gosto açucarado do vinho pascal, misturado com ervas amargas, no prato que continha o *charoseth*, o molho da mesma cor avermelhada da argila do rio com que Israel, cativo no Egito fabricava tijolos; o canto de libertação, o trovejante hallel "que quebra os telhados", tudo isso é para Jesus agradável ao coração, santo e inolvidável.[9]

"Desejei tanto comer convosco nesta Páscoa", dirá aos discípulos na noite anterior à sua morte (Lc., 22, 15). A Páscoa terrestre tem o gosto do reino celeste; desde que tenham provado uma vez essa doçura, nem o homem, nem o Filho do Homem jamais a esquecerão, não só na terra como na eternidade. "Eu não a comerei mais até que ela se realize no reino de Deus (Lc., 22, 16)".

Eis porque ele "amava demasiado" Israel e será erguido na cruz como Rei de Israel.

VIII

"Os pais de Jesus iam todos os anos à festa da Páscoa, em Jerusalém.
Quando ele fez doze anos foram a Jerusalém, segundo o costume da festa (Lc., 2, 41-42)".

Podia-se ir em três dias de Nazaré a Jerusalém, diretamente, passando pela Samaria;[10] mas, como os samaritanos consideram os peregrinos galileus "impuros", não lhes dando nem água, nem fogo, insultando-os, batendo-os e, às vezes, matando-os mesmo, eles, preferiam fazer um rodeio, mais penoso e perigoso por causa dos bandidos, através das espessas florestas e das montanhas da Peréa.

---

7. Fr. Barth., l., C., p. 71.
8. A. Deissmann, EVANGELIUM UND URCHRISTENTUM, p. 96.
9. T. Stapfery, JESUS-CHRIST PENDANT SON MINISTÈRE, p. 195. — LA MORT E LA RESSURRECTION DE J. C., p. 128.
10. Joseph., VITA, 52. — G. Volkmar. JESUS NAZARENUS, p. 115.

Na tarde do sexto dia, depois de atravessado o Jordão, descia-se para o vale de Jericó, formado por uma profunda depressão do mar Morto, tórrido desde o começo do Nizan, mês da Páscoa, e todo impregnado, como uma caixa de perfumes, do cheiro dos bosques embalsamados. Por isso, se havia dado à cidade que dominava o vale o nome de Jericó, a Perfumada.[11]

No dia seguinte, de manhã, para subir a Jerusalém, seguia-se um caminho de dois mil côvados, íngreme e sinuoso, entre duas muralhas de rochedos nus, que, empurpurados pelo manganês, pareciam encardidos de sangue. Jesus menino teria podido guardar, gravado no seu coração, o nome fatídico desse caminho a "Ladeira do sangue".[12]

IX

Caminhava-se o dia todo, de manhã à tarde. E, de súbito, numa curva brusca da estrada, perto da aldeia de Bethphagé, no monte das Oliveiras, acima da vetusta e pobre Jerusalém, com seu anfiteatro de casas de eirado, amontoadas, grisalhas como ninhos de vespas, surgia a massa esplêndida de ouro e mármore do Templo, rebrilhando como uma montanha de neve sob o sol.

> "Hallel! Hallel! Halleluia!
> Nossos passos se detêm
> Às tuas portas, ó Jerusalém!

cantava o coro dos peregrinos, recitando o *Cântico dos Degraus* de David.

> "Levanto meus olhos para as montanhas:
> De onde me virá socorro?...
> Jerusalém está rodeada de montes
> E o Eterno rodeia seu povo
> Desde agora e para sempre.
> Que a paz seja contigo, Israel!"

O pequeno Jeschua devia misturar a esse coro sua voz infantil, repetindo com toda a alma o salmo de David, seu pai:

> "Como tuas tendas são amáveis,
> Ó Eterno dos exércitos!
> Minha alma se consome e enlanguesce
> Nos vestíbulos do Eterno;
> Meu coração e minha carne erguem

---

11. L. Schneller, KENNST DU DAS LAND?. p. 332.
12. M. J. Lagrange, EVANGILE SELON SAINT LUC., p. 313, nota 30.

Seus gritos de alegria para o Deus vivo!
O próprio pássaro encontra abrigo
E a andorinha um ninho onde pôr os filhos!...

Teus altares, ó Eterno dos exércitos,
Meu Senhor e meu Deus!...
Felizes os que habitam em tua casa,
Porque um dia em teus vestíbulos vale mais que mil fora.
Hallele! Hallel! Halleluia!"[13]

X

"Tendo passado os dias da festa, quando voltavam, o mesmo ficou em Jerusalém e os pais não deram por isso.
Pensando que estivesse com seus companheiros de viagem, caminharam o dia todo e o procuraram entre os parentes e amigos.
Mas, não o tendo encontrado, voltaram a Jerusalém, a fim que buscá-lo (Lc., 2, 43-45.)".

Para esquecer e perder assim um filho amado, uma criança de doze anos, em numerosa multidão, em que podia haver malvados, para não pensar nele uma só vez o dia inteiro, não indagar: Onde está? Que lhe aconteceu? era preciso que os pais estivessem habituados às suas fugas, resignados a vê-lo emancipar-se, escapulir, viver vida própria, independente, distante e incompreensível. Muitas vezes já desaparecera e fora encontrado. Encontrá-lo-iam ainda esta vez.

Tinham terminado a etapa da jornada. Haviam descido, pois, de Jerusalém a Jericó, talvez mesmo tivessem transposto o Jordão e começado a subir as serras da Peréa, quando, depois de haverem buscado em vão, primeiro entre os parentes e amigos, enfim, durante a primeira noite, por todo o acampamento galileu, compreenderam, sem dúvida, que se não tratava mais de uma de suas fugas costumeiras: não iriam encontrá-lo mais?[14]

Que não sentiram, regressando a Jerusalém pela Ladeira do Sangue e, na cidade, procurando-o por todas as ruas, examinando a figura dos transeuntes com inquietação e angústia crescentes, esperando e desesperando a cada instante de revê-lo? Como o coração da mãe foi torturado, que lágrimas não derramaram seus olhos durante esses três dias — três eternidades, ao pensar que jamais reveria seu filho!

XI

"Ao fim de três dias, encontraram-no no Templo, sentado no meio dos doutores, ouvindo-os e fazendo-lhes perguntas; e todos os que o ouviram estavam maravilhados com a sua inteligência e as suas respostas (Lc., 2, 46-47)."

---

13. PS. 121, 120, 127, 135, 134, 83.
14. L. Schneller, EVANGELIENFARHTEN, 1925, p. 82. — E. Klostermann. DAS LUKAS EVANGELIUM, 1919. p. 409.

Sentado, segundo o uso das escolas, no meio da tríplice fila dos discípulos, aos pés dos velhos sábios de Israel, no magnífico mosaico de mármore de várias cores, na sinagoga das Pedras de Obragem, *Lischat Hagasit*, na extremidade do páteo interno do Templo, onde se reuniam algumas vezes os membros do Sinédrio, os doutores e escribas célebres de Jerusalém, o menino Jesus os escutava; interrogava-os e respondia.[15]

> "Vendo-o, eles (José e Maria) ficaram espantados e sua mãe lhe disse: meu filho, por que fizeste isto conosco? Eu e teu pai temos estado a procurar-te, cheios de cuidado.
> E ele lhes respondeu: por que me procuráveis? Não sabeis que eu devia estar na casa de meu Pai?
> Mas eles não compreenderam o que ele dizia (Lc., 2, 48-50)".

Confessemos com franqueza: para o nosso coração terrestre, essas primeiras palavras não terrestres que os homens dele ouviram parecem de insuportável crueldade; delas se exala como que o frio dos espaços interplanetários; elas queimam o nosso coração humano com uma queimadura glacial que arranca a pele como um ferro gelado em que se põe a mão nua.

É assim que um filho que ama sua mãe lhe responde? "Por que fizeste isto conosco?" — "Eu fiz o que devia". — "Nós temos estado a procurar-te, cheios de cuidado..." — "Vosso cuidado não é o meu". — "Eis aqui teu pai..." — "Não é ele o meu pai". Por não ter sido dito senão por alusões, não deixa de ser ainda mais cruel.

Aquele que amou como jamais ninguém amou, poderia não compreender, não ver imediatamente, pelo simples aspecto dos rostos, o mal que lhes fizera? Então, como se não atirou aos seus braços e não os apertou de encontro ao coração, chorando e pedindo perdão como choram e pedem perdão as crianças?

Apenas o avistaram de longe e mal tiveram tempo de se alegrarem, viram em seu semblante e em seus olhos algo que os "espantou", os "apavorou": dir-se-ia que lhes queimara o coração, brotando deles, aquele relâmpago glacial, aquela queimadura do ferro gelado na mão nua que o segurou?

XII

E eis que, de novo, no nosso coração se grava, contra nossa vontade, um Evangelho, não falso, mas secreto.

APÓCRIFO

1

Maria lembrou-se naquele instante que um dia ao cair à noite — sem saber mesmo se dormia ou estava acordada, um rapazinho em tudo semelhante a Jesus entrara-

---

15. Th. Keim GESCHICHTE JESU, I, p. 414.

lhe em casa. Primeiro, tendo provavelmente visto mal o seu rosto, o tomou pelo próprio Jesus, mas logo que ele lhe perguntou. "Onde está meu irmão Jesus? Quero vê-lo", logo compreendeu que não era ele. Então, o rapazinho se transformou em uma menina, e Maria, julgando-se tentada por um fantasma, um duplo de Jesus, teve tanto medo que se debateu como num pesadelo, louca de pavor. Sem saber quase o que fazia amarrou o rapaz-rapariga ao pé do leito e correu a procurar Jesus, afim de compará-los e verificar qual dos dois será o verdadeiro; mas foi em vão: ele e ela eram perfeitamente parecidos. Depois, abraçando-se e beijando-se, os Dois tornaram-se Um.

E eis que, de novo no crepúsculo que enchia talvez a sinagoga das Pedras de Obragem, ela procura em vão saber o que ele é. Não teria desaparecido o verdadeiro e não seria o outro que haviam encontrado? E ela teve medo, então, mais medo acordada do que outrora, em sonho. Tudo se confundiu e obumbrou no seu espírito, não distinguindo mais o sonho da realidade. Nada compreendeu e de nada se recordou; vendo o estranho olhar dos olhos familiares, ouvindo o estranho som da voz familiar, sentiu que enlouquecia, não só de medo mas de dor.

"E a ti mesmo uma espada te traspassará a alma", dissera-lhe uma voz antes dele nascer. Mas ela, então, não sabia quem brandiria o gládio e agora o sabe: será seu Filho.

"Aquele que não odiar pai e mãe..." — o coração de toda a humanidade, o coração da Terra-Mãe será traspassado por esse gládio do Filho como por raio glacial.

2

> "Ele acompanhou-os e voltou a Nazaré, e era submisso. E sua mãe conservava todas as suas palavras no coração.
> Jesus crescia em sabedoria, tamanho e graça, diante de Deus e diante dos homens (Lc., 2, 51-52)".

Isto foi e não foi, isto brotou e se extinguiu como um relâmpago: só ficou a confusa lembrança que se guarda de um pesadelo, quando se desperta. Saiu por um momento de sua submissão e logo a ela voltou; crescera há um instante para tornar de novo a ser menino. Parece que nada mudou. Dia após dia, ano após ano, é sempre a mesma coisa: vai à escola, mistura sua voz infantil ao coro das crianças, repetindo com o mestre cada versículo da Lei e este também: "venera teu pai e tua mãe". Em casa, aprende o ofício de construtor, manejando o martelo e argamassando os tijolos. Levá às pastagens galiléias o rebanho de cabras escuras. E, quando volta, sua mãe de longe reconhece o som do seu caniço de pastor que modula os lamentos de Ciniro.

> "Eles olharão aquele que traspassaram,
> E soluçarão por ele como por como filho único,
> E se afligirão como se fosse um primogênito..."

3

Sentado num canto escuro da pequena casa de Nazaré, consertava, uma feita, à luz triste de uma candeia, as sandálias usadas e, suavemente, suavemente, como as abelhas outonais zumbindo sobre as derradeiras flores, cantarolava um salmo de David, seu pai, o cântico dos que sobem a Ladeira do Sangue:

> "Eterno, meu coração não se enche de orgulho,
> Não tenho o olhar altivo,
> Não procuro as grandezas,
> Não aspiro coisas inacessíveis,
> Não constranjo minha alma à calma e ao silêncio.
> Como a criança que deixou o seio materno,
> Minha alma está farta dentro de mim".[16]

Havia nesse canto um tom tão triste que a mãe se aproximou do filho e ao seu lado se sentou. Pondo a cabeça dele sobre seu seio, docemente lhe acariciou os cabelos. Queria dizer-lhe alguma cousa, mas não achava as palavras, e por isso ficou silenciosa. Silêncioso também, ele ergueu os olhos para ela, sorriu, depois murmurou como na sua primeira infância, quando ainda não sabia falar:
— Ma!
Fechou as pálpebras devagarzinho e elas pareciam tão pesadas que se diria jamais se levantariam. E adormeceu.
E sua mãe viu seu rosto resplandecer com um brilho tal que, diante dele, a luz do sol ficava escura. De súbito, tudo o que esquecera lhe voltou ao espírito: o Anjo de vestes níveas e rosto relampagueante:

> — Alegra-te, Cheia de Graça!
> E ela disse como outrora.
> — Eis-me aqui, sou a serva do Senhor,
> Que seja feito segundo sua palavra!

E disse ainda:

> — Minha alma magnifica o Senhor,
> E meu espírito se alegra em Deus meu salvador,
> Porque ele baixou os olhos sobre sua serva,
> E eis que de ora em diante todos os tempos me chamarão bem-aventurada,
> Porque o Todo Poderoso fará por mim grandes coisas.

---

16. Ps. 180.

E não foi mais o raio glacial do pavor, porém o raio inflamado da alegria que lhe traspassou a alma como um gládio. Ela compreendeu de repente que seu Filho a amava como nunca pessoa alguma havia amado e que o Todo Poderoso por ela faria grandes cousas. Elevá-la-ia a uma altura atingida por ninguém. Faria de uma serva terrestre a Rainha Celeste, de sua mãe a Mãe de Deus.

XIII

As primeiras palavras do Senhor são de insuportável crueldade, cheias de um amor que parece ódio. Isto é incrível e, por conseguinte, autêntico, conforme a lei geral da crítica evangélica: quanto mais incrível mais autêntico.

O próprio Lucas nos dará a entender de onde tirou suas palavras, assim como todo o Apócrifo, o Evangelho não falso, mas secreto, da Natividade e da Infância do Senhor:

"*Maria conservava todas essas palavras e as repassaria pelo seu coração (2, 19.)*".

Isto é dito depois do relato da Natividade e repetido depois das palavras incompreensíveis de Jesus no Templo:

"*Sua mãe conservava todas essas palavras no seu coração (2, 51.)*".

É nesse versículo, que não foi certamente repetido duas vezes por Lucas senão intencionalmente, que ele encerra todo o Evangelho da Natividade e da Infância como uma pérola encastoada em indestrutível broche de ouro: a memória do amor é a mais fiel de todas; o coração materno lembra-se eternamente, porque ama infinitamente.

Se todo o Evangelho da vida pública do Senhor não é mais do que as "Reminiscências" dos Apóstolos, no sentido que damos à expressão "Reminiscências" históricas; todo o Evangelho de sua vida secreta não é mais do que as "Reminiscências" da mãe de Jesus.

E por que não acreditar nesse testemunho?

XIV

Este relato sobre O Menino, aos doze anos, que corta a negra noite da vida de Jesus com um clarão deslumbrante, é tanto mais precioso para nós quanto confirma nossas próprias conjecturas — o Apócrifo que, contra nossa própria vontade se grava no nosso coração. A noite foi iluminada por um relâmpago e vimos que trilhávamos o bom caminho sob os reflexos que sua vida pública lança sobre sua vida secreta. Adivinhamos a verdade, pensando que, para Jesus, é em Nazaré que começa a "Ladeira do Sangue" que leva ao Gólgota, o Caminho da Cruz.

Mas, após o subitâneo clarão, eis que, de novo, entre o segundo e o terceiro capítulos, volta a noite negra, abismo de silêncio, com trinta anos em Mateus, com vinte em Lucas, espécie de queda obscura na amnésia. "Ele tinha doze anos de idade", — ele tinha mais ou menos trinta anos (Lc., 2, 42, 3, 23). Sobre o que se passou entre esses dois pontos, nem uma palavra. Ora, é precisamente durante esses anos em que todo homem atinge o meio-dia da vida, a virilidade, que o destino do Homem Jesus e, se ele é o Salvador do mundo, do destino da humanidade se decidiu de vez pelos séculos dos séculos.

Esse mistério permaneceria indecifrável para nós, se novamente na sua vida pública se não projetassem três fulgurantes raios de luz.

Voltaremos mais tarde sobre um deles, a Tentação; falaremos agora dos outros dois.

XV

Os três Sinópticos se referem ao encontro de Jesus "com os inimigos do homem, seus próximos", que se deu provavelmente em Cafarnaum, num dos primeiros dias do ministério do Senhor. Todavia, nem Lucas, nem Mateus ousam dizer o essencial, embotando o gume do "escândalo". Marcos-Pedro é o único que ousa. Sem dúvida tem mais audácia do que os outros, porque tem mais amor e mais fé.

> "Jesus entrou em uma casa com seus discípulos e ali a multidão se ajuntou de tal modo que eles nem podiam tomar suas refeições.
> Quando seus próximos souberam disso, vieram para se apoderar dele (Kratési, agarrá-lo), porque diziam que estava fora de si, *EXRSTE* (Mc., 3, 20-21.)".

"Ele caíra em furor, *in furoren versus est*", diz a tradução um tanto rude, mas forte e exata da Vulgata. "Ele perdeu a razão", diríamos nós. O que isso quer dizer sabemo-lo pelo que aí mesmo se passa, em torno da casa, nessa multidão agitada por ávida e vã curiosidade.

> "Os escribas, vindos de Jerusalém, diziam: Ele está possesso de um espírito impuro... Ele está possesso de Belzebu, e expulsa os demônios pelo poder do príncipe dos demônios (Mc, 3, 22, 30)".

Isto dizem seus inimigos estranhos. Seus inimigos "próximos" escutam e aprovam. Um ou dois anos mais tarde, segundo São João, no meio ou no fim de Jerusalém, os chefes do povo, os futuros assassinos do Senhor, ainda o afirmarão:

> "Ele está possesso de um demônio; ele está fora de si; por que o escutais? (Jo., 10, 20)".

E, enfim, quando ele perguntar:

> "Por que procurais fazer-me morrer?"

A multidão inteira gritará à sua face:

"Tu estás possesso de um demônio (Jo.,7,20)

XVI

É exatamente por essa mesma palavra: *"meschugge*, louco, possesso," que, outrora, o povo apontava, zombando e insultando, os profetas de Israel, *nebiim*.[17] Toda a gente percebe quando um homem está possuído por um espírito, mas ninguém sabe direito que espírito é esse. Uns pensam que é o espírito de Deus e outros, que é o do demônio.

Quando ao Filho do Homem, também não se sabe. Seus "próximos", que viveram trinta anos a seu lado deviam saber melhor do que os outros. Então, como ignoram?

Ora, para que seja precisamente naqueles dias em que todo o povo, vendo seus milagres e sinais, glorificava O Eterno e considerava Jesus como um grande profeta, talvez mesmo o Messias, naqueles dias em que os próprios demônios gritavam: "Nós te conhecemos, Filho do Altíssimo; para que seja mesmo naquele momento que seus próximos decidam agarrá-lo, é preciso que estejam convencidos de terem razão os escribas: "Ele está possesso de um demônio".

Lentamente, durante vinte anos talvez, esse fruto amargo amadureceu na árvore da vida; lentamente se teceu a corda com que se quis amarrá-lo como um possesso; durante vinte anos, olhos, não estranhos, mas próximos e amantes o observaram e o vigiaram. Seus irmãos e suas irmãs cochicham ao princípio, à parte; depois, falam cada vez mais perto e mais alto: "Meschugge, meschugge!" Afinal, decidem-se, para salvá-lo da desgraça e fugir, eles próprios, ao opróbrio, apoderar-se dele pela força, amarrá-lo, como um demente e reconduzi-lo à casa, em Nazaré.

XVII

"Sua mãe e seus irmãos vieram vê-lo, porém não o podiam abordar por causa da multidão (Lc., 8, 19)".

"E, ficando fora, mandaram chamá-lo. A multidão estava sentada em volta dele. E disseram-lhe: Tua mãe e teus irmãos estão lá fora à tua procura.
Mas ele respondeu: Quem é minha mãe e quem são meus irmãos?
Depois, lançando os olhos sobre os que estavam sentados em volta dele, Ele disse: Eis aqui minha mãe e meus irmãos! Quem quer que cumpra a vontade de Deus é meu irmão, minha irmã e minha mãe (Mc., 3, 31-35)".

Por trás da multidão, sua mãe ouviu essas palavras: "minha mãe" repetidas três vezes, duas delas em primeiro lugar, porque para ele, nesse caso, sua mãe vinha an-

---

[17]. H. Gressmann, PALÄSTINAS ERDGERUCH IN DER ISRAELITISCHEN RELIGION, 1909, pp. 40-41.

tes? Certamente ouviu, senão com os ouvidos, ao menos com o coração, e três vezes a espada lhe traspassou a alma. Ela sofreu, porém ele sofreu mais ainda. Nosso coração terreno não pode compreender essa dor extraterrena. Se dois entes divinos se pudessem ferir mutuamente, suas feridas os fariam sofrer assim.

XVIII

Que faz a mãe? Por que veio ali? A testemunha mais próxima, Marcos-Pedro, guarda a respeito terrível silêncio. Só no "Apócrifo", no Evangelho secreto do nosso coração, podemos ler: a mãe veio para se apoderar do filho. Por que isso? Para defendê-lo no último instante, para salvá-lo ou perecer com ele? Ou para de novo, como outrora em Jerusalém, há vinte anos verificar com os próprios olhos se é ele mesmo ou se é outro? Ou, ainda; perturbada pelo medo, não sabia em verdade o que fazia, — tinha tudo esquecido? Ou, afinal, lembrava-se e esquecia-se com alternativas? Era ora a luz da Anunciação, ora a noite da amnésia; era ora uma serva terrestre, ora uma Rainha celeste?

E será assim toda a sua vida, enquanto não tiver subido até o cimo a Ladeira do Sangue. Somente lá aos pés da Cruz, abandonada de todos, até de seu Pai, ele não a abandonará e dirá a seu discípulo amado: "Eis a tua mãe"; somente lá ela saberá que ele a amava, não só com o amor terrestre, mas com o amor celeste, como nunca jamais ninguém foi amado.

XIX

Eis um dos dois raios de luz e agora, o outro. Segundo os Sinópticos, Jesus deixava seus irmãos e sua mãe antes de seu ministério; mas, segundo João não foi assim.

"Mulher, que há entre mim e ti? (Jo., 21, 4)". Foi em Canaã, na Galiléia, que ele dirigiu outra vez a sua mãe essas palavras incríveis, de insuportável crueldade e, contudo, autênticas; e logo realizou, para lhe ser agradável, o primeiro, o mais terno de seus milagres, que parece com ela própria: — o milagre da humilde alegria humana — a mudança da água em vinho.

Do mesmo modo que não abandonou sua mãe, não abandonou seus irmãos. Provavelmente no segundo ano de seu ministério, após a segunda Páscoa, quando percorria a Galiléia no outono, porque "Não queria percorrer a Judéia, onde os judeus procuravam matá-lo",

> "Seus irmãos lhe disseram: Parte daqui e vai à Judá, afim de que teus discípulos vejam também as obras que fazes. Quando se quer ser conhecido, não se faz nada em segredo. Já que fazes essas cousas, manifesta-te ao mundo.
>
> Porque seus próprios irmãos não acreditavam nele. Jesus lhes disse: Meu tempo ainda não chegou; para vós, o tempo é sempre favorável.
>
> O mundo não pode vos odiar, porém me odeia, porque eu presto testemunho de que suas obras são más (Jo., 7, 1-3 7)."

XX

Essa conversa se deu na Galiléia: não seria aquela mesma Cafarnaum, onde, ano e meio antes, os irmãos haviam tentado se apoderar pela força de seu Irmão? Agora, renunciaram a isso. Então, julgavam saber de que espírito estava possesso. Talvez pensem ainda assim, persistam em não crer nele e de nada se arrependam. Estão somente mais calmos, tendo compreendido que não podiam apoderar-se violentamente dele. Antes é que eram sinceros. Agora mentem. Então, iam abertamente contra ele. Agora agem hipocritamente, medrosamente. "Se és o filho de Deus, atira-te daqui abaixo" (Lc., 4, 9.). E como o tenta Satã. "Se fazes isto, manifesta-te ao mundo". É como o tentam os irmãos. Procuram apanhá-lo numa armadilha ou só por ignorância o impelem para ela, para essa Judéia, onde já os assassinos o espreitam? Essa teia de aranha com que pretendem agora envolvê-lo vale mais do que a corda com que, então, queriam amarrá-lo? Tudo é obscuro e ambíguo em suas palavras.

Uma única coisa é clara: estão fatigadíssimos uns dos outros e já não podem mais. Viveram vinte anos lado a lado, próximos e, ao mesmo tempo, estranhos, amando-se e odiando-se; suas almas, como corpos amarrados juntos, à força de se esfregarem uma contra as outras, dia a dia, ano a ano, ficaram chagadas como os doentes que permanecem longamente no leito.

Nessa conversa de Cafarnaum é que se sente, não só nos irmãos de Jesus, mas nele próprio, a dor dessas chagas de vinte anos.

XXI

"Um profeta só é desprezado em sua terra e em sua casa (Mt., 13, 57.)". Sabemos pelo Talmud quanto ele foi desprezado na sua grande casa, em Israel:

> "Se um homem te disser: "Eu sou Deus", ele mente;
> "Eu sou o filho do Homem", ele se arrependerá;
> "Eu subo ao céu", não subirá".[18]

Assim, deviam desprezá-lo em sua casinha de Nazaré e é assim que o desprezam nesse episódio de Cafarnaum. É talvez a milésima alfinetada fraterna: "Manifesta-te ao mundo"; a milésima gota de sangue no corpo do Irmão: "Meu tempo ainda não chegou". Ontem e hoje, as mesmas alfinetadas, e durante dez anos, durante vinte anos. Serão as mesmas amanhã, e durante dez mil anos, durante vinte mil anos. Esse é o fardo terreno que pesa sobre sua alma não terrena — o tédio dos dias de Nazaré — do "mal infinito".

---

18. JERUSALEM. TALM, TAAN., 2, 65 b. — W. Baldensperger, DIE MESSIANISCH-APOKALYPTISCHEN HOFFNUNGER DES JUDENTHUMS, 1903 p. 140. — E, Besson, LES LOGIA AGRAPHA, p. 154.

XXII

"O tédio do Senhor". Como estas palavras soam de estranho e terrível modo! É possível que o Senhor "se entedie"? Se ele se empobreceu, "se esvaziou" até a morte, segundo a maravilhosa expressão de São Paulo (Fil., 2, 7-8), se humildemente tomou sobre os ombros todos os fardos humanos, por que não teria tomado também esse, o mais pesado, o mais mortal — o tédio? Os dois Adões, os exilados do paraíso, o primeiro contra sua vontade, o segundo voluntariamente, poderiam exprimir o acabrunhamento do exílio melhor do que com essa simples frase: "Eu me entedio"? "Até quando estarei convosco? Até quando vos suportarei?" (Mc., 9, 29.). Isto não quer dizer que Deus se entedia, que está enojado dos homens?

XXIII

Encontra-se o mesmo tédio, o mesmo enojamento nessa conversa com os irmãos. Nem calor, nem frio: tepidez. "Assim, porque és morno, eu te vomitarei de minha boca", dirá o Senhor, falando de tais irmãos — de nós todos talvez? — não mais no tempo, porém na eternidade (Apoc., 3, 16). Nada nessa conversa é preto ou branco, tudo é cinzento como no dia seguinte à negra noite do Gólgota a chuvinha acinzentada lavando o Sangue da Cruz.

XXIV

O essencial para os mestres do claro-escuro, como Vinci, Rembrandt e o evangelista João, talvez o maior deles, é pintar fielmente a alma secreta das cores e das linhas, a luz própria a cada época do ano e a cada hora do dia, ou, segundo a pinturesca expressão francesa, a "cor do tempo".

No seu admirável claro-escuro: "O Senhor e seus irmãos", João parece ter precisamente pintado a "cor do tempo" desses dias de Nazaré que duraram vinte anos — a cor cinzenta-rósea do "tédio do Senhor", o nevoeiro cinza do tempo misturado à cor, não vermelha, mas rósea como a da aurora rompendo a bruma, sangue que vem, não das "alfinetadas" e sim dos cravos da Cruz, que nós veremos mesmo em Nazaré, porque ali começa o caminho do Gólgota, a Ladeira do Sangue. Parece que todas as pastagens da Galiléia, onde soluça melancolicamente o caniço do Pequeno Pastor: "Eles olharão Aquele que traspassaram", estão envoltas com esse cinzento-róseo em que já ruge a tempestade, como por uma neblina matinal.

XXV

Esses irmãos do Senhor, seus "inimigos próximos", seus verdugos durante vinte anos, quem são? Maus? Não, homens muito bons.

Vemos reviver um deles, provavelmente o mais velho, nas "Reminiscências" que Hegesipo escreveu em idade bem avançada, aí pelo ano 70 do século I e que, por conseguinte, remontam ao começo desse século, isto é, ao tempo dos Apóstolos:

> Desde os tempos de Cristo até nós, ele (Jaques, o irmão do Senhor) foi cognominado o Justo (Dirceu)... Foi santificado desde o seio materno (foi Nazareno com Jesus, Mt., 2, 23), não bebia vinho nem outra bebida embriagante, não comia nada que tivesse vida (carne); a navalha nunca lhe passou sobre a cabeça; nunca se ungira e se abstinha de banhos. Só a ele era permitido entrar no santuário, porque sua roupa não era de lã, mas de linho (vegetalmente puras). Entrava sozinho no Templo (de Jerusalém) e ali ficava de joelhos, pedindo perdão para o povo. A pele de seus joelhos ficara dura como a dos camelos, porque constantemente estava prosternado, adorando a Deus e suplicando o perdão das gentes.
> Sua justiça eminente fazia com que fosse chamado o Justo e *Oblias*, que quer dizer em grego baluarte do povo... porque todos acreditavam que só a prece desse santo salvava o povo culpado da cólera de Deus.[19]

Segundo o testemunho do "Evangelho dos Hebreus", não foi a nenhum de seus discípulos preferidos, Pedro ou João, nem mesmo à sua mãe, que, depois da ressurreição, o Senhor apareceu em primeiro lugar, porém a seu irmão Jaques.[20] São Paulo também não ignora isso (I Cor., 15, 7.).

Tal era o amor entre os dois irmãos: a morte não separou o que em vida estivera unido. Talvez porque Jaques fora o primeiro de seus "inimigos próximos" e o último a crer nele, Jesus lhe tenha aparecido, após a ressurreição, em primeiro lugar.

XXVI

Seu "Baluarte", Israel o destruiu com as próprias mãos. Por ter confessado o Cristo diante de todo o povo, Jaques foi posto pelos Anciãos dos Judeus sobre uma das "alas do Templo", a mesma talvez onde outrora Satã tentara o Senhor, e dali precipitado no vale do Cedron.[21]

Assim morreu o mártir-verdugo de seu Irmão. Caindo no abismo e ouvindo o vento sibilar nos seus ouvidos, terá enfim compreendido o soluço do caniço do Pequeno Pastor de Nazaré: Eles olharão Aquele que traspassaram. Não teria o gemido do vento traspassado seu coração com esse supremo soluço?

O "Baluarte" desabou e a cólera de Deus caiu sobre Israel: Jerusalém foi destruída.

"E eis que a vossa morada vos será deixada vazia (Mt., 22, 38)".

---

19. Euseb., H. E., II, 23, 3-19. — E. Preuschen, ANTILEGOMENA, pp. 72, 159. — E. Hennecke, HANDBUCH ZU DEN NEUTEST, APOKRYPHEN, I, p. p. 103-104.

20. Hieron., DES VIRUS ILLUSTR., 2. — A. Resch, AGRAPHA, p. 248. — E. Besson, 1., C., p. 93.

21. Segundo Hegesipo, aí por 68-69, na véspera da destruição do Templo; segundo Josefo (Ant., XX, 91), em 62 — Hennecke, 1., C, I., p. 104.

XXVII

Jaques, o avô, foi mártir. Seus netos, Jaques e Zaqueu são confessores, milagrosamente escapos as fauces do leão (Domiciano), assim como o sabemos pelas "Reminiscências" desse mesmo Hegesipo. Os netos, de tanto trabalhar, têm calos nas mãos. O avô de tanto rezar, os tinha nos joelhos. Entre essas calosidades, está toda a santa vida laboriosa da Sagrada Família.[22]

Somente sobre uma árvore como Israel e sobre um ramo como a casa de José, podia desabrochar uma Flor Divina como Jesus. Eis até aonde vão suas raízes e de onde é preciso arrancá-las. Se uma planta nova arrancada da terra com as raízes tivesse sentimento, sofreria com Jesus.

XXVIII

O homem custa a compreender que Deus às vezes exija dele um amor que parece cheio de ódio, impiedoso: "Aquele que não odiar pai e mãe..." Talvez o Homem Jesus também custasse a compreender. Parece, entretanto, que, durante esses vinte anos não fez mais do que aprender isso.

> "Quem está perto de mim está perto do fogo,
> Quem está longe de mim está longe do Reino",

isto ele sabe: só se pode entrar em seu reino através do fogo. Ele "amou demasiado" suas duas casas, a grande — Israel, e a pequena — a de Nazaré, e as consumiu com o fogo do seu amor, "esvaziou-as": "Eis que vossa morada vos será deixada vazia".

Seu principal tormento, o começo de sua Cruz, não é que os homens o atormentem, mas que ele os atormente, amando-os, perca-os para os salvar: "Aquele que tiver perdido a vida por minha causa a salvará".

É terrível para um homem amar assim, mas não pode ser de outro modo, como o fogo não pode deixar de queimar.

---

22. *Segundo o testemunho de Lucas, um dos dois discípulos de Emaús era Cleofas (o que é confirmado por Orígenes e o Codex S do Evangelho segundo São Lucas), o qual foi depois de Jaques, irmão do Senhor, o chefe da igreja de Jerusalém; era muito velho, quase centenário, quando foi martirizado, o que não pode parecer inverossímil à nossa incredulidade. Preso, depois de denunciado, pelo procônsul Ático, no reinado de Trajano, acusado de confessar o Cristo e de descender da casa de David, sofreu longos dias de tortura com uma coragem que assombrou os próprios carrascos e foi crucificado com 120 anos de idade. — Euseb., H. E., II, 32, 3, 6. — E. Hennecke, 1., C., I, p. 107. — Seu coração não se tinha queimado sobre esse derradeiro caminho, como no de Emaús, e não foi somente então que reconheceu o Companheiro que não havia reconhecido?*

XXIX

Mas o que há de mais espantoso, de mais terrível na sua vida é que ele sofre como nunca ninguém sofreu, quis mesmo sofrer, porque seu Pai quer e a vontade do Pai , a sua vontade.

De longe, a Cruz atrai Jesus como o imã atrai o ferro.

A princípio leve como a sombra fugidia de uma nuvem de verão sobre as montanhas da Galiléia, cobertas de brancas margaridas; depois, de Nazaré ao Gólgota, ficando espessa e pesada até que sobre ele se detém a sombra da Cruz.

IV

MINHA HORA CHEGOU

I

No ano em que nasceu Jesus, na própria véspera da coroação de Arquelau, filho de Herodes, em toda a Judéia, a Iduméia e os países além do Jordão, explodiu uma insurreição contra Roma — uma dessas numerosas vagas que vêem de Antioco Epifânio, o profanador do Templo, a Tito Vespasiano, seu destruidor.[1] Foi Judas o Galileu, meio messias, meio bandido, quem a desencadeou.[2] Seu refúgio principal ficava em Séforis, capital da Baixa Galiléia, vizinha de Nazaré, onde ele se retirara, após haver pilhado o tesouro do rei e se ter apoderado dos arsenais. Dali empreendia expedições em que saqueava, queimava e matava os de sua raça e os estrangeiros, cantando hosanas ao Senhor e pregando o próximo reinado do Messias.

O procônsul romano Publius Quintilius Varus, à frente das legiões da Síria, aniquilou a rebelião logo ao começo com a fria e calculada crueldade dos romanos. Destruiu, queimou e arrazou Séforis, o ninho de vespas dos insurretos, vendeu como escravos os habitantes e, perseguindo por toda a Terra Santa os bandos dispersos dos rebeldes, crucificou dois mil.[3]

II

"Como exemplo salutar, *res saluberrimi exempli*", as cruzes eram geralmente erguidas nos lugares elevados — os Gólgota — que se avistavam de longe. Talvez do cume da colina de Nazaré se vissem as cruzes perfiladas e negras nos reflexos purpurinos de Séforis incendiada.

"Chamaram já tantos carpinteiros para fazer cruzes que queira Deus não chamem José!" podia dizer a mãe, sentada na pequena casa de Nazaré, diante do berço do Menino que dormia à luz vermelha do incêndio e a sombra negra das cruzes.

1. *Não há razão alguma para pôr em dúvida o testemunho de Lucas e Mateus declarando que Jesus nasceu "no tempo de Herodes", e como, segundo Josefo, Herodes morreu no ano 4 de nossa era, Jesus não podia ter nascido mais tarde do que esse ano, isto é, ali por 4-5 antes da "era cristã".*
2. *De Gamala, na Gaulonitida, margem oriental do lago de Genezaré.*
3. Joseph., ANT., XVII, 10, 8-10; BELL. JUD., II, I, 4. — J. Welhausen, ISRAELITISCHEN UND IUDISCHE GESCHICHTE, 1921, p. p. 326-328. — J. Klausner, JESUS DE NAZARETH, p. p. 226, 228, 235.

III

Dez anos mais tarde, no ano 6 de nossa era, ao ano 9 ou 10 do verdadeiro nascimento de Jesus, quando a Judéia reunida, após a deposição do rei Arquelau, a província romana da Síria, o procônsul Publius Sulpicius Quirinius fez publicar um edito, ordenando um recenseamento geral em vista da aplicação do imposto — o que era, aos olhos dos judeus uma "abominação diante do Senhor" — segunda revolta veio a furo.[4] Teve ainda como chefe Judas o Galileu ou algum impostor que tomara seu nome, não sabemos bem. Em todo caso, esse chefe, meio bandido, meio messias também pilhava, queimava, matava e pregava o Reino de Deus, repetindo: "Deus é o único Senhor!" retomando a santa proclamação dos Macabeus e reproduzindo a santa prece de Israel:

"Reina só sobre nós, Senhor!"

"Se formos vencedores, dizia, o reino de Deus virá conosco; se perecermos, o Senhor, depois de nos haver ressuscitado de entre os mortos, como seus primogênitos bem amados, para os dias do Messias, nos dará uma imperecível coroa de glória".

Essa segunda rebeldia foi por sua vez reprimida pelas legiões romanas do procônsul Coponis. Viu-se de novo Séforis em chamas e os rebeldes crucificados. E, se avistaram do cume da colina de Nazaré as cruzes recortadas em negro no fundo vermelho do incêndio, o menino Jesus, que, então, devia ter uns onze anos, pôde vê-las com seus próprios olhos.[5]

IV

"Maldito de Deus o que pende do madeiro" (Deuter., 21, 23.). Jesus não tinha talvez compreendido a significação disso, quando, com outros meninos, lia esse versículo no rolo da Lei, na escola de Nazaré. Foi, então, somente que, vendo as cruzes, compreendeu: "Aquele que está pendurado da cruz, que foi crucificado é maldito". E seu coração incerto estremeceu fracamente com um frêmito fatídico.

"Os longos cravos da cruz",
Masmera min hazelub,

---

4. Liv., EPIST., 55.
5. *José, ANT., XVII, I, I; XX, 5, 2. O rabino Gamaliel declara no Sinédrio aos juízes dos Apóstolos: "Judas o Galileu se rebelou na época do censo e arrastou muita gente (aqui corrige o erro cronológico de seu Evangelho, em que o recenseamento de Quirino é citado no nascimento de Jesus) mas pereceu também e todos os que o haviam seguido foram dispersados. Agora, eu vos digo: Não persigais essa gente. Deixai-os ir! Com efeito, se essa empresa ou essa obra vem dos homens, ela se destruirá por si própria; mas, se vem de Deus, não conseguireis acabar com essa gente. Arriscai-vos, pois, a fazer guerra a Deus" (At., 5, 34-39). — G Volkmar, JESUS NAZARENUS, p. 43. — P. Rohrbach, IM LANDE IAHWES UN JESU, p. p. 162-165. Klausner, 1., C., p. 228.*

essas três palavras que deviam ser muitas vezes repetidas naquele tempo, sobretudo pelos carpinteiros galileus, Jesus as poderia ter ouvido. O bater do martelo na carpintaria, quando José, enterrava os longos cravos negros nas tábuas novas brancas como um corpo humano, lembravam-lhe talvez o som transpassante dessas três palavras:

> Masmera min hazelub.

Quantas vezes, em seguida, ao decurso de sua vida pública, fala de sua cruz: "É preciso que o Filho do Homem seja levado à morte". Para ele, o Messias, o Rei de Israel "levado à morte", quer dizer, de acordo com as leis romanas, "crucificado". Quantas vezes também fala da cruz dos outros: "Aquele que não carrega sua cruz não é digno de mim". Teria podido falar assim, se, outrora, em Nazaré, não houvesse visto com os próprios olhos a Cruz e não tivesse conservado essa lembrança no fundo do coração?

V

Duas vezes Israel revolta-se por sua alma, pelo reino de Deus: no ano 4 antes de Jesus Cristo, depois no ano 6 após Jesus Cristo. Toda a infância de Jesus decorre entre essas duas rebeliões.

Abatida, mas não morta pela força exterior de Roma, a alma de Israel, preparando-se para a derradeira explosão, no ano 70, concentra-se em si mesma. É com essa concentração que coincidem os vinte anos em que a vida de Jesus também é concentrada, escondida, e que vão da primeira adolescência à virilidade.

Jesus tomou a Cruz. Judas o Galileu tomou a espada. Que há de comum entre eles?

> "Todos os que empunharem a espada perecerão pela espada (Mt., 26, 52.)".

Seja qual tenha sido a morte de que pereceu Judas pela espada ou na cruz, ele vira a floresta das cruzes, os dois mil "pendurados no madeiro", crucificados pelo reino de Deus, e marchava ele próprio para a cruz, lembrando-se ou tendo esquecido que "aquele que pende do madeiro é maldito de Deus".

Dois Galileus, dois Crucificados, dois Messias Cristo: que achado para os blasfemos inocentes ou perversos como Celso, Juliano, Renan e muitos outros!

A cruz ou a espada? Talvez o próprio Jesus não tivesse escolhido tão facilmente como nos parece. Talvez das três tentações: pelo pão, pelo milagre e pelo poder — a espada, esta fosse para ele a mais terrível.

> "Que aquele que não tem uma espada venda seu manto e compre uma",

disse o Senhor durante a Ceia, logo que Satã entrou em Judas e logo depois de haver dirigido a Pedro estas palavras misteriosas:

"Simão, Simão, eis que Satã pediu para vos passar pela peneira como o trigo".

"Senhor, eis duas espadas". Ele lhes respondeu: "É bastante". — "Senhor, feriremos com a espada?" perguntaram os discípulos no Gethsemani, e antes que tivesse tempo de replicar, um deles feriu. Então, Jesus disse:

"Pára, É bastante! (Lc., 22, 30-51.)".

Repetindo as mesmas palavras ditas antes a propósito das espadas.

Ou no Evangelho tudo é fortuito ou vemos passar aqui o fio rubro que liga a Espada e a Cruz. O reflexo vermelho do incêndio nos olhos do Menino Jesus, o fogo vivo da tentação nas pupilas de Satã, o rebrilho das tochas sobre a lâmina de Pedro no Gethsemani — eis o laço que somente foi rompido por Jesus sobre a cruz — por ele e por mais ninguém. A Cruz e não a Espada vencerá no fim dos tempos, mas até lá o fio vermelho se alonga sempre.

Eis talvez o tormento mais desconhecido do Desconhecido, porém, se seu coração humano não estava marcado pela queimadura que também queima nosso coração: a Cruz ou a Espada? —. talvez mais o amassemos a Ele, nosso Irmão.

VI

"Ele será grande e será chamado o Filho do Altíssimo e o Senhor Deus lhe dará o trono de David, seu pai (Lc., I, 32.)".

Não ouviu o Menino Jesus essas palavras da Anunciação, quando sua mãe o embalava, não as sugou com o leite materno?

Duas revoluções messiânicas — duas tempestades — passaram. O terceiro temporal se prepara. Sempre mais baixa, cada vez mais negra, a nuvem paira sobre Israel. Na Galiléia, pátria de Judas-Messias, toda a gente espera o raio, mais do que em qualquer outra parte de Israel. Em Nazaré, na casinhola do carpinteiro José, mais do que em qualquer outra parte na Galiléia. O mistério da Anunciação — Ao Filho do Altíssimo o trono de David" — , o ferro imantado que atrai o raio.

Quantos mancebos de Israel, naqueles dias, não se perguntou: "Serei eu o Messias?" Mais um só pôde responder: "Eu o sou".

VII

Jesus tinha dezenove anos, quando José morreu relata um apócrifo, em que talvez se tenha conservado um ponto histórico da tradição. Com efeito, é difícil conceber quem tivesse interesse em inventar uma idade tão precisa. Além disso, José não tinha ainda morrido, quando, aos doze anos, Jesus discutia no Templo com os Doutores, isto é, antes dos anos 8 a 9 da nossa era; mas, a julgar pelos poucos vestígios que sua lembrança deixou na tradição evangélica, morreu muito tempo antes do ministério do Senhor, o qual começou pelo ano 30, de modo que essas duas datas confirmam a autenticidade da morte de José no décimo nono ano da vida de Jesus.[6]

José passa por esta vida como uma sombra silenciosa. O "Anjo do Bom Silêncio" morre sem ter dito uma palavra no Evangelho. Entretanto, a esta palavra, tão pouco terrena, tão glacial, do Filho à sua mãe: "Não sabeis que preciso estar na casa de meu Pai", poderia ter replicado com esta outra, terrena e ardente: "Venera teu pai e tua mãe". Ora, calou-se como sempre, não talvez porque ame Jesus menos do que sua mãe, mas porque se lembra mais do que ela esqueceu naquele terrível minuto — o mistério da Anunciação.

José viveu em silêncio e morreu em silêncio, mas cumpriu tudo o que devia cumprir: conservou ao mundo um tesouro que o mundo não merece. O Taciturno conservou o Verbo. Silencioso, ele próprio, elevou em torno do Filho uma indestrutível muralha de silêncio. Protegeu com seu silêncio o mistério da conceição virginal, cobrindo a mais delicada das sementes com um invólucro de diamante.

Talvez somente depois da morte de José, seu protetor, Jesus compreendeu que "os próximos do homem são seus inimigos" e, se chorou seu amigo Lázaro, com maior razão deve ter chorado seu pai de criação e seu amigo José.

VIII

Eis um dos dois acontecimentos que conhecemos na vida oculta de Jesus. O outro, quase contemporâneo e de data mais precisa mesmo que a do nascimento do Senhor, é a morte de Augusto, no ano 14 de nossa era, décimo oitavo ou décimo nono da vida de Jesus. Talvez seja a linha traçada entre esses dois acontecimentos que divida como um meridiano misterioso toda a vida humana do Senhor.

IX

"Naquele tempo, publicou-se um edito de César Augusto", diz Lucas, ligando, assim, o nascimento de Jesus ao século de Augusto. Quarenta anos antes de Jesus, Virgílio, numa profecia messiânica, sem o saber, tinha feito o mesmo:

> *Jam redit virgo, redeunt saturnia regna,*
> *Jam nova progentes coelo demittitur alto.*[7]
> "Gloria a Deus nas alturas,
> Paz na terra..."

---

6. Histor. Joseph., XII. — Th. Keim, GESCHICHTE JESU, I p. 465.
7. Virgil., IV ECLOG., V, V, 6-7.

cantam os anjos nos céus, no século de ouro da paz — o século de Augusto. "A imensa grandeza da paz romana, *immensa romanae pacis majestas*"[8]: São já os odres novos para o novo vinho do Senhor ou são ainda odres velhos? Qualquer que seja nossa resposta a esta pergunta, o fato de Jesus ter nascido à sombra da "paz romana" é mais do que um mero acaso.

> "Ninguém acende uma candeia para escondê-la sob a lareira, mas para pô-la no candelabro, afim de que os que entrem vejam a luz (Lc., II, 33.)".

Não havia então, na humanidade senão um único candelabro digno da luz do Senhor — Roma. Pedro só podia fundar a Igreja Universal em Roma, porque Roma era "o mundo", "o universo". Somente da "paz romana", *pax romana*, podia ser pregada a "paz divina, *pax Dei*"..

É assim segundo o nosso entendimento terrestre, mas talvez não seja, segundo o entendimento eterno:

> "Deixo-vos a paz; dou-vos a paz; Eu não vo-la dou como o mundo vo-la dá (Jo., 14, 27.)".

É o mesmo que dizer que o Senhor dá a paz de modo diverso do que a dá Roma: é preciso escolher entre ambas.

"Eu venci o mundo" (Jo., 16, 3.). Augusto também poderia ter dito isto, mas em que sentido diferente! Aí ainda, é preciso escolher.

X

Se, como é provável, o mestre de obras Jesus ia procurar trabalho com seu pai de criação José,[9] pode ter trabalhado na edificação do templo de Augusto, que, então, o rei Herodes-Filipe construía num alto rochedo, ao pé do monte Hermon, acima de uma gruta subterrânea consagrada ao deus Pã. Ali brotavam as fontes límpidas do Jordão, no meio de espessos bosques daquela Cesáreia de Filipe,[10] onde, uns vinte anos mais tarde, Pedro dirá ao Senhor: "Tu és o Messias, *antach Meschiha*" (Mc., 8, 29.), e onde ouvirá Jesus dizer pela primeira vez: "É preciso que o Filho do Homem seja levado à morte" — crucificado (Lc., 9, 22.).

---

8. Plin., HIST. NATUR., XXVII, I.
9. *"Eu vou construir as casas", diz José no Proto-evangelho de Jaques, IX, 3.*
10. E. Klosterman, DAS MAT. TAUSENVAGELIUM, p. 139. — P. Roherbach, 1., C., p. p. 217, 268. — L. Schneller, EVANGELIENFAHRTEN, p. 201. — O. Holtzmann, LEBEN JESU, p. 248. — E. Renan, VIE DE JESUS, p. 152.

Nesses mesmos lugares, uns doze anos antes, Jesus, que provavelmente falava grego,[11] poderia ler sobre uma lápide de mármore branco a inscrição dedicatória ao "divino Augusto", *Divus Augustus*:

> "Deus nos enviou (Augusto) o Salvador... O mar e a terra se alegram com a paz... Jamais haverá alguém maior do que ele... Hoje o Evangelho — evangélion — anunciando o nascimento do Deus (Augusto) se realizou".[12]

Paz — Salvador — Evangelho.

Quaisquer que, então, tenham sido os pensamentos de Jesus, essas três palavras, que aparecem arrancadas a seu próprio coração, deveriam, mais do que o cinzel na pedra, penetrar em sua alma.

Talvez que pense nelas durante sua quarentena no monte da Tentação, quando Satã mostrar "num ápice, todos os reinos do mundo e sua glória".

> "Eu te darei todas essas coisas, se te prosternares diante de mim e me adorares (Lc., 4, 5-7; Mt., 15, 3-5.)".

Durante vinte anos, da aurora ao meio-dia de sua vida, Jesus unicamente se preparou a fazer "nesse ápice" a escolha definitiva: a Espada ou a Cruz?

XI

Lucas liga o nascimento de Cristo ao reinado de Augusto; Lucas e Mateus ligam-no a Herodes. Para apanhar toda a exatidão histórica dessas duas referências, basta lembrar que, toda a sua vida Jesus foi súdito de Antipas, filho de Herodes, a "raposa", como o chama (Lc., 13, 32.), e que morreu, condenado pelas leis romanas, por se ter revoltado contra o César romano.

Para Jesus, o século de Augusto é o século de Herodes, — não o século de ouro, mas o de ferro, com o qual são feitos os "longos cravos da Cruz, *masmera min hazalub*".

XII

Rebento de humilde família da Iduméia, elevado pela casa de Asmoneu, da qual foi o assassino, tendo feito morrer seus três filhos e sua mulher sob o pretexto de que

---

11. G. Falman (*JESUS-JESCHUA*, p. 34, que conhece melhor do que ninguém as palavras de Jesus em sua língua natal, o aramaico, não duvida. Como todos os funcionários romanos das províncias, Pilatos devia falar a Jesus em língua grega comum, "Koin," e este parece que a compreendia sem auxílio de intérprete. — Mc., 15, I-6. — A. Neumann, JESUS, p. 57.

12. *No tempo de Augusto, em César, a de Filipe, podia haver inscrições semelhantes as duas inscrições de Priena e Halicarnasso, datando do ano 9 antes de J. C.* — R. Furrer, DAS LEBEN JESU, p. 43. — M. J. Lagranfe, EVANG. SELON SAINT MARC, p. 2.

neles ressuscitava o espírito asmoneu, Herodes começou por incendiar e ensangüentar o reino de Judas, que lhe fora atribuído por um edito do senado romano e acabou restaurando quase inteiramente o reino de David, o que lhe valeu ser saudado pelos Herodianos como o Messias, filho de David.

Judas o Galileu é um pequeno meio-messias, meio-bandido; Herodes é um grande. Compreendeu e acolheu de coração o "Evangelho" de Augusto. Com igual magnificência, construiu os dois templos: em Jerusalém, ao Deus celeste Jeová; em Cesáreia marítima, ao deus terrestre, Augusto. Dois templos e dois messias: Herodes no Oriente e Augusto no Ocidente.

"Herodes quer fazer morrer o Menino Jesus" pretendem os mistérios evangélicos. O celerado não cometeu esse crime; entretanto, não foi em vão que, no próprio momento do nascimento do Cristo, ele se tornou o contrário da imagem do Menino de Belém, — o Anticristo.[14]

> "Guardai-vos cuidadosamente do fermento de Herodes (Mc. 8, 15.)".

Isto dirá o Senhor, depois da multiplicação dos pães, quando quererão fazer dele o rei-Messias, um outro Herodes; e dirá também de todos os Messias semelhantes:

> "Todos os que vieram antes de mim são ladrões e bandidos (Jo., 10, 8.)".

Não havia, então, outro título aceitável por todos para exprimir a esperança de Israel no reino de Deus, senão este: "Malka Meschiah, o rei Messias". E, decerto, tomando-o, Jesus sabia o que fazia; o rosto do Senhor sob a máscara de Herodes, o cordeiro na pele do lobo, eis o que é o Cristo no Messias, rei de Israel. Contra isso ele lutou toda a sua vida. Sob esse peso é que sucumbiu, de Nazaré ao Gólgota, como sob o fardo da Cruz.

XIII

De todos os que o precederam na humanidade qual o mais próximo a ele? Poderemos responder a essa pergunta como se tivéssemos ouvido a resposta de sua própria boca: é o profeta Isaías.

Cinco séculos antes de Jesus Cristo, esse profeta anônimo, o maior, talvez não só em Israel, mas na humanidade toda, que nós chamamos o Segundo Isaías, parece ter visto com os próprios olhos Jesus Crucificado:

---

13. *Herodiani. Christum (Messiam) Herodem esse dixerunt.* — Tertull. PRAESCRIPT., XLV. Epiph., HAERES., I, 2. — Hieron., IN MATTH., XXII, 15. — J. Klausner, 1., C., p. 248.
14. Joseph, ANT., XIV; BELLJUD., I — J. Welhausen, JÜDISCHE GESCHICHTE, p. p. 304-306. — Th. Keim, 1., C., p. p. 176-189.

> "O Espírito do Senhor paira sobre mim e por isso me ungiu para anunciar a boa nova aos pobres (Lc., 4, 18.)".

É por essa profecia de Isaías que o Senhor começa seu ministério e por esta outra que o acaba:

> "É preciso que se realize na minha pessoa tudo quanto foi escrito: "ele será posto ao rol dos malfeitores" (Lc., 22, 37.)".

Toda a vida pública de Jesus está entre essas duas profecias, e sem dúvida, sua vida oculta foi animada pelo mesmo espírito.

> "O castigo de nosso mundo caiu sobre ele,
> e pelas suas chagas nós fomos curados...
> Ele foi maltratado e sofreu voluntariamente
> e intercedeu pelos pecadores (Is., 53.)".

Parece que Jesus disse isto mesmo, falando pela boca do profeta. Julga-se ouvir sua voz viva nessas palavras; ver seu rosto vivo através delas como através dum véu escuro e transparente. Poderia ele não se reconhecer a si próprio?

XIV

APÓCRIFO

Uns dez anos antes de seu ministério, Jesus, sentado no meio de seus fiéis em um banco da sinagoga de Nazaré e olhando pela porta aberta atrás do estrado de pedra da tábua o dourado mar das searas de Jezrael, onde serpenteava como uma fita cinzenta o caminho de Jerusalém, ouvia o leitor anunciar a profecia de Isaías.

> *"Ebed Iahvé, o servo do Senhor...*
> *O castigo de nosso mundo caiu sobre ele...*
> *Como o cordeiro que se leva ao açougue,*
> *como a ovelha muda ante os que a tosam,*
> *não abre a boca...*
> *entregou-se ele próprio à morte*
> *e intercedeu pelos pecadores"*

Lentamente, Jesus cerrou as pálpebras, tão pesadas que pensou nunca mais poder levantá-las. Viu uma linha negra no céu claro, o bordo superior do monte Cinor, dominando o precipício, e sobre uma pedra esta inscrição meio apagada:

"O Pai sacrificou seu Filho".

Todavia, o leitor continuava:

"*O Senhor resolveu feri-lo e o entregou ao suplício...
O Justo, meu servidor, justificará grande número de homens.
e ele próprio carregará suas iniqüidades*".

Seu coração bate e o sangue lhe martela as têmporas:

"*Masmera min hazalub,
os longos cravos da Cruz*".

As pontas de duas pirâmides — uma, descendo do céu, a outra, elevando-se da terra — se encontraram no coração de Jesus. O apelo do Pai: "Tu és meu Filho bem amado", tal é a ponta da pirâmide celeste; o apelo do mundo: "ele carregou os pecados de grande número de homens", eis a ponta da pirâmide terrestre. Seu coração foi traspassado pelas duas pontas; ele ouviu os dois apelos e respondeu: "Eis-me aqui".

XV

"O Filho do Homem veio... para dar sua vida pelo resgate de muitos (Mt., 20, 28.)".

dirá o Senhor, indo a Jerusalém pela suprema Ladeira do Sangue.

Alguns homens têm dado a vida pelo resgate de muitos, mas ninguém ainda a deu como ele.

"Eis o cordeiro de Deus que resgata os pecados do mundo (Jo., 1, 29)".

Todo o pecado — todo o peso do mal universal.

"Cristo nos resgatou da maldição da lei, GKA-ÁRAS, tendo-se feito *maldição* por nós, pois está escrito: "maldito o que pende do madeiro" (Gal., 3, 13.)".

Antes de se manifestar ao mundo, sabia o que isso seria; sabia que sofreria "a morte por todos, fora de Deus, longe de Deus, KÓRIS THEON",[15] no abandono, na "maldição".

"Meu Deus, meu Deus, por que me abandonaste? (Mc., 15, 34)".

---

15. Heb., 2, 9 . — *Nossa versão canônica: "É assim que, pela graça de Deus KARITI THEOI, ele sofreu a morte por todos" foi ab-rogada pelos textos irrecusáveis de mais antigos manuscritos:* KORIS THEOI, fora de Deus, longe de Deus... — Fr. Barth., DIE HAUPTPROBLEME DES LEBENS JESU, p. 5.

Este supremo grito sobre a Cruz, ele o pressentira desde o começo de sua vida; ele sabia que devia sofrer e morrer como nunca ninguém havia sofrido nem morrido.

"Vós que passais dizei se há dor que iguale a minha dor!"

Na Idade-Média, inscrevia-se essa lamentação ao pé dos cruzeiros, nas encruzilhadas, até a consumação dos séculos ela continuará inscrita em todos os caminhos da terra.[16]

A hora suprema da morte, a taça dos sofrimentos físicos rapidamente se enche e é a mesma para todos; mas a dos sofrimentos morais não é igual para todos e não se enche nunca. Somente para Jesus ela transbordará. Só ele, o Filho Único, amando infinitamente seu Pai, sofrerá inifinitamente, quando seu Pai o abandonar. O ponto extremo do abandono — a rejeição de Deus — o nadir do sofrimento ignorado de todos, mais negro do que as trevas, mais glacial do que o gelo, só ele o atravessou para que se cumprisse para sempre o sacrifício de Um por todos (Heb., 10, 12)); para que, de então por diante, todo homem que sofra, que se veja rejeitado de Deus, saiba, passando pelo mesmo abandono, que não está sozinho, pois tem a seu lado Aquele que sofreu, que foi rejeitado, que foi maldito por todos e por ele: que, por todos e por ele, sofre e é eternamente maldito, a fim de que cada um Dele possa dizer:

"Ele me amou e se entregou a si mesmo por mim (Gal., 2, 20)".

E ouvi-lo responder:

"Eu pensava em ti na minha agonia e derramei minhas gotas de sangue por ti".[17]

XVI

"Maldito o que pende do madeiro". — "O Filho maldito pelo Pai?" assim nos tenta o diabo. Então, é que é preciso não esquecer que "ninguém conhece o Pai, senão o Filho". Não ousamos falar disso, nem mesmo pensar nisso, e se acontece que pensamos, quase perdemos a razão e não sabemos mais se rezamos ou blasfemamos. Reza ou blasfema o rabino Hilkia, no Talmud?

"São loucos e mentirosos os que dizem de Deus que teve um Filho e o deixou matar. Como Deus, que não pôde suportar a imolação de Isaque, poderia deixar matar seu próprio Filho, sem destruir o mundo inteiro, reduzindo-o aos céus?".[18]

---

16. H. Monnier, LA MISSION HISTORIQUE DE JESUS, p. 321.
17. Pascal, PENSÉES, 552.
18. AGAD. BER., 69. — G. Dalman, JESUS-JESCHUA, p. 157.

O Todo Poderoso não poderia criar um mundo tal que o Todo Bom lhe tivesse de sacrificar seu Filho? A este simples pensamento, toda alma humana fica consumida pela demência: uma única alma aí cresce e se endurece como o diamante no fogo primordial:

"O pequeno menino (Jesus) crescia e se fortalecia; estava cheio de sabedoria (Lc., 2, 40.)".

Durante vinte anos se alimentou com esse alimento de fogo, como a criança com o leite materno.

XVII

"Ele foi maltratado e sofreu voluntariamente (Is., 53, 7.)".

Essa profecia de Isaías corresponde já à muda, à demente pergunta de nosso coração, e o próprio Jesus responde por sua vez:

"Dou minha vida, a fim de retomá-la. Ninguém me tira, mas eu a dou por mim próprio; tenho o poder de dá-la e o poder de retomá-la; recebi essa ordem de meu Pai (Jo., 10, 17-18)".

Mas, se tivéssemos compreendido o que significa:

"Agora minha alma está perturbada e que direi?...
Pai, livra-me dessa hora? Mas, se foi para isso mesmo
que vim até essa hora! (Jo., 12, 27.)".

Se tivéssemos visto, nessa confissão tão humana, o sangue correndo de súbito de uma ferida reaberta, talvez nos lembrássemos que Jesus não é somente verdadeiramente Deus, mas também verdadeiramente Homem, e não adormeceríamos dois mil anos na "tristeza", no hábito, como os discípulos no Gethsemani, durante a agonia.

"Abba, Pai! todas as coisas te são possíveis, afasta de mim esse cálice! (Mc., 14, 30.)".

O Pai pode afastar o cálice de seu filho e não o quer? É isso que revolta o Filho e o espanta, e não o sofrimento e a morte. Eis o "paradoxal", o "espantoso", o "pavoroso" de toda a sua vida e de toda a sua morte.

Foi somente em Gethsemani que começou essa luta, *agonia*? Não, ela durou toda a sua vida, de Nazaré ao Gethsemani. Eis sobre o que geme o queixume que até a consumação dos séculos se não calará é a lamentação inscrita aos pés da Cruz: "Vós que passais dizei se há dor igual à minha dor!"

XVIII

> "Se queres, Senhor, que o mundo exista, então a justiça (a Lei) não existirá; se queres que a justiça (a Lei) exista, então o mundo não existirá. Escolhe um ou a outra"

disse Abraão, intercedendo por Sodoma — pelo mundo inteiro mergulhado no mal, por todos os homens e não só pelos eleitos.[19] E Moisés ora assim:

> "Perdoa-lhes seu pecado, senão apaga-me de teu livro! (Ex., 32,32.)".

E o Irmão do homem pede por seus irmãos: se lhes perdoas, perdoa-me ao mesmo tempo; se os castigas, castiga-me também.

No seu coração, se chocaram, combatendo-se, as duas maiores forças que jamais se embateram num coração humano: o amor de Deus e o amor do Mundo. "Escolhe um ou o outro". Antes de fazê-lo aqui em baixo, no tempo, ele já havia escolhido lá em cima, na eternidade.

De quem vem a primeira vontade do sacrifício, do Pai ou do Filho? Os Ofitas-Nasseus rezam ou blasfemam, quando respondem a essa pergunta?

> "E Jesus disse: Abba, Pai!
> Vê como a alma sofre
> longe de ti, na terra;
> ela quer fugir da morte
> e busca a vida sem a achar.
> Pai, envia-me, pois.
> Eu atravessarei todos os céus,
> Eu descerei à terra para os homens,
> Eu lhes revelarei todos os mistérios
> e o caminho secreto para ti".[20]

XIX

"A alma foi encerrada num corpo-prisão por uma grande falta", diz Clemente de Alexandria, relatando a doutrina dos gnósticos.[21] "Todos nós vivemos em castigo por alguma coisa", diz igualmente Aristóteles, lembrando, segundo parece, a mesma doutrina.[22] "O maior pecado do homem é ter nascido" (Calderon), — que o filho tenha deixado o pai. Só houve um Homem isento desse pecado: esse Filho não deixou o Pai — foi enviado ao mundo pelo Pai. Ora, eis que nele também a "alma está perturbada": "Abba, Pai, livra-me dessa hora!" Não houve já na sua vida, antes de Gethsemani, semelhantes minutos de fraqueza humana, em que foi tomado de angústia e pavor: "Abba, Pai! Quem é pois, que deixa o outro? Sou eu ou és tu?".

---

19. BER. R., 39 (78 b.). — G. Dalman, 1., C., p. 158.
20. Hippol., PHILOS., V, I, 10.
21. Clem. Alex., STROM., III, 3, 17.
22. C. Aurich, DAS ANTIKE MYSTERIENWESEN, 1893, p. 17.

Esse tormento que o tortura não o compreenderemos jamais, porque não o queremos conhecer e estamos amedrontados pelo que seu rosto tem demasiado humano na vida e na morte. Entretanto, se nós não soubermos isso, jamais o amaremos como o devemos amar, jamais compreenderemos porque os homens que o conheceram e amaram, como São Paulo ou São Francisco de Assis, traziam nas mãos e nos pés os estigmas da Cruz; jamais compreenderemos o lamento que não cessa de soar pelos caminhos da terra: "Vós que passais dizei se há dor igual à minha dor!"

XX

O Pai sabia aonde ia o Filho? Deus é "onisciente". Isto não significa que Deus pode, mas não quer tudo saber, afim de não entravar a liberdade humana, essa liberdade que é a única medida do amor divino?

Bem parece que a misteriosa parábola dos meus vinhateiros faz alusão à recusa do Pai em saber o que farão os homens, quando o Filho vier a eles.

"Que farei?" indaga o dono da vinha, depois que todos os que mandou aos vinhateiros regressaram batidos e escorraçados.

"Que farei? Enviarei meu filho bem amado, *talvez* o respeitem (Lc., 20, 9-16)".

Toda a agonia, toda a luta mortal do Homem Jesus cabe nesse *talvez*, que o torna o mais Irmão dos homens, seus irmãos. Eis o que significa: "Aquele que não carrega sua cruz não é meu irmão". E, com que nova luz, maravilhosa e terrível esse talvez ilumina o semblante mais desconhecido do Desconhecido!

XXI

Se seu tormento sobre-humano é inconcebível para o nosso coração terrestre, sua beatitude sobre-humana, sua calma, vitória suprema sobre todas as tempestades da terra, ainda é mais.

"Por que me abandonaste?"

A esse grito do Filho na Cruz, o Pai já respondera na profecia de Isaías (54,7.):

"Eu te abandonei por um instante, mas, nas minhas grandes compaixões, eu te acolherei".

O Irmão do homem teria podido dizer aos homens, seus irmãos, durante a longa, muito longa noite do mundo, que vai da primeira à segunda Vinda, o que disse aos discípulos na noite de sua morte:

"Ides todos ficar escandalizados por minha causa... deixar-me-eis só; mas eu não ficarei só, porque o Pai está comigo (Mc., 14, 27; Jo., 16, 32.)".

"Eis meu filho, o que trago pela mão",

diz o Senhor na mesma profecia de Isaías (42, I). Sempre o Filho sente sua mão na mão do Pai.

"Mesmo quando caminharei pelo vale da sombra da morte, não temerei mal algum! Porque tu estás comigo: o teu bastão e o teu cajado me tranqüilizam (Ps., 22, 4.)".

Essa serenidade, esse silêncio são o divino no humano.

"Meu filho, em todos os profetas, eras tu que eu esperava viesse para repousar em ti. Porque tu és meu repouso. *Tu es enim requies mea*".

É o que diz, no Evangelho dos Hebreus, a Mãe-Espírito, descendo sobre o Filho no momento do batismo.[23]

XXII

Nas grandes altitudes, o viajante vê a seus pés nuvens e tempestades, e sobre sua cabeça um céu eternamente sereno; assim, na vida de Jesus, depois de todos os sofrimentos terrenos e não terrenos, chega um momento em que ele vê acima de si a vontade do Pai. Basta-lhe erguer os olhos para o céu e dizer: "Abba, Pai!" para que todas as vozes terrestres se calem nele e, de novo, escute, a voz do Pai: "Tu és meu Filho bem amado".

XXIII

Trinta anos de calma, silêncio e espera; uma flecha imóvel na corda do arco preparado. O atirador visa, o arco se distende cada vez mais — a corda vai partir-se.

"Eu vim lançar o fogo sobre a terra, e como desejaria que já estivesse aceso? É um batismo com que devo ser batizado e como anseio para que se realize (Lc., 12, 49-50".

Se na vida pública, quando a flecha já foi despedida, está tão angustiado, como não estaria na sua vida secreta, quando a flecha continuava imóvel! Para medir na sua alma o suplício dessa espera, devemos, como todos os seus outros sofrimentos, multiplicá-la pelo infinito.

---

23. Hieron., COMMENTAR. IN ISAI, XI, 2. — A. Resch, AGRAPHA, p. 234. — E. Besson, LES LOGIA AGRAPHA, p. 38, nota 2.

Em seus últimos anos, em seus últimos meses, em seus últimos dias, cada um de seus suspiros é uma prece: "Abba, Pai! que minha hora chegue!"

XXIV

"O povo estava à espera", diz Lucas, falando desses dias. Talvez não fosse unicamente um povo, porém toda a humanidade. Mais baixa, cada vez mais baixa, estende-se a tempestade. Tudo se cala numa atonia sem um sopro. O mundo está mergulhado numa espera, numa angústia que nunca sentiu. Um instante ainda, parece, e o coração do mundo, como a corda de um arco muito distendido, vai partir-se.

É nesse supremo instante que o Atirador lançou a flecha do arco. Um relâmpago iluminou a alma de Jesus e ninguém o viu. Mas o trovão, "a voz clamando no deserto", foi ouvido por todos:

> "O Reino dos Céus está próximo! Preparai os caminhos do Senhor. Aplanai-lhe a estrada (Mt., 3, 2.)".

João apareceu no deserto, pregando e dizendo:

> "Ele vem depois de mim, aquele que é mais poderoso do que eu... Eu vos batizei com água, mas ele vos batizará no Espírito Santo, com fogo (Mc., I, 4, 7-8; Lc., 3, 16)".

Jesus ouviu a voz de João e disse:

> "Minha hora chegou".

V

JOÃO BATISTA

I

> "Começo do Evangelho de Jesus Cristo, Filho de Deus...
> ... João apareceu no deserto, batizando e pregando o batismo da penitência, para a remissão dos pecados...
> ... Ora, aconteceu naqueles dias que Jesus veio de Nazaré, cidade da Galiléia e foi batizado por João, no Jordão (Mc., 1, I; 4, 9.)".

É assim que a Boa Nova, o Evangelho — não o livro que conta a vida de Jesus, mas essa vida mesmo — começa para Marcos, discípulo de Pedro e para Pedro, seu mestre: "depois do batismo... nós fomos testemunhas de tudo o que ele fez" (At., 10, 37, 39.).

Nesse ponto, como em muitos outros, Marcos e João, a primeira testemunha e a última, estão de acordo. Logo depois do Prólogo, em que se fala da vida celeste do Cristo, trata-se de sua vida terrestre:

> "Houve um homem enviado de Deus, cujo nome era João. Ele veio... para dar testemunho da luz.... João deu ainda este testemunho: Eu vi o Espírito descer do céu como uma pomba e pairar sobre Ele (sobre Jesus) (Jo., 1, 6-7; 32.)".

Embora aqui se não fale do batismo, talvez porque seja um mistério muito santo e muito terrível (como "indizível", o *arreton* dos mistérios antigos), é fora de dúvida que, no quarto Evangelho, como no primeiro, o batismo é o ponto de partida de tudo.

Os dois primeiros capítulos de Lucas e Mateus consagrados à Natividade do Cristo podem depender do mito ou dos mistérios; em todo o caso ainda não são histórias; não são as montanhas, mas a mistura das nuvens e das montanhas; a história, no sentido próprio da palavra, começa em Lucas e Mateus, do mesmo modo que em Marcos e João, pelo batismo. Nisto, os quatro Evangelistas estão de acordo. Jesus começou pelo batismo e acabou pela cruz. Para eles, um é tão certo quanto a outro. Se sua vida oculta é terrestre, antes do batismo, e celeste, depois da cruz, toda a sua vida pública cabe entre esses dois limites terrestres: o Batismo e a Cruz.

Se ignoramos o que seja o começo — o Batismo, não sabemos melhor o que seja o fim — a Cruz, nem o meio — a vida pública de Jesus, a Boa Nova, o Evangelho.

II

O Cristo, Filho de Deus, se manifesta ao mundo em Jesus, Filho do Homem: esse é o sentido da Epifania, nome dado ao Batismo desde os primeiros séculos do cristianismo.

Se, na vida da humanidade, o cristianismo é o maior dos acontecimentos, o que seus piores inimigos implicitamente reconhecem, quando procuram destruí-lo para salvar essa mesma humanidade, então esse ponto infinitamente pequeno no espaço e no tempo, esse ponto quase invisível e como que geométrico: "Jesus se fez batizar" é o maior dos acontecimentos o zênite da história universal, a causa de tudo o que nela se passa, a origem e o fim de tudo o que nela se move, do começo à consumação dos séculos. E, se o Cristo realmente é o que nele vê o cristianismo, o batismo é o equinócio da vida, não só da humanidade, mas do universo — o porque foi criado, o porque será destruído, afim de que nasça um universo melhor — o Reino de Deus.

Foi isso o que aconteceu "no décimo quinto ano do reinado de Tiberio César", perto de Bethabara-Bethania, a "Casa do Passador",[1] no Jordão inferior, à uma hora e meia de Jericó, a duas horas do mar Morto, quando um carpinteiro ou um mestre de obra, de todos desconhecido e que "nada tinha que atraísse a atenção", desceu a margem argilosa e escorregadia para a água amarelada, espessa como azeite, que corre, sempre morna, mesmo no inverno, naquela grota aquecida, perto do Asfaltite.

III

APÓCRIFO

Parecia que nada se passara no mundo. Ninguém notou coisa alguma. Dois olhares — dois raios — se cruzaram, e foi tudo: o de Jesus e o de João. Um conheceu tudo, o outro, alguma coisa. Dois outros ainda conheceram alguma coisa: João de Zebedeu e Simão, filho de Jonas, pescadores galileus, ambos discípulos do Batista.

Talvez também tivesse tido conhecimento de alguma coisa aquele menino que, nos braços de sua mãe, avidamente olhava com os olhos muito abertos a Pomba deslumbrante descer de uma nuvem negra, o qual, depois de chorar de medo, começou a rir de alegria.

No mesmo instante, os Serafins, os Animais que estão diante do trono de Deus, pesaram com seu peso terrível sobre o eixo do mundo e as Constelações mudaram de lugar num silêncio ameaçador.

---

1. G. Dalman, ORTE UND WEGE JESU, p. 96. — Ed. Mayer, URSPRUNG UND ANFANGE DES CHRISTENTUMS, I, p. 83.

"E os céus se abriram, se fenderam".[2]

Houve alguma coisa parecida com uma tempestade, mas, se os homens tivessem podido saber o que realmente se passara, não teriam sobrevivido.

"E baixou dos céus uma voz (Mc., 1, 11)".

Houve alguma coisa parecida com um trovão[3] mas, se os homens tivessem ouvido o que realmente se passara, também não teriam sobrevivido.

E baixou dos céus uma voz.

"Tu és meu Filho e eu te gerei hoje".[4]

IV

Segundo os cálculos astronômicos de Kepler, a estrela de Belém resultou de uma conjunção extremamente rara, que deve ter acontecido sete anos antes do nascimento de Jesus Cristo, conjunção de dois planetas — o Saturno judaico e o Júpiter heleno — sinal núncio do Grande Rei, do "Messias". Tendo interpretado com exatidão o signo, os "Magos do Oriente" foram a Judéia ver se realmente o Messias ali havia nascido.

Kepler enganou-se em seus cálculos. Mas eis o que é espantoso: ignorava, como hoje estamos certos, que a verdadeira véspera do nascimento de Jesus Cristo não coincide com o primeiro ano de nossa era, mas é anterior de seis ou sete anos, porque Jesus veio ao mundo cinco ou seis anos antes da data comumente aceita como a do Natal. Assim, a dedução histórica que se pode tirar dos cálculos errôneos de Kepler sobre a conjunção do sétimo ano continua certa. E eis o que é ainda mais surpreendente: Kepler não podia também saber que, nesse mesmo ano, os astrônomos babilônios observaram um fenômeno celeste, na verdade extremamente raro: a precessão astro-

---

2. OKISOMENOIS, *diz, em Marcos (I, 10), Pedro, provável testemunha ocular.*
3. Jó., 12, 28-29: "... veio uma voz do céu... A multidão que estava ali e que ouvira a voz dizia que era o trovão". Assim dizia a multidão em Jerusalém e poderia dizer a mesma coisa em Bethabara. Em todo o caso, não é "rationalismus vulgaris", como poderiam crer os críticos muito conservadores, do mesmo modo que os críticos muito avançados.
4. UIOS NOI EI EGA OEMERON GEGENKA OE: É o que se lê em lugar de nosso texto canônico: "Tu és meu filho bem amado em que pus toda a minha benevolência", com toda a certeza em Lucas, 3, 22, de conformidade com o Codex D e as antigas traduções latinas; e é provável que se devia ler a mesma cousa em Marcos e Mateus.
  Essa leitura é atestada por quase todos os Santos Padres da Igreja, antes do século IV, época em que foi substituída pelo nosso texto canônico, porque a antiga versão parecia demasiado perigosa, do ponto de vista do dogma, "escandalosa" pela sua manifesta contradição com o dogma da conceição virginal. — A. Resch, AGRAPHA, p. p. 223, 344-347. — W. Bauer, DAS LEBEN JESU IM ZEITALTER DER NEUTEST. APOKR.. p. 131. — J. Weiss, DAS ALTESTE EVANGELIUM, p. 133.

nômica, a passagem do ponto equinocial de um signo do zodíaco ao outro — do signo do Cordeiro-Carneiro ao dos Peixes. O Cordeiro-Carneiro era para eles a constelação do deus Sol, de Tamuz-Merodak que sofre, o Redentor. O dos Peixes, Zibati, era o símbolo das "Grandes Águas", do Dilúvio.[5] Mais do que qualquer outro povo do Oriente antigo, os babilônios haviam guardado muito viva a lembrança da primeira humanidade — daquilo que o mito-mistério de Platão denomina Atlântida.

Vendo o sol entrar no ponto equinocial dos Peixes, os babilônios, eternamente presos do terror do segundo Dilúvio, disseram talvez desde o ano sete, na véspera do nascimento do Cristo, o que mais tarde dirão os cristãos: "Breve será o fim de tudo". E, se choraram de medo, como o menino que, nos braços da mãe, perto de Bethabara, a Casa do Passador, viu a Pomba branca descer da nuvem negra, não riram logo de alegria, como ele, porque conheciam — *viam* menos.

V

A palavra grega *baptisma* significa "imersão", "mergulho". Essa palavra, talvez inconscientemente profética, atesta o laço que existe entre as águas do batismo e as do dilúvio: o antigo homem, Adão, parece que se afoga, que perece no sepulcro das águas, o batistério, do qual emerge, nasce o novo homem da nova humanidade, o segundo Adão. Nesse sentido, o batismo, a imersão. É o mais antigo de todos os mistérios, o sacramento diluviano, atlântido.

> "É assim que hoje somos salvos pelo batismo (imersão), o qual lembra essa prefiguração (a arca de Noé)".

É o que diz o apóstolo Pedro (I, 3, 21), testemunha provável do que se passou quando se manifestou na história universal a mudança do ponto equinocial, do signo do Cordeiro-Carneiro para o dos Peixes, e que o segundo Adão, Jesus saiu das águas diluvianas, batismais.

VI

Nós, cristãos, fomos todos batizados, mas o esquecemos, lembrando-nos tanto de nosso batismo quanto de nosso nascimento. Os mortos não sentem, quando os põem no esquife; os mortos vivos não se recordam que foram mergulhados num batistério. Para nós, isso é como se não tivesse sido, porque fomos batizados com água e não em Espírito.

---

5. A. Jeremias, DIE AUSSERBIBLISCHE ERLOSEREWARTUNG, 1927, p. p. 75, 85, 393.

"Recebestes o Espírito Santo, quando crestes?" A essa pergunta de São Paulo poderíamos responder como os discípulos de João Batista de Éfeso: "Nunca ouvimos mesmo dizer que houvesse o Espírito Santo" (At., 19, 1-2.).

VII

Atualmente, os homens parecem morrer sobretudo de falta de memória e imaginação.

Na antiga lenda babilônia de Gilgamés, o deus Ea, pai e Tamuz o Redentor, anunciando o dilúvio a Noé-Atrachasis numa visão profética, silva através de sua cabana de caniços como o vento precursor do próprio dilúvio:

> "Cabana, cabana! Parede, parede!
> Escuta, cabana! Escuta, parede!
> Homem de Suripak, filho de Ubara-Tutu,
> Desmancha tua casa e constrói uma arca,
> Despreza a riqueza, procura a vida,
> Perde tudo e salva tua alma!"[6]

O vento do dilúvio sibila por todas as fendas de nossa cabana européia e nós não construímos a arca. Oh! se tivéssemos um pouco mais de imaginação e memória, talvez compreendêssemos toda a exatidão matemática da fórmula de nova precessão, de uma mudança do ponto equinocial no Zodíaco da história universal. A que signo passará deixando o dos Peixes, não o sabemos ainda, mas parece que será ao do Sagitário que traspassa o coração do mundo com uma seta de fogo — o Fim. Compreenderíamos tudo o que tem de exatamente matemática a fórmula dada pelo mesmo Pedro testemunha do batismo: *a Água primeiro, o Fogo depois*: "o primeiro mundo pereceu submergido pela água do dilúvio; mas os céus e as terras de agora estão reservados ao fogo, que os consumirá no dia de Juízo (II Pedro, 3, 6-7)".

VIII

Temos adivinhado direito o mistério do Ocidente: a Atlântida é a Europa? Temos adivinhado direito sobre o ameaçador negrume do céu, cada vez mais carregado, a palavra escrita em letras de Fogo: o Fim? Infelizmente, cada dia menos se pode duvidar que tenhamos lido bem; cada dia mais se precisa matematicamente a terrível fórmula do Fim: Água-Fogo. O primeiro Fim foi a explosão exterior, vulcânica, de água e fogo, a Atlântida; o segundo Fim é a explosão interior, humana, de sangue e fogo, a Guerra.

---

6. Gilgamés, XI, 21, 27. — D. Merejkowsky, LES MYSTERES DE L'ORIENT, 1927, p. 282.

Se assim é, o ato que parece mais remoto, mais esquecido, mais inútil — o Batismo é, na realidade, o mais próximo, o mais memorável, o mais conhecido e o mais útil para nós, homens do Fim.

O cristianismo dura há dois mil anos e mais para nós do que para quaisquer outros foram pronunciadas estas palavras em que se unem os dois fins das duas humanidades:

> "Ele está próximo, está à nossa porta... Esta geração não passará sem que todas essas coisas aconteçam... Porque o que se passou nos dias do dilúvio da mesma forma se passará à vinda do Filho do Homem... (Mt., 24, 33-37.)".

Essa "geração" será a humanidade de hoje ou a de amanhã? Que importa, se desde hoje vemos o Fim?

Talvez estas palavras também se dirijam mais a nós do que a quaisquer outros:

> "Quando essas coisas começarem a acontecer, endireitai-vos e levantai a cabeça, porque próxima está a vossa libertação (Lc., 21, 28.)".

O Fim será para nós a alegria da libertação ou o pavor da destruição? Isso depende de cada um de nós — da lembrança que guardarmos do que foi e de nosso pressentimento do que *será*.

IX

Cada um de nós está prestes a perecer mais ou menos estupidamente, e essa estupidez é bem o que há de mais terrível. Seu pequeno "fim do mundo" interior, sua pequena "Atlântida" interior — queda sem fim num vácuo sem fundo — cada um de nós a vive mais ou menos e nada tenta para se salvar, nem temos mesmo o medo que devíamos ter, tanto a ela estamos habituados. Que fazer, aliás, se não há salvação? Mas, se, individualmente e coletivamente, tivéssemos a prova matemática de que esta "geração" verá realmente o Fim e que a salvação é possível e que há um refúgio seguro, uma Arca já construída ou em construção — a Igreja — onde o batismo da entrada, oh! como nos precipitaríamos para ela, como, enfim, compreenderíamos o que significam estas palavras:

> "Em verdade vos digo que, entre os que nasceram de mulher, nunca houve nenhum maior do que João Batista (Mt., 11, 11.)".

X

Compreenderemos o que foi o batismo, sabendo quem foi o Batista. Eis o que dele diz Flavio Josefo:

> "Deus fez perecer o exército de Herodes (na guerra contra Aretas, em 35-36 depois de Jesus Cristo) para punir justamente Herodes... do crime cometido contra *João chamado o Batista*, porque ele fez morrer esse homem virtuoso que pregava ao povo... a imersão na água (o batismo), agradável a Deus, se era feita, não para a remissão dos pecados, mas para purificar o corpo já que a alma fora purificada por uma vida justa. Vendo, pois, o povo acorrer a João... Herodes começou a recear que as prédicas de João o impelissem à revolta, porque os homens pareciam prestes a tudo ouvindo suas palavras. Por isso, Herodes preferiu fazer João morrer antes que explodisse uma revolta... Assim, por mera suspeita, prendeu-o, encerrou-o na fortaleza de Makeros e mandou-o matar".[7]

Esse testemunho de Josefo, cuja autenticidade histórica ninguém põe em dúvida, já tem isto de precioso: ajusta-se, como a metade de um anel partido, a outra metade, ao testemunho do Evangelho sobre João Batista. Além disso, contra a própria vontade da testemunha, projeta nova luz, independente dos Evangelhos, profundamente penetrante sobre esse primeiro ponto em que a vida oculta de Jesus se torna pública, em que sua existência interior toma contato, na história, com a exterior. Eis que, enfim, passamos da sombra matinal do mito ou do mistério evangélico para o sol da história; as montanhas deixam de se confundir com as nuvens e se desenham tão nitidamente que é preciso ser cego para continuar a confundi-las.

XI

Josefo compreendeu e exprimiu justamente o que há de essencial em João — que ele é o Batista e que essa é a obra de toda a sua vida. Lembremo-nos e comparemos esses dois testemunhos de Josefo: "Jesus chamado o Cristo" e "João chamado o Batista". Embora Josefo não faça a menor aproximação entre ambos os testemunhos, eles se unem por si próprios, tão naturalmente como duas gotinhas de azougue. O laço é tanto mais evidente para nós que, no que Josefo diz sobre João, achamos o meio que os aproxima — a chama da revolta brotando súbita, o começo duma revolução, METABOLE, de que Herodes tanto se arreceia que julga necessário prender e supliciar João.

Que "revolução" é essa? Josefo não o diz, porém é fácil adivinhar: a força messiânica que desencadeia a revolução é precisamente o de que Josefo, traidor ao movimento, trânsfuga acoutado no acampamento romano, evita falar como não se fala em corda na casa do enforcado. Somente uma vez lhe escapa uma confissão involuntária:

> "Eles (os judeus) foram sobretudo impelidos à guerra pela, ambígua profecia da Escritura Sagrada, segundo a qual devia ser justamente naquele tempo que sairia de seu país um homem destinado a ser o senhor do mundo (o Messias). Todos acreditaram nisso e muitos dentre eles, até os mais prudentes, se enganaram. Entretanto, é evidente que essa profecia somente poderia designar a Tito Vespasiano, o qual, com efeito, obteve na Judéia o domínio do mundo".[8]

Isto é, tornou-se o Rei Messias.

---

7. Joseph., ANT., XVIII, 5, 2.
8. Joseph., BELL JUD., VI, 5, 4.

XII

Por mais infame que seja a atitude de Josefo, beijando o tacão da bota romana que esmagava o coração de sua pátria, a Terra Santa, devemos-lhe gratidão, porque vemos que confirma, melhor do que muitos apologetas cristãos, a autenticidade histórica do Evangelho, no seu ponto de partida — o aparecimento de Deus, a Epifania.

Em presença desses três testemunhos sobre Jesus, João e o messianismo, causa da guerra de 70, custa-se a crer que Josefo ignorasse o laço existente entre João o Batista e Jesus o Batizado. Sem dúvida, jamais conheceremos o fundo de seu pensamento, porém de todas as suas reticências ressalta um fato: entre o 29º ano de nossa era, quando um Homem de todos desconhecido veio de Nazaré fazer-se batizar por João, e o ano 70, quando Jerusalém foi destruída, produziu-se um acontecimento único em toda a história — o suicídio de um povo inteiro. Sentindo que não poderia evadir-se da jaula romana, Israel despedaçou a cabeça de encontro às paredes da prisão.

Para dar à luz o Messias, Israel, sua mãe, teve de morrer de parto: o ano 29 é o começo das dores do mesmo, o ano 70, o fim: o Filho nasce, a mãe morre.

"O povo estava à espera", diz Lucas, referindo-se ao ano 29. Se pensarmos no ano 70, imaginaremos facilmente que essa espera foi a dum homem que, não sabendo se ingeriu um veneno ou um remédio, espreita o que se passa em seu corpo. "Senhor, reina só sobre nós" — esta prece, a mais sagrada de Israel, é o veneno ingerido.

O ano 29, o paiol de pólvora; o ano 70, a explosão; e João Batista, a faísca que a causou.

XIII

"Eu não o conhecia",

repete duas vezes João no IV.º Evangelho (1, 31, 33.), diante do povo reunido, no próprio momento em que o Desconhecido, o Mal Julgado, se acha entre eles. Mas, como não poderia o Precursor conhecê-lo, se já, no seio de sua mãe, estremecera de alegria, ouvindo a saudação de outra mãe, que trazia nas entranhas outro Menino: "minha alma magnifica o Senhor"? Se, em verdade, a mãe de João é "parenta" de Jesus (Lc., 1, 36.), seus filhos também são parentes. Qual dos dois, Lucas ou João, escreveu um "Apócrifo"?

É uma das contradições do Evangelho, que não pode ser resolvida unicamente no plano histórico, mas que talvez seja nos dois planos da História e do Mistério — o que se diz com os lábios e o que se diz com o coração. Nos dois Evangelhos, os dois planos se encontram, se entrecruzam como dois raios de sol, sem se destruírem mutuamente.

XIV

"Se conhecemos o Cristo segundo a carne, não o conhecemos mais assim", diz Paulo (II Cor., 5, 16.). O filho de Isabel poderia dizer o mesmo do Filho de Maria. "Eu não o conhecia" significa na boca de João: "Eu não queria, não podia, não devia conhecer o Messias, segundo a carne". — "Não é a carne, nem o sangue que te revelaram isso, mas meu Pai que está nos céus" (Mt., 16, 17.). O Senhor teria podido dizer isso a João, como o disse a Pedro, seu segundo confessor.

Filho do sacerdote Zacarias, João devia ou ser sacerdote, segundo a lei de hereditariedade dos levitas, ou renunciar a isso, rompendo com toda a parentela, fazendo, embora em medida menor e mais humana, o que fez Jesus: arrancar-se com todas as raízes, como uma planta ainda nova, do solo natal, da casa paterna, e dizer — "os próximos do homem são seus inimigos". Por mais "surpreendente", "espantoso" e incrível que isso seja, — mas talvez esse ponto incrível do Evangelho seja por isso mesmo autêntico — João devia dizer de Jesus: "É um inimigo".

XV

"Filho de José, filho de David": menos de que qualquer outro esse signo podia revelar a João que Jesus era o Cristo Messias. Ambos sabiam muito bem que "dessas pedras Deus podia fazer nascer filhos a Abraão" — filhos de David (Mt., 3, 9.). As visões dos anos de infância, as profecias que os velhos e as velhas — Isabel, Zacarias, Simeão, Ana — cochichavam: "meus olhos viram tua salvação" (Lc., 2, 30.), tudo isso nada adiantava a João e antes lhe servia de estorvo para ver em Jesus o Messias.

Aliás, a própria Maria não esquecera o mistério da Anunciação? Senão, como não compreendera o que significavam as palavras de Jesus Adolescente: "Preciso estar na casa de meu Pai"? Do mesmo modo e com maior razão quanto a João. Seu coração recorda-se; sua razão esquece; a voz humana abafa facilmente nele o murmúrio divino.

Esqueceu tudo, mesmo isso; arrancou de seu coração tudo, mesmo isso, quando partiu, fugiu para o deserto, a fim de afastar-se dos homens e talvez ainda mais do que de todos os outros (de novo o incrível se confunde com o autêntico) de seu Inimigo, Jesus.

XVI

"Ele ficou nos desertos até o dia em que se manifestou a Israel (Lc., I, 80)".

Na vida de João, como na de Jesus, há vinte anos ocultos: eles têm a mesma idade e os anos de sua existência coincidem.

Dois desertos, mas quão diferentes: o da Galiléia, paraíso terrestre; o da Judéia, região morta, vizinha do mar Morto, estéril e mais maldita de Deus do que qualquer outra do mundo.

Que fez João durante essa permanência de vinte anos no deserto?

"Ele crescia e se fortalecia em espírito",

declara Lucas (I, 80.), empregando quase os mesmos termos com que se referiu a Jesus:
Ele crescia e se fortalecia, e estava cheio de sabedoria (2 40)".

Essa repetição de palavras não é fortuita: essas duas vidas, por mais opostas que sejam na terra e além da terra, repetem-se em um ponto: Jesus e João são irmãos gêmeos, misteriosa dualidade.

Durante vinte anos, guardaram silêncio sobre a mesma coisa, ocultaram aos homens a mesma coisa, prepararam-se para a mesma coisa, esperaram a mesma coisa. Dois silêncios, duas esperas, duas flechas apontadas para o mesmo alvo, imóveis na corda do arco distendido.

João teria podido esquecer Jesus? Quando o homem caminha e o sol se levanta atrás dele, sua sombra se move no chão à sua frente. À medida que o sol se eleva, ela diminui. Quando chega ao zênite, ela não se separa mais do homem. Assim, João não se pode separar de Jesus. Durante esses vinte anos, não cessa de pensar nele, de ser atormentado, tentado por Ele, de lutar contra Jesus pelo Cristo.

Quantas vezes, quando a si próprio se dizia, pensando nele: "Não será o Messias?" — seu coração teve vontade de estremecer de alegria como palpita no céu a estrela da manhã ou como, outrora, estremecera nas entranhas de sua mãe! Mas estrangulava essa alegria interior "Poderá vir alguma coisa boa de Nazaré? Em todo o caso, não poderia ser ele! Não o conheço!"

E continuava a esperar. Com o ouvido colado ao chão, escutou durante vinte anos no silêncio do deserto, ano a ano, dia a dia, e de súbito ouviu: "Ele vem!"

XVII

"Uma voz clama no deserto: preparai o caminho do Senhor... aplainai sua estrada... Convertei-vos, arrependei-vos, porque o reino dos céus está próximo (Mt., 3, 3, 2.)".

João apareceu aos homens e estes começaram a ridicuralizá-lo, como seus pais haviam feito com os antigos profetas: "meschugge! meschugge! o louco! o louco!" Depois, tiveram medo. Quem era esse ente vindo do deserto maldito de Deus, do forno ardente como a Geena? Um terço de homem e dois terços de um bicho desconhecido, meio leão, meio gafanhoto. Todo peludo, com uma juba leonina, os longos pêlos do corpo baralhados com a lã do tosão que o cobria, o rosto também peludo, moita confusa no meio da qual luziam as brasas dos olhos.

Alimentava-se com os gafanhotos com os quais se parecia: seus membros de inseto estavam comidos pelo sol e o ar salino do deserto, longos e finos como patas de enorme grilo da Arábia, cor de poeira. Tinha também a voz estridente, crepitante como a chama nos arbustos e ressequidos da planície incendiada.

XVIII

"Fogo! fogo! fogo!" repetia aguda e monotonamente. "Ei-lo que vem. Quem poderá suportar o dia de sua vinda? Quem poderá subsistir, quando ele aparecer? Porque ele será como o fogo do fundidor... Ajuntará seu trigo no celeiro, mas queimará a palha no fogo que se não apaga; cortará a árvore estéril e a lançará ao fogo... Quanto a mim, eu vos batizo com água, mas ele vos batizará com fogo (Mal, 3, I-2; Mt., 3, 12, 10-II).

Os homens ouvem o vento de meio-dia bramir nos caniços do Jordão; julgam de novo sentir o cheiro do enxofre e do fogo, como outrora sob a chuva de chamas que consumiu Sodoma e Gomorra.

"Já o machado toca a raiz das árvores (Mt., 3 10.)". Os homens lembrar-se-ão quarenta anos mais tarde do machado de João, quando a acha romana derrubar a grande árvore de Israel.

"Raça de víboras, quem vos ensinou a fugir à cólera que vem?... Convertei-vos, arrependei-vos, porque o reino dos céus está próximo (Mt., 3, 7, 2)".

> "Os habitantes de Jerusalém, de toda a Judéia e de toda a região vizinha do Jordão vinham a ele e por ele eram batizados na água do Jordão (Mt., 3, 5, 6)".

Toda a terra se levantara, da Judéia à Galiléa; ela reconheceu que Elias, precursor do Messias, havia chegado.

> "Eu vou enviar-vos Elias... antes que venha o grande e terrível dia... (Mal., 4, 5.)".

Foi nesse tempo que, entre os peregrinos galileus, veio a João um Homem de Nazaré, de todos desconhecido, Jesus.

XIX

As duas flechas lançadas uma após outra pelos dois arcos tocaram o mesmo alvo, cada qual no seu momento.

Essa precisão, divinamente matemática de dois projéteis se encontrando no mesmo ponto do espaço e do tempo é o milagre único na história universal da Harmonia pré-estabelecida: o Precursor e O que veio, João e Jesus.

XX

> "Que foste ver no deserto?
> Um caniço agitado pelo vento?
> Um homem vestido de trajes suntuosos?
> Ainda uma vez, que foste ver?

> Um profeta? Sim, digo-vos, e mais do que um profeta...
> Porque entre os que nasceram de mulher,
> Nenhum houve maior do que João Batista (Mt., 9, 7-II)".

O Homem Jesus somente fala dum homem — João. Acima de todos os homens, mais perto de Jesus do que todos os homens, há Isaías na antiga humanidade e João na nossa.

"Todos perguntavam no seu coração se João não seria o Cristo (Lc., 3, 15.)". — "Eu não sou o Cristo", vê-se ele obrigado a declarar, a fim de afastar essa proximidade que os homens não compreendem e que é para eles, mas não para ele, motivo de escândalo (Jo., I, 20.). É o maior dos homens, porque é o mais humilde: somente quer lançar-se aos pés Daquele que vem depois dele: "Eu não sou digno de desatar a correia de suas sandálias (Lc., 3, 16.)"; ele somente quer apagar-se nele, como a estrela da manhã diante do sol.

Até Herodes sente essa ligação entre João e Jesus: depois do degolamento do Precursor, sabendo da fama de Jesus, disse aos seus servos: "É João Batista que ressuscitou dentre os mortos (Mt., 14, I-2.)".

"Ele tem um demônio", dir-se-á de Jesus, como se disse de João (Mt., 11, 18.). E Jesus começará sua prédica pelas mesmas palavras que João:

> "Arrependei-vos, METANOSITE, porque o reino de Deus está próximo (Mc., 1, 15.)".

E, ao final de sua prédica, poderia também dizer o que havia dito de João aos principais sacrificadores:

> "Os publicanos e as mulheres de má vida vos precedem no reino de Deus! Porque João veio a vós... e não acreditastes nele; mas os publicanos e as mulheres de má vida acreditaram (Mt., 21, 31-32)".

Somente dois homens em toda a humanidade, João e Jesus, fazem mais do que ver o Fim, *sentem-no*, como quem aproxima o rosto dum ferro quente sente o calor que dele se irradia.

João, como Jesus, sabe que o Messias é o rei, não somente de Israel, mas de toda a humanidade: "dessas pedras Deus pode fazer nascer filhos a Abraão", diz João.

> "Muitos virão do Oriente e do Ocidente, e estarão à mesa no reino dos céus, com Abraão, Isaque e Jacob, mas os filhos do reino serão lançados às trevas exteriores".

dirá Jesus (Mt., 8, 11-12.).

Ambos sabem que o Messias, o "Cordeiro de Deus carregado com os pecados do mundo" (Jo., I, 29), vencerá o mundo, não pela espada, mas pela cruz.

"João não fez milagre algum (Jo., 10, 41.)", porém não é o maior de todos os milagres que todos os profetas dissessem do Messias: "Ele virá", e que somente João tenha dito: "Ele veio"?

Eis porque "entre os que nasceram de mulher, não houve maior do que João Batista".

XXI

João batiza pelo "batismo da penitência, para a remissão dos pecados". E "confessando seus pecados, eles eram batizados por ele (Mc., 4-5.)". Foi assim que foi batizado Jesus? O Impecável poderia confessar seus pecados?

"Cristo, então, pecou, pois foi batizado? *Ergo peccavit Christus, quia baptizatus est*"? perguntará o grande heresíarca Manés.[9] — "Sim, pecou. Ele mesmo se considerava pecador e foi constrangido quase à força por sua mãe a se fazer batizar, *paene invitum a matre sua esse compulsum*", responderá a herética "Pregação de Paulo".[10]

Jesus foi um homem, pecador como todos os homens, e só quando nele entrou o Cristo com a Pomba do Espírito Santo é que se tornou sem pecado; isso é o que ensinam, sem talvez se escandalizarem a si próprios, mas escandalizando os outros, os judeus-cristãos, os Ebionitas, que são antes cristãos imperfeitos, por terem vindo demasiado cedo, do que heréticos.[11]

XXII

O pior é que ignoramos o que ensina sobre esse ponto o Evangelho e, se o julgamos saber, é talvez só porque vemos os testemunhos do Evangelho através do prisma do dogma eclesiástico. Nem Marcos, nem Lucas se escandalizam por Jesus se ter feito batizar "para a remissão dos pecados"; porque venceram o escândalo ou porque ainda o não vêem? Ignoramos. O escândalo foi vencido também no IV.º Evangelho, em que se não fala diretamente do Batismo e só algumas alusões nos deixam adivinhar que ele se realizou, sem que se saiba onde, quando e como. Esse silêncio não terá por fim evitar o escândalo?

Somente Mateus, entre os Evangelistas, o vê e não o tenta ocultar.

> "Sou eu que tenho necessidade de ser batizado por ti e tu vens a mim? — Deixa fazer no momento, porque é conveniente que realizemos toda a justiça (da Lei), DIKAIOSUNEN (Mt., 3, 14-15.)".

Há uma justiça da Lei no batismo: "a penitência para a remissão dos pecados". Qual é, pois, o pecado do Impecável? Aí também essa pergunta fica sem resposta. Por mais apavorante que isso seja, é preciso aceitá-lo e olhá-lo frente a frente. A

---

9. Acta Archelai, 60. — W. Bauer, 1., C., p. 110.
10. Pseudo-Cyprian., DE REBAPTISMATE, 17. — W. Bauer, 1., C., p. 110. — O. Holtzmann, LEBEN JESU, p. 110.
11. W. Bauer, 1., C., p. 111.

chave do mistério do batismo e, por conseguinte, do próprio sacramento — um dos maiores do cristianismo — não se encontra no Evangelho, a menos que não tenha sido escondida propositalmente, segundo o preceito dos mistérios pré-cristãos: "ocultar as coisas profundas". Se, portanto, essa chave tiver de ser achada, só será além do Evangelho.

XXIII

Quem é que joga pedras sob seus passos com o propósito de dar topadas? Existe a menor probabilidade que homens, tão singelamente crentes como os primeiros discípulos do Senhor, tenham imaginado escândalo tão forte, tão complicado e tão sutil quanto este: a penitência do Impecável? Mas "quanto a nós, não podemos deixar de falar das coisas que vimos e ouvimos (At., 4, 20)".

Parece que aí ainda, como em todo o Evangelho, quanto mais o escândalo é grande tanto mais certa é a verdade histórica. É a pedra de toque, a pedra de escândalo, que é para nós, no batismo, o granito inabalável da história. Ignoramos como isso se passou, mas sabemos que se passou.

O Batismo foi; a Tentação será: um e outro estão ligados, não somente na vida do Senhor, mas ainda na de toda a sua Igreja; ela também é batizada e será tentada até a consumação dos séculos.

XXIV

A questão do escândalo do Batismo está posta ainda com maior sutileza e profundeza do que nos nossos Evangelhos canônicos, no Evangelho dos Hebreus, apócrifo, não falso, mas secreto, que já sabemos como é antigo e autêntico:

> "... A mãe do Senhor e seus irmãos lhe diziam: João Batista batiza para a remissão dos pecados; vamos também receber seu batismo.

Mas ele lhes disse: Que pecado cometi para ser batizado por ele? A menos talvez que isso que estou dizendo seja fruto da ignorância, *nisi forte, quod dixi, ignorantia est?*".[12]

Serão autênticas essas palavras? Ignoramos, porém o mais santo dos homens não poderia dizer melhor.

> "Quem de vós me convencerá de pecado (Jo., 8, 46)?".

Para falar assim, é preciso ou ser o Pecado incarnado, o diabo, ou ser realmente sem pecado.

---

12. Hieron., ADV. PELAG., III, 2. — E. Besson, LES LOGIA AGRAPHA, p. 38.

"Mas que mal fez ele (Mt., 27, 23.)?".

A essa pergunta de Pilatos ninguém responderá. Eis aí o que há de único e divino na vida humana de Jesus: os homens poderão procurar nela o mal e o não acharão. "O divino mostra-se nela com tão grande pureza quanto é possível haver sobre a terra". Os piores inimigos de Jesus sabem, eles próprios, que ele não pecou.

Contudo, quanto mais impecável, menos se compreende porque se fez batizar e mais misterioso se torna o mistério do batismo.

XXV

Há um João desconhecido como há um Jesus desconhecido. São ambos invisíveis, porque estão aprisionados no metal dos ícones. É necessário libertá-los. Somente vendo seus semblantes vivos saberemos o que se passou entre eles e poderemos lançar, embora de longe, um olhar ao mistério do Batismo.

Em parte alguma, nos Sinópticos, João diz: "Jesus é o Cristo, isto é, o Messias", porque "aquele que vem depois de mim é mais poderoso do que eu" absolutamente não significa que o Cristo, que vem após João, seja Deus.

Do mesmo modo, João Batista não o diz no IV.º Evangelho, pelo menos em termos bastante claros para que todos entendam, reconheçam, não possam deixar de reconhecer em Jesus o Messias, o Cristo.

"Há um entre vós que não conheceis (Jo., 1, 26.).".

Isto é dito de maneira tal que o Inominado fique sendo, ao mesmo tempo, o Desconhecido. "Eis o cordeiro de Deus", diz João duas vezes. Da primeira todo o povo poderia ouvi-lo (I, 29); entretanto, não o teria compreendido, porque, naquele tempo, todos esperavam demasiado o Messias triunfante, o rei de Israel, para poderem aceitar o Messias sofredor, "o cordeiro que tira os pecados do mundo". Não se podia falar do Cristo aos homens em termos mais obscuros, mais secretos.

Foi assim da primeira vez e da segunda (Jo., I, 35.) o Batista somente foi ouvido por seus discípulos, João de Zebedeu e André, irmão de Simão. Porém, se compreenderam, se viram alguma coisa, foi confusamente, numa espécie de obscura visão profética.

XXVI

Se João tivesse podido falar, se tivesse dito de Jesus, de maneira a ser ouvido e entendido por todos: "Eis o Cristo", tudo o que os quatro Evangelhos nos contam sobre a vida terrestre e a morte do Senhor perderia o sentido; porque o Homem Jesus só viveu e morreu para desvendar progressivamente, lentamente e com sobre-humano esforço seu rosto, revelando esse mistério, o mais inconcebível para os homens: Jesus é o Cristo.

Quando Pedro, confessando o Senhor em Cesara, lhe disse: "Tu és o Cristo", o Senhor poderia responder-lhe:

> "Não foram a carne e o sangue que te revelaram isto (Mt., 16, 16-17)".

Se "a carne e o sangue", isto é, o homem e João, já o houvessem revelado a todos? Se o testemunho de João tivesse sido ouvido e compreendido, poderiam os homens dizer de Jesus — "Uns que era João Batista, outros que era Elias, outros que era Jeremias ou um dos profetas? (Mt., 16, 14). Poderiam os judeus perguntar-lhe perante o povo reunido:

> "Quem és tu? Até quando conservarás em dúvida nossos espíritos? Se és o Cristo, dize-o francamente (Jo., 8, 25; 10, 24)".

Enfim, o próprio João prisioneiro, poderia fazer-lhe perguntar, ouvindo falar de suas obras:

> "És aquele que deve vir ou devemos esperar outro (Mt., 11, 3)?".

E Jesus mesmo poderia, sabendo que era para João motivo de escândalo, perguntar aos judeus:

> "De onde vinha o batismo de João: do céu ou dos homens?"(Mt., 21, 25).

Não, é demasiado evidente que aqui ainda, como em tudo no Evangelho, a contradição, insolúvel no plano histórico somente, poderá ser resolvida nos dois planos, o da história, o que foi uma vez, e o do mistério, o que foi, é e será sempre.

E isto quer dizer que o testemunho de João: "Jesus é o Cristo", não teve duração, mas só existiu num ponto do tempo, num instante-relâmpago, ou em diversos pontos do tempo confundindo-se em um só.

Esse instante fulminante é a chave perdida do mistério do Batismo. Poderá ser encontrada?

XXVII

Se se acompanhar a ordem cronológica do IV.º Evangelho (e não há razão alguma para rejeitá-la), o Senhor, no primeiro ano de seu ministério, veio a Jerusalém, ao tempo da Páscoa (2,13), no mês de Nizan (Abril), depois de haver verossimilmente permanecido dois ou três meses na Galiléia. Por conseguinte, foi batizado no começo de janeiro do ano 29 ou 30, o que concorda com a tradição da Igreja. É tanto mais provável quanto à bacia do Jordão, onde fica Bethabara Bethania, está situada perto do mar Morto, numa profunda depressão (350 metros abaixo do nível do mar). É um dos lugares mais tórridos do globo e, por isso, quase inabitável nos meses de verão. Não devia ser, pois, nessa época do ano que acorreria aonde se achava João essa multidão de peregrinos, vindos de todos os recantos da Palestina, mas antes nos meses de inverno, que ali são edênicos.

O vento fresco do norte, que, em janeiro, sopra muitas vezes o dia todo, cai ao pôr-do-sol, dando subitamente lugar a uma calma que se não encontra em outro lugar da terra, a não ser na Galiléia; mas, em outra parte, é a calma da felicidade e ali, a da tristeza.

As águas do Jordão fluem entre dois muros de embastida vegetação, quando trinta passos adiante reina um deserto de morte. Basta grimpar pela abrupta ribanceira para descobrir um horizonte infindo: uma moldura de montanhas queimadas encerrando o vale de Jericó, que domina ao norte, numa indizível majestade, a cabeça branca do Hermon nevado, semelhante ao Anção dos Dias; para o sul, por trás da chanfradura do Jordão, tão azul que se não parece com coisa alguma da terra e evoca o céu do Éden — o mar Morto. Edênicos também os montes irisados do Moab, resplandecendo além do mar, e o pálido crescente da lua no céu róseo do poente, e as árvores dos bosques embalsamados de Jericó que exalam um perfume de incensório. Todo esse deserto, semelhante no verão a uma Geena, é no inverno como um inferno que o perdão de Deus houvesse transformado em paraíso. Mas, mesmo nesses dias edênicos, vem, às vezes, do mar Morto um flato imperceptível de resina e de enxofre, como a lembrança do inferno no paraíso.

XXVIII

Foi talvez numa dessas tardes que vieram a João os levitas e sacerdotes mandados de Jerusalém pelos Fariseus e, com eles os peregrinos galileus, um Homem desconhecido de Nazaré.

Foi, parece, dessa tarde que Justino Mártir nos conservou um traço, proveniente das "Reminiscências dos Apóstolos", que o Evangelho não recolheu, mas que parecem historicamente autênticas e são, provavelmente dos discípulos do Batista — João de Zebedeu, Simão e André; traço na aparência insignificante, porém realmente, precioso, porque se sente que foi, na verdade, visto:

"Tendo acabado de batizar e pregar, João sentou-se à margem do Jordão".[13]

APÓCRIFO

1

Fatigado pela multidão dos que, durante o dia todo, tinham vindo batizar-se, ele sentou-se sobre uma pedra perto da Casa do Passador, tendo escolhido

---

13. Justin., DIAL. C. TRYPH., 51

um lugar, elevado, de onde podia ver as multidões de peregrinos que não cessavam de afluir, apesar da aproximação da noite. Eles sabiam que não batizaria mais naquele dia, mas continuavam sempre a chegar, porque cada qual dos recém-vindos tinha ânsia de vê-lo, e nos seus olhos mergulhavam duas pupilas ardentes dum rosto peludo, duas brasas duma moita embastida, dois olhos que perguntavam: "Serás Ele?"

Quantos já tinham desfilado em sua presença e quantos ainda desfilariam, bons e maus, sábios e tolos, belos e feios, — infinitamente diferentes, e iguais na sua insignificância! Procurá-LO entre eles não era o mesmo que procurar um diamante na areia? Contudo, persistia em procurar, indagando de cada um com os olhos: "Serás Ele?" — sabendo que um dia outros olhos lhe responderiam.. "Sou eu".

2

Não é o rugido do leão, nem o grito estridente do gafanhoto; é um homem que fala com uma voz humana. Quem és tu? perguntam os sacerdotes a João.

— Não sou o Cristo, responde pela milésima vez. Vim para batizar-vos com água, afim de que Ele seja manifestado... Mas não sou Ele.

— És, então, Elias?

— Não.

— Um profeta?

— Não.

— Então, quem és tu?[14]

Eles vêm, vêm sempre, e nos olhos de cada um mergulham aquelas pupilas: "Não és tu?" — "Não; não sou eu". E passam, apagam-se como sombras na sombra do crepúsculo que cai.

— Quem és, pois? Para que possamos responder aos que nos mandaram, que dirás de ti?

— Eu sou a voz do Senhor clamando no deserto: preparai o caminho do Senhor!

— Por que batizas, se não és o Messias, nem Elias, nem um profeta?

— Eu vos batizo com água, mas há UM entre vós...[15]

De súbito calou-se. Seus dois olhos, duas brasas, refulgiram com um fulgor maior do que nunca. Como eriçados pelo medo, seus cabelos se arrepiaram, sua juba leonina se empinou. E, tal qual o leão que fareja o anho, ergueu-se de um salto.

Dois olhares — dois raios — cruzaram-se; duas flechas tocaram o alvo.. "Tu?" — "Eu".

---

14. Jo., I, 19.
15. Jo., I, 22-25.

O sol ainda não entrara no ponto equinocial, mas já o tocava; as mãos dos Serafins ainda não haviam inclinado o eixo do mundo, mas já pesavam sobre ele, fazendo-o estremecer.

3

Aqueles que passavam diante dele pararam repentinamente, procurando com os olhos, na multidão, o que João olhava; procurando-o, sem encontrá-lo, porque se parecia com toda a gente e "nada tinha que chamasse a atenção", esse desconhecido vindo de Nazaré.[16]

Ele desapareceu na multidão, se apagou como uma sombra na sombra do crepúsculo que caía. Ninguém o viu. Ninguém O reconheceu. Mas houve um silêncio tal como o mundo nunca sentira nem jamais sentiria. Sobre todos passou um sopro de medo e alegria tal como nunca sentira nem jamais sentiria. Ninguém o viu. Ninguém O reconheceu. Mas todos O sentiram: "É Ele".

XXIX

Foi provavelmente nessa noite que houve entre João e Jesus um entendimento secreto. Sabemos que houve realmente pelo testemunho de Mateus (3, 14, 15.); sabemos também que não foi João que veio a Jesus, mas Jesus que foi a João (3, 13.). Foi ele quem quis romper um silêncio de vinte anos, manifestar-se ao mundo: portanto, estando ainda em Nazaré, antes de ver João, é que disse: "Minha hora chegou".

"E, confessando seus pecados, eles eram batizados (Mc., I, 5.)". Essa conversa noturna não parece uma confissão? Se soubéssemos o que se disseram, poderíamos lançar um olhar ao mistério do Batismo, além do Evangelho.

XXX

Dessa conversa somente conhecemos o começo e o fim. "Sou eu que preciso ser batizado por ti, e vens a mim?" Eis o começo, e eis o fim: "Então, João o deixou fazer". A frase tão breve e tão obscura de Jesus: "Convém que cumpramos, *assim*, toda a justiça" não liga esse começo a esse fim? (Mt., 3, 14-15.).

Que significa: "assim"? No I.º Evangelho, anel principal da cadeia, o anel do meio caiu. Mas não se perdeu para nós, porque o encontramos no IV.º Evangelho: "Eis o Cordeiro de Deus que tira os pecados do mundo"; o "Servo do Senhor, *ebed Iahé*," da profecia de Isaías, eis o anel caído. É mais do que provável que entre Jesus e João essa palavra foi pronunciada. E, de novo, como há pouco, na multidão, dois olhares se cruzaram: "Tu"? — "Eu".

---

16. Justin., DIAL. C. TRYPH., 38.

Somente Jesus e João, do começo à consumação dos séculos, sabem o que quer dizer o "Cordeiro de Deus, o Servo do Senhor"; somente eles sabem que essas palavras decidem tudo nos eternos destinos do mundo.

"Ele não tinha aparência, nem grandeza".

Talvez João se lembrasse disto e só então, olhando Jesus, compreendeu o que significava:

"Ele era desprezado, abandonado pelos homens... e nós lhe virávamos o rosto... e nós não fizemos o menor caso dele (Is., 53, 2-3)".

Durante vinte anos, João o desprezara, não fizera caso dele; durante vinte anos o fugira, como um inimigo; e eis que lhe não pudera escapar. Foi talvez nesse momento que lhe caíra aos pés.

"E tu vens a mim?... Eu não sou digno de desatar a correia de tuas sandálias (Mc., I, 7)".

Compreendeu porque Jesus viera a ele, para ser batizado; não para se libertar do pecado, mas para se carregar com o pecado dos outros.

"Ele tomou sobre si os pecados de muitos... e intercedeu pelos pecadores (Is., 53, 5, 12.)".

XXXI

João teria, no entanto, compreendido tudo? Se sim, como poderia mais tarde "se escandalizar", perguntar: "És Aquele?"

Durante vinte anos, eles guardaram silêncio sobre a mesma coisa, porém muito diversamente. Dir-se-iam dois taciturnos que, tendo perdido o uso da palavra, recomeçassem a falar: ser-lhes-ia preciso, para se juntarem, atravessar a parede de vidro do silêncio; vêem-se, mas não se ouvem; estão perto e longe, ao, mesmo tempo; tanto mais longe quanto mais perto.

O relâmpago brilhou: Um viu tudo; o outro não viu tudo e o que viu o cegou.

Se, mais tarde, João "se escandalizou" não teria sido porque, desde o primeiro entendimento com Jesus, começou a se escandalizar, a vacilar, a pestanejar como a estrela da manhã em presença do sol? Estava, ao mesmo tempo, cheio de dúvida e de fé, de alegria e de pavor: Ele? Não ele?

"Quem és tu?" A essa muda pergunta de João que poderia responder Jesus, como se nomear? "Filho de David"? Mas ambos sabiam que "dessas pedras Deus pode fazer nascer filhos a Abraão" — filhos de David. "Filho do Homem"? Mas "Filho do

Homem", *bar nascha* em aramaico, significa simplesmente homem. Ora, se Jesus era realmente "Aquele que devia vir", não era unicamente homem.

Também não se poderia dizer "Filho de Deus", porque, se assim dissesse, João lhe teria respondido: "Tu não és Ele", e com razão, pois se o homem "dá testemunho de se próprio, seu testemunho não merece fé" (Jo., 5, 31.).

A sua pergunta muda: "Quem és tu?" João só poderia ler uma resposta muda nos olhos de Jesus:

"Bem-aventurados aqueles a quem não escandalizarei! (Mt., 11, 6.)".

É provável que, entre eles, tudo foi até esse limite extremo, mas ele não foi transposto e não foi dito: "Tu és Ele". Ambos falavam do Messias na terceira pessoa: "nem EU, nem TU, mas ELE". Foi assim, aliás, que Jesus falou de si próprio durante toda a sua vida, até na última resposta ao Sumo Pontífice: És o Messias, o Cristo?" — "Eu O sou". E por isso foi crucificado.

O essencial, verossimilmente, não foi dito nessa conversa; sobre isso ambos guardaram silêncio. Mas, mesmo calando-se, ambos se compreenderam, ou melhor, João *quase* compreendeu, somente Jesus compreendeu tudo.

XXXII

Que foi, pois, o que impediu João de tudo compreender e de dizer a Jesus: "Tu és Ele"? Foi mesmo porque "entre os que nasceram de mulher nenhum houve maior do que ele" (Mt., II, II), o que separa a borda da terra da borda do céu, a lei da liberdade, o Antigo Testamento do Novo; porque "não se põe um remendo novo numa roupa usada" e "não se deita o vinho novo em odres velhos" (Mt., 9, 16-17); porque João batiza com água e Jesus com fogo; porque João "não fez milagre algum" (Jo., 10, 41) quando Jesus realizou muitos; porque seu primeiro milagre, o mais simples, o mais infantil, o que foi para João o mais incompreensível, o mais inverossímil: a transformação da água em vinho, nas bodas de Canaã, na Galiléia o primeiro degrau da escada — Água, Vinho, Sangue, Fogo, Espírito — escada que sobem as crianças e os anjos, mas que João, o maior dos homens, não subirá.

"Se não mudardes e não vos tornardes como crianças, não entrareis no reino dos céus (Mt., 18, 13.)".

João não mudou, não se tornou criança e não entrou no Reino.

Jesus começará sua pregação com as mesmas palavras que João:

"O reino de Deus está próximo; arrenpendei-vos, convertei-vos".

Mas acrescentará:

"E acreditareis na Boa Nova, no Evangelho (Mc., 1, 5)".

É essa Boa Nova que João ignora.

> "O reino de Deus deve ser forçado, BIAXETAI, e são os violentos, BIASTAI, que o conquistam (Mt., 11, 12)".

Tomam-no de assalto como uma fortaleza assediada, rompendo o muro da Lei, a fim de penetrar na cidadela do Reino. Jesus entrou em primeiro lugar. Essa "violência", com efeito apavorante — essa apavorante liberdade, essa "doçura", essa "leveza":

> "Meu jugo é doce, meu fardo é leve (Mt., 11, 30.)", eis o que apavorou João.

A vida e a morte de João, o maior dos homens, são ainda uma tragédia humana; a vida e a morte de Jesus são uma Divina Comédia.

Um simples fio separa João do reino de Deus, mas parece o fio sangrento que traçou no seu pescoço o ferro que o decapitou.

XXXIII

Pobre grilo esmagado, pobre leão malferido! Quem matou João? Herodes? Não. O sol levante apaga a estrela matutina. O precursor, o predecessor foi morto por Aquele que anunciou. "É preciso que ele cresça e que eu diminua"— que eu morra (Jo., 3, 30).

Morrendo, João compreendeu a resposta de Jesus à sua pergunta: "Quem és tu?

> "Ide dizer a João o que ouvis e vedes: os cegos recobram a vista, os aleijados caminharam, os leprosos são purificados, os surdos ouvem, os mortos ressuscitam e o Evangelho é anunciado aos pobres. Bem-aventurado aquele a quem não escandalizarei (Mt., 11, 4-6)".

Na sua vida, João não conheceu essa bem-aventurança; talvez a tenha conhecido na morte.

Quando da fresta de sua prisão, em Makeros, João via, acima dos areais fulvos do deserto, pairar como pesada nuvem azul o cume do Nebo,[17] onde Moisés morrera sem ter podido entrar na Terra da Promissão, que somente de longe avistara, então talvez dissesse consigo: "E eu também sou como ele".

Tal é a sorte de todos os precursores: conduzir os outros e não entrar no reino de Deus.

XXXIV

A salva com a cabeça do Precursor foi oferecida a Herodíade, a meretriz coroada. Herodes, o assassino, chorou de pena, olhando as pupilas vítreas da vítima. Lágri-

---

17. O monte Nebo, visível da fortaleza de Makeros, ao nordeste, na fronteira do deserto da Arábia. — Deuter., 34, 1, 4. — Th. Keim, GESCHICHTE JESU, I, p. 588.

mas de bêbedo pingaram na bandeja, da qual o sangue gotejou nas pernas de Salomé, a dançarina. E a alma do Precursor estremeceu de alegria no céu, como a estrela da manhã diante do sol, como o filho nas entranhas maternas.

> "O amigo do esposo, que está junto a ele, e que o escuta, alegra-se, ouvindo-lhe a voz e é essa a minha alegria perfeita (Jo., 3, 29.)".

Duas cabeças, uma cortada na bandeja, a outra curvada na cruz, e entre elas o mundo inteiro, chorando como Herodes, dançando como a filha de Herodes. O fim de Israel é o terrível preço da primeira; o fim do mundo, o preço ainda mais terrível da segunda.

XXXV

A alegria do Precursor terminou no céu, mas já começou na terra, em três instantes-relâmpagos: o primeiro, quando viu Aquele que veio; o segundo quando conversou com ele; o terceiro, quando o batizou.

É nesse terceiro instante que nos aproximamos, mais do que nunca nestes dois mil anos de cristianismo, do mistério atual e futuro do Fim, no sentido atual e futuro destas palavras do Senhor, as derradeiras que pronunciou na terra e que se dirigem talvez mais a nós do que a ninguém:

> "Ide, ensinai a todas as nações, batizando-as em nome do Pai, do Filho e do Espírito Santo... E eis que estarei convosco todos os dias, até o fim do mundo. Amém (Mt., 28, 19-20)".

É bem aqui, melhor do que em qualquer outra parte, e hoje mais do que nunca, que entrevemos porque o batismo, não o de água, mas o de fogo, é o caminho que leva ao *Fim*.

VI

O PEIXE — A POMBA

I

A Creta — "Atlântida na Europa" — é uma misteriosa ilha-arca, que, vinda do remoto Ocidente, do "Poente de todos os sóis[1]", se deteve em face da Terra Santa. Se o Pentateuco de Moisés conta dos primeiros estabelecimentos em Canaã dos Keretim-Cretenses numa fabulosa antigüidade, pré-histórica ao dilúvio — à "Atlântida",[2] os últimos surgem na história em 1700 e 1400, na época em que dois terremotos, duas pequenas "Atlântidas", devastaram a Creta, cujos habitantes se refugiaram na terra firme, provavelmente em Canaã.[3]

"A Creta... berço sagrado de nossa raça..." *Creta... gentis cunabula nostrae...*

dirá Virgílio.[4] Para nós, a Creta aparece cada vez mais claramente através de Canaã-Palestina, a Terra Santa, como sobre um palimpsesto antigo, a antiga escrita transparece sob a nova. Somente então começamos a descobrir sob a camada superior das areias movediças de Israel, que o vento trouxe dos desertos do Sinai, o negro e úmido barro cretense da Terra Santa, em que talvez mergulhem também as raízes do Lírio galileu — o Evangelho.

II

O peregrino que desce de Jerusalém para Jericó vê abrir-se bruscamente diante dele, num cotovelo da estrada, uma fenda vulcânica, escancarada na terra como a boca do inferno; mas, se aí mergulha o olhar, descobre um paraíso subterrâneo, florescente e vicejante num deserto morto — num mar de pedras. Dir-se-ia uma pequena "Ilha dos Bem-aventurados", uma "Atlântida". É o atual oásis de Uadi-Kilt, o

---

1. Henoch, XVII. 4.
2. Gen., 10,14 — I Chron., I, 12.
3. Fimmen, DIE ÄGÄISCHE KULTUR, 1921, p. 213.
4. Virg., Aeneid., III, V, 105.

antigo Kerith. Evidentemente, esse nome foi dado a essa torrente pelos Keretim, originários da ilha de Creta.

Estranha maravilha no deserto silencioso e sem água, essa garganta onde ruge a torrente, como numa concha marinha rola o rumor contínuo das vagas.

A torrente do Kerith, prolongada pela Ladeira do Sangue, une Jerusalém-Gólgota, o local da Cruz, ao Jordão, o local do Batismo, o mistério do Oriente ao mistério do Ocidente.

"Esconde-te na torrente do Kerith, que fica em face do Jordão", diz o Eterno a Elias, o primeiro Precursor (I Reis, 17, 3-4.); talvez o segundo Precursor, João, se tenha escondido perto da mesma torrente, a fim de escapar ao rei ímpio, Herodes, como Elias ao rei ímpio Achab. O Kerith lança-se no Jordão a dois passos de Bethabara-Bethania. Nesse paraíso subterrâneo, cuja sombra úmida, verde, quase submarina, só recebe o sol ao meio-dia, zumbem, entre as moitas embalsamadas de loureiros-rosa, enxames de abelhas selvagens. João podia encontrar aí o mel com que se alimentava (Mc., I, 6). E, se Jesus, como é muito provável, ("Rabi, onde moras? — Vinde e vereis". Jo., 38-39.) passou alguns dias, depois de seu batismo, sob as tendas de Bethabara, também viu a Creta.[5]

III

O próprio nome de Jordão veio para a Palestina de Creta, onde o povo de Cidon, como sabemos por Homero, habitava junto às claras águas do Jordan.[6]

É esse o primeiro dom da Creta à Terra Santa, e eis o segundo:

No começo do século XX, nas ruínas do palácio de Cnossos, em Creta, se descobriu uma antiga cruz pagã de mármore acinzentado, de oito braços iguais. Parecia tanto com a nossa cruz cristã que um padre grego, presente ao achado, se persignou e a beijou "com tanta veneração como a deviam mostrar os antigos", nota o arqueólogo inglês Artur Evans, descobridor de Cnossos.[7]

A cruz cretense remonta provavelmente a meados ou ao começo do segundo milenário, aos tempos premosaicos, porém é evidente que semelhantes cruzes existiram muito antes, nas eras pré-abrâmicas: "Antes que Abraão fosse, eu sou (Jo., 8, 58.)". De Creta, supõe Evans, a cruz foi levada a Palestina, onde, após um sono e um olvido milenários, de novo se levantou no alto do Gólgota.[8]

IV

E, enfim, temos o terceiro dom, o mais maravilhoso, de Creta à Terra Santa: a Pomba, a grande deusa Mãe, da qual já se encontram numerosas estatuetas em barro

---

5. G. Dalman, ORTE UND WEGE JESU, p.p. 98-99 — L. Schneller, KENNST DU DAS LAND? p. 368.
6. Hom., ODYSS., IV, V, 292.
7. A. Evans, PALACE OF MINOS, I, p. 517.
8. IBID., I, P. 666.

e pedra, nas camadas neolíticas (contemporâneas da "Atlântida" — do Dilúvio), na Europa, na África do Norte e na Ásia Ocidental, do golfo Pérsico ao Atlântico. É a grande deusa Mãe, não só talvez de nossa segunda humanidade, mas também da primeira — a Britomartis creto-egéa,[9] a Afrodite celeste, a Urânia helena, a Ishtar babilônia, a Astartéa cananéia, a Anahit iraniana, a eterna Virgem-Mãe, trazendo o menino nos braços.[10]

Na antiga cidade cananéia de Ascalon, a mesma Mãe-Pomba desce sobre o Deus Filho, o Ciniro-Adonis cretense, cujos mistérios (eles olham aquele que traspassaram — Zach., 12, 10.) se celebravam no vale de Meguido, que se podia avistar da colina de Nazaré, ao fim da planície de Jezrael, ao pé das montanhas da Samaria, onde se adorava o Schehinah, a Luz emanando da face do Eterno sob o aspecto da mesma Pomba-Mãe branca.[11]

> "Procurai a mãe antiga",
> *Antiquam exquirite matrem,*

dirá Virgilio[12] dessa deusa cretense, Mãe das duas humanidades, ou das três, se, após a nossa, a segunda, deve haver uma terceira.

V

E, ainda em nossos dias, se pode ver voar acima de Uadi Kilt, da grota do Kerith, bandos de pombas brancas. Não teria sido uma dessas pombas a que se achava acima da nuvem tempestuosa, no dia em que Jesus foi batizado no Jordão e em que "os céus se abriram sobre ele" (Mt., 3, 16)?

Segundo o Talmud, parecia com uma pomba voejando sobre seus borrachos O Espírito Divino pairando sobre o abismo aquoso do caos, *Theon*. Foi uma pomba ainda que, solta por Noé, voou sobre as águas do dilúvio. Será afinal uma pomba que descerá sobre as águas do Jordão.[13]

Três pombas, mensageiras das três humanidades, a de antes do dilúvio, a nossa e a que virá depois.

A significação, incompreensível para nós, dessas três pombas, signos do Fim, Kepler, que tão miraculosamente adivinhou com seus cálculos errôneos sobre a estrela da Belém o verdadeiro ano do nascimento do Cristo, teria podido compreender,

---

9. *Tal é seu nome posterior; ignoramos seu nome antigo.*
10. H. Leisegang, PENUMA HAGION, 1922, p. 39. — H. Gressmann, DIE SAGE KON DER TAUFE JESU UND DIE VORDERORIENTALISCHE TAUBENGÖTIN, 1920 (Arch. fur Relig. Wissensch., XX, Hef 1-2), p. p. I-40.
11. H. Holtzmann, HAND-COMMENTAR ZUM N.T., p. 44.
12. Virg., AENEID., III, V, 96.
13. A mesma pomba branca, BATH QOL, "Filha da Voz de Deus", e SHEHINAH, a "Glória da face do senhor". — HAGUIGA, 15 a; BERAHOTH, 3 a — J. Klausner, JESUS DE NAZARÉTH, p. p. 370-371. — H. Holtzmann, l., C., p. 444. — Wünsche, NEUE BEITRAGE ZUR ERLAUTERUNG DER EVANGELIEN, p. p. 21, 308, 385, 501.

como teriam talvez compreendido os astrônomos babilônios, assombrados pela entrada, nesse ano, do equinócio no signo do Peixe — do segundo Dilúvio —, se vivessem em nossos dias da Atlântida-Europa.

Há dois mil anos dura o cristianismo e ninguém a não ser nós poderia compreender o sentido desses três signos; e, assim mesmo, somente os vemos com os olhos e não com o coração. Mas, se soubéssemos hoje o que se passará amanhã, talvez os víssemos também com o coração. Então, nossos cabelos se arrepiariam de pavor.

VI

O Peixe aparece unido à Pomba nas mais antigas pinturas das catacumbas. O Peixe ali representa o Cristo, ou porque as primeiras letras das palavras gregas *IÉZOUS KRISTOS THÉON ULOS SÓTER* compõem o termo — *IKTHUS*, peixe; ou porque os primitivos cristãos conheciam a passagem, então visível, não só para os sábios, mas também para as crianças, do ponto equinócial do mundo para o signo do Peixe — do segundo Dilúvio de fogo e água — do fim da segunda humanidade — sinal, para os primeiros cristãos, da alegria que apavora: "Quando essas coisas começarem a acontecer, erguei-vos e levantai a cabeça, porque próxima está vossa libertação (Lc., 21, 28)".

> "Raça divina do Peixe celeste recebe este manjar doce, como o mel do Salvador dos Santos",

reza uma inscrição da Galia proto-cristã.[14]

Sobre uma ânfora encontrada em Phestos, capital meridional de Creta, vê-se pintado um Peixe carregando às costas, do oceano para o céu estrelado, uma Pomba que belisca o pólen — o maná celeste — nos pistilos do lótus desabrochado.[15] Essa pintura que se reporta talvez aos mistérios dos dias pré-mosaicos, pré-abrâmicos, não teria sua melhor explicação nesta inscrição proto-cristã das catacumbas:

> "Raça divina do Peixe celeste recebe este manjar doce como o mel"?

A mais antiga imagem da Eucaristia, datando do fim do século I ou do começo do século II, parece ser a pintura que se encontra no Cubículo da Cripta de Lucina: um peixe que fende as águas e leva às costas uma corbelha cheia de pães e um frasco de vidro cheio de vinho rubro. Os primeiros cristãos, conta São Jerônimo, ofereciam o Corpo do Cristo em cestinhos de vime e seu Sangue, em vasos de vidro.[16] Na pintura

---

14. M. Goguel, L'"EUCHARISTIE, 1910, p. 280.
15. M. J. Lagange, LA CRÉTE ANCIENNE, 1905, p. 105.
16. Hieron., EPIST. AD RUSTIC.,125. — M. Goguel, l., C., p 284.

de Lucina, o Peixe une a água do Batismo ao vinho — ao sangue da Eucaristia. A Água — o Vinho — o Sangue — o Fogo — o Espírito: o Peixe fica embaixo dessa escala ascendente, e em cima, a Pomba.

VII

O Peixe-Pomba de Phestos refere-se aos mistérios celebrados em Creta, dezesseis séculos talvez antes do nascimento de Cristo; dezesseis séculos depois de seu nascimento, Santa Tereza de Ávila, na véspera de Pentecostes, da descida do Espírito Santo, teve uma visão:

> "Uma pomba muito diferente das deste mundo porque não tinha penas e suas asas pareciam formadas de pequenas escamas resplandecentes"[17].

Muitos anos mais tarde, lembrando-se dessa visão, a Santa não podia compreender a causa da alegria misturada de medo que sentira. Esse medo teria talvez sido compreendido pelos astrônomos babilônios que, no ano do nascimento de Cristo, observavam a entrada do sol no signo do Peixe — do Fim; a alegria talvez fosse compreendida pelos cristãos primitivos, adoradores do Peixe celeste, que se recordavam da palavra do Senhor:

> "Erguei-vos e levantai a cabeça, porque próxima está vossa libertação".

VIII

Mas os que melhor teriam compreendido o símbolo do Peixe-Pomba seriam os membros de uma comunidade secreta judaica, os Essênios, os Taciturnos,[18] que habitavam os desertos montanhosos a oeste do mar Morto, entre Hebron e Engadi, onde João Batista, taciturno habitante do deserto, vivera vinte anos. Homens estranhos, um tanto dementes, "tendo o aspecto de crianças atemorizadas pela palmatória do mestre",[19] possuídos pelo único pensamento do iminente fim do mundo, tão súbito, tão terrível como o de Sodoma, cuja lembrança as águas do mar Morto continuamente lhes lembravam. Todo o essenismo é como um asfodelo, flor de morte, regada por essas águas. Os Essênios são, para Plínio o Naturalista, "o povo eterno", *gens aeterna*[20] e, para Hipólito, autor dos *Philosophumena*: "o mais antigo, pela religião, de todos os povos do Universo".[21] Ambos se enganam. A seita dos Essênios não é

---

17. M. Bouix, VIE DE SAINTE THÉRÉSE ÉCRITE PAR ELLE MÊME, 1923, p.p. 487-488.
18. A palavra grega ESSALOI, provavelmente do aramaico CHASSAM, os "TACITURNOS". — Ed. Mayer, URSPRUNG UND ANFÄNGE DES CHRISTENTUMS, II, p. 393.
19. Joseph., BELL. JUD., II 8, 4.
20. Plin., HIST. NATUR., V, 17.
21. Hippol., PHILOSOPH., IX, 27.

uma raça à parte. Seus membros são da mesma origem de Abraão, como todos os outros judeus, e sua aparição na história era recente, mais ou menos 150 anos antes de Jesus Cristo. As raízes do Essenismo porém, pareciam mergulhar em insondável antigüidade, talvez pré-israélica, pré-cananéa.[22]

O historiador que melhor conhece os Essênios é Flavio Josefo, que passou três anos de sua mocidade sob a direção dum velho chamado Banus, Essênio ou Nazareno (as duas comunidades se confundiam). João Batista era um nazareno, "consagrado a Deus desde o seio materno (Lc., 1, 15.), do mesmo modo que Jesus (Mt., 2, 23.: "ele será chamado Nazareno").

Até no modo de viver, o velho Banus lembra João Batista: usa tanga de cascas de árvore; alimenta-se de frutos silvestres; dia e noite "se batiza" — "mergulha na água fria para se purificar". Estas duas últimas palavras são as mesmas que Josefo emprega a respeito do Batista.[23]

Com a mesma coragem e o mesmo ardor, os Essênios, essas crianças "atemorizadas pela palmatória do mestre", obcecados pelo medo do Fim, se "batizam", mergulham na água, a fim de escapar á iminente consumação pelo fogo — à segunda Sodoma.

> "Era uma figuração (a arca de Noé, quando do Dilúvio) do batismo (imersão) que agora vos salvava",

poderiam dizer os Essênios, como dirão os cristãos (I Pedro, 3, 21).

IX

"Seu gênero de vida lembra o que Pitágoras ensinou aos helenos", observa Josefo.[24] Comunhão de bens, celibato, renúncia à alimentação animal e aos sacrifícios sangrentos, roupas de linho branco, adoração do sol como imagem viva de Deus, doutrina do pecado original e do "corpo — prisão da alma", prova — três anos antes da iniciação e juramento terrível de calar os mistérios da seita; sua magia, sua teurgia, sua simbólica, tudo deles é pitagórico.[25]

> "Eu me vesti com vestes brancas,
> Eu me purifiquei de mortes e nascimentos,
> E eu tomo cuidado que nenhum alimento
> Animal toque em minha boca",

poderiam dizer os Essênios como os cretenses de Eurípedes.[26]

---

22. No tempo do rei asmoneu Joanatham. — Joseph., ANT., XIII, 5, 9.
23. Joseph., VITA, II.
24. Joseph., ANT., XV, 10, 4.
25. Joseph., BELL. JUD., II, 8, 2-13; ANT., XIII, 5, 9; XV, 10, 4-5; XVIII, I, 5.
26. O. Kern, DIE ORPHIKER AUF KRETA ("Hermes". Band, LI, 1916), p. 562.

Conhecendo tudo isso, é difícil crer que esses Essênios sejam judeus e não, com efeito, "uma raça à parte".

X

O monte Carmelo, que se avista da colina de Nazaré, o primeiro batizador pelo fogo, fez do céu descer a chama sobre o altar rodeado e inundado de água (I Reis, 18, 38), foi visitado, mais ou menos trezentos anos depois de Elias, por Pitágoras, discípulo de Orfeu — o Dionísio Cretense.[27] Além do próprio Flávio Josefo, há ali uma alusão à ligação possível entre os mistérios-mitos essênios, os antigos mistérios do Oriente e o mistério, ainda mais antigo, do Ocidente: o altar rodeado de água e o fogo que a ele desce. Não será a imagem da Atlântida, da Ilha destruída pelo fogo?

A Ilha dos Bem-aventurados, situada alhures além do Oceano, no Extremo Ocidente, no "Poente de todos os sóis", é o paraíso essênio.[28] Josefo fala disso em termos tais, que como ele, ninguém pode deixar de pensar na "Atlântida" de Platão e nestes versos de Horácio:

> "Somos todos atraídos pelo Oceano
> que banha a Ilha dos Bem-aventurados",

e nos versos de Homero sobre os Campos Elíseos:

> "Onde correm serenamente os dias sem a tristeza do homem
> onde não há neve, nem chuva, nem nevoeiros de inverno,
> onde sopra o Zéfiro de suave murmúrio,
> que, com suave frescura,
> o Oceano envia aos Bem-aventurados".[29]

Que os Essênios o soubessem ou não (aliás, poderiam saber alguma cousa pelo livro de Henoch — "Atlas"); que se recordassem do nome de "Extremo Ocidente"ou que o houvessem esquecido, não pode haver dúvida de que o paraíso essênio era a "Atlântida".[30]

Habilíssimos jardineiros e hortelões, os Essênios procuravam avidamente no deserto o menor trato de terreno fértil, a menor grota regada pela água, a fim de plantarem vergéis e hortas, mesmo pequenos jardins, canteiros com flores, legumes, plantas medicinais — pequenas "Ilhas dos Bem-aventurados", pequenas "Atlântidas", no meio dum mar morto de pedras, salinas e areias. A alma de todo Essênio era um desses ilhéus no deserto do mundo, espécie de paraíso no inferno.

27. Jambl., VITA PYTAG., III. — Th. Keim, GESCHICHTE JESU, I, 302
28. Joseph, BELL. JUD., II, 154; ANT., VIII, 18. — Ed. Mayer, 1., C., II, p. 401. — A. Boulanger, ORPHÉE, 1925, p. 72.
29. Horat., EPOD., XI, V, 41. — Hom., ODYSS., IV, v. v., 562-568.
30. *"Henoch, o quinto (patriarca) depois de Adão, segundo crêem os babilônios, inventou a astronomia", diz Alexandre Polyhistor num fragmento conservado por Eusébio (H. E., ap. Spence, "The problem of Atlantis", p. 217).*

XI

Se é certo que a alma noturna da Atlântida — da Pré-história — é a "magia", a "teurgia", o poder vivo, "orgânico", sobre a natureza, que se opõe a nossa alma diurna, "mecânica", nisto também os Essênios se assemelham aos "Atlantes", aos homens da Pré-história.

Cada dia oram para que "o sol nasça", conjuram-no por meio de uma prece-encantamento mágica, "legada pelos antepassados", como se tivessem medo que ele se deitasse para sempre. É o mesmo temor que deviam sentir os homens das cavernas, nossos ancestrais, "essas crianças atemorizadas", nas trevas da noite glacial, após a destruição da primeira humanidade, após a Atlântida-Dilúvio.

Eis o sentido em que os Essênios, recentes na história, eram talvez no mito-mistério um "povo eterno", *gens aeterna*.

XII

A chave, tão miseravelmente perdida para nós, do mistério de fogo e água do Batismo — da imersão na Água, no Fogo, no Espírito — se encontra talvez nesse resto da primeira humanidade, milagrosamente salvo, surgido das profundezas da Atlântida submergida.

Todas as tardes, ao pôr-do-sol, os Essênios mergulham na água, "se batizam", conta Josefo,[31] e, logo após, vestidos de roupas brancas, entram num aposento especial, secreto, somente acessível aos iniciados, onde o superior da comunidade, celebrando o segundo mistério sagrado, benze o pão e a água (a água substitui igualmente o vinho na Eucaristia dos protocristãos), que os irmãos saboreiam em respeitoso silêncio.[32]

Batismo-Comunhão: aqui a ligação entre os dois sacramentos é evidente; não é menos evidente que ambos os sacramentos são pré-cristãos, vindo talvez dessa mesma antiguidade, insondável para nós, cujo vestígio milagrosamente conservado é "o povo eterno dos Essênios."

Eis o que significa a expressão de Salústio o Místico:

Não foi uma vez, porque é sempre.[33]

Ou, falando com maior exatidão: isto foi *uma vez*, isto é *sempre*. Ou ainda, segundo a palavra de São Paulo:

"Isto é a sombra do futuro, mas o corpo está no Cristo (Col., 2, 17).

Ou, enfim, conforme a expressão de Schelling:

"A história universal é um eon de que o Cristo é o conteúdo eterno, o começo e o fim, a causa e o fim".

---

31. Joseph., BELL JUD., II, 128. — Ed. Mayer, 1., C., II, p. 401.
32. Joseph; BELL JUD., II, 129. — Ed, Mayer, 1., C., II, p. 397.
33. Sallust., De DIIS ET MUNDO, IV.

XIII

Melhor talvez do que nenhum dos ex-cristãos que nós somos, os Essênios teriam compreendido o sentido de todos esses símbolos: o Peixe das Catacumbas levando nas águas do Batismo o pão e o vinho da Eucaristia; "a raça divina do Peixe celeste, recebendo o manjar doce como o mel"; o Peixe de Phestos, com a Pomba, beliscando o pólen de mel nos pistilos do Lótus celestial, e, na visão de Santa Tereza, a Pomba de escamas nacaradas com sua apavorante alegria. Mas, mesmo que os Essênios tivessem compreendido tudo isso, não teriam ouvido nem visto o que viu e ouviu, quando o céu se abriu acima de Bethabara, o só, o único de toda a humanidade, do começo ao fim dos tempos, o Homem Jesus.

XIV

Conhecia ele os Essênios?

Em todo o caso, João Batista devia conhecê-los. Poderia ignorá-los, ele, que viveu tantos anos a seu lado, no mesmo deserto, ele, que, como eles, se calava e esperava, ele, que, como eles, batizava, anunciando o castigo do mundo pelo fogo e a redenção pela água do batismo?

É mais do que incrível que jardineiros como os Essênios, ávidos buscadores de terrenos férteis no deserto, não tenham descoberto a garganta do Kerith, esse paraíso terrestre. E, se ali foram, João Batista certamente os conheceu e Jesus também, provavelmente.

O Evangelho guarda sobre os Essênios um estranho silêncio, mas talvez natural como sobre alguma coisa muito paralelamente próxima e maravilhosa, separada dele por esse muro cristalino de silêncio que separa João o Batista de Jesus o Batizado. Talvez os discípulos de João Batista tenham, como os Essênios, esse aspecto de "meninos atemorizados pela palmatória do mestre", porém não os de Jesus, que são os "filhos da alcova nupcial enquanto o esposo estiver com eles"; somente terão esse aspecto mais tarde, quando o esposo lhes for arrebatado (Mt., 9, 15.); tanto que, desde o século IV, o historiador eclesiástico Eusébio não poderá mais distinguir os Essênios do Egito, os Terapeutas, dos cenobitas cristãos.[34]

Mas, se Jesus mesmo não conhecia os Essênios, respirou o mesmo ar que eles toda a sua vida.

> "O que aconteceu nos dias de Noé acontecerá também na vinda do Filho do Homem (Mt., 24, 32.)".

Se o dilúvio é a "Atlântida", é dela que Jesus fala nessa palavra sobre o Fim, palavra que para ele tudo decide.

Lembremos que a via marítima, *Via Maris*, partindo do Extremo Ocidente, das Colunas de Hércules, do Atlântico, onde pereceu a Atlântida, para ir pelo Egito para o Norte, perlongava a colina de Nazaré e o lago de Tiberíade — o caminho de toda a vida de Jesus.

---

34. Euseb., H. E., II, 23, 4.

> "Quando os profetas falam, eis que sou eu mesmo quem fala",

diz um agraphon do Senhor.[35] Onde estão, pois, os profetas? Somente em Israel? Não, na humanidade inteira:

> "Muitos virão do Oriente e do Ocidente (Mt., 8, 11.)".

"Aquilo mesmo que se denomina agora religião cristã jamais cessou de existir, desde a origem do gênero humano até que o próprio Cristo se encarnasse", diz admirável trecho de Santo Agostinho.[36]

O anel perdido que une o Cristo à "religião cristã" existente antes dele — eis o que é o Essenismo. Talvez o primeiro raio do Cristo já ilumine as vestes brancas dos Taciturnos de Engadi.

"O Cristo dos pagãos é o sol dos cegos" (Schelling). Eles caminham cegamente para ele, sem o verem ainda, porém já se fazem batizar nele, comungam nele desde o começo dos tempos; porém somente o viram no dia 6 de janeiro do ano 29, quando os céus "se abriram" sobre o Jordão.

XV

> "Ora, aconteceu naquele tempo que Jesus veio de Nazaré, cidade da Galiléia, e foi batizado por João, no Jordão.
> Logo, ao sair da água, viu os céus se abrirem e o Espírito descer sobre ele, como uma Pomba.
> E baixou dos céus uma voz, que dizia: Tu és o meu Filho bem-amado, em quem pus toda a minha afeição (Mc., 1, 9, 11.)".

Este testemunho de Marcos, provindo de Pedro, testemunha provável do que se passara em Bethabara-Bethania, Mateus e Lucas repetem quase sem nada acrescentar, limitando-se a modificá-lo, quase imperceptivelmente à primeira vista, porém muito profundamente, se se examinar bem, e de modo bastante significativo.

Jesus "viu". O testemunho de Marcos-Pedro cifra-se a essa única palavra. Fosse o que fosse, Jesus foi o *único* a ver e foi por ele, com os olhos dele, que Pedro viu nesse mesmo momento, ou ouviu contar mais tarde. Terá outro qualquer visto? Essa pergunta nem ocorre ao espírito de Pedro, testemunha provável, sem dúvida porque isso lhe saiu naturalmente da memória, como do campo de visão de Jesus mesmo tudo desapareceu naquele momento: João e o povo. Ficou somente ele face a face com O ou com Aquele que via.

---

35. Epiph: HAERES., XXIII, 5. — A. Resch, AGRAPHA, p. 207. — E. Besson, LES LOGIA AGRAPHA, p. 132.
36. August., RETRACT., I, 13, 3.

Que significa, pois, esse "ele viu"? *Isso aconteceu ou não*? Se nos contentamos em acreditar, se não sabemos, se não *vemos* mesmo que isso *aconteceu* mais realmente do que tudo o que pode acontecer no mundo, não nos afastaremos uma linha da "mitologia", da "mitomania" de nossos sábios gênero Smerdiakov: "Tudo que aí está escrito não passa de mentiras".

Em outros termos: que se passou com Jesus em Bethabara: simples "visão espiritual", *Theoria noetiké*, como o supõem Orígenes e outros doutores, ou algo mais, uma brecha aberta sobre o outro mundo, um evento impossível, inconcebível para nós e, contudo, mais real do que tudo o que é possível, ao mesmo tempo exterior e interior, intelectual e sensual, espiritual e carnal, espécie de passagem das três dimensões à quarta, alguma coisa que se não pode exprimir exatamente senão com uma única palavra: *o milagre?*

XVI

Se, para responder a essa pergunta, se examinam mais de perto as dessemelhanças apenas sensíveis de Marcos e Lucas, vê-se que enorme diferença de qualidade há entre suas duas experiências religiosas:

> "Ora, como todo o povo se fazia batizar, Jesus também se fez batizar. Enquanto ele orava, o céu se abriu.
> E o Espírito Santo desceu sobre ele, em forma corporal, como uma pomba; e baixou do céu uma voz... (Lc., 3, 21-22)".

Em Lucas, não é só Jesus quem "vê" mas "todo o povo". O ponto de apoio se transportou de um só sobre todos, de dentro para fora. O que era, ao mesmo tempo, interior e exterior, transparente, torna-se unicamente exterior, impenetrável. O que era, ao mesmo tempo, espiritual e sensual, fica sendo somente sensual.

Da extremidade da terra, do horizonte que separa os dois mundos, desse último, delgado como o gume de uma lâmina, em que se abre a brecha que leva deste mundo ao outro, das três dimensões à quarta, Lucas recai neste mundo, nas três dimensões, antes de ter tido tempo de lançar um olhar ao outro lado.

Em Marcos-Pedro, como no próprio Jesus, o instante fulminante da visão-brecha é um ponto quase geométrico sobre a mesma extremidade, sobre o derradeiro limite entre o tempo e a eternidade: "logo-súbito, quando saía da água, ele (Jesus) viu os céus se abrirem", enquanto que, em Lucas, é a linha do tempo que dura: "enquanto Jesus orava, o céu se abriu". Aqui ainda, do traço fino como o gume de uma lâmina, Lucas volta para trás, no tempo sem ter podido lançar um olhar pela brecha da eternidade.

Em Marcos, Jesus vê "o Espírito descer sobre ele como uma pomba". Esse "como" pode ter dois sentidos: duas geometrias, dois mundos. Ou o Espírito tem o aspecto duma pomba, ou seu vôo somente é suave e harmonioso como o vôo duma pomba; o hálito do Espírito parece o doce bater de asas da pomba. Em Lucas, só se conservou um desses dois sentidos e desabrochou; o outro desapareceu completamente e, com ele, a dupla geometria, a dupla medida de todo o evento. O Espírito Santo desceu sobre ele, em forma *corporal*, como uma pomba". Aqui, já tudo se coagula, se torna pesado. O Espírito ainda se não "metamorfoseou" em Pomba, mas está a pique disso, como — coisa terrível de se dizer — os deuses, nas "Metamorfoses" de Ovídio, se mudam em animais. Em breve, a Pomba do Espírito será esculpida no mármore, como pelo cinzel pagão dos helenos. Não sabemos mais, nem nos lembramos mais — o próprio Lucas se lembrará? — por que o Altíssimo se humilha assim, porque o Espírito se torna um animal.

Os signos se extinguem, se obscurecem, perdem sua ardente transparência, cada vez menos manifestam o que há por trás deles. Pertinho de Lucas, se não já nele, o milagre vai tomar corpo, endurecer-se, materializar-se. O próprio Lucas fica ainda no mistério — no que *foi* mas, em qualquer parte, junto dele, é já o "mito" — o que *não foi*.

XVII

Entre Marcos e Lucas, eis Mateus. Vê-se também, segundo seu testemunho, de onde tudo vem e aonde tudo vai:

> "Logo que foi batizado, Jesus saiu da água; e eis que os céus se abriram e ele viu o Espírito de Deus descer como uma pomba e vir sobre ele (Mt., 3, 16.)".

Aqui, o ponto de apoio sobre que repousa todo o testemunho está ainda em Jesus, no que ele vê. E o instante fulminante, a brecha do tempo na eternidade, o duplo sentido na aparição da Pomba-Espírito, parece que se conservaram melhor. Mas já tudo aí não está; verifica-se pela voz vinda do céu e dirigindo-se não mais a Jesus somente: "Tu és meu Filho bem-amado", mas, senão a todos, pelo menos a duas pessoas, ao Batista e ao Batizado: "Este é meu Filho bem-amado (Mt., 3, 17.)".

Se em Mateus o centro de gravidade ainda não foi mudado, já se moveu, vai passar de Marcos a Lucas, do mistério ao mito.

XVIII

Como em muitas outras circunstâncias, João, a derradeira testemunha, volta a Pedro, a primeira testemunha. De novo, voa com divina leveza, para essa linha fina como o gume de uma lâmina, em que se abre a brecha, ao mesmo tempo espiritual e sensual, interior e exterior, do tempo sobre a eternidade, das três dimensões sobre a quarta.

> "João Batista deu ainda este testemunho: "Eu vi o Espírito descer do céu como uma pomba e pairou sobre ele" (Jo., 1, 32.)".

Aqui, porém, não é mais o testemunho do próprio Jesus, é somente o de João, e não mais no presente, sim no passado: para João, o instante fulminante do milagre é inexprimível ou, então, foi esquecido, se perdeu.

XIX

Além de nossos quatro Evangelhos, temos ainda três outros testemunhos sobre o milagre de Bethabara de igual autenticidade histórica e muito pouco posteriores (uma ou duas gerações); três evangelhos, não falsos, mas secretos, "Reminiscências dos Apóstolos", segundo a palavra profunda de Justino. Todos três falam do mesmo acontecimento que, sem ter passado inteiramente em silêncio, não foi, em dois mil anos de cristianismo, ouvido quase por ninguém: a aparição da luz durante o batismo.

> "Essa ablução (batismo) chama-se iluminação, porque os que a recebem ficam com o espírito iluminado".

É o que diz Justino, recordando-se ainda dessa aparição da Luz, talvez porque, na sua mocidade paga, fora também iniciado nos mistérios em que se conhecia bem essa Iluminação.[37] Phosismos — é essa mesma palavra que designava o mais sagrado episódio dos mistérios de Eleusis, que se realizava logo após a descida ao inferno, Katabasis, correspondente à descida do batizado na água, onde o velho Adão morre e renasce.[38]

A palavra "luz" é repetida seis vezes nos cinco versículos do primeiro capítulo do IV.º Evangelho, em que se fala de João Batista: "a vida era a luz dos homens"; "a luz brilha nas trevas"; João "veio para dar testemunho da Luz"; "Ele mesmo não era a Luz, mas devia dar testemunho à Luz"; "esta era a verdadeira Luz". Pode-se dizer que se realiza já no próprio Evangelho o milagre, apagado nos nossos olhos cegos, da Luz de Bethabara — da iluminação de Eleusis.

Deslumbrado na estrada de Damasco por essa luz, "mais brilhante do que o sol", Saulo ficou cego e foi Paulo quem recobrou a vista.

É ainda a mesma luz que ilumina Santa Tereza pouco antes de sua visão da "Pomba com asas de escamas", e quantos outros santos antes e depois dela! Pode-se dizer que, é essa aparição da luz que constitui a primeira experiência dos santos.

Tereza fala-nos de um "brilho que não deslumbra", de uma "brancura tão suave", com tanta simplicidade, tanta precisão experimental que é necessário ser um Smerdiakov sábio para não acreditar, não ver que não é "uma alucinação da vista", mas coisa realmente acontecida. "Diante dessa luz, o sol perde de tal forma seu brilho que se desejaria não mais abrir os olhos. Há entre essas duas luzes a mesma diferença que entre uma água muito límpida, correndo sobre cristal e refletindo o sol, e uma água turva, correndo na terra sob o céu enfarruscado. Também essa luz divina se não assemelha em nada à do sol; somente ela parece natural e, junto dela, é a do sol que

---

37. Orígin., C. CELS., I, 48. — W. Bauer, DAS LEBEN JESU IM ZEITALTER DER NEUTEST. APOKRYPHEN, p. 116. — K. Hase, GESCHICHTE JESU, p. 300.
38. Justin., I APOL., LXI, 21.

parece artificial. E o Senhor a faz aparecer tão bruscamente que, se fosse preciso unicamente abrir os olhos para vê-la, não teríamos tempo; mas, que importa que os olhos estejam abertos ou fechados, se Nosso Senhor quer que a vejamos? Fiz muitas vezes a experiência", diz a Santa.[39]

A primeira experiência foi feita em Bethabara e anotada nas três "Reminiscências dos Apóstolos" que não acharam cabimento dos nossos Evangelhos.

XX

A primeira reminiscência se encontra no "Evangelho dos Ebionitas", os "Pobres de Deus", que são os primeiros discípulos do Senhor:

> "Ora, pois, enquanto o povo se fazia batizar por João, Jesus veio também e se fez batizar, e, quando saía da água, os céus se abriram e ele (Jesus) viu o Espírito Santo, em forma de pomba, descer e entrar nele.
> E houve uma voz vinda do céu, dizendo: Tu és meu Filho bem-amado, em quem pus minha benevolência.
> E ainda: Hoje eu te gerei.
> E logo esse lugar foi iluminado por uma grande Luz.
> E, vendo-a, João perguntou a Jesus: Quem és tu senhor?
> E, de novo, houve uma voz do céu, dirigindo-se a ele (Jesus): Este é o meu Filho bem-amado, em quem pus toda a minha benevolência.
> E, prosternando-se a seus pés, João disse: Eu é que devo ser batizado por ti, Senhor. E ele (Jesus) o impediu, dizendo: Deixa porque, assim, devemos cumprir tudo".[40]

A segunda reminiscência se acha no "Evangelho dos Hebreus", que é talvez o original aramaico ou a fonte do nosso Mateus:

> "Aconteceu, quando Jesus saía do rio, que o Espírito Santo, em sua plenitude, desceu e repousou sobre ele e lhe disse: Meu Filho, em todos os profetas eras tu que eu esperava para vir repousar em ti, porque és meu repouso, meu primogênito que reina pela eternidade".[41]

Embora este fragmento nada diga da aparição da luz, pode-se concluir que isso estava implícito, em vista de se referirem ao fato dois antiqüíssimos códices latinos do Evangelho segundo São Mateus, o Verselense e o Sangermanense, como se os redatores houvessem compreendido, a despeito do Cânone, que o Batismo não podia ser obscuro.

No primeiro códice:

> "Uma grande luz jorrou da água e iluminou tudo em redor, tanto que os que ali se achavam ficaram apavorados".

---

39. M. Bouix, l., C., p. 301.
40. Epiph., HAERES., XXX, 14. — E. Preuschen, ATOLEGOMENA, p. p. 10-11.
41. Hieron., COMMENTAR. IN IS., XI, I. — A. RESCH, l., C., p. 234.- E. Besson, l., C., p. 38.

E quase a mesma coisa no segundo:

"Uma grande luz jorrou da água".[42]

É muito provável que, no Evangelho dos Ebionitas, a "Fonte do Espírito", o fogo que desce sobre Jesus, caia do céu em torrentes.

O terceiro testemunho está num fragmento conservado por Justino das "Reminiscências dos Apóstolos", dos Evangelhos que desconhecemos:

"...No momento em que Jesus entrava na água, saiu um fogo do Jordão, e, no momento em que saía, o Espírito Santo voou sobre ele como uma pomba".[43]

XXI

Essa chama do círio batismal queimando diante da face do Senhor foi assoprada na Igreja, no cristianismo e até no Evangelho; felizmente esqueceram de fazê-lo nesse recanto escuro e remoto — nos Evangelhos apócrifos, rejeitados pela Igreja.

No milagre do fogo de Elias, no monte Carmelo, a água é absorvida pelo fogo, enquanto que aqui, no Batismo, o fogo é absorvido pela água. A Luz do Batismo se apagou e todo o cristianismo se obscureceu: suas águas escuras, mortas, correm para o mar Morto.

O Batismo tornou-se de água, de lágrimas, batismo sem fogo, sem alegria, tão fácil de esquecer que nos lembramos tanto de nosso batismo quanto de nosso nascimento. Mortos, não nos recordamos mais que "a vida era a Luz dos homens" (Jo., 1, 4.); cegos, não vemos mais que "a luz brilha nas trevas e as trevas não a receberam" (Jo., 1, 5).

XXII

Aquele que batiza pelo fogo poderia não ser batizado pelo fogo? Só isso atestaria a autenticidade histórica do testemunho dos Evangelhos não admitidos no Cânone, sobre a aparição do Espírito-Fogo. Mas seu rasto, inapagável como uma queimadura, igualmente se conservou nos nossos Evangelhos canônicos — na contradição entre as duas lições: a, mais tardia, de Lucas e Mateus: "o Espírito desceu sobre ele", e a primeira, em Marcos, segundo os antigos códices precanônicos: "o Espírito entrou nele".[44] Se o Espírito desce sob forma corpórea, como uma pomba, não é possível compreender nem figurar como o corpo de uma pomba entra no corpo de um ho-

---

42. W. Bauer, 1., C., p. 134. — A. Resch, 1., C., p. 225. — Hilgenfeld, NOV. TEST. EXTRA CANON. RECENS, 2, IV, 15.
43. Justin., DIAL. C. TRYPH., 88.
44. A palavra grega EIS pode ter dois sentidos: "Sobre ele" e "nele"; mas, se vê que em Marcos está o último sentido pelo Evangelho dos Ebionistas: "O Espírito que desceu e entrou nele"- W. Bauer, 1., C., pp. 117-118.

mem. Eis porque o primitivo nele foi substituído, "corrigido", posteriormente por sobre ele. Todavia, se o espírito é o Fogo, o Relâmpago, compreende-se ou pelo menos se pode imaginar que o fogo tenha entrado em Jesus.

Nos séculos IV e V, lembravam-se ainda que a Pomba era branca.[45] O trêmulo cintilar da Luz de inefável alvura ora é figurado pelas "escamas de peixe", ora pelas "penas da pomba", enquanto que o cristal da branca Luz concentrada é o Peixe-Pomba de alvura fulgurante.

Deus disse, no começo da criação:

"Que a luz seja; e a luz foi (Gen., 1, 2.)".

A luz aparecida no começo do mundo apareceu ainda no seu meio, ao meio-dia, minuto por minuto, com precisão astronômica, quando o sol entrou no signo do Peixe-Pomba.

Eis um dos dois segredos perdidos do Batismo: "o Espírito é Luz"; e eis o segundo:

XXIII

"Tu és meu Filho bem amado,
Eu te gerei hoje".
EGO SÉMERON GEGÉNNEKASE.

Isto está no antigo códice Cantabrigense D, redigido segundo um arquétipo de 150, assim como nos códices italianos, enquanto que nosso texto canônico, que data do século IV, dirá:

"Tu és meu Filho bem-amado,
em quem pus toda a minha benevolência (Lc., 3, 32.)".

A autenticidade da primeira versão é atestada por todos os Padres, de Justino a Clemente de Alexandria e Jerônimo.[46]

É muito pouco provável que Lucas tivesse podido conservar essa primeira versão, se a não houvesse encontrado numa fonte pré-sinóptica, porque a contradição é demasiado flagrante demasiado "escandalosa", entre as duas Natividades, a de Bethabara e a de Belém, entre o batismal: "Eu te gerei hoje", e o anunciador: "O Espírito Santo baixará sobre ti... Por isso, o Santo Menino que nascerá será chamado Filho de Deus".[47] Portanto, como e quando o Filho de Deus, o Cristo nasceu? Ao

---

45. Orac. Sibyl., IV, 7. — Lactant., DIVIN. INSTIT., IV, 15, 3.
46. A. Resch, 1., C., p. p. 344-345. W. Bauer, 1., C., p. 121.
47. J. Weiss, DAS ÄLTEST EVANGELIUM, p. 113.

mesmo tempo que Jesus, em Belém, ou depois de Jesus, em Bethabara, segundo ensinam os primeiros docetas judaico-cristãos: "Foi somente no Jordão, ao mesmo tempo que o Espírito Santo, que o Cristo entrou em Jesus"?[48]

Eis porque, desde que a concepção virginal se tornou um dogma imóvel, não sendo mais um milagre ao mesmo tempo interior e exterior, mas somente exterior, sem brecha certa para outra realidade, desde que caiu da história mística na história somente, a contradição entre os dois nascimentos se tornou um "escândalo" tão flagrante e insuportável que a Igreja, para lhe pôr termo, foi forçada, apesar dos irrecusáveis testemunhos de todos os Santos Padres, apesar do próprio Evangelho, a substituir a antiga lição autêntica por uma nova lição não autêntica. Depois das palavras: "Tu és meu Filho bem-amado", as palavras "em quem pus toda a minha benevolência" só fazem repetir, enfraquecendo-o, o que já foi dito, porque a benevolência é menos do que o amor: isto equivale a dizer que a água é úmida e o globo, redondo.

As maiores palavras que jamais foram ditas no mundo dão lugar a palavras destituídas de sentido. Para não ouvir do Espírito palavras incômodas, "escandalosas", os homens o reduziram ao silêncio.

XXIV

Ninguém teria ousado fazê-lo durante a segunda ou a terceira geração após Jesus Cristo, na época em que vivia Justino Mártir, que ainda lia, não só no Evangelho de Lucas, como nos outros Evangelhos que não chegaram até nós, as verdadeiras palavras do Espírito.

Entretanto, como se já pressentisse o "escândalo" possível, Justino procura, senão vencê-lo, pelo menos afastá-lo, atenuá-lo:

> "Foi preciso que se cumprisse o nascimento (o segundo), para a raça dos homens, no momento em que, para eles, começou o conhecimento d'Ele, "gnosis".[49]

Isto é verdadeiro e profundo, mas a contradição não foi totalmente suprimida, foi somente transferida da história para o mistério.

O espírito diz com muita clareza e precisão: "Eu te gerei hoje", dando a entender que o dia de Bethabara é, em certo sentido, o primeiro e o único, não só na eternidade, como ainda no tempo, não sendo de modo algum uma repetição simbólica do dia de Belém.

É igualmente muito claro, que na terra, um homem terrestre, fosse embora o próprio Cristo, não podia nascer duas vezes no tempo. Por conseguinte, somente um de seus nascimentos é realmente carnal e o outro é unicamente simbólico, figurado, ou, o que será motivo de escândalo para os docetas, "aparente, falso".

E, de novo, a mesma pergunta se impõe: qual dos dois nascimentos é o real no tempo, na história? Aqui também, o aguilhão do "escândalo" foi escondido e não arrancado.

---

48. W. Bauer, 1., C., p. 124.
49. Justin., DIAL. C. TRYPH., 88.

XXV

Parece bem que Lucas, pressentindo a contradição possível entre Bethabara e Belém, não procura resolvê-la, contentando-se em mostrar que a vê e não a teme, quando põe a genealogia de Jesus, não antes de Belém, o que seria natural, como o faz Mateus, porém depois do Batismo, após o segundo nascimento. O Espírito diz a Jesus: "Eu te gerei hoje" e imediatamente:

> "Jesus era, *segundo se cria*, filho de José... Filho de David... Filho de Adão, filho de Deus (Lc., 3, 23, 39.)".

Nesse segundo se cria se encontra ainda a mesma pergunta sem resposta: de quem é filho o Cristo segundo a carne? Qual é sobre esse ponto o pensamento, não dos outros, mas do próprio Lucas? Ainda aqui, o aguilhão do escândalo está somente imobilizado, enfeitiçado, mas não morto.

XXVI

> "Que pensais do Cristo? De quem é filho? (Mt., 22, 42)".

A essa pergunta que dirigirá mais tarde aos Fariseus, o próprio Jesus responde desde sua conversa com Nicodemos.

As iniciações aos mistérios se realizavam à noite; foi também à noite que Nicodemos foi ver Jesus (Jo., 3, 2.) e o Divino Mistagogo o iniciou no seu mistério —, no segredo do Batismo, de seu segundo nascimento, segredo de todos os mistérios pré-cristãos, que é o novo nascimento, palingenesis.

> "Em verdade, em verdade te digo, se um homem não nasce de novo, não pode ver o reino de Deus".

Mas Nicodemos não compreende como não compreenderão os cristãos, escandaliza-se tanto quanto esses se escandalizarão:

> "Como pode um homem nascer, se já é velho? Pode retornar às entranhas de sua mãe e nascer segunda, vez?
> Jesus respondeu: Em verdade, em verdade te digo, se um homem não nasce de água e de Espírito, não pode entrar no reino de Deus".

O primeiro que ali entrou, o próprio Cristo-Rei, não poderia entrar de outro modo.

> "O que nasceu da carne é carne, e o que nasceu do Espírito é espírito".

Que o Homem Jesus fala aqui não só de todos os homens, mas também Dele mesmo; que o Filho do Homem não se separa mais aqui da humanidade no seu nascimento terrestre do que em toda a sua vida e sua morte terrestres, vê-se pelo que se segue:

"Em verdade, em verdade te declaro que nós atestamos o que vimos".

Que esse "nós" significa "eu", prova-o igualmente a continuação:

"Se não credes, quando vos falo das coisas terrestres, como crereis, quando vos falar das celestes?"

Ele falou de seu nascimento terrestre, não o acreditaram, e, quando falar de seu nascimento celeste:

"Ninguém subiu ao céu, a não ser aquele que desceu do céu, o Filho do Homem que está no céu",

ainda menos acreditarão (Jo., 3, 3-13.).

XXVII

Outro segredo de todos os mistérios pré-cristãos é que a iniciação é uma morte. "A palavra e a coisa se parecem: teleutan e testhai — *morrer — ser iniciado*", diz Plutarco, falando da "descida ao inferno" eleusiniana, que correspondia à imersão batismal.[50]

Nicodemos também é iniciado por Jesus nesse segundo mistério: o Batista é a Cruz. "É preciso que o Filho do Homem seja elevado" — sobre a cruz. "De tal modo Deus amou o mundo que deu seu Filho único" — à morte (Jo., 2, 3-16).

"Eu vim trazer o fogo à terra e como desejaria que já estivesse aceso!
Há um batismo com que devo ser batizado e como me angustio até que se realize! (Lc., 12, 49-50.)".

dirá o Senhor na sua derradeira viagem a Jerusalém, ao Gólgota. Houve um batismo na água, haverá um ao sangue; sempre a mesma gradação ascendente: Água — Sangue — Fogo — Espírito.

E, de novo, na conversa noturna com Nicodemos:

"A LUZ veio ao mundo".

---

50. Plutarch., DE IMMORT. ANIM. P. Foucart LES MYSTÈRES D'ELEUSIS, p. 56.

A Luz: Jesus repete cinco vezes a palavra em dois versículos, como o Evangelista João a repete seis vezes nos cinco versículos em que se refere ao Batista. O círio batismal da Iluminação, apagado pela Igreja brilha ali também; sua chama jorra novamente no Evangelho.

E, logo após a conversa com Nicodemos, lemos:

> "Jesus... aí (na Judéia) batizava... João batizava também em Enon (Jo., 3, 22-23.)".

É preciso ser cego para não ver que todo esse Mistério Divino, a conversa noturna com Nicodemos, é consagrado ao mistério do Batismo, do segundo nascimento de Jesus.

"Como pode ser isso?" pergunta Nicodemos, que continua a não compreender, como não compreenderão os cristãos.

Os pagãos, Essênios, Pitagóricos, Órficos, todos os iniciados nos mistérios, teriam talvez compreendido; os Adâmicos-Atlantes, o "mais antigo povo do mundo", a raça eterna, o resíduo da primeira humanidade miraculosamente conservado na segunda, talvez também compreendessem.

XXVIII

O mistério da Natividade — da Anunciação — brilha através do mistério do Batismo.

"De quem é Filho o Cristo?" A essa pergunta de Jesus, do mesmo modo que à pergunta de sua mãe:

" Como poderá isso acontecer, se não conheço homem?" o Espírito responde na aparição de Bethabara:

> "Eu te gerei hoje".

Assim fala na eternidade o Espírito, a Mãe Celeste; assim poderia falar no tempo Maria, a mãe terrestre. Aqui, não há mais contradição entre os dois nascimentos, o aguilhão do escândalo foi retirado.

A lembrança do original aramaico se conservou em grego nos quatro testemunhos de nossos Evangelhos canônicos, em que o símbolo do Espírito não é um pombo, *peristeras*, mas uma pomba, *peristera*.

> "Deus é Espírito (Jo., 4, 24.)",

essas palavras na boca de Jesus, que se exprimia em aramaico, não podem deixar de significar que Deus é não somente Ele, Pai, mas também Ela, Mãe.

Os fiéis já esqueceram isso, porém os heréticos ainda se lembram:

> "Desce, Espírito Santo!
> Desce, Pomba Santa!
> Desce, Mãe misteriosa!"

Tal é a prece de batismo e de eucaristia nos "Actos de Tomás".[51] Do mesmo modo os gnósticos Ofitas são batizados e comungam em nome do Espírito — Mãe.[52]

> "Minha Mãe, o Espírito Santo",
> MENTER ÉON TO AGON PENEUMA,

dirá evocando o que se passou logo após o Batismo, o próprio Jesus, no Evangelho dos Hebreus.

Na vida pública do Filho — o Pai; na vida oculta — a Mãe. Todo Jesus é conhecido no Pai; todo Jesus é Desconhecido na Mãe.

Se o Filho tem um Pai celeste, por que não pode ter uma Mãe celeste? E, se tão horrorosamente esquecemos o Filho e o Pai, não foi porque esquecemos a Mãe?

Mais do que nunca, a Virgem Maria, a mãe terrestre do Filho, é, neste momento, a esperança da humanidade. Não é em vão que os homens a adoram: só Ela os conduzirá à Mãe celeste — ao Espírito.

XXIX

Três humanidades: a primeira desaparecida antes de nós — o reino do Pai; a segunda, a nossa, próxima da salvação ou da morte — o reino do Filho; a terceira, depois de nós, salva — o reino do Espírito-Mãe.

É por isso que há três pombas: a primeira acima do Caos, a segunda acima do Dilúvio, a terceira acima das águas do Batismo.

XXX

> "Meu Filho, em todos os profetas, eras tu que eu esperava para me repousar em ti, porque és meu repouso, minha doçura, eu me repouso em ti, porque és minha paz, meu repouso",

diz ao Filho a Mãe — o Espírito.

Eis quando se realiza a visão profética de Elias o Ardente — o Doce, no monte Horeb:

> "Um vento forte, violento dilacerava as nuvens e quebrava as rochas diante do Eterno, mas o Eterno, não estava no vento. Depois do vento, houve um terremoto, mas o Eterno não estava no terremoto. Depois do terremoto, um fogo, mas o Eterno não estava no fogo. E, depois do fogo, um sopro suave e sutil (Reis, 19, 11-12)",

O suave sopro do Espírito-Mãe.

---

51. Acta Thomae, 27, 49, 50. — E Hennecke, HANDBUCH ZU DEN NEUTEST. APOKRYPHEN, I, p. 270.
52. W. Bousset, HAUTROBLEME DER GNOSIS, P. 66.

XXXI

Fora, o temporal abalava o coração da terra, o rugido dos leões, e, no coração do Filho — um doce bater de asas, um arrulho de pomba: "Tu és meu Filho bem-amado". Fora, o relâmpago, trovejante, e, dentro, o milagre dos milagres — o eterno e suave clarão, a doce luz do Filho vinda da Mãe.

> "Porque, como o relâmpago parte do Oriente e brilha até o Ocidente, o mesmo acontecerá à vinda do Filho do Homem (Mt., 24, 27)".

O eterno e doce Relâmpago do Espírito pairava acima do abismo no começo do mundo; o mesmo relâmpago iluminará seu Fim.

Tudo o que será do começo ao fim do mundo Jesus viu no instante em que os céus se abriram sobre ele: a Água — o Fogo — o Peixe — a Pomba — o Espírito — a Mãe — e também o Último, o Inefável — o que nos faria morrer de pavor ou de alegria, mesmo que o não víssemos, se o ouvíssemos.

XXXII

Houve talvez uma tempestade. O povo viu um relâmpago, ouviu o trovão e nada mais? Não, houve ainda alguma coisa. Nesse momento, como no primeiro encontro de João com Jesus, quando dois olhares, dois raios se cruzaram, toda a gente o sentiu: é Ele.

Foi nesse minuto formidável que as forças celestes se desencadearam; as mãos dos Serafins inclinaram o eixo do mundo, o sol entrou no equinócio e o Cristo entrou no mundo.

XXXIII

O Senhor envia às vezes os mais maravilhosos sinais aos pecadores e não aos Santos, afim de salvar aqueles, diz Santa Tereza. É assim talvez que a nós são enviados todos esses sinais do Fim. Há dois mil anos que o cristianismo dura e ainda ninguém, fora nós, poderia vê-los.

Não adianta fecharmos os olhos. Mesmo nos olhos fechados rebrilha o clarão – o FIM.

VII

JESUS E O DIABO

I

Que é o diabo? "Um parasita de bom-tom, freqüentando velhos amigos que o recebem pelo seu caráter acomodado e também porque é, apesar de tudo, um homem de bem, que se pode ter à mesa, com qualquer outro conviva, colocando-o, bem entendido, à ponta". Tal é a resposta aparentemente brincalhona que dá Dostoievsky a uma pergunta, que, para ele, nada tem de pilhéria e a qual se não poderia responder de outra forma, no nosso "século esclarecido".[1] Para nós, Dante e Santo Tomás de Aquino somente acreditaram no diabo em conseqüência da "ignorância" da Idade-Média, e Newton e Pascal unicamente porque "seu gênio tocava as raias da demência".

Mais eis Goethe, uma das mais sadias inteligências do mundo, tão afastado quanto nós da ignorância da Idade-Média: Fausto, o duplo de Goethe, quando diante dele surge outro duplo eterno de Goethe, Mefistófeles, "o estranho filho do caos, *des Chaos wunderlicher Sohn*", o mais pessoal, o mais vivo dos demônios, Fausto pergunta sem o menor tom de brincadeira:

> "Quem és tu?"
> Wer bist du denn?

Para Goethe, a presença — a vinda — no mundo e nele mesmo do "demoníaco", muito palpável, muito experimental, para que à pergunta: Que é o diabo? responda com tanta leviandade quanto nossos homens "esclarecidos", os quais são talvez mais homens do século XIX do que homens do século XX: "O diabo não passa de uma lenda supersticiosa dos séculos passados".

---

[1] F. Dostoievsky, LES FRÈRES KARAMAZOV, IIIª parte, livro XI, cap.9: o Diabo.

II

Para duvidar profundamente, é preciso crer profundamente; os homens cuja fé é mais profunda, os santos, são também aqueles cuja dúvida é mais profunda.

"Eu te asseguro que alguns deles não te são inferiores pela inteligência... Eles podem, no mesmo momento, contemplar tais abismos de fé e de incredulidade que é por um fio de cabelo que um homem se não despenha no precipício", diz o diabo a Ivan Karamazov. Faríamos talvez bem não desprezando a experiência dos santos em nossa resposta à pergunta: Que é o Mal — o diabo?

— "Tu não existes por ti mesmo, tu és eu, tu és eu e nada mais... Tu és um sonho e não existes, exclama Ivan, lutando com o diabo.

— O ardor com que me negas prova que, apesar de tudo, acreditas em mim replica o diabo irônico.

— Absolutamente. Não creio em ti nem um centésimo.

— Mas acreditas um milésimo. Ora, as doses homeopáticas são talvez as mais fortes. Confessa que crês em mim um décimo de milésimo... Eu te levo ora à fé, ora à incredulidade, e tenho meu fim nisso... porque cessarás completamente de crer em mim, logo que te ponhas a me declarar face a face que não sou um sonho, mas existo realmente... então, atingirei o meu fim..."

III

O diabo de Ivan Karamazov é simples criação do "delírio", da "alucinação" ou é alguma coisa, embora num "décimo milésimo de dose" — uma experiência religiosa ignota, uma brecha aberta sobre outra realidade, uma passagem das três dimensões à quarta, uma visão — um apagamento da cegueira, como o despertar dum homem que exclama: "Não, não, não! Não era um sonho! Ele estava ali!?

"A crítica da razão pura" evidentemente não poderia responder a essa pergunta que ultrapassa seus limites "foi ou não foi?"

"O diabo não existe, porque o Mal absoluto não existe; há uma simples diminuição relativa do bem". Esta verdade ou esta mentira metafísica é uma irrisão para a alma humana prestes a perecer no mal, do mesmo modo que esta verdade física: "o frio absoluto não existe; há uma simples diminuição relativa do calor" é uma irrisão para o corpo humano prestes a gelar. Que o que é relativo para a razão pode ser às vezes absoluto para o corpo, o corpo e a alma o sabem ou sabê-lo-ão um dia ao preço de terrível experiência.

Pode-se, certamente, não acreditar nem em Deus nem no diabo, mas não há razão alguma, se se acredita num Deus pessoal, para se não acreditar também num diabo pessoal.

Qual é, pois, seu semblante? O nosso, provavelmente, nos momentos em que quereríamos esquecer e esquecemos, com efeito, com terrível leviandade: "*Ele sou eu...* Tudo o que há em mim de baixo, de vil, de desprezível": assim, se reconhece no diabo, como num espelho de aumento, mas terrivelmente fiel, Ivan Karamazov. "Eu" — na minha sombra que me não deixa, no meu "duplo-parasita", — no limite transcendente do mal, que ainda me não atingiu, mas que já está ameaçadoramente próximo — eis o que é o diabo.

IV

O espantalho impede os pássaros de se aproximarem das uvas. O diabo impede os cristãos atuais de se aproximarem do Cristo.

"Quem poderia, em nossos dias, crer como cria Jesus? Ele cria nos demônios, em quem não cremos mais", afirma um teólogo protestante, exprimindo ingenuamente o que têm no espírito quase todos os cristãos atuais.[2] Mas, se um pequeno colegial de hoje é capaz de mostrar que Jesus se enganava na essência do mal — do diabo, quem nos garante que se não enganava igualmente na essência do bem — Deus? Ora, basta isto para que desabe todo o cristianismo.

Durante toda a sua vida, Jesus não luta somente contra um mal abstrato, impessoal, mas contra seu inimigo, tão pessoal e vivo quanto ele, o diabo, e é a esse aspecto do Mal que se reporta esta súplica do Senhor: Livrai-nos do Maligno".

> "Ninguém poderá entrar na casa do homem forte e roubar seus bens, se antes não tiver amarrado esse homem forte; depois disso, é que poderá pilhar sua casa (Mc., 3, 27)".

É o que Jesus faz toda a sua vida. Seu milagre principal, contínuo, é a "força", *dynamis*, que emana dele e que expulsa os demônios. É unicamente por isso que tomou sobre si a carne e o sangue, a fim de que, na carne e no sangue,

> "por sua morte, destrua o poder daquele que tinha império da morte, quero dizer o diabo (Hebr., 2, 14)".

"Senhor, os próprios demônios nos são sujeitos em teu nome", exclamam com alegria os Setenta Enviados voltando para o Senhor. Mas ele lhes disse:

> "Eu vi Satã cair do céu como um raio. Eis que vos dei o poder de calcar... todo o poder do inimigo (Lc., 10, 17-19)".

Se Satã não existe, o Senhor nada viu no céu e nada deu aos homens sobre a terra. Toda a sua vida, ele lutou contra ninguém e por nada.

---

2. E. Stapfer, LA MORT ET LA RESSURRÉCTION DE JESUS CHRIST, p. 232.

É preciso ser lógico: ou renegar completamente o Cristo ou aceitá-lo tal qual é. Jesus sem o diabo é um homem sem sua sombra: não passa de uma sombra dele próprio e toda a sua vida é um "erro fatal", segundo a expressão de Renan, ou, segundo a expressão de Celso: "ele acabou por uma morte miserável uma vida infame".

V

Toda a vida oculta de Jesus, como toda a sua vida pública, é uma luta contra o diabo, que os Evangelhos, as "Reminiscências dos Apóstolos" chamam, provavelmente segundo as palavras do próprio Jesus, a "Tentação".

"Jesus foi levado pelo Espírito ao deserto, para ser tentado pelo diabo (Mt., 4, 1.)".

Isto se passou bem no começo de sua vida pública, logo depois do Batismo, e, no fim, na véspera da Cruz, ele dirá:

"Vós (os discípulos) estivestes comigo nas minhas tentações (Lc., 22, 28.)".

Três tentações, as mesmas que sobre a Montanha — pelo Pão, pelo Milagre e pelos Reinos — atravessam toda a sua vida: pelo pão, quando, após a multiplicação dos pães, os homens querem "carregá-lo, para fazê-lo rei (Cristo)" (Jo., 6, 15.); pelo milagre, quando lhe pedem que mostre um sinal vindo do céu (Mt., 16. 1); pelos reinos, quando o interrogam acerca do "imposto devido a Cesar" (Mc., 12, 14-17.).

"Arreda de mim, Satã!"

dirá o Senhor a Pedro, seu Confessor, (Mc., 8, 33.), repetindo o que disse ao tentador, na montanha.

"Se és o Filho de Deus, atira-te daqui abaixo (Lc, 4, 9.)",

assim o tenta o diabo. "Se és o Filho de Deus, desce da cruz", assim o tentam os homens.

Toda a vida terrestre do Cristo é uma tentação: compreender isso é compreender toda a sua vida.

VI

"Ele foi tentado durante quarenta dias; não sabemos como; nenhuma Escritura fala disso. Por que? indaga Orígenes e ele próprio responde: porque ninguém teria compreendido a indizível grandeza dessa luta, pois o Senhor passou por todas as tentações com que o homem pode ser tentado".[3]

---

3. Orígen., Hoomel., XXIX, INLUC. — W. Bauer, DAS LEBEN JESU IM ZEITATER DER NEUTEST. APOKRYPHEN, 142. — As três tentações sobre a Montanha não são mais do que a representação de todas as outras tentações.

É o irmão dos homens em tudo, e nisso também; nisso talvez mais do que em todas as coisas.

> "Também era preciso que fosse tornado semelhante em todas as coisas a seu irmãos, a fim de ser... misericordioso. Com efeito, como ele próprio sofreu e foi tentado, pode socorrer aqueles que são tentados (Heb., 2, 17-18)".
> "Nós temos um sumo-pontífice que pode perdoar nossas fraquezas, porque foi tentado como nós em todas as coisas (Heb., 4, 15)".

"Ele sofreu com os desgraçados, teve sede com os sequiosos e fome com os famintos", — foi tentado com os que foram tentados.

Perder isso nele é perder tudo.

VII

"Eu vim em nome do Pai, e vós não me recebeis. Que outro venha em seu próprio nome, e o recebereis (Jo., 5, 43)".

Quem é esse "outro"? Um fantasma? Não, um homem de carne e sangue, um personagem tão histórico quanto o próprio Jesus, o diabo da história universal, o duplo do Cristo, o Anticristo.

Eis porque se não deve esquecer que o Mal tem uma figura — o diabo — a fim de poder desmascará-lo, a fim de não se ficar cego na luta, como agora estamos, a fim de ver o inimigo face a face e compreender que o "Anticristo" não é uma lenda supersticiosa dos séculos passados, porém uma realidade terrivelmente próxima e temível, nosso inimigo de amanhã — de hoje. Há dois mil anos que o cristianismo dura e pode ver o inimigo tão claramente como nós.

"Se houve jamais um milagre retumbante, foi o do dia das três Tentações, disse, para tentar o Cristo, um pequeno Anticristo (houve e há muitos), o Grande Inquisidor de Dostoievsky. — O milagre consistia precisamente na aparição dessas três perguntas (tentações). Se fosse possível imaginar que toda a raça estivesse perdida e que se quisesse restabelecê-la, toda a sabedoria da terra seria capaz de inventar alguma cousa semelhante?... Porque elas predizem toda a história e mostram as três imagens a que se reduzem todas as insolúveis contradições históricas da natureza humana em toda a superfície do globo".

Não é dizer que o diabo da história universal, seu verdadeiro semblante, posto que ainda invisível para nós, é o Anticristo, que fez sua primeira aparição no mundo sobre a Montanha da Tentação?

VIII

Qual dos dois ama mais os homens? O Cristo que somente salva, na liberdade, raros eleitos, ou o Anticristo que salva todos os homens na escravidão? É essa a tentadora pergunta que o diabo faz aos destinos da única Igreja Romana do Ocidente, a qual tomou o gládio de Cesar, — afirma Dostoievsky, como se os destinos da Igreja Oriental não estivessem historicamente ligados ao mesmo gládio: ali, o Papa é César; aqui, o César é Papa.

A mesma pergunta se impõe em outra ordem, não a da experiência histórica exterior, mas na da experiência religiosa interior: o milagre vem da fé ou a fé vem do milagre? Quem mais ama os homens: o Cristo, salvando pela fé livre alguns eleitos, ou o Anticristo, salvando a todos pela fé servil?

"Tu não quiseste escravizar o homem pelo milagre, diz o Grande Inquisidor, continuando a tentar o Cristo — tu aspiravas ao amor livre do homem e não à admiração servil de um escravo diante do poder que o amedrontou de vez... Em lugar dos fundamentos sólidos (a Lei), tomaste tudo o que há de problemático... de incerto e acima das forças humanas... Em lugar de te apoderares da liberdade dos homens, a multiplicaste e os carregaste para sempre com seus tormentos... porque nunca houve coisa mais insuportável para o homem do que a liberdade... Então, nunca pensaste que o homem repeliria tua verdade, se a fizesses tão terrivelmente pesada?... Os homens acabarão desfraldando contra ti teu próprio estandarte livre... Lembra-te a que horrores de escravidão e a que perturbações os conduziu a tua liberdade!... E eles rastejarão a nossos pés e clamarão: "salvai-nos de nós mesmos"!... Dizem que tu virás e de novo vencerás com teus eleitos; porém nós diremos, então, que eles somente salvaram a eles próprios, enquanto que nós salvamos todos... Não estamos contigo, mas com ele (o Anticristo), — eis o nosso segredo!"[4]

IX

"Teu inquisidor não crê em Deus, eis todo o seu segredo!" conclui Aliocha Karamazov. "Enfim, adivinhaste". — "Com efeito, todo o segredo está nisso", aquiesce Ivan.

Não, não só nisso. "Os demônios crêem também, e tremem (Jac., 2, 19.)".

O diabo crê, vê Deus e mente, quando diz que Deus não existe, para se pôr em lugar de Deus; mente, dizendo que a Igreja está com o Anticristo, a verdade com a mentira, e que a liberdade do Cristo perde os homens. É justamente esta última mentira que é hoje a principal mentira do diabo.

"Vós conheceis a verdade e a verdade vos libertará (Jo., 8, 3.)",

diz Jesus, para nos pôr de sobreaviso.

---

4. F. Dostoievsky, l., C., livro V, cap. 5: O Grande Inquisidor.

A falsa liberdade, a liberdade contra o Cristo não passa de uma revolta de escravos, ponte lançada pelo diabo da mesquinha escravaria rebelde atual — que chamamos "revolução" — para a futura e suprema escravidão ao Anticristo. O diabo já nem dissimula mais esse semblante nos dois hemisférios da humanidade ex-cristã — o Ocidente que se extingue na "democracia burguesa" e o Oriente que se abrasa na "revolução proletária". Eis a razão por que hoje, mais do que nunca, perecer ou salvar-se é aceitar ou repelir ante a face do Escravizador esta palavra tão desconhecida do Desconhecido:

"Se o Filho vos libertar, sereis realmente livre (Jo., 8, 36)."

A escravidão com o Anticristo, a liberdade com o Cristo — eis nossa resposta ao Tentador.

X

A força do diabo não está no que ele diz, porém no que faz em silêncio. A julgar pela maneira por que vai hoje o mundo, é sozinho e para ele só que Jesus venceu as tentações no deserto, enquanto que o mundo continua agora, mais do que nunca, tentado pelo diabo.

O Grande Inquisidor tem razão: os destinos da humanidade, do começo à consumação dos séculos, estão pressentidos nas três Tentações e, se não fôssemos cegos ou não fechássemos voluntariamente os olhos, veríamos isso mais claramente hoje do que jamais alguém viu em dois mil anos de cristianismo.

A primeira Tentação é a do Pão — pelo poder do homem sobre a matéria, pelo conhecimento, pela mecânica-magia, pelo milagre do *Não-Eu*; pelo fim dos sofrimentos físicos no mundo.

A segunda Tentação é a do Vão — pelo poder do homem sobre seu corpo, pela liberdade, pelo milagre no Eu; pelo fim dos sofrimentos morais da personalidade.

A terceira Tentação é a dos Reinos — pelo poder do homem sobre os homens, pelo milagre do amor, unindo um a todos, pelo milagre no Eu e no Não-Eu; pelo fim dos sofrimentos morais e físicos da humanidade.

A primeira tentação, pelo pão, é neste momento tão fácil de compreender que é inútil apontá-la; a última, pelos reinos, e tão incompreensível para quem quer que seja que nem temos palavras para designá-la, porque o que chamamos "revolução social" parece quase irrisório diante desse horror inominável. Quanto à segunda, a do meio, em parte todos a compreendemos: e o que denominamos "progresso", o vôo para o alto ou para baixo, a escolha de cada qual; dizendo "para o alto", certamente nos perderemos; dizendo "para baixo", talvez nos salvemos.

XI

Como salvar-se? Para o mundo, hoje, isso equivale a dizer: como, com o Cristo, vencer as três tentações do Anticristo? Para responder a essa pergunta, é preciso saber como o próprio Cristo as venceu, e, para isso, saber como e por quem foi tentado.

Sabemos isso com exatidão? De duas coisas uma: ou o relato evangélico da Tentação é uma simples invenção, o que é por demais incrível, pois que os primeiros discípulos do Senhor, pescadores galileus, únicos que poderiam ter feito essa "invenção", eram a gente mais simples do universo. Como poderiam predizer todos os destinos do mundo, realizar esse "milagre retumbante", achar aquilo que, segundo a expressão do Grande Inquisidor, "toda a sabedoria da terra" não bastaria a criar?

É uma das possibilidades e demasiado inverossímil. A outra é que isso tenha *realmente acontecido* e, se assim é, os discípulos do Senhor somente poderiam sabê-lo pelo próprio Senhor, pois ele se achava sozinho sobre a Montanha da Tentação e ninguém poderia conhecer o que se passara entre ele e o diabo. Por conseguinte, teríamos aí o mais verídico testemunho que se possa ter na história — o Evangelho segundo Jesus.

XII

Que foi realmente assim — está confirmado numa passagem do Evangelho dos Ebionitas, em que os discípulos se lembram que:

> "O Senhor nos dizia que o diabo lhe falou (lutou) e o tentou durante quarenta dias".[5]

Encontra-se ainda uma confirmação indireta nos Evangelhos canônicos de Lucas e Mateus:

> "Ele (o diabo) o levou a Jerusalém e o pôs sobre o pináculo do Templo".

É provável que esse "pináculo" fosse o entablamento de uma das duas colunatas do altar de Salomão — aquela que dava para o sul, sobre o vale do Cedron. Todos, mesmo os pagãos, tinham livre acesso ao seu terraço. Ali se podia passear como numa praça e era lá que ficavam os soldados romanos durante as grandes festas judaicas.[6] O muro exterior era construído acima dum rochedo tão abrupto que, quando alguém se aproximava da borda e olhava entre as ameias "tinha vertigem", relata Flavio Josefo.[7]

---

5. Pseudo Clemn. Rom., II EPIST. COR., XIX, 2; XI, 35. — E. Hennecke, HANDBUCH ZU DEN NEUSTEST. APOKRYPHEN, I, p. p. 4-5.
6. Joseph. ANT., XX, 5, 3; BELL. JUD., II, 224.
7. Joseph., ANT., XV, 412. — O. Holtzamann, LEBEN JESU, P. 115.

Talvez o jovem Jesus, quando veio aos doze anos a Jerusalém, nas festas da Páscoa, e ficou sozinho na "casa de seu Pai", também tivesse a vertigem, subindo a esse eirado e aproximando-se curiosamente do abismo, a fim de olhar para baixo. Não seria nisso que pensava, quando o diabo o tentou nesse mesmo pináculo pelo milagre do vôo? Parece que se ouve o latejar do sangue nos ouvidos, o bater do coração que vai parar atraído pelo vértice e o próprio murmúrio da voz do Senhor através do murmúrio da voz do diabo:

"Atira-te daqui abaixo!"

XIII

A autenticidade histórica dessa recordação está ainda confirmada por um fragmento do "Evangelho dos Hebreus", em que o próprio Senhor evoca essa tentação pelos reinos, que é aqui a primeira, enquanto que é a terceira em Mateus:

"Imediatamente (após o Batismo), o Espírito Santo, minha mãe, me tomou por um cabelo e me transportou sobre o alto monte Tabor".[8]

Isto não tem mais sentido nas modernas línguas arianas: o Espírito Mãe levando seu Filho por um cabelo é uma imagem que não podemos mais compreender e que nos parece absurda e blasfema; porém nas antigas línguas semita e aramaica, que Jesus falava, é compreensível, embora não menos "espantosamente terrível". *Rucha*, não Ele, mas Ela, é o Espírito, sopro dos lábios divinos, que, como um vendaval silencioso, mais silencioso do que tudo o que existe na terra e, ao mesmo tempo, mais irresistível, agarra os profetas do Antigo Testamento por uma "mecha de cabelos" e os carrega, os "arrebata":

"... o Espírito me arrebatou pelos cabelos e me levou por entre o céu e a terra (Ez., 8, 3.)".

A Mãe somente toma seu Filho por um "fio de cabelo", porque não precisa atraí-lo pela força; ele mesmo a segue, voa após ela, bastando o mais leve contato para ser arrebatado.[9]

---

8. Origen., COMMENTAR IN JOAN., II, 6. — HOMEL. IN JEROM. XV, 4 — Hieron., IN MICH., VII, 6; IN IS., XI, 9; IN EZECH., VI, 13. — A. Resch, AGRAPHA, p. p. 238-291. E. Besson, LES LOGIA AGRAPHA, p. 37.

A "grande montanha" da Tentação não deve ser Tabor porém o Hermon. O Tabor não é uma grande montanha; sua altura é de algumas centenas de metros; seu cume é habitado e, naquela época, existia lá uma fortaleza romana.

9. E. Hennecke, 1., C., II, p. 28.

XIV

Na tentação pelos reinos, nos dois sinópticos, o diabo se substitui ao Espírito Santo. Em Mateus, o diabo transporta Jesus "sobre uma montanha muito alta" (4, 8.). Em Lucas, leva-o, não sobre uma montanha, porém sobre uma altura desconhecida, ANÁGAGON, provavelmente porque, não vendo mais com os olhos o milagre, a brecha aberta sobre outra realidade, Lucas duvida que haja uma montanha da qual se possam descobrir "todos os reinos do mundo" (4, 5.). Mas, nos três sinópticos, é o Espírito Santo que conduz Jesus ao deserto, a fim de ser tentado, quando, ao contrário, num fragmento dum Evangelho desconhecido que Justino nos conservou, é o diabo quem:

> "... logo que Jesus saía do Jordão... segundo o que está escrito nas Reminiscências dos Apóstolos, se aproximou dele e o tentou".[10]

Aí, onde num Evangelho está o Espírito Santo, no outro está o diabo, e *vice-versa*. É bem o que há de terrível na Tentação, não somente para nós, mas talvez para aqueles mesmos que receberam a confidência dos próprios lábios de Jesus: os dois Espíritos que lutam por sua causa, semelhantes aos turbilhões em uma tromba, se entrelaçam e se entremeiam tão intimamente que é impossível distingui-los um do outro.

XV

A ordem das tentações está também misturada. Em Mateus, a segunda tentação é a do vôo e a terceira, a dos reinos. Em Lucas, dá-se o contrário. E, no Evangelho dos Hebreus, todas três estão fora do lugar: a primeira é a dos reinos, a segunda é a do vôo e a terceira é a do pão. Ora, é isso, a ordem das tentações que tudo decide na sua tríplice dialética — diabólica, divina e humana.

Que significa isso senão que essas coisas foram contadas em voz baixa, ao ouvido, no escuro. E eles escutaram e tiveram tanto medo que não compreenderam. Talvez Ele também estivesse assombrado: sabe que lhes deve dizer *tudo*, porque eles também serão tentados como ele foi; porém tem medo: saberão eles vencer tudo? É possível ainda que não encontre mais na sua memória humana a recordação exata do que não se passou somente "nas três dimensões"; não acha mais palavras nem noções humanas para falar disso aos homens.

Eis porque o relato evangélico da Tentação parece tão confuso, como se nele se falasse de coisas esquecidas, quando, na realidade, tudo nele é nítido, memorável, autêntico. E eis porque está impregnado de tanto pavor.

---

10. Justin., DIAL. C. TRYPH., 103.

XVI

Esse pavor é especialmente sensível nos dois curtíssimos versículos obscuros de Marcos, dois segredos não decifrados, que se diria foram cochichados ao ouvido, na escuridão. Aqui, o Espírito não "conduz", não "arrebata" mais Jesus, porém o "impele" logo depois do Batismo (o logo, ENUDUS, de Marcos-Pedro aí é particularmente rápido), o "lança", ÉKBALLEI, o arranca dos lugares habitados para o deserto, como o sopro da tempestade carrega a folha arrancada da árvore. A lei da metafísica celeste parece agir com tanta precisão matemática quanto a física terrestre — o ângulo de reflexão iguala o ângulo do incidência, a oscilação do pêndulo é igual para a direita e para a esquerda — tanto Jesus se impregna do Espírito Santo quanto é tentado pelo diabo.

> "Ele passou quarenta dias no deserto, tentado por Satã; estava com os animais selvagens e os anjos o serviam (Mc., I, 13".)

Como era tentado? Por que os animais ao lado dos Anjos? De onde vêm e quais são? Trata-se somente de bichos do deserto ou de fantasmas arranjados pelo diabo? E que fazem com o Tentado? sobre tudo isso Marcos-Pedro silencia; sabe talvez mais do que diz, porém o terror lhe "cola a língua ao céu da boca".

Quantas heresias Satânicas teriam turbilhonado em torno desse enigma e quantas almas se teriam perdido, se o pavor insuportavelmente concentrado de Marcos-Pedro não tivesse sido diluído, em Lucas e Mateus, nas três Tentações!

Estes já podem falar; têm menos medo, talvez porque, para eles, o que o outro cala não é mais tão sagrado.

XVII

> "Senhor, permite-me tentar o Cristo-Messias",

diz no Talmud Satã, que parece, sabendo que Deus não o pode recusar, antes reivindicar um direito do que formular um pedido.[11]

> "Ei-lo, está no teu poder (Job, 2, 6)".

diz o senhor a Satã a propósito de Job o Justo, — e dirá também a propósito de seu Filho Único. O Pai entregará seu Filho à tentação do demônio; não é só apavorante, porém inimaginável para nós, que vivemos nas três dimensões, o que se passa na quarta.

---

11. "*ait Satã: Domine permitte me tentare Messiam et ejus generationem*". — Th. Keim, GESCHICHTE JESU, I, p. 564.

O Espírito-Mãe arrebata seu Filho pelo mais suave hálito-beijo de amor e o entrega como de mão a mão, ao diabo. E, livremente, alegremente, como uma criança que aprende a caminhar, o Filho se afasta da Mãe, sabendo ou não aonde vai ou o que vai fazer. Isto não é só apavorante, porém inimaginável para nós. Algo de semelhante poderia vir ao espírito de entes vivendo nas três dimensões, se um Ente de outra dimensão lhes não tivesse dito? A autenticidade de todo o testemunho não está atestada por esse signo sobre-humano, selo ardente impresso pelo fogo celeste a um acontecimento terrestre?

XVIII

Em toda a tentação, por pouco sentido que tenha esta palavra, o mal não humano, o diabo se aproxima da vontade humana. E, quanto mais forte é aquele que é tentado, mais violenta é a tentação, mais fino o fio de cabelo que separa a vontade do final.

Jesus podia ser tentado, induzido ao pecado? Aí ainda, como em todas as profundezas extremas da experiência religiosa, há uma antinomia, os "contrários concordantes"; podia ser e não podia. *Se não podia*, ele não era Filho do Homem; *se podia*, ele não era o Filho de Deus.

O diabo vê, sabe com quem trata? Aí ainda os contrários são concordantes: sabe e não sabe. Vê tudo, menos este ponto único, cego e deslumbrante: *o Amor é Liberdade*. Ora, é nesse ponto que, para ambos, o Tentado e o Tentador, tudo se decide.

"Eu sei quem tu és, o santo de Deus";

se isso era sabido dos pequenos demônios que se incarnavam nos possessos, devia sê-lo ainda mais do mais luminoso dos Filhos de Deus, do amigo irmão do Filho Único. Ele sabe, ele vê o Natal, a Anunciação, a Epifania; mas, como nós, se torna cego num único ponto deslumbrante; pergunta, como nós: que é um milagre? A fé vem do milagre ou o milagre vem da fé? Isto foi ou isto não foi?

XIX

Jesus sabe que não pecará desde o instante em que foi tentado ou não o sabe ainda, porque o homem não *o pode saber* e que o Filho de Deus *não o quer* saber? O próprio Pai sabe ou também não quer saber, para não tirar do Filho o mais precioso dom do amor — a liberdade?[12]

---

12. A. Arnal, LA PERSONNE DU CHRIST ET LE RATIONALISME ALLEMAND CONTEMPORAIN, 1904, p. p. 38-43. — Thomasius, CHRISTI PERSON UND WERK, II Teil: Die Person des Mittlers. — Schleiermacher, DER CHRISTLICHE GLAUBE, Parágr. 83.

Nós homens não devemos também saber e devemos parar a tempo, à beira do abismo, quando Satã murmura: "Atira-te daqui abaixo! "Não é dado aos homens saber o que lhes é útil e na medida em que isso lhe seja útil: que o Homem Jesus morreu realmente, um por todos, no Gólgota, que sofreu até suar sangue no Gethsemani, um por todos, e que foi tentado sobre a Montanha, um por todos. Jamais fio de cabelo mais tênue separou maior vontade humana de mal maior; jamais o amor atingiu mais alto ponto de liberdade.

Por três vezes, nas três Tentações, os destinos do mundo oscilaram em torno desse supremo ponto, como no gume de uma lâmina; três vezes se abriu diante de nós o mistério do Filho no Pai.

O Amor é Liberdade.

E por ela foi que Jesus venceu o diabo e por ela o Cristo vencerá o Anticristo.

XX

Se chegássemos enfim a compreender que foi nesses quarenta dias e por amor-liberdade que, em nosso lugar, Jesus foi tentado pelo Anticristo, talvez acabássemos de escrever no nosso coração o Evangelho secreto começado por Dostoievsky:

O Apócrifo da Tentação.

VIII

A TENTAÇÃO

Apócrifo

1

Três homens caminhavam pelo paraíso subterrâneo do Kerith: à frente ia um Homem vestido de branco como os que saíam das águas do batismo; atrás dele, dois outros com as vestes escuras dos discípulos de João. Eram Simão filho de Jonas e seu irmão André.

— Rabi! Rabi! chamou Simão.

Mas, ou porque não ouviu o chamado por causa do rumor da torrente, ou porque não o quis ouvir o que caminhava à frente afastou-se sem se voltar.

Todavia, Simão, estugando o passo, correu após ele, chamando sempre.

— Rabi! Rabi.

Súbito, o homem de vestes brancas como que voou, atravessou a torrente, saltando de pedra em pedra por cima do abismo espumante, rapidamente, ligeiramente, sempre voando se lançou por íngreme caminho de cabras para o cimo dos rochedos quase a prumo. Via-se no verde escuro das estevas cintilar a alvura de suas vestes. Depois de uma última cintilação, sumiu-se. Somente uma pedra rolou sob seus pés, atravessou as moitas e, saltando e batendo nas rochas, foi cair silenciosamente no rumor da torrente.

— Foi embora! Foi embora! exclamou Simão, detendo-se bruscamente e pondo-se a chorar como uma criancinha. Há tanto tempo que o esperávamos e procurávamos e implorávamos; mal o encontramos e foge!

— Não, não fugirá se é Ele; só veio ao mundo para que os homens o conheçam, disse André, a fim de consolar Simão.

Tão bruscamente como se pusera a chorar, este parou com um último soluço, soltou profundo suspiro e, olhando o irmão, silenciosamente, fixamente:

— Por que dizes, André, "se é Ele"... falou sem chorar, porém com um tom de voz ainda mais amargo. Foste tu mesmo que há pouco me disseste: "Nós o encontramos"; foste tu que me levaste a ele e agora dizes "se"...

André nada respondeu. Encaminharam-se em silêncio para Bethabara. Simão baixava a cabeça, absorto em profunda meditação. Eram três horas da tarde.

— Não, ele não voltará antes que seja noite, disse Simão, lançando um olhar ao sol, como se respondesse a seus próprios pensamentos. — E aonde terá ido? Fazer o que? Que fará sozinho, à noite, no deserto?

— Sozinho, à noite! repetiu André e, depois de um silêncio, como falando a si próprio: — sim, seria melhor não ir lá no deserto, à noite, está o diabo.

E, logo que disse isto, pareceu a ambos que, embora o sol continuasse a brilhar, tudo entenebrecera como durante um eclipse. E ambos tiveram medo.

2

O homem das vestes brancas também teve medo. Parecia-lhe que não caminhava por sua vontade, mas impelido por uma força irresistível que o levava cada vez mais alto, sempre mais alto, sobre rochedos tão escarpados que pés humanos ainda não tinham pisado.

Deixando a grota, pôs-se a subir a suave inclinação de uma montanha calcária, resplandecente de alvura sob o céu azul escuro.[1] Só a fenda estreita, negra na brancura do calcário, a boca do inferno, da torrente do Kerith se abria a seus pés para o paraíso subterrâneo.

Lentamente, lentamente, ou porque estivesse muito fatigado, ou porque cada vez tivesse mais medo de avançar, chegou a uma saliência perto do cume e plana como um eirado, onde parou.

A leste, mesmo sob seus pés, no fundo do abismo escancarado, serpenteava nas areias amarelas, entre duas finas platibandas de verdura, o fio de prata do Jordão: era lá que ficava Bethabara. Ao norte, além das montanhas da Judéia, da Samaria e da Galiléia, que fugiam ao longe e iam empalidecendo no azul — estava Nazaré — e se erguia na fímbria do céu, branca, mas não de uma brancura morta como aquela serra de calcário, sim viva, ruborizada, a cabeça prateada do Hermon coberto de neve. A oeste, num côncavo, em meia lua, elevava-se o cume arborizado e próximo do Monte das Oliveiras: ali era Jerusalém. Ao sul, mais, resplandecente ainda rebrilhava, descendo suavemente, a planície de sal, cujo solo de um cinzento argentado refulgia sob o sol primaveril como uma camada de gelo. Mais longe, o sol se afundava num poente tão pouco terrestre tão irreal que se diria uma visão de pesadelo. Ao fundo dessa profunda cavidade, verdadeira panela de feiticeira, brilhava uma lage de estranha cor azul de vitríolo-o mar Morto: ali fora Sodoma.

---

1. *O monte da tentação, onde Jesus jejuou quarenta dias, a QUARENTENA da Idade Média, o atual Djebel Karantal, fica no deserto montanhoso da Judéia, oeste de Jericó, no extremo setentrional da garganta de WADIKILT, o antigo KERITH. Já em 340, eremitas cristãos aí permaneciam em lembrança da tentação. Todavia, o lugar da tentação não pode ser determinado com exatidão; ao lado do Djbel Karantal, mencionam-se também outros picos: o RAS ET-TAWIL, a leste de Mikmas (I Sam., 13, 18) e o DJEBEL DE NUNTAR, perto de Marsaba, de onde se vê toda a Terra Santa, desde o Hermon até o mar Morto. — G. Dalman, ORTE UND WEGZE JESU, p. p. 105-107.*

3

Logo que parou, lembrou-se, reconheceu o lugar, como se lhe tivessem dito ao ouvido. "É aqui". E o que sentiu não foi medo, porém tédio, desgosto mortal e seu coração se tornou mais pesado do que uma dessas pedras ardentes que, no verão, no deserto, ficam durante a noite tão quentes, quanto durante o dia, como se contivessem um fogo interior.

Viu duas grandes lages brancas, das quais uma era mais baixa e ficava um pouco atrás da outra. "Dois assentos, um para o rei, o outro para o seu confidente", pensou, tendo de novo a sensação que esse pensamento vinha de outro e não dele.

Havia ali ainda outras pedras, pequenas, chatas, roliças, em calcário amarelado de aspecto friável e brando, e ele não podia ou não queria lembrar-se com que se pareciam. Sentia muito tédio e desgosto mas, mesmo através dessa sensação, o medo voltava a alfinetar-lhe o coração.

Muito tempo, imóvel, olhou as duas pedras, não querendo aproximar-se delas, porém uma força invencível o obrigava a isso. Lentamente, lentamente, resistindo a cada passada, mas andando assim mesmo, aproximava-se, aproximou-se e sentou-se na lage que ficava dianteira. Quis sentar-se de rosto voltado para o Hermon, de costas para o mar Morto, porém isso foi impossível: teve de sentar-se, olhando o mar. E, branco sobre a pedra branca, ficou petrificado.

Não sabia quanto tempo se passara. Fechava os olhos, reabria-os e era noite; fechava-os de novo e ainda os reabria, e era dia. E, assim, infindavelmente. Quarenta dias, quarenta noites, quarenta instantes, quarenta eternidades!

4

Ouviu zumbir, murmurar aos seus ouvidos como um inseto noturno, o vento que soprava do sudoeste, do mar Morto, que trazia, mesmo naquele tempo de inverno, um calor de fornalha. Um odor de enxofre e de betume parecia exalar-se de todo o cadáver de um mundo morto.

O sol era sempre muito brilhante, mas a negra poeira dos desertos da Arábia devia passar muito alto, no céu, porque de repente todos os objetos se entenebreceram, como no momento de um eclipse, e tomaram sob o calor seco um brilho nítido e escuro, como se fossem esculpidos em cristal negro; o azul coagulado de vitríolo no fundo da chanfradura — o mar Morto — tornou-se ainda mais azul; o brilho escuro das salinas ficou ainda mais brilhante.

Aos pés d'Aquele que estava sentado na lage, uma moita de esteva, plantada morta no deserto, estremeceu ao vento com um crepitar seco.

Um terror mortal penetrou no coração do vivo — contacto do gelo na pedra abrasada. Mal lhe chegou ao ouvido, mal ouviu um rumor leve de passos; mal percebeu com o canto do olho, mal viu, sem ver, alguém se aproximar por trás e se sentar na outra lage.

5

Havia uns dez anos, José, o mestre carpinteiro, e Jesus, seu companheiro, consertavam o forro de uma casa de campo pertencente a uma cortesã de Sephoris. Um dia, passando diante de grande espelho redondo, de cobre polido, que estava no quarto de dormir, Jesus contemplou-se nele por acaso. Quantas vezes já tinha visto seu rosto no puro espelho das fontes serranas, emoldurado de ervas e de flores, ou ainda na sombria profundeza dos poços, quando, ao lado de sua face, as estrelas diurnas cintilavam misteriosamente! Então, ao invés de ter medo, sentia-se feliz.

Mas, naquele espelho, não se dava o mesmo: reconhecera-se sem se reconhecer. "Não sou eu, é o outro", pensou e fugiu com medo. Durante muito tempo, evitou passar diante do espelho e nunca mais olhou para ele.

6

E, naquele momento, sentado na pedra, sabia que, se olhasse o que estava sentado a seu lado, nele se veria como num espelho: cabelo a cabelo, ruga a ruga, sinal a sinal, feição a feição. Ele e não ele, o Outro.

— Onde está ele, onde estou eu?
— Onde estou eu, onde estás tu?
— Quem falou: ele ou eu?
— Eu ou tu?
— Meschiah-meschugge, meschugge-meschiah! Messias o louco, o louco Messias! cochichava o murmúrio da esteva, repetindo o que outrora cochichavam os irmãos de Jesus nos cantos escuros da casinhola de Nazaré.

— Onde estou? Onde estás? Eu ou Tu? Jamais alguém o saberá, jamais alguém nos distinguirá um do outro. Teme-o, Jesus; não me temas, eu-tu. Ele não está em mim, ele não está em ti — ele está entre nós. Ele nos quer dividir. Sejamos, portanto, um só e venceremos — nós o salvaremos...

Quanto tempo o Morto cochichou, o Vivo não o soube: quarenta instantes, quarenta eternidades?

O escuro cintilar cada vez ficou mais brilhante, o azul cada vez mais corrosivo, a podridão de cadáver cada vez mais violenta, o cochicho cada vez mais distinto.

— Estou cansado, estás cansado, Jesus; só por todos, só em todos os séculos-eternidades. O sequioso quer água. O que é aspira a não ser mais — a repousar, a morrer — a não existir.

Calou-se de súbito e, no silêncio, se ouviu um ligeiro rumor, outro cochicho, vindo de baixo, do lugar onde se abria, negra na brancura da montanha, a estreita fenda, a boca do inferno — o paraíso subterrâneo; dir-se-ia um suspiro de alívio que o mundo soltasse.

O Morto disse: "não ser"; "ser", disse o Vivo. Os pequenos vinham em socorro do Grande, as criaturas em socorro do Criador, os animais em socorro do Senhor.

7

Farejando seu rasto, subiam do paraíso subterrâneo para o inferno terrestre por aquele mesmo caminho que os homens nunca haviam pisado e por onde ele subira havia pouco. Os grandes à frente, os médios ao meio, os pequenos atrás, cada qual em sua ordem: os velozes diminuíam o passo e os lentos o aceleravam para que nenhum se adiantasse ou atrasasse.

Primeiro vinha o Veado, marchando com seu passo real, e a Gazela o seguia, estremecendo e olhando timidamente em volta com receio de perder a pista. O Urso caminhava com o focinho rente ao chão, farejando o rasto como se fora um favo de mel. A Raposa, levantando o pontudo focinho, farejava o ar. Boa mãe, a Chacal de peitos magros trazia entre os dentes, por precaução, um filhote de dois dias. Vinham, em seguida, o Esquilo, o Ouriço, o Rato d'água, o Rato do campo, e os Pássaros, e os Répteis, e os Bichinhos de toda a espécie, cada vez e sempre mais pequenos, os Besouros e os Mosquitos, e por último, o menor de todos, o pequeno verme esverdinhado, a Minhoca. Se se tivesse arrastado como de costume, os quarenta dias não lhe teriam bastado, porém, encolhendo-se e estirando-se, ia tão depressa que parecia ao Louva-Deus, único que o podia ver, prodigioso e minúsculo relâmpago verde.

8

Eles iam do paraíso subterrâneo, através do inferno terrestre, para o distante, muito distante paraíso futuro; todos eles sabiam que iam para o segundo Adão: o primeiro causara sua perda, o segundo os salvaria, porque eles conheciam o segredo do profeta:

"Toda carne verá a salvação de Deus".[2]

e o segredo do patriarca:

---

2. Is., 40, 5.

> *"todos os animais dos campos e todos os pássaros do céu se reuniram na casa do Senhor e o Senhor se alegrou com uma grande alegria, porque eles eram todos bons e haviam voltado a casa".[3]*

Eles também conheciam o segredo do Senhor, ainda ignorado dos homens.

> *"Pregai o Evangelho a todas as criaturas".[4]*

9

Um pouco de frescura veio atenuar o calor infernal do deserto. O Senhor alegrou-se muito que os Bichos tivessem vindo em seu socorro.

O Veado aproximou-se em primeiro lugar, inclinando a sua armação de chifres, e o Senhor, tocando-lhe com as mãos, chamou-o "Veado" e fez brotar-lhe entre os cornos uma cruz luminosa.

O animal quis lamber-lhe as mãos, porém não ousou, contentando-se em avançar o focinho e o hálito quente de suas narinas lhe tocou o rosto. A tímida Gazela, essa ousou lambê-las. O Urso só fez farejar, como se fosse o mais doce mel, a poeira de seus pés. A Chacal não se aproximou e mostrou somente de longe o seu filhote; quando o Senhor lhe deu seu nome, uivou baixinho de contentamento. O Ouriço enrodilhou-se em bola, com os espinhos bem guardados, a fim de não espetar; com sua língua azul-negra e macia como uma pétala de flor lambeu-lhe os pés. A Serpente beijou-o com sua língua trêmula. O Lagarto aqueceu-se sob o olhar do Senhor como sob um sol edênico. Ele disse seu nome ao Louva-Deus e este de alegria voou para o céu.

Ele chamava cada bicho pelo seu nome, olhava-o nos olhos e cada pupila animal refletia a face do Senhor e a cara do animal parecia um rosto: em cada um se acendia uma alma viva e imortal.

Depois de todos os outros, arrastou-se para ele o pequeno verme, a Minhoca. Mas era tão pequenino que o Senhor não deu por ele. Entretanto, não desesperou: trepou-lhe ao joelho e esperou imóvel.

10

Com o canto do olho o Senhor via que os Bichos, passando diante da outra lage, desapareciam, mas não via o que se tornavam.

Só faltava passar diante d'Ele e fora de sua ordem a Rã verde do mato. Farejando provavelmente um perigo, ela se ocultara sob uma pedra, aos pés do Se-

---

3. Henoch, XC, 33.
4. Mc., 16, 15.

nhor. Mas acabou por cair do seu esconderijo, arrastada por uma força invencível como a que faz o imã atrair o ferro. Saiu, deu um ou dois saltos e, derretendo-se subitamente sob o olhar do Morto, disipou-se no ar como uma fumacinha verde.

Tendo visto isso, o Senhor se lembrou — reconheceu que todos os vivos têm o mesmo destino:

— O verme e o homem vão para o mesmo lugar: São como se nunca tivessem sido, sussurrou de novo o Morto. — Lembras-te, Jesus, de Job o Justo? "Oh! se o homem pudesse lutar contra Deus como o filho do homem com o seu próximo! Eis que grito sob a violência e não me respondem, que grito por socorro e não há justiça! Por que não morri nas entranhas de minha mãe? Agora, estaria dormindo e descansando, tranqüilamente". O tolo não sabe que tudo o que existe aspira a não existir, a repousar, a morrer. Lembras-te, Jesus, da mulher de Job: "Amaldiçoa Deus e morre!"

— Quem disse isso, eu ou ele?
— Eu ou tu? Onde estás, onde estou?

O rosto morto se aproximou do rosto vivo como de um espelho. O Vivo, baixando os olhos para não ver o Morto, avistou sobre o joelho o Verme: então, se lembrou — reconheceu que o Morto mentia: se os sábios não sabem discernir o Vivo Morto, a criança reconhecera o Vivo por esse ponto verde sobre suas vestes brancas — por esse verme vivo sobre o Vivo. O Morto mente, dizendo que o que é vivo aspira à morte; não, aspira à vida; os próprios mortos esperam a vida eterna. O Senhor se lembrou — reconheceu isso, como se todos os Animais mortos lhe gritassem do fundo de seu túmulo comum, do Paraíso subterrâneo. "Nós esperamos".

11

Quarenta instantes — quarenta eternidades.

"Ele nada comeu durante esses dias; e, depois que passaram, teve fome".[5]

Somente então se lembrou — reconheceu que seu coração estava abrasado por uma fome atroz.

O Tentador, aproximando-se dele, disse:

— Há entre os homens um pai que daria uma pedra ao filho que lhe pedisse pão? Filho, pede pão a teu Pai. Se ele te der, dá-lo-á a toda gente. Porque aquele que tem fome por todos a todos fartará.

"Se és o Filho de Deus, ordena que estas pedras se tornem em pães".[6]

---

5. Lc., 4, 2.
6. Mt., 4, 3.

E, se és o Filho do Homem, não passas dum verme, amaldiçoa Deus e morre como um verme.

Chatas, roliças, amarelas, quentes na luz que declinava, as pedras são como pães: basta estender a mão, tomá-las e comer.

— "Meu Deus, meu Deus, por que me..."

Jesus levantou os olhos para o céu e clamou:
— "Pai!"
E dentro dele seu coração se fendeu como o céu e uma voz veio do íntimo, dizendo: "Meu Filho".
Ergueu-se, olhou Satã nos olhos e disse.

"Arreda, Satã! Porque está escrito: o homem não viverá somente de pão, mas de toda palavra vinda da boca de Deus".[7]

E o diabo ficou confundido.[8]

12

Quarenta instantes, quarenta eternidades.
De novo o Branco estava sentado sobre a laje branca; de novo o vento, soprando do mar Morto, veio gemer nos seus ouvidos, zumbindo como um inseto noturno; um odor de enxofre e de betume, um odor que não era da terra, pareceu exalar-se do cadáver de todo um mundo. E a esteva murmurou: Meschiah-meschugge, meschugge-meschiah, Messias o louco, o louco Messias! Que fizestes, quem repelistes? Jesus amaldiçoou o Cristo e chamou o Cristo Satã. Nem só de pão vive o homem, mas vive também de pão. O espírito da terra se levantará contra ti por causa do pão e todos o seguirão, enquanto que ninguém te seguirá exceto teus santos, teus eleitos. Vieste salvar somente alguns ou todos? Eis o que repudiaste: o amor. Mas nada recues, haverá outra tentação e poderás ainda vencer Satã.

13

"Então, o diabo o transportou à cidade santa, a Jerusalém, e o pôs sobre o pináculo do Templo".[9]

---

7. Mt., 4, 8, 4.
8. Em um evangelho desconhecido, citado como "Reminiscências dos Apóstolos" por Justino, DIAL. C. TRYPH., 125.
9. Dois versículos, Mt., 4, 5 e Lc., 4, 9, reunidos.

O branco plenilúnio, tão branco que quase deslumbrava num céu sem estrelas de um cinzento esfumado, fitava de tal modo os homens que eles não podiam tirar dele os olhos. Todo de mármore e ouro, o templo azulado resplandecia num esplendor inefável, como uma montanha de neve ao luar.

Sobre o terraço se alongam obliquamente as sombras escuras, muito escuras das muralhas denteadas e as brancas, muito brancas luzes vindas por entre as ameias.

Embaixo, muito longe, além dos muros do Templo, retumbavam os pesados passos brônzeos da ronda de soldados romanos.

Agarrados um ao outro, dois morcegos, cegos pela luz, agitaram-se e desapareceram no céu lunar. O teto de madeira de cipreste seca estalou; duas sombras humanas moveram-se e sumiram-se; ouviu-se somente um ardente balbucio de amor no rumor de um beijo.

Jesus caminhava sobre os listões de luz e sombra. De súbito, parou numa das partes iluminadas e se lembrou — reconheceu, como se alguém lhe dissesse: "aqui".

Um menino surgiu, claro, da sombra escura. Trazia uma camisa curta, toda tecida de linho alvo, que mal cobria os joelhos, com uma fímbria prateada que brilhava tão nitidamente ao luar que nela se podia ler:

> *"Ele ordenará a seus anjos que te guardem em todos os teus caminhos, com receio que teu pé não tope de encontro a uma pedra".*

O menino caminhava diretamente para ele, de olhos fechados, como um sonâmbulo. Chegando perto, abriu os olhos, olhou e se desvaneceu, se dissipou no ar: foi como se não tivesse sido. E Jesus se lembrou — reconheceu o menino que ele fora aos doze anos.

14

Lentamente, lentamente se dirigiu para uma das ameias da muralha; resistia a cada passo e avançava assim mesmo; chegou à borda do muro, acima do precipício, curvou-se e mergulhou o olhar na bruma enluarada do abismo. Além, o Monte das Oliveiras negrejava distante e próximo; a seus pés, as touceiras de oliveiras prateavam-se — as do Gethsemani. As lousas dos túmulos branquejavam, espalhadas no fundo do vale de Josaphat. No leito seco do Cedron, as pontudas agulhas do seixos rebrilhavam sob o clarão da lua. Jesus olhava avidamente para o abismo.

E Satã aproximou-se dele, dizendo:

— Tu assumiste o peso mortal do corpo, um por todos; liberta-te dele, um por todos. Se o Pai faz por ti um milagre, fá-lo-á por todos. Vence a morte pela morte — atira-te.

"*Se és o Filho de Deus, lança-te lá em baixo, porque está escrito: Ele ordenará a seus anjos que velem por ti, com receio que teu pé não tope de encontro a alguma pedra*".[10]

E, se és o Filho do Homem — um verme — amaldiçoa Deus e morre, esmagado no pé, como um verme.

Jesus olhou avidamente o abismo. O abismo atraía-o e no seu coração se enterravam com uma dor suave as aceradas agulhas de sílex. Asas vigorosas impeliam-no pelos ombros. O vento sibilava-lhe aos ouvidos. A cabeça como que girava. Mais um passo e se atiraria.

Súbito, recuou e levantou os olhos para o céu:

— Pai! clamou e seu coração se fendeu como o céu e uma voz veio de seu íntimo, dizendo: "Meu Filho"!

"*Arreda, Satã, porque foi dito: "Não tentarás o Senhor teu Deus"!*[11]

E o diabo ficou confundido.

15

Quarenta instantes, quarenta eternidades.
De novo sobre a lage branca o Branco está sentado.
De novo o hálito morto do mar Morto lhe sopra ao rosto. A esteva suspirava: Meschiah-meschugge, meschugge-Meschiah! Messias o louco, o louco Messias! Que fizeste, quem repeliste? Filho, lembra-te da palavra do pai: "Eu quero a misericórdia e não o sacrifício". Tu amas sem caridade. Os homens são crianças fracas: não podem crer sem um milagre. É culpa dos fracos, se não compreendem teu terrível presente — a liberdade? Quiseste libertar os homens pela liberdade e os escravizarás pela mentira: repeliste o milagre e tu próprio farás milagres, e feliz o que se não escandalizar contigo. Todos ficarão escandalizados. É preciso que o escândalo venha ao mundo, porém desgraçado do homem que dê o escândalo! Desgraçado de ti, Jesus! O Espírito da Terra se levantará contra ti em nome da liberdade. Ele e não tu libertará e todos o seguirão. Eis o que rejeitaste: a liberdade. Mas nada receies: haverá ainda uma última tentação e poderás ainda vencer Satã.

---

10. Dois versículos, Mt., 4, 6 e Lc., 4, 9, juntos.
11. Mt., 4, 10; Lc., 4, 12.

16

"E o diabo o transportou ainda sobre uma altíssima montanha",[12]

o Hermon nevoso, o primogênito dos montes, de cabeça branca como a do Ancião dos Dias, brilhando num esplendor inefável — o cimo dos cimos, Ardis, onde, para as filhas dos homens, desciam os Filhos de Deus, os Ben-Eloim, os anjos decaídos.[13]

Em giros de névoa de resplandecente brancura ao sol, turbilhonavam até o próprio céu os Ben-Eloim de flutuantes vestes prateadas, dansando, chorando, cantando o antigo cântico do Fim. Mas, logo que avistaram seu sol — Satã, caíram a seus pés e houve aquele silêncio que foi antes do princípio do mundo e será depois do fim. Tudo morreu na terra e no céu: a morte branca — a neve; a morte azul — o céu; a morte ardente — o sol.

E Jesus viu face a face

"alguém que parecia um filho de homem, vestido de vestes talares e com um cinto de ouro à altura do peito.

Sua cabeça e seus cabelos eram brancos como a branca lã, como a neve; seus olhos eram como uma chama de fogueira.

Seus pés pareciam de bronze avermelhado na fornalha e sua voz lembrava o rumor das cascatas".[14]

E a sua chama era fria como a morte e o sombrio brilho de seu semblante assemelhava-se ao do sol antes do eclipse.

E disse:

"Se repeles meu último dom, desgraça, desgraça, desgraça sobre ti, Jesus! Ficarás sozinho para todo o sempre. Enganarás a todos, porém eu não serei enganado por ninguém".[15]

Ninguém te reconhecerá jamais, e a mim reconhecerão, e a mim adorarão. Eu e não tu partilharei o mundo.

E, aproximando o rosto de seu rosto, disse:

— Filho do Homem, meu irmão! Amo-te, não te abandonarei nunca, afastar-me-ei algum tempo e voltarei em seguida. Subirei contigo à cruz. Maldito o que

---

12. Mt., 4, 8.
13. Henoch, VI, 6.
14. Apoc., I, 13, 15.
15. Os gnósticos priscilianos punham essas palavras blasfemas na boca do próprio Senhor: VERBO ILLUSI CUNCTA ET NON SUM ILLUSUS IN TOTUM. — E. Hennecke, HANDBUCH ZU DEN NEUTESTE. APOKRYPHEN, II, p. 529.

pende do madeiro! Somos ambos malditos; ambos devemos resgatar o mundo da maldição e, dirigindo-nos ao Pai, dizer de nossos irmãos, filhos dos homens: "Se os amaldiçoas, amaldiçoa-nos também".

E o diabo pôs Jesus no cimo dos cimos, no ponto extremo dos espaços e dos tempos; e lhe mostrou o vácuo — o infinito dos espaços — o Meio-dia e a Meia-noite, o Oriente e o Ocidente, o infinito dos tempos — tudo o que foi, é e será.

> *"E lhe fez ver num àpice todos os reinos do mundo; e lhe disse:*
> *Eu te darei todo esse poder e a glória desses reinos, pois ela me foi dada e a dou a quem quero.*
> *Assim, se te prosternares diante de mim, todas essas cousas serão tuas".*[16]

E aproximou seu coração do dele e disse:

— Tu és Jesus, Filho do Homem; eu sou o Cristo de Deus; Jesus, prosterna-te diante do Cristo.

E Jesus lhe respondeu:

> *"Arreda, Satã! Porque está escrito: "Tu adorarás o Senhor teu Deus e só a ele servirás".*
> *E o diabo, tendo acabado de tentá-lo por todas as maneiras, dele se retirou por algum tempo.*
> *E eis que os anjos se aproximaram e se puseram a servi-lo".*[17]

17

"Desde tanto tempo o esperávamos, o buscávamos, o implorávamos e mal o encontramos foi embora! pensava Simão Jonas, suspirando profundamente com soluços, como as crianças quando acabam de chorar.

Estava fatigadíssimo ao voltar, à noite, da grota do Kerith a Bethabara. Deitou-se sob a tenda, mas não conseguiu adormecer; apenas ia fechando os olhos estremecia, reabria-os na escuridão e ficava deitado, assim, sob o toldo de pêlo de camelo, baixo e abafadiço. Escutava os camelos ruminarem deitados atrás da tenda, as rãs coaxarem nos caniços do Jordão, um cão latir alhures, muito longe, empós um rebanho, e o chacal uivar no deserto.

O galo ainda não cantara pela terceira vez quando Simão se levantou, despertou André que dormia a seu lado e disse:

— *Vou procurar Jesus.*

— *Ora, Simão, onde o queres procurar à noite? indagou André espantado.*

---

16. Mt., 4, 9; Lc., 4, 5-7.
17. Mt., 4, 10; Lc., 4, 13; Mt. 4, II.

— Que importa! Vou assim mesmo. Se não me queres acompanhar, vou só.
André estava com grande vontade de dormir, mas tinha medo de deixar o irmão sozinho. Levantou-se e disse:
— Vamos.
João de Zebedeu, que dormia com eles na mesma tenda, também acordou e disse:
— Irei convosco.
Simão pôs num saco pão, um pouco de peixe frito, tomou um cântaro de vinho, e partiram.

18

Mal nascia o dia, quando chegaram à torrente do Kerith, entrada da grota. Um pastor a quem perguntaram o melhor caminho para chegar à Montanha Branca, desaconselhou-os de atravessar a grota, difícil e perigosa, indicando-lhes um atalho pelo vale de Jericó e dando-lhes um pequeno zagal como guia.
O menino conduziu-os até o meio da subida da montanha e disse:
— Agora, sigam em frente e não se perderão, porque o carreiro os levará ao cume.
— E tu aonde vais?
— Volto para onde está meu avô. É hora de levar as ovelhas ao bebedouro.
— Vem conosco.
O menino abalou a cabeça e respondeu:
— Não, não irei.
E, após um silêncio, acrescentou baixinho.
— Tenho medo.
— Medo? De que?
— Dele. Ele está lá em cima, na montanha...
Pelo tom com que disse "Ele", todos compreenderam que "Ele" era o diabo. E, de repente, o menino fugiu, como se já fosse perseguido.

19

O céu estava rosado e fresco como a pétala duma rosa entreaberta. A Montanha Branca ficou rósea também. Morta, animou-se subitamente. E, no céu róseo, a Estrela da Manhã, como enorme diamante suspenso de um fio, brilhava com um clarão tão vivo que se diria que, tal qual o sol, projetava sombras.
Quando eles passaram do lugar onde desembocava a garganta do Kerith, tomaram, ao longo do suave declive da montanha, o caminho que Jesus seguira na véspera.
"Eis os anjos, os anjos!" exclamou Simão, olhando o céu em que longas nuvens finas e vaporosas, douradas pelos primeiros raios do sol, todas parecidas com suas pontas inclinadas, passavam, surgindo do Oriente, de trás da Montanha, tangidas por uma brisa sem dúvida muito alta, pois que não chegava à terra.
Na frescura matinal, o incenso balsâmico das urzes exalava-se da garganta do Kerith, do paraíso subterrâneo. Dir-se-ia que, adorando-o no céu como na terra, anjos gigantes de coroas de ouro e de flutuantes túnicas douradas passa-

vam diante do Senhor em lenta e solene procissão, inclinando a cabeça e agitando turíbulos.

20

A procissão terminou, as nuvens se dissiparam e através do firmamento serenado, se alongaram, vindo do sol ainda invisível, três raios da auréola invisível do Senhor.

De repente, Simão se deteve, escondendo os olhos com a palma da mão por causa da luz, olhou atentamente, exclamou baixinho: "Ei-lo", e se pôs a correr.

O Branco estava sentado sobre a laje branca. O sol erguia-se por trás dele e parecia que três raios jorravam dele como de um sol.

Simão corria tão depressa que João e André não o podiam acompanhar. Topou de encontro a uma pedra, caiu, feriu e ensangüentou os joelhos, mas, insensível à dor, se levantou e correu ainda, mais depressa nada mais vendo senão ele, ele só, o Sol.

Caiu-lhe aos pés, apertando-os e exclamando: "Rabi! Rabi!"

Ergueu os olhos para ele e sentiu na sua alma tanta calma, tanta alegria que lhe pareceu somente ter nascido e vivido para contemplá-lo, nada ver, nada saber, nada desejar senão olhar, olhar e morrer assim.

Jesus pôs as mãos sobre os ombros de Simão e mergulhou nos seus olhos um olhar mais profundo do que qualquer olhar humano:

"Simão, filho de Jonas, tu serás chamado Cephas, isto é Pedra".[18]

"Que quer isto dizer?" pensou Simão e teve vontade de perguntar, mas não ousou; teve repentinamente medo do que viu nos olhos de Jesus e, ao mesmo tempo, se alegrou tanto que ficou mudo, petrificado, se tornou Pedra.

21

Por sua vez, André e João se aproximaram, prosternaram-se e lhe abraçaram os pés. Todos três os beijavam e também a terra que guardava o rasto ainda morno da procissão noturna dos bichos. Assim, nesse dia, diante do Senhor se prosternaram todas as criaturas: animais, homens e anjos.

— André, filho de Jonas, tu serás chamado o primeiro, disse Jesus.[19]

André compreendeu o que isto significava: ontem fora o primeiro a dizer a Simão: "Achamos o Messias";[20] fora o primeiro dos homens deste mundo que confessara o Cristo em Jesus.

---

18. Jo., I, 42.
19. Na Igreja Oriental, André o Primeiro Nomeado.
20. Jo., I, 41.

A João o Senhor nada disse; abraçou somente sua cabeça, apertando-a de encontro ao coração; e, ouvindo-o bater, João sorriu como uma criança que adormece sobre o seio materno.

22

E Jesus disse:
— Filhos! nada tendes que comer?
— Temos pão, peixe e vinho, respondeu Simão e, tirando o pão do farnel, quis pô-lo sobre a pedra branca ao lado daquela em que Jesus estava sentado, mas, a um sinal dele, compreendeu que o não devia fazer. "Sem dúvida o lugar é impuro", pensou e teve vontade de perguntar por que, mas de novo não ousou.

Entre as pedras chatas que jaziam por terra, os três escolheram oito das maiores e mais lisas, limparam-nas com as fímbrias das vestes e colocaram-nas aos pés de Jesus. Pedro dispôs ali quatro broas ázimas de centeio, o peixe frito e o cântaro de vinho.

Sobre as pedras chatas, roliças, amarelas, quentes na quente luz matinal, estavam os pães que lhes eram exatamente iguais: assim as pedras se tornaram pães.

23

Tomando o pão, Jesus o benzeu, partiu-o e distribuiu-o. E todos comeram.
Somente então Pedro se lembrou que Jesus jejuara três dias antes do Batismo e partira de Bethabara sem ter comido, que não trouxera pão consigo e passara a noite em jejum, no deserto.

Pelo modo por que Jesus comia, via que estava com fome. E, lastimando-o, a piedade fez com que mais o amasse ainda.

24

Pedro encheu uma copa de vinho. Tendo-a tomado, Jesus a benzeu e lhes ofereceu. E todos beberam. Pedro sabia que, segundo a tradição dos antigos, em cada ceia benta devia haver três taças: a primeira para o Senhor, a segunda para Israel e a terceira para o Messias. Mas, deitando a segunda taça, ele viu que não havia vinho bastante para a terceira. Então, não sabendo o que fazer, olhou para Jesus.

E o Senhor disse:
— Ajunta-lhe água.
Havia também um cântaro que, havia pouco, André enchera numa fonte de água fresca ao pé da Montanha Branca. Pedro recorreu a ela para a terceira taça.

Jesus benzeu-a e ofereceu-a. E todos beberam.
"Vinho puro, sem uma gota de água, disse consigo Pedro, assombrado e amedrontado. Nunca na minha vida bebi vinho igual. Deste vinho é que beberei no Reino de Deus".

Jesus sorriu-lhe docemente: ele sabia que a água se tornaria em vinho.

25

Nesse momento, viram vir a seu encontro Filipe de Bethsaida e Natanael de Caná, na Galiléia.[21]
Na véspera, tendo adormecido sob uma figueira, Natanael sonhara que o Reino de Deus tinha chegado e que ele o comemorava festivamente no meio de inúmeros convivas, como se todo Israel comparecesse, em Caná, na Galiléia, nas bodas do Esposo-Messias.
Ao despertar, viu Filipe, que lhe disse:

> "Achamos aquele de quem Moisés fala na Lei e de quem também falaram: é Jesus de Nazaré, filho de José.
> Natanael lhe respondeu: Pode vir alguma cousa boa de Nazaré? Filipe replicou: vem e vê.[22]

Mas Natanael não acreditou e não o seguiu. E, à noite, teve ainda o mesmo sonho e, quando acordou, embora não visse ninguém, ouviu a voz que lhe dizia: "Natanael, espero-te nas minhas bodas. Apressa-te, se não queres ser lançado às trevas exteriores". E, tendo despertado pela segunda vez, teve muito medo, acordou Filipe, seu companheiro de tenda, e lhe disse:
— Vamos procurar Jesus.
Filipe, que estava com sono, ao princípio recusou ir. Mas, depois que Natanael lhe contou seu sonho, consentiu.
Tendo sabido pelos guardas da noite do acampamento galileu que Simão, João e André, haviam partido em busca de Jesus na Montanha Branca, para lá se dirigiram, apressando-se como convidados atrasados de um festim.

26

Jesus, vendo chegar Natanael, disse:

> "Eis um verdadeiro israelita em quem não há dolo.
> Natanael lhe perguntou: De onde me conheces?
> Jesus lhe respondeu, dizendo: — Antes que Filipe te chamasse, eu te vi debaixo da figueira.
> Natanael replicou: — Rabi, tu és o Filho de Deus, tu és o rei de Israel!
> Jesus respondeu: — Porque te disse que te vi debaixo da figueira, crês; verás maiores coisas do que esta!

---

21. Jo., I, 44; 21, 2.
22. Jo., I, 45-51.

E acrescentou: Na verdade, na verdade, vos declaro, vereis o céu aberto e os anjos de Deus subindo e descendo sobre o Filho do Homem".[23]

E os últimos chegados tomaram parte no repasto como os primeiros. E Jesus benzeu e partiu o pão para eles também e lhes ofereceu a taça. E todos comiam e bebiam e se alegravam, como se o Reino de Deus já fosse chegado.

27

E Jesus voltou à Galiléia com o poder do Espírito, pregando e dizendo:

"Os tempos são chegados e o Reino de Deus está próximo. Arrependei-vos e crede na Boa Nova".

---

23. Lc., 4, 14; Mt., 4, 17; Mc. I, 15.

IX

SEU SEMBLANTE
(Na História)

I

"Que eu veja somente seu rosto e serei salvo", dizia consigo, sem dúvida, o publicano Zaqueu, subindo ao sicômoro; subiu, viu e foi salvo. Talvez nos salvássemos também, se víssemos seu semblante. Mas é muito difícil. Porque esse rosto estranho parece com o livro em que se reflete como num espelho: esse livro, embora muito lido, é como se nunca se pudesse acabar de ler, como se alguma coisa ficasse esquecida ou mal entendida; relê-se e volta a mesma impressão; assim, infindavelmente. Dá-se o mesmo com seu semblante: não se pode vê-lo completamente; por mais que se contemple parece sempre que houve qualquer traço que não foi notado ou que não se compreendeu inteiramente. Há dois mil anos que milhões de olhos humanos o olham sem vê-lo e continuarão a olhá-lo sem vê-lo até a consumação dos séculos.

II

"A imagem carnal de Jesus nos é desconhecida", desde fins do século II, Santo Irineu de Lião, referindo, assim, uma tradição que remontava provavelmente aos homens apostólicos, a Policarpo e ao presbítero João de Éfeso, talvez mesmo a João, filho de Zebedeu, "o discípulo amado de Jesus".[1] "Ignoramos completamente como era seu semblante", afirma do mesmo modo Santo Agostinho e acrescenta: "a face do Senhor muda com a diversidade dos inúmeros pensamentos".[2] A mudança virá só de nossos pensamentos ou do que há nesse próprio rosto?

Santo Antonio Mártir, peregrino do século VI, conta no seu "Itinerário" que lhe fora impossível ver bem o semblante do Senhor numa imagem milagrosa, *achiropoiete*, deslumbrado pela luz maravilhosa que dela emanava e também porque esse "rosto

---

[1]. Iren., ADV. HAERES., I, 25.
[2]. August., DE TRINIT., VIII, 5: *qua fuerit ille facie nos penitus ignoramus*: VIII, 4; *Dominica facies innumerabilium cogitationum diversitate variatur et fingitur*.

mudava completamente diante dos que o contemplavam".[3] Se algo semelhante ocorre com o rosto vivo de Jesus tal como o conhecemos pelos Evangelhos, Ireneu e Agostinho se enganam: nós conhecemos ou poderíamos conhecer o semblante do Senhor.

III

Comprei, não sei mais onde nem quando, uma velha e péssima reprodução da imagem milagrosa do Senhor, que se achava na Catedral da Assunção, em Moscovo, e que, segundo a tradição, imprimiu ele próprio no pano e enviou a Abgar, rei de Edessa. Durante anos, ela esteve pendurada numa parede de meu quarto, tanto que meus olhos, cegos pelo hábito, não a viam mais. Porém um dia em que, pensando no rosto do Homem Jesus, me aproximei dessa reprodução, vi de súbito e fiquei assombrado:

"Senhor, retira-te de mim, porque eu sou um homem pecador".

O olhar dos olhos não humanos, que parecia vir do outro mundo, era ligeiramente oblíquo: minha alma se consumiria, se me olhasse de frente; ele me perdoa e espera que chegue a minha hora. Sobre a testa, até em cima da risca que divide a cabeleira de linhas ondulosas e paralelas, que se diriam traçadas a compasso com preocupação geométrica, sai, uma mecha recalcitrante como as dos pequenos camponeses mal penteados, e os lábios, levemente entreabertos, os lábios de enternecedora puerilidade parecem murmurar: "Minha alma estava em mim como um filho roubado à sua mãe".

Como tudo isso é simples, infantil, tocante, ao lado do

"Rei de terrível majestade",
Rex tremenda majestatis.

Dois entes num só, discordantes e concordantes: eis o que, nessa imagem, vem dele próprio, o que não foi feito por mão de homem, porém impresso por ele mesmo, no pano.

Compreendi-o mais claramente ainda, comparando minha reprodução com a Ceia de da Vinci: em leve nuvem de cabelos de um ruivo dourado, o rosto de um adolescente judaico de dezesseis anos parecendo uma rapariga inclina-se como uma flor que, apenas desabrochada, já se fana no talo quebrado; pálpebras pesadamente abaixadas, que se diriam inflamadas pelas lágrimas, e lábios cerrados numa resignação mortal: "Como uma ovelha muda diante daqueles que a tosquiam, não abre a boca".

De todos os semblantes do Senhor pintados pela mão do homem, é provavelmente o mais belo. Entretanto, entre o outro, o milagroso, e este, que diferença!

---

3. Antonino Mártir., INTINER., — D. E. v. Dobschütz, CHRISTUSBILDER, 1899-1909, p. 63.

Não sei se este vencerá a morte, mas sei que o outro já a venceu; este está ainda nas três dimensões e o outro está também na quarta; um exprime o suplício da dúvida e o outro a beatitude da fé; com este, talvez eu perca, com o outro, eu me salvo com certeza.

IV

Três "lendas de ouro", *legendae aureae*, da Idade Média, exprimem o sentido profundo dessa impossibilidade de reproduzir, de traçar o semblante do Senhor.

Logo após a Ascensão, os discípulos, reunidos no quarto de Sião e aflitos por não poderem mais ver o rosto do Senhor, suplicaram o pintor Lucas que o representasse. Mas Lucas recusou, dizendo que era tarefa impossível a um homem. Todavia, após três dias de lágrimas, jejuns e súplicas, certo do auxílio do céu, ele acabou por consentir. Traçou o contorno do rosto em negro sobre uma tela branca, mas antes que tomasse os pincéis e as tintas, todos viram a Face Miraculosa aparecer subitamente no quadro.[4]

A segunda lenda é de um ouro tão puro. Por três vezes, estando o Senhor ainda vivo, Lucas tentou reproduzir sua Face para Verônica, a hemorroidária; por três vezes, comparando o retrato com o rosto vivo, verificou que não havia entre ambos a menor parecença e ficou muito triste. "Filho, não conheces meu rosto; só o conhecem lá de onde vim", disse-lhe o Senhor. — "Eu comerei hoje o pão em tua casa", disse ele a Verônica. E ela lhe preparou a refeição. Mas ele, antes de se pôr a mesa, lavou o rosto, enxugou-o numa toalha e nesta sua face se imprimiu como se fosse viva.[5]

Uma terceira lenda é de ouro ainda mais puro. Subindo ao Calvário, o Senhor curvava-se sob o peso da cruz e o suor corria de sua fronte em gotas de sangue. Verônica lhe estendeu um sudário e ele, enxugando a Face nele, a imprimiu terrível, a face de que fala o profeta Isaías (52,14):

> "Seu rosto estava tão desfigurado e seu aspecto diferia do dos filhos do homem".

As três lendas têm o mesmo sentido: só no coração dos que amam o Senhor e sofrem com ele sua Face inexprimível se imprime como no sudário de Verônica.

V

Os santos lembram-se e os pecadores se esqueceram. É verdade que nada sabemos e nada podemos saber do rosto vivo de Jesus? Quantos são os falsos Messias, os ladrões e os bandidos de quem a memória da história guarda os semblantes ignóbeis e terá esquecido o do Cristo! Se assim fora, devíamos desesperar da humanidade.

---

4. D. E. Dobschütz, l., C., p. 67.
5. D. e. Dobschütz, l., C., p. 249.

Uma lei estranha governa a memória que nossos olhos conservam dos rostos: quanto mais os amamos, menos nos lembramos deles. Recorda-se melhor o rosto de um estranho do que o de um ente amado de quem estamos separados. Quanto ao nosso próprio rosto, nenhum de nós se lembra dele, parecendo nisto "a um homem que olha num espelho seu rosto natural, e que, depois de se ter olhado, vai embora e esquece como é (Jac., 1, 24)".

Essa falta de memória talvez venha do homem ter dois semblantes: um externo, que não passa de máscara, o outro interno, que é o verdadeiro. O rosto interior transparece através do exterior tanto mais claramente quanto o homem é maior e mais sincero. Transparece, pois, em Jesus, o maior e o mais sincero dos homens melhor do que em ninguém. Eis por que, nos primeiros testemunhos, os mais próximos dele, seu rosto exterior foi esquecido, enquanto que o interior está mais presente do que qualquer outro rosto em qualquer outro testemunho histórico.

VI

Paulo pode não querer "conhecer o Cristo segundo a carne" (11, Cor, 5, 16.), conhece-o apesar disso.

> "Trago em meu corpo os estigmas, ESTIGMAT, de Jesus (Gald., 7)".

Esses estigmas são provavelmente semelhantes aos de São Francisco de Assis, que se reabrem e por vezes sangram como verdadeiras chagas feitas de fresco pelos cravos. Para ser assim co-crucificado com o senhor, Paulo devia sentir o corpo dele como seu e, naturalmente, ver seu rosto. Quando diz: "Deus enviou seu próprio filho em uma carne semelhante, *hormoioma*, à nossa carne de pecado" (Rom., 8, 3) para ele essa " carne semelhante" absolutamente não é um fantasma", *phantasma* como será mais tarde para os docetas, porém uma carne tão real como a de todos os homens, embora de outra qualidade.

"Não vi Jesus? pergunta (1 cor., 9, 1); em todo o caso o vê, quando diz:

> "Jesus Cristo... se fez pobre para nós (11 Cor., 18, 9.). Ele próprio se aniquilou — se esvaziou, tomando a forma de um escravo... ele próprio abaixou-se, tornando-se obediente até a morte, mesmo até a morte sobre a cruz (Phil., 2, 7-8)".

Sob essa forma de pobre, de humilde, de escravo obediente até a morte sobre a Cruz, Paulo não imagina abstratamente, mas sente fisicamente a carne viva do homem Jesus, vê seu rosto vivo; ao mesmo tempo, vê e sente nele outra carne; mais do que sabe metafisicamente, abstratamente, vê e sente carnalmente, fisicamente, que "toda a plenitude, PLEROMA, de Deus nele habita corporalmente (Col., 2, 9.)".

VII

Seu corpo não é de todo feito como o nosso". Eis o que os mais íntimos discípulos do Senhor, que conhecem o Cristo "segundo a carne", devem sentir ainda mais fortemente do que Paulo. Ele caminha sobre o chão, fala, come, bebe, dorme como toda a gente; e, de repente, num gesto, numa expressão do rosto, numa entonação, há qualquer cousa estranha, que não é mais humana, espécie de sopro ultra-terrestre: para o olfato humano, o Espírito Divino é o que é o odor humano para o olfato animal.

Como Paulo, não abstratamente, metafisicamente, mas corporalmente, fisicamente, sentem, percebem, na carne viva de Jesus um ponto "fantástico", transparente, ardente, impalpável aos cinco sentidos, e mergulhando deste mundo no outro, ponto crescente, às vezes subitâneo como uma faísca que se torna labareda, tanto que o corpo, tomado e abrasado, se torna também ardente, transparente, fantástico.

Para compreender e ver, não esqueçamos que para os homens desse tempo o "fantástico" não é, de modo algum, o que é para nós: não um "engano dos sentidos", uma "alucinação", não o que não existe, porém o contrário, o que existe em outra ordem, outra realidade. Vendo um fantasma, os homens se assombram, gela-se o sangue em suas veias, eriçam-se seus cabelos — como não ser uma realidade?

"Um fantasma, FANTASMA!" exclamam, aterrorizados, os discípulos, vogando sobre o lago de Genezaré, quando vêm Jesus vir a eles, marchando sobre as águas (Mc., 6, 48-51.). Visão ou realidade? Pense-se o que quiser, uma cousa é clara: os homens que, pouco antes, haviam visto o rabi Jeschua, simples carpinteiro ou pedreiro, caminhar no chão, dormir, comer e beber, não teriam podido ver nem essa visão, nem essa realidade, se não tivessem sempre sentido que seu corpo não era de todo como o deles, se não tivessem discernido nele esse ponto fantástico, transparente, ardente.

VIII

Clemente de Alexandria relata que a tradição da "fantasmacidade" do corpo do Senhor se conservou até fins do século II, no círculo dos discípulos de João — quer se trate do Apóstolo ou do Presbítero, o que pouco nos importa.[6] "O Senhor jamais revestira um corpo humano, mas era um fantasma, fantasma",[7] tal é a absurda e grosseira dedução que, mais tarde, será tirada pelos docetas dessa tradição, em que talvez persistam traços do que verdadeiramente experimentaram os mais próximos discípulos do Cristo, aqueles que o conheceram "segundo a carne" e do que Paulo quis exprimir, falando da "carne semelhante", homoioma, de Jesus.

---

6. Clem. Alex., ADUMBR. IN EPIST. I. JOH. — E, Hennecke, HANDBUCH ZU DEN NEUSTEST. APOKRYPHEN, I p. 524.
7. Orígen., TRACT., XIV. — W. Bauer, DAS LEBEN JESU IMZEITALTER DER NEUTEST. APOKRYPHEN, p. 40.

Parece que é ainda o eco da mesma tradição que encontramos nos "actos de João", que Leucius Charinus, gnóstico pertencente ao círculo dos discípulos de Éfeso, escreveu em fins do século II, duas ou três gerações após a morte de João, o misterioso velho, tão próximo pelo espírito do "discípulo que Jesus amava".

> "Ele me tomava sobre o colo, quando estávamos deitados um junto do outro, durante a Ceia, e, quando me apertava de encontro a seu peito, eu o sentia ora macio e liso, ora duro como uma pedra, e, quando queria retê-lo, tocava um corpo, às vezes material, carnal, às vezes irreal e sem existência... E, atravessando-o, minha mão sentia o vácuo".[8]

De novo é visão ou realidade? É ainda um "engano dos sentidos", uma "alucinação", como no "fantasma"; ou é a visão de outra realidade? Passava-se alguma cousa unicamente interior no corpo do discípulo ou de interior e exterior nos dois corpos, o do discípulo e o do Mestre? Seja qual for nossa opinião, é possível que essa tradição nos tenha conservado um testemunho autêntico sobre o que, conforme a palavra de outro João, provavelmente o "discípulo amado de Jesus",

> "era desde o começo, o que ouvimos, o que vimos com nossos olhos, o que contemplamos e que nossas mãos tocaram (I Jo., I, I.)".

sobre o Filho de Deus vindo ao mundo sob a aparência da carne.

> "Muitas vezes acontecia-me, caminhando atrás dele, procurar seu rasto no chão, e não o encontrava e me parecia que ele andava sem tocar o solo",

relata o mesmo João desconhecido.[9]

Aquele que, com ligeiro passo de fantasma, anda sobre a pedra, onde não pode deixar rasto, começa, e aquele que caminha sobre a água acaba: isto está ligado a isso, mas por algum laço interior somente ou interior e exterior ao mesmo tempo? Ainda uma vez não o sabemos e não temos necessidade de saber para tocar com a mão de seu discípulo a carne interior do Senhor através da carne exterior, para ver com os olhos de seu discípulo o rosto interior do Senhor através do rosto exterior, e só de nós depende unir essas duas faces numa só, aquela mesma de que foi dito:

> "Eis que estarei com todos vós até o fim do mundo. Amém (Mt., 28, 20)".

IX

Os "Actos de João" conservaram-nos também uma outra tradição proveniente do mesmo círculo de discípulos de Éfeso.

---

8. Acta Johan., 89, 93. — E. Hennecke, I., C., I, 524.
9. Acta Johan., 93. — E. Hennecke, I., C., I, 186.

"Ele nos levou, eu (João), Pedro e Jacob sobre a montanha, onde costumava rezar. E vimos sobre ele à claridade tal (glória, dóxe) que nenhuma palavra humana poderia exprimir. E, aproximando-me dele devagarzinho, de modo que não ouvisse, parei e olhei por trás e vi que nenhuma veste e nada do que víamos (antes) nele não havia mais e que não era um homem. E seus pés eram mais brancos do que a neve, de sorte que o chão estava iluminado, enquanto que sua cabeça tocava no céu. E eu gritei apavorado. Mas ele, voltando-se para mim, ficou de novo como um homem e, tocando no meu queixo, disse: "João, não seja incrédulo..." E eu lhe disse: "Senhor, que fiz?" E ele me respondeu: "Não tente aquele que não é tentado".[10]

Uma curiosidade ávida de criancinhas, ingênuas astúcias, medos pueris, um Mestre com pena de seus discípulos como um adulto tem pena de crianças — tudo isso é pintado com cores tão singelas, ingênuas e vivas que mais uma vez, se tem a impressão de uma reminiscência autêntica, embora muito confusa: os homens vêem o semelhante do Senhor como os peixes avistam o sol através da água.

X

O homem possui um Duplo imortal, a imagem luminosa de seu outro corpo "espiritual", de seu "rosto interior" que se chama *Ka*. Eis o que nos ensina o "Livro dos Mortos" egípcio, o mais antigo livro do mundo. É o "corpo pneumático", (pneumáticos), espiritual, do Apóstolo Paulo. Parece bem que nos "Atos de João" se trata de um "Duplo" do Homem Jesus:

"Isto se passou em uma casa de Genezaré, onde então passávamos a noite com o Mestre. Tendo enrolado a cabeça nas minhas vestes, observava o que ele fazia e ouvi ao princípio me dizer: "João, dorme". E fingi dormir e então vi outro semelhante a ele e ouvi esse outro lhe dizer: "Aqueles que escolheste não crêem em ti, Jesus". E o Senhor lhe respondeu: "Dizes a verdade, mas eles são homens".[11]

O que é o Duplo de Jesus que João não reconheceu compreenderíamos talvez, se soubéssemos ler o apócrifo *Pistis Sophia*, essa lenda-recordação tão confusa que parece transparecer através da água turva de profundo sono e em que se vê Jesus-Adolescente e o Espírito Adolescente "perfeitamente semelhantes um ao outro", unindo-se num beijo de amor celeste.[12]

XI

Não seria esse mesmo Duplo, o "corpo astral" de Jesus, seu misterioso *Ka*, que aparece em outro "Evangelho Oculto", o Apócrifo de Mateus:

---

10. Acta Johan., 90-91. — W. Bauer, 1., C., p., 153.
11. Acta Johan., 92. — E. Hennecke, 1., C., I, p. 186.
12. PISTIS SOPHIA, 61. — E. Hennecke, 1., C., I, p. 102. — D. Merejkosvsky, JESUS INCONNU, t. I, 2ª. Parte, cap. 2: A Vida Oculta, §§ XXIV-XXVI.

"E, quando Jesus dormia, de dia ou de noite, a luz de Deus resplandecia sobre ele, *claritas Dei splendebat super eum*".[13]

A mais pueril de nossas ciências, a metapsíquica, dá a esse corpo luminoso do homem o termo incompreensível "Aura", em lugar da palavra do Evangelho "claridade", "glória", DÓXE.

O próprio Senhor fala dessa luz:

"Se, pois, todo o teu corpo está iluminado sem que haja em ti nenhuma parte tenebrosa, ele será clareado como um facho que se ilumina com sua própria luz. (Lc., II, 30).

Esse "facho" interior, precisamente o "corpo espiritual", o semblante interior do homem.

Os antigos pintores de imagens que rodeavam com uma auréola de ouro a Face Divina do Cristo tinham talvez visto bem o semblante humano de Jesus. Agora, só as criancinhas e as velhinhas continuam a ver uma auréola em torno da Face do Senhor. Mas, se o rosto humano de Jesus não se iluminar para nós com esse nimbo divino, jamais o veremos.

XII

"Eu me via adolescente, quase criança, numa igreja baixa da aldeia. Círios finos brilhavam em pequenas nódoas rubras diante de imagens antigas e uma pequena coroa irisada rodeava cada chama. A igreja era escura e triste. Mas havia muita gente diante de mim. Somente louras cabeças campônias. De tempos em tempos elas se punham a ondular, a se curvarem, a se levantarem, na lenta ondulação do vento do estio.

De repente, um homem se aproximou por trás de mim e parou bem perto. Voltei-me, mas senti imediatamente que esse homem era o Cristo.

Logo, o enternecimento, a curiosidade, o medo, juntos, se apoderaram de mim. Fiz um esforço sobre mim mesmo e olhei o meu Vizinho.

Seu rosto era como o de toda a gente — um rosto parecido com todos os rostos humanos. Os olhos olhavam um pouco para cima, atentamente e suavemente. Os lábios estavam fechados, mas não cerrados; o superior parecia repousar sobre o inferior; a barba curta era dividida ao meio. As mãos cruzadas não se moviam. E suas vestes também eram como as de toda a gente.

"Este, o Cristo?" pensei, "este homem tão simples, tão simples? Não é possível!" E não olhei mais para ele. Mas, apenas mudei o meu olhar desse homem simples, acreditei que era precisamente o Cristo que estava a meu lado.

E, de novo, fiz um esforço sobre mim... E, de novo, vi o mesmo rosto semelhante a todos os rostos humanos, os mesmos traços conhecidos, embora desconhecidos.

E de súbito, me enchi de medo e voltei a mim. Somente então compreendi que era mesmo um rosto assim — igual a todos os rostos humanos — que era o do Cristo".[14]

---

13. Ps. Mt., 42.
14. J. Turguenev, POÈMES EN PROSE: le Christ (1878).

Esse "Apócrifo", esse Evangelho, não falso, mas secreto, sobre a Face do Senhor, só podia ser escrito por um homem que, tendo renegado o Cristo, conservasse no fundo do coração sua imagem, pelo filho daquela terra de que se disse:

> "O' minha terra natal,
> O Rei do Céu, sob o aspecto de um escravo,
> Curvado ao peso da Cruz,
> Percorreu-te inteiramente,
> Abençoando-te".[15]

XIII

"Ele se tornou semelhante a todos os homens e tomou o aspecto de um homem",

diz Paulo (Phil., 2 7-8).

"Por seu aspecto não diferia nada dos outros homens",

diz por sua vez Celso, no século II, relatando provavelmente uma antiquíssima tradição, vinda duma fonte que ignoramos.[16]

"Ele tinha o rosto de todos nós, filhos de Adão",

confirma João de Damasco no século VIII, remontando também a tradições que parecem datar dos primeiros séculos do cristianismo.[17]

"Seu rosto era o de toda a gente, um rosto igual a todos os rostos humanos",

repetirá vinte séculos depois de Paulo o Apócrifo russo.

Se, em matéria de religião, pôde haver provas, são unicamente como estas coincidências involuntárias e necessárias entre experiências interiores, infinitamente separadas no tempo e no espaço.

O próprio Jesus se chama "Filho do Homem", Bar-nascha em aramaico, isto é, simplesmente "o homem". Não é o mesmo que dizer precisamente: "Eu sou como toda a gente"? Mas, se seu rosto exterior, é o de "toda a gente" seu rosto interior não é o de "pessoa alguma".

---

15. Tutchev, POÈSIES.
16. Oríegen., C. Cels., VI, 75.
17. Johan. Damasc., OPERA, I, p. 631. — K. v. Hase, GESCHICHTE JESU, p. 259. — G. A. Muller, DIE LEIBLICHE GESTALT JESU CHRISTI, p. 45.

XIV

Duas Faces miraculosas: a Face romana, ocidental, sobre o sudário da Verônica — o Escravo sofredor; e a Face bizantina, oriental, sobre o lenço de Abgar — o Rei Triunfante,

"*Rex tremendae majestatis*",

que aparecerá ao mundo nesse derradeiro dia em que os homens dirão às montanhas e rochedos:

"Caí sobre nós: ocultai-nos da vista d'Aquele que está sentado no trono e da cólera do Cordeiro (Apoc., 6, 16-17)".

Essa contradição concordante, essa antinomia — "como toda a gente" — "como pessoa alguma" — é uma das causas da impossibilidade em que estamos de representar a Face do Senhor.

XV

A tradição da Igreja sobre a Face Divina se dividiu em duas. Jesus é belo, afirma uma metade, que parece antiquíssima, da tradição.

Há talvez no Evangelho de Lucas uma alusão à beleza de Jesus. Se a palavra grega KARIS, em latim *gratia*, no versículo sobre Jesus menino (2,52), se refere não somente a seu espírito, mas também a seu corpo, o que é tanto mais provável que o termo precedente, *elixia* (não a idade — no sentido de número de anos, como às vezes se traduz, porém o "crescimento"), se reporta igualmente ao corpo, então KARIS significa "beleza", "graça", *gratia*, de modo que o sentido geral do versículo é: "Jesus crescia e se embelezava".

Entretanto, não esqueçamos que a palavra humana "beleza" não corresponde ao que assim chamamos no seu semblante. Mas, se se não encontrasse aí isso para que não temos nome, uma simples mulher teria podido exclamar, vendo-o:

"Bem-aventurados os flancos que te carregaram e o seio que te amamentou!" (Lc., II, 27.)?

E, na Transfiguração, seu rosto, "se tornaria resplandecente como o sol"(Mt, 17, 2.)?

Os "Atos de João" chamam-lhe "O Belo", O KAROS, como se essa palavra bastasse aos homens pra saberem de quem se trata.[18]

---

18. Acta Johan., 73-74. — Os Atos de Tomas, 80, 149, gabam igualmente a beleza de Jesus. — W Bauer, 1., C., p. 312.

"Para nós, que desejamos a verdadeira beleza, só ele é belo", declara Clemente de Alexandria, exprimindo assim esse sentimento natural e indesenraízavel nos homens:[19]

> "Tu és belo, mais belo do que qualquer outro filho do homem (Ps., 45, 3)".

XVI

Isso é numa metade da tradição, mas, segundo a outra, também antiga, Jesus é "feio".

> "Seu rosto era desfigurado entre os homens e seu aspecto diferia do dos filhos do homem".

Essa profecia também se realiza nele (Is., 52, 14.): "Ele se aniquilou — se esvaziou", em tudo e nisso.

"Ele era, dizem, pequeno, feio e sem nobreza", relata Celso, citado por Orígenes.[20] "Ele não tinha aparência... nem glória... e seu aspecto era desprezível", dirá por sua vez Justino Mártir, que talvez conhecera os que haviam visto o rosto vivo de Jesus.[21]

As mesmas testemunhas — e é o mais espantoso — falam ora de sua beleza, ora de sua feiúra, como Clemente de Alexandria, que emprega esta palavra intraduzível, "blasfematória": AISKROS.[22]

O próprio Irineu, que afirma que nada sabemos da imagem carnal de Jesus, sabe, todavia, que ele era "raquítico e sem majestade", *infirmus et ingloriosus*.[23]

> "... Eu sou um verme do chão e não um homem.
> O opróbrio dos homens e o desprezado do povo (Ps., 22, 17)".

Estas terríveis palavra tomadas ao mesmo salmo em que está o grito da cruz, *Sabachtani*, Tertuliano as porá na própria boca do Senhor.[24]

XVII

A igreja, a Esposa, começou por esquecer o semblante do Cristo, do Esposo, depois sonhou que era um monstro. Como se produziu isso?

Talvez muito por causa do medo da beleza corporal, da tentação pagã, fonte de idolatria, que o judaísmo legou ao cristianismo. Mas isso não explica tudo. (As raízes

---

19. Clem. Alex., STROM., II, 5, 21.
20. Orígen., C. CELS., VI. 75.
21. Justin., DIAL. C. TRYPH., 14, 36, 85, 88. — Th. Keim, GESCHICHTE JESU, I, P. 460.
22. Clem. Alex., PEADAG., III, I, 3. — Th. Keim, 1., C. I. p. 460.
23. Iren., ADV. HAERES., IV, 32. 12. — G. A. Muller, 1., C., p. 36.
24. Tertull., DE CARNE CHRISTI, 9. — W. Bauer, 1., C., p. 312.

das duas tradições sobre a beleza e a feiúra do semblante do Senhor parecem mergulhar numa reminiscência muito obscura, porém autêntica.

Não havia no rosto do Homem Jesus, como na sua vida, — algo de "paradoxal, de espantoso — de "apavorante", passando das três dimensões a quarta em que tudo é ao contrário, tanto que o que é feio na terra, lá é lindo?

Se o semblante de Jesus é tão especial, tão pessoal, tão diverso de todos os outros semblantes humanos, não será precisamente porque escape a todas as medidas humanas de beleza ou feiúra, sendo incomensurável à nossa estética de três dimensões?

Compreende-se, então, que não só os que viram esse rosto não se lembrem mais, como os próprios que o vêem são impotentes a decidir qual das duas profecias se realizou nele: "Seu rosto era desfigurado entre os homens" ou então: "Tu és mais belo do que qualquer outro dos filhos do homem".

"Ele era belo e feio, *formosum et foedum*",

eis o que os "atos de Pedro" talvez bem compreenderam.[25]

Aqueles que vêem esse rosto experimentam uma alegria sem par e também um pavor sem igual. A primeira antinomia nele: "como todos — como ninguém", corresponde esta: "como um verme — como o sol".

XVIII

Recordemos, não só, o que é pena, o "encantador doutor" de Renan, o "Bem-Amado" de Madalena (vilania contemporânea única nos séculos), mas também as estatuetas de porcelana de Jesus nas igrejas, e, se ainda temos bastante gosto para detestar essa ignomínia de enojante insipidez, que é a "alma do açúcar" de Maeterlinck — compreenderemos talvez que essa "beleza-feiúra" do Semblante do Senhor, tão inconcebível, tão apavorante para nós, é o amargo antídoto do veneno doloroso, e que nisso os primeiros séculos do cristianismo guardaram algum conhecimento e alguma lembrança do rosto de Jesus.

XIX

"Eu não sou o que pareço".[26]

Este agraphon do Senhor nos "Atos de João" permite-nos talvez entrever o que realmente sentiam aqueles que viam o rosto vivo de Jesus. O segredo dessas expressões foi explicado e, ao mesmo tempo, aprofundado por Orígenes:

---

25. Acta Petri, 20. — E. Hennecke, 1., C., 522.
26. Acta Johan., 96, 99. — E. Henecke, 1., C., I, p. 187. — August., EPIST., ad Ceretium. — E. Hennecke, 1., C., II, p. 529.

> "Sendo ele mesmo, aparecia aos homens como se não fosse ele — *cum fuisset ipse, quasi non ipse omnibus videbatur*. Não tinha um único aspecto, mas mudava de aspecto conforme a maneira com que cada qual o podia ver; a cada qual aparecia com o aspecto que cada qual merecia".[27]

Eis porque Antonio Mártir não consegue também ver na imagem miraculosa a "Face perpetuamente mutável".

"O semblante do Cristo é diferente entre os Romanos e os Helenos, os Indus, os Etíopes, porque cada um desses povos, afirma que o Senhor lhe apareceu sob o aspecto que lhe é próprio", diz o patriarca Photius.[28] Assim, o rosto do segundo Adão, Jesus, se reflete em todos os rostos humanos, como o sol na gotas de orvalho.

XX

> "Vós me vereis em vós como um homem vê seu rosto em um espelho".[29]

Como as pedras inanimadas, os rostos humanos são imóveis, imutáveis; seu rosto, chama viva, é perpetuamente mutável, cambiante: por isso a vista não o pode apanhar, nem a mão o reproduzir.

> "Glória a ti, Jesus multiforme, POLIMORPHOS".

dirão os "Atos de Tomás.[30] "As representações da Face do Senhor mudam por causa da diversidade de inúmeros pensamentos". Santo Agostinho assim o compreendeu exatamente, porém tirou a dedução inexata de que nada sabemos sobre o semblante de Jesus.

No Juízo Final, ele próprio recordará muitos desses rostos:

> "Tive fome e não me destes de comer,
> tive sede e não me destes de beber
> era estrangeiro e não me acolhestes,
> estava nu e não me vestistes
> enfermo e prisioneiro não me visitastes (Mt., 25, 42-433)".

No rosto de cada um de nossos irmãos sofredores seu rosto:

> "Viste teu irmão, viste teu Deus".[31]

---

27. Orígen., COMMENT, IN MATTH., 100. — W. Bauer, l., C., p. 314.
28. K. v. Hase, l., C., p. 259.
29. Pseudo-Cyprian., DE DUABUS MONTIBUS, 13.
30. Acta Thomae, 48, 153. — W. Bauer, l., C., p. 513. — E. Hennecke, l., C., I, p. 286.
31. Clem. Alex., STROM., I, 19, 94; V, 15, 71. — Tertull., DE ORATIONE, XXVI. — A. Resch, AGRAPHA, p. 182. — E. Besson, LES LOGIA AGRAPHA, p. 121.

XXI

Os "Atos de João" nos transmitiram um apócrifo estranho e apavorante.

Trata-se do primeiro apelo dos discípulos João e Jaques, filhos de Zebedeu, sentados numa barca do lago de Genezaré.

Que quer de nós este rapazinho? Por que nos chama da margem? disse-me meu irmão Jacob. E eu (João) lhe perguntei: Que rapazinho? E ele me respondeu: Aquele que nos faz sinal com a cabeça. — Estás com a vista perturbada, meu irmão Jacob, pelas muitas noites sem dormir que temos passado no lago. Não vês diante de nós um homem alto, de lindo rosto que nos olha alegremente? — Não, não o vejo, mas aproximemo-nos da margem e saberemos do que se trata.

Quando abordamos à praia, ele nos ajudou a amarrar a barca e nós o seguimos. E, enquanto caminhávamos, eu o via velho, calvo, com uma longa barba espessa, e meu irmão Jacob via um mancebo, com uma penugem apenas visível nas faces. E nós não compreendíamos o que isso significava... e estávamos muito surpresos.

... Em seguida, aparecia muitas vezes também sob aspectos ainda mais maravilhosos... ora como um homenzinho de membros disformes, ora como um gigante cuja cabeça tocava o céu.[32]

É um conto absurdo ou, de novo, uma visão de peixe olhando o sol através da água — a lembrança confusa, monstruosamente deformada pelo delírio do que realmente experimentaram os supersticiosos pescadores galileus, ingênuos como crianças, vendo o semblante do Senhor, que excede das três dimensões e não se contém de todo na nossa geometria terrestre?

Talvez seja uma recordação análoga a que igualmente nos conservou o Evangelho. "Ele tinha uns trinta anos", diz Lucas (3, 23.). "Ainda não tens cinqüenta anos", dizem os Fariseus ao Senhor no IV.º Evangelho (8, 57.). Parece ora moço, ora velho; é isso o que significa: "Ele não tinha um só aspecto, mas o mudava conforme a maneira com que cada um o podia ver".

"Um lobisomem divino", teria dito, blasfemando, Luciano Voltaire: os discípulos não o dizem, porém sentem talvez a mesma impressão, adorando, sem ousar olhá-lo, esse rosto-chama, terrivelmente e maravilhosamente cambiante.

XXII

O mais comum dos rostos humanos e que os contém todos, como a figura geométrica do triângulo contêm todos os triângulos — o rosto do segundo Adão — esse é um dos pólos; e eis o outro: o mais especial dos rostos humanos, o único verdadeiramente pessoal e que se não parece com nenhum outro. São os dois pólos que é necessário reunir para ver seu rosto vivo.

---

32. Acta Johan., 88, 93. — E. Hemecke, 1., C., I, p. 185. — W. Bauer, 1., C., p. 314.

Todas as representações da Face do Senhor — desde o Bom Pastor das Catacumbas, cujo rosto imberbe faz pensar em Hermes, até o Salvador miraculoso, "rei de terrível majestade", dos mosaicos bizantinos — não são mais do que as tentativas ávidas, insaciáveis, dos séculos e dos povos para achar esse semblante vivo.

O que melhor nos informa sobre essas tentativas é um apócrifo muito tardio do século XI ou do XII, porém extremamente precioso, porque, como um mosaico de pedrinhas miúdas, é composto de elementos antiquíssimos, verossimilmente autênticos — "A Carta do procurador Lentulus ao Senado Romano":

> É um homem de estatura medíocre... tem um semblante venerável, tanto que os que o olham podem, ao mesmo tempo, temê-lo e amá-lo. Os cabelos são dum louro escuro, lisos até as orelhas, e daí para cima ondulantes e anelados, com um leve reflexo azulado e quente. São divididos ao meio no alto da cabeça a maneira da gente de Nazaré. A fronte é lisa e muito serena... Sua barba é abundante, da cor dos cabelos, bastante curta e dividida no queixo. Sua fisionomia respira a simplicidade e a madureza. Seus olhos são cambiantes e brilhantes. É terrível nas reprimendas, doce e amável nas admoestações, alegre sem deixar de ser grave. Ninguém jamais o viu rir, porém muitas vezes chorar. Assim, com toda a razão, dele se pode dizer, segundo o profeta: "É o mais belo dos filhos dos homens".[33]

XXIII

Encontramos em João Damasceno, que vivia no século VIII, e no último historiador eclesiástico Nicéforo Calisto (século XIV) dois outros apócrifos ou tradições sobre o semblante de Jesus. Ambos se referem a testemunhos antiquíssimos, desconhecidos de nós, que, a julgar pelo que diz João Damasceno, remontam aos primeiros séculos do cristianismo: concordam com o que Santo Agostinho nos diz das numerosas imagens, "continuamente mutáveis", da Face do Senhor, que existiam antes dele. É muito provável que todos três, o Damasceno, Lentulus e Calisto, tenham, cada um de seu lado, se abeberado em fontes comuns muito antigas.

Os "sinais particulares" a que alude Damasceno — "sobrancelhas bem próximas, quase unidas; barba negra, nariz fortemente recurvado" — do mesmo modo que "a tez escura do rosto", de que fala Calisto, e "a cor ruiva (rubra) da barba", de uma das versões de Lentulus[34] — não serão marcas da raça judaica?

Acha-se igualmente em Calisto dois ou três "sinais particulares": "cabelos cor de trigo maduro, molemente ondulados, com sobrancelhas escuras; olhos claros em que

---

33. J. Aufhauser, ANTIKE JESUS ZEUGNISSE 1925 p. 43. — K. v. Hase, l., C., p. 259. — Ch. Guignebert, Jesus, p. 192.

34. Codex Vaticanus. — K. v. Hase, l., C., p. 259.

brilha uma bondade indizível e que são penetrantes... tem os ombros um pouco encurvados... é doce, humilde, gracioso... Parece em tudo com sua divina mãe".[35]

XXIV

Assim, pouco a pouco, lentamente, penosamente, traço a traço, como se forma um mosaico precioso, pondo uma pedra depois de outra pedra, se compõe a Face Miraculosa, única e multiforme, cujas inúmeras imagens, "continuamente mutáveis", coincidem, às vezes, de modo notável, nos menores "sinais particulares". Lembremo-nos do "lábio superior repousando sobre o inferior", no apócrifo russo, e exatamente do mesmo lábio ligeiramente inflamado, como o de uma criança triste que chorou, no desenho de da Vinci; lembremo-nos dos "cabelos leves flutuando sobre os ombros", no apócrifo de Lentulus, da "cor ruiva da barba", em Calisto, — sinais indubitáveis do sangue judaico, do mesmo modo que o nariz finamente arqueado como o de uma rapariga, e a cor ruiva dos cabelos do desenho de da Vinci; lembremo-nos, enfim, dessa "risca no meio da cabeça", que se vê desde o século VI até hoje, como da "barba partida ao meio".

Dir-se-ia que pessoas, infinitamente diferentes, separadas pelos séculos e pelos povos, ignorando tudo uma das outras, representaram em inúmeras imagens um mesmo rosto vivo, o qual, desde nossa infância, nos é familiar e que reconhecemos à primeira vista.

Jesus o Nazareno foi realmente como hoje o conhecemos, o lembramos ou imaginamos? "Nada sabemos do seu rosto", respondem Irineu e Agostinho. Nós acreditamos muito facilmente, porque dos dois sentidos da palavra "parusia", o mais antigo, profundo e autêntico se perdeu para nós. Essa palavra não significa somente a "segunda vinda" do Senhor, como se compreendeu desde os primeiros séculos do cristianismo até nossos dias, porém ainda sua eterna presença:

"Eis que estarei convosco até a consumação dos séculos. Amém".

Aqueles com quem ele está sempre não podem ver-lhe o rosto? Não, os homens não ignoram de todo seu semblante, lembram-se e não esquecerão nunca: na memória e no coração da humanidade, a Face do Senhor que ele marcou de modo inapagável e milagroso não é um vão fantasma.

Pode-se mesmo dizer que é o único semblante que a humanidade viu e não esqueceu — que não esquecerá jamais e que verá sempre: os outros semblantes não passam de fantasmas e sombras fugidias: somente ele é o sol.

35. Nicephor. Kallist., HIST. ECCI., I, 40.

XXV

Então, que significam estas palavras: "Não conhecemos seu rosto? Querem dizer que, nos nossos dias, não haverá ninguém para dizer ao Cristo: "Tu és Jesus" com tanta força quanto outrora Pedro disse a Jesus: "Tu és o Cristo", — ninguém para ver no semblante divino do Cristo o semblante humano de Jesus, — ninguém para ouvir dizer:

> "És feliz, Simão, filho de Jonas; porque não foram a carne e o sangue que te revelaram isso, porém meu Pai nos céus (Mt., 16, 17)".

Parece que nos acontece o que aconteceu aos dois discípulos no caminho de Emaús, quando o próprio Senhor, se aproximando, andou a seu lado.

> "Mas seus olhos estavam turvos e não o reconheceram".

E, quando o reconheceram,

> "Ele ocultou-se à sua vista. E eles disseram um ao outro: Nosso coração não queimava dentro de nós?" (Lc., 24, 15, 32).

É assim que no caminho, terrivelmente longo, que vai da primeira à segunda vinda e que chamamos História, ele caminha a nosso lado. É assim que nós também não o reconhecemos. Oh! se nosso coração pudesse também queimar dentro de nós!

X

SEU SEMBLANTE
(No Evangelho)

I

Por mais que nosso coração arda em nós, quando lemos o Evangelho, nele não reconhecemos nem vemos o semblante vivo do Homem Jesus, não porque aí não esteja, mas porque nossos olhos, como os dos discípulos de Emaús, "estão cegos". Do mesmo modo que as aves noturnas, cegas pela luz do dia, não vêem o sol, nós não vemos a face do Senhor no Evangelho.

> "Nós vos anunciamos a força e a presença, parusian",

não a "segunda vinda", porém a "presença" eterna

> "de Nosso Senhor Jesus Cristo, tendo sido testemunhas, époptoi, de sua majestade... sobre a montanha santa (II Pedro, I, 16-18)",

onde seu rosto se "tornou resplandecente como o sol" (Mt., 17, 2). O sol da Transfiguração — o semblante do Cristo no semblante de Jesus — esse é o ponto equinocial de todo o Evangelho.

Assim é na primeira testemunha, Marcos-Pedro, como na última, João:

> "... O que nós vimos com nossos olhos... nós vos anunciamos também, afim de que estejais, por vossa vez, e que vossa alegria seja perfeita (I Jo., I, 1-4)".

> "Bem-aventurados os vossos olhos, porque viram (Mt., 13, 16)",

disse o próprio Senhor, falando da alegria perfeita dos clarividentes.

II

Se historiadores tão curiosos quanto nós tivessem perguntado aos discípulos de Jesus como era seu semblante no dia da Ascensão do Senhor, provavelmente esses não saberiam ou não quereriam lembrar-se, do mesmo modo que um homem que acaba de ser queimado por um raio não sabe ou não quer se lembrar da forma do relâmpago.

Em ambos os casos, o próprio fato de fazer essa pergunta mostra que se é incapaz de compreender a resposta, seja ela qual for.

III

Para Pedro, testemunha ocular, o que caracteriza o semblante de Jesus, tal como dele se recorda — vê, no rosto divino, a divina força interior, DYNAMIS: "Eu vos anuncio a força de Jesus Cristo".

Todo traço exterior somente poderia limitar, prender essa força e desfigurar o próprio semblante. Por isso, os traços exteriores são completamente banidos do Evangelho. Nele, a imagem carnal do Homem Jesus se constrói, seu rosto vivo nasce, não de fora, mas de dentro.

Eis por que o Evangelho nunca descreve o semblante do Senhor, pois o Evangelho todo é que é esse semblante. Um rosto visto num retrato ou um espelho? Não, na água negra de um poço profundo, em que um homem se tivesse olhado em que seu rosto se tivesse refletido, iluminado de cima pelo sol, enquanto que, em baixo, continuasse escuro, misteriosamente rodeado de estrelas diurnas.

IV

Quando ouvimos a voz dum ente humano sem ver seu rosto, adivinhamos se quem fala é homem ou mulher, menino ou velho, inimigo ou amigo. No timbre da voz ouvimos, vendo, o semblante do que fala. Nos traços — o rosto exterior, o que se vê; nas palavras — o rosto interior, o que se ouve. Conforme o rosto exterior, reconhecemos o interior e vice-versa. "Fala para que eu te veja" — estas sábias palavras são mais justificadas no Evangelho do que em qualquer outra parte:

"Bem-aventurados vossos olhos que vêem e vossos ouvidos que ouvem (Mt., 13, 16)".

Assim, o próprio Senhor une seus dois semblantes, o que se vê e o que se ouve, e seus discípulos fazem a mesma coisa:

"O que *ouvimos*, o que *vimos* com nossos olhos nós vos anunciamos (Jo 1, 1-2)".

Em cada uma das palavras de Jesus se encontra seu semblante: ouvi-lo e vê-lo.

V

Toda alma humana que procura o semblante do Senhor no Evangelho é como Maria Madalena que, pela manhã cedo, quando ainda escuro, encontra o sepulcro vazio; procura o morto e se lamenta: "Quem o levou? Onde o puseram?" e não sabe, não vê que está vivo atrás dela.

De súbito se volta e o vê, mas não o reconhece.

"Mulher, por que choras? quem procuras?" diz sua voz e ela continua a não reconhecê-lo.

— Maria!

E de repente o reconhece, caindo-lhe aos pés, toda trêmula como antes, quando estava possessa pelos sete demônios; atira-se para ele, quer tocá-lo e não consegue.

— Rabluni! (Jo., 20, 11-16).

Oh! por que não podemos, como Madalena, voltar-nos, vê-lo, reconhecê-lo!

VI

A arte é o menor cuidado de Marcos, quando, provavelmente segundo a reminiscências de Pedro, pinta com um sentimento que o maior dos artistas não igualaria — não o rosto de Jesus, porém a "força", DYNAMIS, que emana desse rosto, na sua irresistível ação exterior sobre aqueles que o rodeiam.

A primeira impressão que as pessoas sentem, desde o começo do ministério de Jesus, após a cura de um possesso na sinagoga de Cafarnaum, é um espanto misturado ao medo.

> "Que é isto? É um ensinamento inteiramente novo!... Aquele comanda com autoridade aos próprios espíritos impuros e eles lhe obedecem (Mc., 1, 27)".

É o mesmo sentimento que, no último dia, experimenta Pilatos, quando, examinando o rosto do Preso, inconcebivelmente calmo diante dele, regiamente mudo, pergunta:

> "De onde és tu? PÓDEN EI SU? (Jo., 19, 9)".

Todos sentem essa força. Ela atrai de longe as almas humanas como o imã atrai a limalha de ferro. As multidões seguem-no passo a passo.

> "O povo se ajuntara aos milhares ao ponto das pessoas se esmagarem umas às outras (Lc., 12, 1)".

Ele as evita, esconde-se.

> "Jesus não podia mais entrar abertamente numa cidade; porém ficava fora, nos lugares afastados. E vinham a ele de toda a parte (Mc., 1, 45)".
> "Então, disse a seus discípulos que lhe preparassem uma pequena barca, por causa da multidão, para não ser comprimido por ela (Mc., 3, 9)".
> "Mas, logo que desembarcaram, toda a planície de Genezaré se pós em movimento (Mc., 6, 53-56)".

Ele atrai as multidões humanas como a lua, as ondas da maré.

Que esperam esses homens dele? Sermões, sinais, milagres? Sim, porém alguma coisa ainda: parece que querem simplesmente estar com ele, ouvir-lhe a voz, ver-lhe o rosto, espantar-se, amedrontar-se, alegrar-se do que ele é, porque todos sentem confusamente que nunca houve sobre a terra semblante igual e que talvez jamais haja.

VII

Não é preciso provar aos crentes que o movimento provocado por Jesus é sem igual, único na história; porém os próprios incrédulos poderiam compreender isso. Todos os outros movimentos populares, por maiores que sejam, se alargam, enquanto esse se aprofunda; todos razam o coração humano, esse penetra-o; todos são, segundo a razão humana, mais ou menos razoáveis, esse é perfeitamente "desarrazoado": seu fim — o reino de Deus na terra como no céu — se não é uma verdade que ultrapassa a razão, é uma completa "loucura"; todos os outros vão até os confins da terra esse vai além; todos somente se desenvolvem nas "três dimensões", esse se desenvolve também na "quarta"; todos não passam de incêndios na planície, enormes fogos de palha, esse é uma explosão vulcânica, o fogo primordial que derrete o granito.

O movimento provocado por Jesus foi logo reprimido, extinto à primeira fagulha; porém, se a chama tivesse jorrado, se fosse propagado, é impossível imaginar como teria acabado. Tudo se passou num pedacinho de chão, num recanto obscuro de longínqua província romana, entre alguns milhares de pobres campônios e pescadores galileus. E isso somente durou alguns meses, mesmo algumas semanas, pois o Senhor passou todo o resto dos dois ou três anos de seu ministério a evitar o povo, a isolar-se com seus discípulos. Tudo se concentrou em um único ponto, apenas visível, do espaço, em um único instante do tempo. Mas esse ponto, crescendo, abrasará o globo terráqueo; e os homens não esquecerão esse instante até a consumação dos séculos.

Parece, às vezes, que, nesse ponto, nesse instante um simples fio de cabelo separa a humanidade de alguma cousa que é realmente sem exemplo na história e que será para uns a perdição, para outros a salvação o mundo. Eis porque, olhando esse semblante, o mais comum, o mais extraordinário dos semblantes humanos, os homens sentem tanta alegria e tanto medo; todos sentem confusamente que é necessário fazer alguma coisa "depressa, depressa", ou, como repete, gaguejando, Marcos-Pedro: "logo, logo" — que é necessário matá-lo ou morrer por ele.

VIII

As multidões humanas são escuras vagas rugidoras da maré; seu rosto é a lua tranqüila que as atrai.

"Tu és meu repouso, minha calma", diz a seu Filho o Espírito-Mãe. O que há de essencial no seu semblante é que é calmo — o mais calmo, o mais forte do mundo. Pedro lembra-se e Marcos descreve.

Uma tempestade sobre o lago de Genezaré. As vagas começam a encher a barca. Os remadores julgam-se perdidos. Mas o Mestre dormia à popa sobre um travesseiro, na embarcação prestes a afundar, como uma criança no berço.

> "Despertaram-no e disseram-lhe: Rabi, Rabi, não te importa que pereçamos? (Mc., 4, 38, Lc., 8, 24)".

Ele levantou-se, olhou as águas furiosas, o céu trevoso, e seu rosto ainda ficou mais tranqüilo, mais sereno. Disse ao vento e ao mar, como o amo diz ao cão que ladra contra o estranho:

> "Cala-te, fica quieto"

E o vento cessou subitamente, as vagas se alisaram, como sói acontecer no lago de Genezaré, onde o nordeste, soprando furiosamente pelos desfiladeiros das serras e caindo a prumo sobre as águas, desencadeia súbitos e terríveis temporais, que se acalmam também repentinamente.[1]

> "E houve uma grande calma, GALÉNE MEGÁLE (Mc., 4, 39)".

A mesma calma de seu rosto. E, olhando essa face familiar e ignota, íntima e estranha,

> "deles se apoderou um grande medo",

não menor, sem dúvida, do que o que lhes havia posto o perigo por que acabavam de passar.

> "E diziam uns aos outros: Quem é esse a quem o próprio vento e o mar obedecem? (Mc., 4, 41)".

IX

As tempestades interiores também lhe obedecem do mesmo modo que as exteriores dos elementos.

Chegando a outra margem, eles deixaram a barca e subiram a escarpa onde começa a triste planície de Gadara, toda de barro avermelhado, semeada de enfezadas touceiras de ervas que parecem as crostas de uma pele inflamada — lugar impuro, antigo cemitério pagão, onde, então, os porcos procuravam seu alimento.[2] Apenas ali

---

1. M. J. Lagrange, EVANGILE SELON SAINT MARC., p. 173. M. Bruckner, DAS FÜNFTE EVANGELIUM, 1910, p. 7.
2. H. v. Soden, REISEBRIEFE AUS PALÄSTINA. 1909, p. 57.

chegados, viram no plaino escuro e silencioso, sob as nuvens negras e baixas, desabar sobre eles, outra tempestade ainda mais terrível.

Não perceberam ao princípio se era um turbilhão, um animal ou um homem que se precipitava para eles, soltando gritos inauditos, horrendos, nem de gente, nem de bicho. De súbito, compreenderam: era o terror daqueles lugares, o demoníaco de Gadara, tão furioso que ninguém ousava passar por aquele caminho (Mt., 8, 28) e cuja força desmesurada não permitia que o amarrassem, pois rompia as cadeias, quebrava os grilhões e fugia para longe dos homens, para o deserto, onde ficava noite e dia pelos túmulos e montes, urrando e se magoando com pedras (Mc., 5, 4-5).

Vendo-o correr em sua direção, os discípulos se esconderam atrás das rochas e teriam fugido, se não fosse a vergonha de abandonar seu mestre. Este, de pé, esperava imóvel. Todos fecharam os olhos com pavor, para não ver. Os gritos, o tropel se aproximavam cada vez mais. De repente, tudo ficou calmo. Abriram os olhos e viram: lastimável, inofensivo, nu, magoado, coberto de feridas, o homem estava caído aos pés de Jesus e este, curvado para ele, olhava-o como uma mãe olha o filho doente.

Ninguém se lembrou mais muito bem do que em seguida se passou — foi algo de muito extraordinário, terrível, maravilhoso. Lembraram-se somente que, depois das duas primeiras tempestades, a dos elementos e a do homem, houve uma terceira, a dos animais: uma vara de dois mil porcos, fugindo num turbilhão de poeira, com gritos agudos e grunhidos, precipitando-se da alta ribanceira no lago. E, de novo, a calma.

A gente das aldeias próximas acorreu e viu, sentado aos pés de Jesus, o demoníaco curado, vestido e são de espírito. Sobre seu rosto calmo, sereno, curvava-se o mais calmo e sereno de todos os rostos. E, vendo-o, ficaram apavorados como os remadores, após a tempestade, no lago.

"Quem é ele, pois?"

Em breve o saberão:

"O rei de terrível majestade",
Rex tremendae majestatis.

X

"Nada mais do que um pequeno Judeu, der Kleine Jude" — dirão Nietzche e muitos outros sábios, gloriosos e poderosos deste mundo, e terão razão: sim, é mísero, nu, desprezado, coberto de galhofa e de opróbrio — "um verme e não um homem" — "um pequeno judeu". Mas olhem melhor seu semblante e ficarão loucos de pavor, caindo-lhe aos pés como o demoníaco de Gadara: "Não me atormentes!" — "Como é teu nome," — Chamo-me legião, porque somos muitos (Mc., 5, 7-9).

Sim, são hoje mais numerosos do que nunca — imensa vara de porcos quase possessos e prestes a se precipitarem no abismo com gritos e grunhidos de triunfo: "Viva o progresso sem fim! Viva o Reinado do Homem sobre a Terra!"

XI

Pedro não se recorda do rosto de Jesus e Marcos somente reproduz os olhos, ou melhor, o olhar. É compreensível: para Pedro o que há nesse semblante de essencial, de inesquecível, seu "dinamismo", está nos olhos.

Dois olhos maravilhosamente cambiantes, "variáveis", *varii* — esse "sinal especial, particular" que se encontra no apócrifo de Lentulus, último eco talvez de uma tradição-reminiscência, que ignoramos, confirmado por Marcos-Pedro.

Antes da cura, na sinagoga de Cafarnaum, do homem da mão ressequida, quando ante a pergunta de Jesus: "É permitido no dia do sábado... salvar uma alma ou perdê-la?" os fariseus ficaram silenciosos, ele "passeia", "lança" sobre eles um olhar rápido e penetrante, PERIBLEPHÁMENOS, indignado e aflito (tal é o duplo sentido da palavra SYNLYYPOMENOS) com o endurecimento de seu coração (Mc., 3, 5.). A indignação, a aflição, a piedade — tudo isso no mesmo olhar cambiante, "variável", como as facetas de um diamante, reflexo multicor de um raio de sol.

XII

E eis um outro olhar ainda mais penetrante.

De longe, um moço rico veio a ele, como o demoníaco de Gadara e, do mesmo modo, se lhe lançou aos pés:

"Meu bom Mestre, que devo fazer para obter a vida eterna?"

Jesus respondeu-lhe primeiro com lugares comuns: "conheces os mandamentos"; mas, de repente, tendo-o "olhado" profundamente nos olhos, EMBLÉPSAS, "o amou".

"Vai, vende tudo o que possuis, dá aos pobres... e vem, segue-me".

Mas, quando este, com o rosto "perturbado", STYGNASAS, "se afastou com tristeza", Jesus lançou "sobre os discípulos um rápido olhar (PERIBLEPHÁMENOS, a mesma palavra que no relato da cura do homem da mão ressequida) e disse:

"Como é difícil a um rico entrar no reino de Deus!"

E como estes, espantados de suas palavras, lhe perguntassem:

"E quem poderá, então, salvar-se?"

com um olhar de amor, mais profundo ainda que o que acabara de mergulhar nos olhos do moço rico, ele lhes disse:

> "Isto é impossível aos homens, porém não a Deus que a Deus tudo é possível (Mc., 10, 17, 27)".

Em Bethabara, ouvindo passos atrás de si, Jesus, embora caminhando, voltou-se bruscamente e viu dois homens que o seguiam: João e André. Sem dúvida parou e olhou-os, primeiro a ambos, depois um deles: "Que quereis?" — "Rabi, onde moras?" — "Vinde e vede" (Jo., 1, 38-39.). O "discípulo amado de Jesus" jamais esquecerá esse olhar, do mesmo modo que Pedro jamais esquecerá o olhar fulgurante do Senhor, quando lhe disse em Cesaréia de Filipe:

> "Arreda de mim, Satã! (Mc., 8, 33)".

XIII

> "Seus olhos são como uma labareda, PHLÓS PYRÓS (Ap., 1, 14; 19, 12)".

É assim que "o discípulo amado de Jesus" ou pelo menos alguém que o conheceu de perto se lembrará, verá — nas duas visões sobre-humanas talvez — os olhos humanos de Jesus.

O olhar de Jesus tem uma pureza de fogo e todo o seu corpo é ardente e luminoso, bem entendido para os que vêem, enquanto que para os cegos é como a lagarta de fogo, que parece escura de dia — "um pequeno judeu".

XIV

Tem-se, às vezes, a impressão de que o "logo, logo, logo", tão repetido por Marcos-Pedro,[3] como no resfolegar de uma corrida precipitada, vem não somente deles, Pedro e Marcos, mas também do próprio Jesus: é a ávida precipitação de uma chama devoradora.

> "Eu vim lançar fogo à terra e como desejaria que já estivesse aceso! (Lc., 12, 49.)".

Nos seus olhos, já está aceso. Melhor ainda do que os homens, os demônios vêem esse fogo que os apavora e os atrai irresistivelmente. De longe, correm, voam para ele, como borboletas noturnas para a chama de uma vela. Queimam-se, caem, debatem-se, gritam:

> "Tu me queimas, tu me queimas!"
> KAIEIS ME, KAIEIS ME.[4]

---

3. D. Merejkovsky, JESUS INCONNU, t, I, 1ª parte, cap. 3; Marcos, Mateus e Lucas, VII.
4. Macar., HOMEL., XII, 9. — A. Resch, AGRAPHA, p. 205.

Os demônios sabem — o que os homens ainda ignoram — que um dia o mundo será abrasado e se consumirá como uma borboleta noturna.

XV

Nos milagres da cura é que Marcos sabe pintar ao vivo o "dinamismo" do rosto e dos olhos de Jesus: os homens vêem nele uma força "mágica", ora divina, ora demoníaca.

> "Os escribas diziam: ele está possesso de Belzebuth e expulsa os demônios pelo maioral dos demônios (Mc., 7, 22.)".

Após a cura do demoníaco, os habitantes da planície de Gadara pediram a Jesus que "se retirasse de sua terra" (Mc., 5, 17.). Cortesmente, sem recriminar a enorme perda (dois mil porcos) que haviam sofrido, afastaram-se, receosos que esse poderoso e terrível "feiticeiro" causasse outros prejuízos.

"Jesus foi condenado como mágico, MAGOS", dirá igualmente Triphon o Judeu.[5]

XVI

Seu olhar "penetrante", — "eficaz, mais penetrante do que uma lâmina de dois gumes, atingindo até a divisão da alma, do espírito, das juntas e das medulas" (Heb., 4, 12), é a arma mais poderosa de sua força curativa. Com esse olhar, ele abre as portas do corpo de outrem, como o dono da casa abre as portas de seu lar, e entra como na sua moradia.

Antes, porém, de curar um enfermo, deve cair doente com ele para com ele se curar. Eis porque, no momento da cura, o doente lhe é mais caro do que um filho à sua mãe. Se diz "minha filha" à hemorroidária, meu "filho", meu "menino", TÉKNON (Mc., 5, 34; 2, 5.), ao paralítico de Cafarnaum, é porque os homens ignoram que há um amor maior do que o que se exprime com essas palavras; mas ele o sabe.

Para o Evangelho, todas as enfermidades — os "flagelos", MASTIGES (Mc., 3, 10.), são castigos divinos ou por pecados temporários, ou pelo pecado eterno, original (Jo., 9, 2.). E é seu corpo, em lugar do enfermo, que o médico Jesus submete a esses "flagelos", como se o Filho dissesse ao pai: "Se o feres, me ferirás com ele; se me poupas, me pouparás com ele". No Gólgota, de um gole beberá a taça de todas as dores humanas, enquanto que, nas curas, a bebe lentamente, gota a gota. Aqui, não é mais abstratamente, porém tangivelmente, com toda a nossa carne dolorosa, que sentimos ou pelo menos podemos sentir o que querem dizer essas palavras:

---

5. Justin., DIAL. C. TRYPH., 69. — O. Holtzmann, LEBEN JESU, p. 15.

> "Ele tomou nossas enfermidades e se carregou com nossas dores... e é por suas chagas que somos curados (Is., 53, 4-5)".

XVII

Todos os médicos são externos, aparentes; somente ele é o Médico interno.

> "Uma mulher doente de uma perda de sangue (RYGE AIMATOS) desde doze anos, que havia sofrido muito às mãos de vários médicos e que, depois de haver gasto toda a sua fortuna, não ficara curada, antes piorara, ouviu falar de Jesus e veio com a multidão, tocando por trás nas suas vestes.
> Porque ela pensava: se ao menos eu puder tocar nas suas vestes, ficarei boa (Mc., 25, 28)".

Ela aproximou-se por trás, porque tinha vergonha de sua doença e a ocultava, do mesmo modo que todos escondem uns dos outros sua eterna "chaga vergonhosa" — o sexo.

Marcos esqueceu. Mateus e Lucas lembraram-se que ela tocou, não as vestes, mas a "barra", em grego KRASPEDA, em hebreu "tsisi" ou "Kanaf", da qual foi dito:

> "O Senhor disse a Moisés: Fala aos filhos de Israel e dize-lhes que façam, de tempos em tempos, uma franja à ponta de suas vestes e ponham um cordão azul nessa franja.
> Usareis essa franja e, vendo-a, vos lembrareis de todos os mandamentos do Senhor (Nos., 15, 37-40)".

Outrora usada por todos os judeus, no tempo de Jesus só a traziam os mais puros observadores da Leis e, entre eles, o Rabi Jeschua:

> "Nem um jota, nem um traço de letra da Lei passará (Mt., 5, 18)".

XVIII

Para tocar a barra ou franja que pendia muito em baixo, ela teve, sem dúvida, de se curvar para o chão, de quase se arrastar com o risco de ser esmagada pela multidão dos que, atingidos de "chagas-flagelos", "se atiravam a Jesus, a fim de tocá-lo" (Mc., 3, 10) Aproximou-se dele por trás como uma ladra, tocou com o dedo ou com a ponta dos lábios uma das franjas empoeiradas e descoloridas pelo sol, e o milagre se deu: transpassada como por um raio pela "força" que emanava de Jesus, ela caiu toda trêmula a seus pés.

> "E, nesse instante, a hemorragia parou; e ela sentiu em seu corpo que estava curada de sua doença".

Ela quis esconder-se na multidão, mas não teve tempo.

> "Jesus, tendo sentido nele próprio que uma força saíra dele",

(como uma nuvem de tempestade, se pudesse sentir, sentiria o raio que dela partiu),

> "voltou-se no meio da multidão e disse: quem me tocou? Vês que o povo se comprime e perguntas: quem me tocou?"

replicou Pedro com impaciência, como se houvesse esquecido com Quem falava.

> "Mas ele olhava em derredor para ver quem tinha feito aquilo.
> Então, a mulher apavorada e trêmula, vendo que não podia ficar escondida... veio atirar-se a seus pés e contou toda a verdade.
> Jesus disse-lhe: "Toma coragem, minha filha, tua fé te salvou, vai em paz" (Mc., 5, 29-34; Lc., 8, 45-47; Mt., 9, 22.)".[6]

Ele submeteu também seu corpo a esse "flagelo"; tomou também sobre si essa "chaga vergonhosa" de toda a humanidade — o sexo.

XIX

Chorava, às vezes, mas não ria nunca, *aliquando flevit, sed nunquam risit*, lembra-se ou adivinha Lentulus. A crispação do riso, que não é talvez humana, nem animal, mas diabólica, jamais desfigurou esse único semblante perfeitamente humano.

Não ria nunca, mas certamente sorria. Em muitas parábolas, se encontra seu sorriso vivo como em lábios vivos. Pode-se, no momento em que se beija os filhos, imaginar seu rosto sem o sorriso? "Ele era jocoso, alegre, *hilaris*", lembra-se ou adivinha ainda Lentulus.

As criancinhas também choram, mas não riem; mais tarde, quando começam a rir, fazem-no ainda sem jeito, como se isso não lhes fosse natural, e, logo depois de rir, tornam a ficar sérias, quase severas: seus rostos parecem guardar ainda o reflexo da majestade celeste.

Jesus está mais perto das criancinhas do que da gente grande:

> "Eu estava no vosso meio com as crianças e não me reconhecestes".[7]

Se não nos convertermos e não nos tornarmos como as criancinhas, não entraremos no Reino e não veremos sua Face.

> "Aquele que me procura me achará entre as crianças de sete anos, porque eu, que me oculto no décimo quarto Eon (a mais profunda eternidade), me revelo às crianças".
> "Apresentaram-lhe algumas crianças para que as tocasse...
> E, tendo-as tomado nos braços, impôs-lhes as mãos e as abençoou (Mc., 10, 13, 16.)".

---

6. M. J. Lagrange, EVANGILE SELON SAIN LUC, p. 253.
7. Pseudo-Math., 30, 4.

É o que existe de mais terno neste mundo, que é talvez o mais grosseiro dos mundos; dir-se-ia que, com as crianças, a carne de outro mundo entra no nosso, numa nuvem luminosa. Só poderia compreender toda a graça divina de seu semblante quem o tivesse visto aureolado de rostos infantis. As pessoas adultas ficam espantadas, amedrontadas por ele, enquanto que as crianças se alegram, como se, olhando-o nos olhos, o reconhecessem, se lembrassem do que os grandes esqueceram: o céu suave, o suave sol do paraíso.

XX

O que é infantil está mais perto de Jesus do que o que é adulto; o feminino mais próximo do que o masculino.

O "Filho de Maria" — é assim que todos o chamam em Nazaré (Mc., 5, 3), não porque José já tivesse morrido ou que o houvessem esquecido. Em todo o país se lembravam que Jesus era "Filho de David, filho de José" e na sua cidade natal ninguém poderia esquecer isso. Se é "Filho de Maria" e não de José é provavelmente porque o filho sai mais à mãe do que ao pai. Seu rosto parece tanto com ela que, olhando-o, todos olvidam o pai para só recordarem da mãe.

Se não é por acaso que Lucas aproxima esses dois semblantes com duas palavras da mesma raiz: KEGORITOMELE, KARIS, *gratiosa*, *gratias* "Alegra-te, cheia de graça e "Jesus crescia em graça (Lc., 1, 26, 52) — a autenticidade histórica desse traço, a parecença de Jesus com sua mãe, como todos os que se conservavam na Face Miraculosa, se acha confinada no Evangelho.

"Ele tinha o rosto como todos nós, filhos de Adão", diz João Damasceno, referindo-se provavelmente a testemunhos muito antigos, provindos talvez dos primeiros cristãos, e acrescenta um traço que, sem dúvida, mais fundamente se gravara na memória dos que haviam visto Jesus: "ele parecia com sua mãe".[8]

O mesmo traço e quase as mesmas expressões se encontram em Nicéforo Calisto, que parece se referir, não ao Damasceno, mas a outros testemunhos antiqüíssimos: "Seu rosto parecia com o de sua mãe". E repete, insiste, sentindo também aparentemente a preciosa autenticidade desse traço: "Era em tudo perfeitamente parecido com sua divina Mãe".[9]

XXI

Lembremo-nos do Apócrifo de *Pistis Sophia* sobre a perfeita semelhança do Menino Jesus e do Espírito, sua Mãe, Irmã, Esposa:

---

8. Johan. Damasc., OPERA, t. I, p. 631.
9. Nicephor. Kallist., HIST. ECCL., I, 40.

Olhando-vos, tu e ele (ela), víamos que ereis perfeitamente semelhantes. E o Espírito te abraçou e te beijou, e tu fizeste o mesmo.

E vos tornastes um.[10]

No primeiro Adão, imortal, o de antes da criação de Eva, os dois eram um;[11] depois, se dividiram em um homem e uma mulher; e por essa divisão, essa "chaga vergonhosa" — o sexo — a morte penetrou no mundo: os homens começaram a nascer e morrer. Os dois tornarão a ser um novo Adão, Jesus, a fim de vencer a morte.

...Alguém lhe tendo perguntado quando viria o reino de Deus, o Senhor disse: quando dois forem um... e o masculino for feminino, e não houver mais nem masculino, nem feminino.[12]

XXII

"Tu és mais belo do que qualquer outro dos filhos do homem" — "Jesus é, com efeito, o mais belo de tudo o que há no mundo e do próprio mundo. Quando apareceu, como o sol, eclipsou as estrelas"[13]. Em que, pois, sua beleza supera todas as belezas do mundo? Em não ser masculina nem feminina e sim "a reunião do masculino e do feminino numa perfeita harmonia".[14]

"Eu venci o mundo"(Jo., 16, 38). Para dizer isso é preciso ter sido perfeitamente homem. Entretanto, olhando o Filho, é impossível não lembrar a mãe.

"Bem-aventurados os flancos que te geraram e o seio que te amamentou (Lc., II, 27)".

Ele está nela — ela está nele: a eterna Feminilidade-Virgindade na Virilidade eterna: Dois em Um. Não é sem razão que os homens os amam juntos. A linguagem humana não tem palavras para exprimir esse amor, porém por mais que nos afastemos d'Ele, O esqueçamos — lembrar-nos-emos um dia que só esse amor por Ele, por Ela salvará o mundo.

XXIII

O que sentimos ou sentiremos um dia, procurando seu semblante vivo, é idêntico, embora contrário ao que sentiam seus discípulos no Monte das Oliveiras, no dia de sua Ascensão:

---

10. PISTIS SOPHIA, 60.
11. Philon, DE OPIFIC. MUNDI, I, 32: o primeiro Adão imortal é um andrógino, ÁRSENODELUS.
12. Pseudo-Clemens, II EP. COR., XII, 2. — A. Resch, AGRAPHA, p. 93. — E. Besson, LES LOGIA, p. 114.
13. W. Rozanov, LA FACE TÉNÉBREUSE, 1914, p. 264.
14. Heracl., FRAGM., 8, 10, 17.

> "Ele os fez sair (de Jerusalém)... e, levantando as mãos, os abençoou.
> Enquanto os abençoava, começou a se afastar deles, *dieste aplaiton*, e a se elevar para o céu (Lc., 14, 50-51)".

Afastando-se lentamente, continuou a abençoá-los e a olhá-los; eles lhe viam ainda o rosto. Porém foi se afastando cada vez mais e acabaram por não vê-lo. Só viam seu corpo diminuindo — adolescente, menino, pomba, borboleta, mosquito — e eis que de repente desapareceu de todo. Mas continuaram a fitar os olhos ansiosos no espaço vazio, procurando-o no céu limpo.

> "E como tinham os olhos pregados no céu... eis que dois homens vestidos de branco se apresentaram diante deles e lhes disseram: homens da Galiléia, porque estais parados, olhando para o céu? Esse Jesus que foi levado (raptado, ÁNALEMPHTHEIS) do meio de vós, voltará do mesmo modo por que o vistes subir (Act., 1, 11.)"

Eles mesmos sabiam que voltaria. Mas que tem isso? Quantos séculos, quantas eternidades a esperar! E agora estavam sozinhos, jamais veriam seu semblante vivo, jamais ouviriam sua voz viva. E ficara no mundo um vácuo horrível, como se Jesus tivesse morrido, ressuscitado e morrido de novo.

> "Eles voltaram a Jerusalém cheios de grande alegria",

conta Lucas (24, 52). Mas, antes dessa alegria, deviam ter sentido uma grande dor, senão não amariam o Senhor.

XXIV

O que, então, começou no Monte das Oliveiras prosseguiu durante dois mil anos no cristianismo para chegar a um ponto muito próximo de nós, porém ainda invisível, no passado ou no futuro, ponto em que se produziu ou se produzirá para nós alguma coisa análoga que homens, voando da terra à lua, sentiriam no momento em que acabasse a atração terrestre e principiasse a atração lunar; lentamente, progressivamente, insensivelmente, depois bruscamente, incrivelmente, vertiginosamente, tudo se tornaria ao contrário para eles: havia ainda um instante que subiam e já iam descendo. Dá-se o mesmo conosco: num instante que ninguém notou, entre duas Vindas, a primeira e a segunda, entre duas atrações, de súbito tudo se tornou ao contrário ou se tornará. É, então, que em nossas buscas da Face do Senhor, começamos ou começaremos a sentir uma emoção ao mesmo tempo idêntica e contrária dos discípulos do Senhor no Monte das Oliveiras, no dia da Ascensão. Fitamos no céu vazio o mesmo olhar ansioso, porém ali onde desapareceu para eles o derradeiro ponto de seu corpo que se elevava, veremos aparecer o primeiro ponto de seu corpo que desce; afastava-se deles, aproxima-se de nós; houve uma separação, haverá uma reunião. Nesse momento único por mais espantoso e apavorante que isto seja, nós, os desgraçados, os enfermos, os pecadores, seremos mais felizes que os Grandes, os Santos.

XXV

Sim, por mais pavoroso que isso nos pareça, nós, homens do Fim, da Segunda Vinda, nós estamos mais perto do que ninguém nesses dois mil anos de cristianismo de ver seu rosto fulgurante:

> "Porque, como o relâmpago se abre no Oriente e brilha até o Ocidente, assim será também a vinda do Filho do Homem (Mt., 24, 27)".

O raio consumindo o mundo, o trovão abalando terra e céu, vêem dele; mas Ele está calmo: "Tu és meu Filho bem amado, meu repouso, minha calma", diz o Espírito-Mãe.
Nós não o vemos ainda com nossos olhos, mas já o sentimos com nosso coração: o milagre dos milagres, o eterno e calmo relâmpago, eis seu semblante.

Este livro JESUS DESCONHECIDO de Dimitri Merejkovsky é o volume 5 da Coleção de Autores Célebres da Literatura Estrangeira. Capa Cláudio Martins. Impresso na Sografe Editora e Gráfica Ltda., à rua Alcobaça, 745 - Belo Horizonte, para Editora Garnier, a Rua São Geraldo, 53 - Belo Horizonte - MG. No Catálogo geral leva o número 03142/2B. ISBN 85-7175-102-1.